月关 著

逍遥游

精修典藏版

❶ 利州情

XIAO YAO YOU

浙江文艺出版社
Zhejiang Literature & Art Publishing House

001　第 一 章　死囚
012　第 二 章　天机
021　第 三 章　宙轮
028　第 四 章　潘娘
041　第 五 章　南行
048　第 六 章　吉祥
055　第 七 章　捞钱
068　第 八 章　公主
077　第 九 章　养蜂
088　第 十 章　华姑
099　第十一章　神棍
119　第十二章　荣耀
128　第十三章　姐妹
138　第十四章　应邀
144　第十五章　野游
159　第十六章　命运
171　第十七章　夺人
180　第十八章　赴宴
186　第十九章　刺史
198　第二十章　乱战

215	第二十一章	驱魔
226	第二十二章	抄家
235	第二十三章	斗法
243	第二十四章	呵护
252	第二十五章	风波
264	第二十六章	上宾
270	第二十七章	弹劾
284	第二十八章	庭审

第一章
死 囚

"他该死！该死的人，就不该让他寿终正寝！"

经过几个月的牢狱生活，再说起这件事时，李鱼就像说的是别人的故事，语气淡然，毫不激动。

牢房的天窗就开在他头顶三丈处，月光从天窗里透下来，一束锥形的清光正笼罩在他身上。

他单足蹦趺而坐，头发披散，凌乱的发间是一张颇为俊俏的脸庞，周正而精致的五官，双眼熠熠有神，鼻梁挺拔，尤其是唇形优美如弓。

在他身前围坐着七个狱友，摸着肚皮的屠夫老范，抠着脚丫子的船老大刘云涛，光头僧人大弘，有一把美髯的戏班康班主，容貌俊俏仿若女子的华林，瘸子马浑儿，魁梧粗壮的金万两。再加上李鱼，恰似八仙。

八个人都身穿白色囚服，蓬头垢面。月光下的李鱼和月光之外的他们，形象上呈现出明显的层次感，人人静坐，仿佛一幅颇具禅意的油画，如果不是正有几只苍蝇在他们中间飞来飞去的话。

李鱼一抬手，施展出他在牢里几个月练就的捕蝇无影手，轻而易举地夹住了一只苍蝇，仿佛佛祖拈花般抬头仰望，天窗外正有一轮明月高挂。

李鱼张开两指，让那苍蝇飞了起来，目光追寻着苍蝇盘旋飞去的痕迹，眼神渐转迷离。

李鱼，十九岁，山南道利州人氏。

六年前，原隋朝大将李圆通的儿子、如今的大唐利州都督李孝常反了，麾下叛军烧杀抢掠，无恶不作，叛军小头目石三为了省下一双皮靴的钱，杀死了李鱼的父亲——皮匠李老实。

李孝常兵败后，新任利州都督武士彟到任，召集叛军，安抚地方。逃上山去的石三趁机带了些兄弟下山，投靠武都督，摇身一变又成了官兵，居然还得到一个执戟长的官职。

李鱼没有忘记父仇，六年前他才十三岁，就已矢志复仇。六年间，他不断寻访技击高手学习武艺，共计拜师十八人。六年后，他已长大成人，也终于找到机会，在闹市街头手刃石三，为父报了仇。

可他也因此入了狱，在利州被捕，又被押解到长安，关进长安县狱。辗转数月，明天就是九月九秋决之期了，他的人生将如一个泡沫，消失得无声无息。

李鱼仰望明月，眼角湿润了。

他不怕死，但是放不下家中的母亲啊！白发人送黑发人，她应该会非常难过吧？

屠夫老范摸了摸满是脂肪的肚子，叹了口气："小李啊，为亲复仇，一般都会轻判的，你可惜了，他偏偏是个官！"

船老大刘云涛抠抠脚丫子，凑到鼻子底下嗅了嗅："不要多想了，明儿个，咱们兄弟就要一起上路了，老天如此安排，何必再怨天尤人！"

盘坐在李鱼对面的美髯公康班主拍了拍李鱼的肩膀："是啊！我那戏班子，以前全靠我撑着，我要是死了，不管我放不放心，我二弟都得撑起来。你母亲才到中年，不至于衣食无靠的！"

李鱼吸了吸鼻子，泪光莹然地问他："你是哪位来着？"

康班主一抛美髯，含笑道："老朽乃道德坊勾栏园的班主，如今我那戏班正由我二弟打理着！"

僧人大弘挠了挠大光头，双手合十道："是福不是祸，是祸躲不过，大家早些睡了吧！"

魁梧的金万两打了个哈欠："睡了睡了，明儿早上吃过断头酒，打起精神好上路!"

金万两说完,猪一般往地上一倒,马上打起了呼噜。

这牢里,每一个都是死囚,对于死亡,大家早就麻木了。

瘸子马浑儿"嘿"了一声,道:"今天睡下,明天还能起来。明天睡下,咱们就要长眠不起了。"

康班主叹息一声,小心地把他的大胡子在胸前铺好,双手交叉放在腹部,仰卧着,安详地睡去。

李鱼感到一阵乏力,沉默半晌,也缓缓地躺在了地上。是啊!明知道无论怎样挣扎都是一死,还有什么好说的?可他不甘心哪!他,只是杀了一个该杀的人。

李鱼仰卧着,两行清泪缓缓爬下脸颊,他尤其放不下的,是为他操劳了半生的母亲……

九月初九是常参日。只有在京五品以上官员及供奉官、员外郎、监察御史、太常博士临堂朝参。常参不用摆大仪仗,仅处理紧要大事,从辰初到辰正大约只有半个时辰。

李世民临朝,将当日重要大事处理一番,便罢了早朝,转到紫宸殿。

太监呈上御膳,李世民用罢早膳,安公公便捧来厚厚一摞奏章,毕恭毕敬地道:"圣人,这是刑部呈来的大理、万年、长安等狱疏决人犯的名单,还请圣人勾决!"

李世民点点头,接过奏章慢慢打开,右手一伸,安公公赶紧取了朱笔双手递到他的手上,又捧了朱砂站在一旁侍奉。

李世民提起朱笔蘸了蘸朱砂,翻看那份长长的录囚名单,神情忽转凝重,他迅速翻到囚犯名单的最末处,盯着"共计死囚三百九十人"一行字,轻轻摇了摇头。

李世民喃喃道:"三百九十人,仅仅一年,便是三百九十名死囚啊!"

李世民将朱笔轻轻搁在笔山上,幽幽一叹。

安公公见皇帝似乎心情郁结,便小心翼翼地问道:"圣人?"

李世民缓缓起身,明黄色龙袍发出沙沙的声音:"摆驾长安县,朕想去看看!"

长安县令何善光提着袍裾,一溜小跑地跟在李世民旁边。九月九,天清气朗,已见秋凉,何县令的额头却是热汗滚滚——老天爷,皇帝怎么突然兴之所至,跑到长安县来了。

要说这何县令官儿可不小，下县县令正八品，中下县县令从七品，中县县令正七品，诸州上县县令为从六品，雍州、洛州、并州三府所管诸县谓之镇县，县令为正六品。

而长安县是京县，长安城以朱雀大街为界，分为东西两县，一曰长安，一曰万年。京县县令是正五品的官员，他可是每日都要参加朝参，日日得以瞻仰龙颜的官儿。

可问题是，他去金殿看皇帝没关系，那么多的文武官员，他往人堆里一站，皇帝根本看不见他，如今可是皇帝屈尊到了他的县衙门，这要是看到哪儿有点不满意，他十年寒窗苦读、十年兢兢业业的辛苦可就全白费了。

一大早的，他就在等皇帝的勾决，谁晓得勾决的判旨不曾等到，却把活生生的皇帝给等来了，真是造孽啊！

李世民三十五岁正当壮年，一身赤黄袍衫，折上头巾、九环带、六合靴，风度翩翩，英姿挺拔，有何大县令的小碎步衬着，走起路来当真是龙骧虎步，威仪不凡。

李世民睨了何善光一眼，瞧这位县太爷汗水涔涔，也不敢擦，不禁一笑，安慰道："何明府不必紧张，朕此来只是往狱中走一走，瞧瞧那些待决的死囚。"

"是是是！死囚都关在这边，陛下，这边请！"何善光心头怦怦乱跳，也不知皇帝突然驾到是祸是福，如今也顾不得有所安排了，只得硬着头皮，侧着身子螃蟹一般向前跑，为皇帝引路。

大牢里静悄悄的，换作平时这时候还没送饭来，有些性急的囚犯早就大呼小叫了，可今天吃的是断头饭，吃罢断头饭，他们将在法场授首，时当正午，从此阴阳两隔。所以，他们巴不得那断头饭送来得越晚越好，最好永远也别送来。

"呛啷啷啷……"

铁牢门慢悠悠地打开了，因为牢中静寂一片，所以声音悠远，显得极其空旷。牢中犯人一阵骚动，断头饭终于送来了，所有人都情不自禁地向牢门口望去，就连瘸子马浑儿也拖着残腿，挣扎着走到栅栏边。

阳光从牢门外倾泻进来，拖曳出一道长长的光影，旋即一道身影出现，一个身着赤黄色袍衫的英武中年人慢慢走了进来。

黄色?!

死囚们顿时骚动起来。从汉代起，黄色就渐渐成为皇室袍服的主流色，但当时并不禁民用。可是到了隋唐时期，黄色已经成了皇室的专用服色，此人居然穿着赤黄袍衫，他是皇室中人？

众人都惊愕地看着步入大牢的李世民，真正识得此人就是大唐天子的，却是一个也无。何善光亦步亦趋地跟在李世民身后，后边陆陆续续又跟进五六个牢头和狱卒，全跟患了佝偻病似的弯着腰。

所有的死囚都屏住呼吸看着这个身着赤黄袍、头戴折上巾、腰系九环带的英武中年人，看着他那双手工缝制的小鹿皮的六合靴在袍裾下稳稳地一步步向前。

突然，一只手从栅栏中探出，一把抓住了那穿着小鹿皮六合靴之人的足踝，大叫声在空旷静寂的大牢中骤然响起，把死囚们吓了一跳。

李鱼拼命抓着栅栏，脸在栅栏上挤得仿佛挂在网眼上的一尾鱼。他用尽全身之力大喊道："壮士留步！我有话说！我有话要说啊……"

在深深的地下，有一种虫，叫爬叉子，爬叉子需要经过五次蜕变，历时五到十二年，才能由地下爬至地表，展开翅膀，蜕变为蝉。

数年的韬光养晦，无尽的黑暗之后，终于迎来短暂的光明。可它振翅高歌的过程，至多两个月，然后就要彻底完成一次生命的轮回。然而，当它能够爬上地面的那一天，它仍旧是义无反顾。

李鱼此时就像一只刚刚爬出坑的蝉，拼命地叫着，所经历的孤独、惶惑、寂寞、悲伤与恐惧，交织在一起，一时百感交集，让他的眼泪不禁滚滚而落："壮士留步！我有话说！我有话说啊！"

"刁民，大胆！"何县令唬得变了脸色，一提袍裾，冲上来就要拿脚踹向李鱼的手腕。有那机敏的狱卒反应迅速，已经抽出了明晃晃的刀，想要斩断他的手。这个死囚，要是惊了圣驾，那可如何得了？

李世民可不是个长于深宫妇人之手的皇帝，他戎马一生，久历战阵，又岂会在乎这点小场面？李世民淡然扬手，制止了何县令和狱卒，慢慢地蹲了下来，凝视着李鱼："你，可是喊冤？"

死囚喊冤，即便已经上了刑场，也是要发回重审的。这是为了避免冤假错案，当然，一般来说，再怕死的死囚，一旦证据确凿，也不敢在法场喊冤。发回重审并不能让他开释，还要多经历一番等死的煎熬，何苦来哉？

何况，虽然法有明文，可刑狱之地素来黑暗，任何一个明君在位，也不能将这种地方照耀得一片通明。若是因为喊冤发回重审的，少不得要被狱中吏卒折腾一番，弄得生不如死。

但，律法如此，李世民自然重视，他也担心出现官吏草菅人命、冤杀良民的情况。

李鱼犹豫了一下，喊冤？船老大刘云涛的一句话提醒了他，无论如何，他确确实实杀了人，如今官府要砍他的脑袋，他真冤枉吗？可是，李鱼不甘心，他还是决定把他的冤屈说出来。

从眼前之人的仪态、威风来看，此人定然是个大人物，把自己的经历说给他听，就算仍被砍了头，说不定此事会在外间传扬开来，如果这人有记笔札的习惯，说不定还会把他的事迹记载下来。

人过留名，雁过留声！想到这里，李鱼的神情变得更加急切，他急急点头："这位壮士，我冤，但又不冤……"

何善光不敢点破皇帝的身份，可是听他一口一个"壮士"，心里头实在别扭，忍不住翻了个白眼儿，斥道："什么壮士，叫贵人！"

李世民睨了李鱼一眼，微笑着点点头："你放开手，慢慢说！"

此时已经有那机灵的狱卒急匆匆端了一把椅子过来，李鱼见状，便放开了手。李世民在椅子上坦然坐了，望着李鱼："你有什么冤屈？现在可以说了。"

"这位贵人，我叫李鱼，我杀了人，可那人实在该死！我有罪，但我认为，我罪不至死！"

李鱼滔滔不绝地讲述起来，足足讲了大半个时辰，他才喘息着住口，殷切地望着李世民："这位贵人，您明白了吗？"

李世民深深地望了他一眼，问何善光："为父报仇，乃是孝道，为何没有罪减一等？"

何善光低声道："他杀死的，乃是军中一名执戟长！"

李世民又看了看牢中其他七名死囚，向他们问道："你等，都身犯何罪？"

屠夫老范垂头丧气地回答："我，我从元皇帝的兴宁陵偷了一车砖修房子，犯了谋逆的死罪！"

元皇帝就是李世民的爷爷李昞，李渊称帝后追封其为元皇帝，上庙号世祖，其坟也扩建了一下，改称兴宁陵，成了皇家陵园。老范盖房子，居然从李世民他爷爷的坟头偷砖。

李世民又看向船老大刘云涛，刘云涛拍了下大腿，道："嗨！我该死！我不冤！我爹过世了，该当守孝三年，结果……结果我没忍住……"

李世民和何善光都瞪大眼睛看着他，没明白他究竟何事没忍住。便是李鱼、老范等人也不曾问过他因何罪入狱,也是瞪大眼睛看着他,一脸的好奇。

刘云涛长吁短叹地道:"守孝期刚过了三个月,我……我的女儿就出生了。祖父大人劝我把孩子悄悄溺死,隐瞒消息,可是看着那小奶娃子的乖巧模样儿,我不落忍哪……"

何善光蹙起眉头道:"也就是说,你未出孝期,就与妻子同房了。不过,此罪只当徒三年,不至于判死刑啊!"

刘云涛擦了擦眼泪,哽咽道:"祖父大人说女娃娃早晚也是泼出去的水,何必冒偌大干系,不如溺死了往野地里一丢。我不肯,被祖父大人说得烦了,骂了他老人家一句。"

何善光恍然,唐律中对不孝的制裁十分严厉,辱骂祖父母或父母者,绞刑!骂一句即判绞刑,对于不孝之人的惩办可谓严厉到了极点。

李世民轻轻摇了摇头,又看向慈眉善目的和尚大弘。大弘和尚头上的戒疤仍在,显然是个出家人。

大弘和尚盘膝坐在那里,一副宝相庄严的模样,见李世民向他看来,双手食指便不自在地绕转起来,清了清嗓子,才忸怩地道:"贫僧……贫僧手艺比较巧,本着与人方便、自己方便的宗旨,时常会帮人做些出门在外所用的公验,如驿站所用的符券、经商用的执照,故而……咳!犯了伪造符印之罪,判了绞刑。"

李世民重重地哼了一声,看向道德坊勾栏院的美髯公康班主。

康班主一抛美髯,喟然长叹:"我……教徒弟的时候手重了些,打死过一个不肯用功的艺徒。对面赵家班的人又告我驯养毒蛇,意图害人,其实老夫只是招募了一个天竺的驯蛇人,想用以表演而已,唉!"

康班主一声叹息,摇头不语。艺徒大多是穷苦人家养不起孩子,才卖给戏班的,一般都会立下生死文书,打死勿论。但是真要打死了人,官府还是要过问的,只不过一般都会酌情减刑,不会判死刑。

但康班主别出心裁,居然驯养毒蛇,这就危险了。按大唐律,驯养猛兽毒虫意图害人并被认定足以害人的,无须有伤害事实即罪名成立,罪犯以及教习者均处以绞刑。

康班主有驯养毒蛇的事实,赵家班的人又一口咬定康班主意图加害他们这些竞争对手,而康班主驯养的毒蛇又恰有一条曾经爬到对面赵家班,康班主也只好自认倒霉了。

瘸子马浑儿冷着面,重重地哼了一声,道:"某,本开封府一不良人,因公致残。县尉郭雀贪墨某的抚恤,某与他理论不得,就想宰了他这狗官,可惜只割了他一只耳朵便被他逃了,某腿脚不便,追之不得,至今想来,犹觉可惜!"

马浑儿仰天长叹:"可惜!可恨!"

以下犯上,那是不义之罪,以下司而杀上官者,如果只是伤了对方而没杀死,也要判绞刑。如果杀死了,那就连全尸都不能保了,要判斩刑。所以虽然那郭雀未死,马浑儿也是死罪。

身材魁梧的金万两大声道:"咱家是个窃贼,做成了一桩好买卖,可惜失了手,被逮住了。俺盗的那批财货,价值五匹丝绸,所以,被判了死刑!嘿!"

按唐律,窃贼窃取财物,价值超过三匹绸就得判绞刑,金万两盗窃的财物已经达到五匹绸,自然有死无生了。

这时众人都把目光投向了一直默不作声的华林。这小伙子年纪与李鱼相仿,只是骨架纤弱,蛾眉柳肩,五官眉眼比许多女子还要清秀。方才众人纷纷说起自己的罪名,他就有些焦躁不安的模样,此时众人纷纷瞧向他,华林一张俏脸简直就成了一块大红布。

见他支支吾吾不肯开口,金万两一巴掌拍在他的肩上:"嗨!都他娘的马上要死的人了,还有什么不好开口的?小林子,你究竟犯了何罪,说来听听,瞧你这模样,比个大闺女还害羞,总不会是杀人抢劫吧?"

华林涨红了脸儿,低着头,几乎要把脑袋藏进裤裆里,用细若蚊蚋的声音道:"我……我鬼迷了心窍,与九姨娘有了不伦的关系……"

他那声音实在太小,不只坐在栅栏外边的李世民没听清,就连旁边的屠夫老范、船老大刘云涛等人都没听清,瘸子马浑儿不耐烦地问道:"你说什么?大声些!"

倒是紧挨着华林坐着的金万两听清楚了,金万两大声道:"小林子说,他和他爹的第九房小妾困过觉啦!"

金万两号了这一嗓子,整个大牢顿时鸦雀无声。

虽说社会风气开放,但官府也并不放纵这种行为。就算是和奸,不管对方是未婚还是已婚,一旦捉到,同样是要严惩的,而和奸对象是自家亲眷,那就足以治死罪了。

此等事确实难对人言,也难怪华林如此羞窘。

李世民听了八个死囚陈述的死因,不由摇了摇头,默默地站了起来。李世民举步向外走去,何县令立即亦步亦趋地跟在他的身后。

县狱外面，花草之间，李世民忽然站住了脚步。何县令急忙走到他身边，微微欠身，等候垂询。

李世民负手望着花间蜂蝶起落飞翔，沉吟半晌，缓缓道："人君之道，唯在宽厚。非但刑戮，乃至鞭挞亦不欲行。此言可信吗？"

何县令进士出身，满腹经纶，对此倒是不含糊，马上垂首道："古来帝王，以杀戮立威，实非久安之策。臣见隋炀帝初有天下时，亦有大威严。今陛下仁育天下，万姓获安。臣下虽愚，岂容不识恩造。"

李世民点了点头，道："朕继承大宝已有六载，夙兴夜寐，未尝有所懈怠。然自去岁秋决人犯，迄今不过一年，牢狱之中又有死囚三百九十人，或因困顿，或因愚昧，是朕教化无方，不能令百姓安居乐业啊！"

何善光欠身道："以威刑肃天下，固不可取。然恩威并用，不可或缺。人有七情六欲，纵然富足安乐，难免还有人不知满足，触犯国法，此非陛下之过！"

李世民轻轻摇了摇头："今日朕审录死囚，见秋决人犯之数，较之去年犹有过之，心中甚是不安，所以才往你这长安县狱走这一遭。"

李世民转向何善光，道："何明府！"

何善光赶紧欠身拱手："臣在！"

李世民道："国法虽然不容，朕心却有不忍。朕想延他们一年寿命，将三百九十名死囚纵放回家，使他们可以与亲人小聚，限以来年秋决之日，再自归京师受刑。如何？"

何善光吃了一惊，赶紧拱手道："陛下口含天宪，生杀任情。若要宽赦死囚，臣自然不敢阻止。但，这些囚犯都是死罪，一旦纵放，又无人督管，谁不贪生？谁不畏死？来年秋决，他们岂肯束手待毙？"

李世民摇头道："自古为化，唯举大体。王政本于仁恩，所以爱民厚俗。朕对他们推心置腹，他们对朕又岂能不知感恩？朕之此举，是为了教化天下，朕相信，就算其中有贪生畏死者逃避山林，不肯伏法，然重诺明是非者，终是多数！"

何善光心想："皇帝说得轻松，如今把他们放跑了，叫他们来年秋决之日自己回京送死？谁还肯来？还说什么大多数死囚都会遵照承诺回来，这也太想当然了。"

何善光还想劝谏，李世民眉峰一挑，断然道："朕意已决！宣旨吧！"

长安县令何善光木然地站在大牢中央，身后站着几个牢头和两队狱卒。

何县令高声道："方才的圣谕，你们都听清楚了吧？陛下仁慈，延尔等一年寿命，各自归家，与亲人团聚，有什么未了之遗愿，亦可趁机完成。只是明年今日，尔等须得遵循律法，回到这长安县狱受死！明白了吗？"

所有的死囚全都紧紧抓着栅栏，像刚才李鱼抓李世民足踝时一样拼命地向外挤着脸庞，把脸都挤得变了形，一双双眼睛里放出炽热的光芒。

"何明府，你说什么？刚才……刚才那位赤黄衫子的贵人，就是当今皇帝？"

"是的！"

"皇帝下旨，把我们统统放了？要我们明年九月九，自回京师受刑？"

"是的！"

"我……我们离开监狱的话，没有人监视督领吗？"

"没有！"

"我们需要戴着死铐死枷离开吗？"

"不用！"

"那……那么，如果我们来年九月九不回来的话，会连累亲邻连坐吗？"

何县令的脸颊猛烈地抽搐了几下："这就思量一去不回了吗？陛下他真是……唉！"

何县令咬着牙根，摇了摇头："也不会！"

"万岁！万岁！吾皇仁恕，吾皇万岁呀！"

初时，是一个人嘶哑着嗓子吼起来，紧接着，整个大牢各监房的人不约而同地呐喊起来。

许多人跪在地上，放声大哭。就连一向对上法场表现得满不在乎的窃贼金万两都是嘴唇颤抖，热泪盈眶。不怕死不等于想去死，当他们以为死亡将来临的时候，无论是善是恶，恐怕思想最多的就是对于一生的反思、对于生存和亲人的留恋，还有这样那样无尽的遗憾。

如今，他们居然可以缓刑一年，可以离开大牢与亲人团聚，可以把他们来不及去弥补的憾事一一完成，就算再如何漠视生的人，都已止不住他们的眼泪。

"万岁！万岁！万万岁！"

"吾皇仁慈啊！"

"皇帝隆恩，草民没齿难忘啊！"

一间间监房内，无数的人叩头如捣蒜，号啕声此起彼伏。

何善光深深地吸了口气，咬着牙根儿吩咐："开牢门！"

两队狱卒大步走上去，一间间牢房的门纷纷打开。犯人们惊怔地看着洞开的牢门，有人试探着小心翼翼地向外迈出去，狱卒们站在那里，眼观鼻、鼻观心，仿佛没有看见。

犯人们的惊疑不定变成了惊喜激动，他们撒开脚丫子向牢外狂奔而去，越来越多的犯人冲出牢房，会聚到冲向牢外的队伍，从县太爷何善光的身旁洪水般涌过。何大老爷站在那儿，身子不时被忘形的犯人碰撞得摇摇晃晃，却是面无表情。

"天子糊涂啊！今日走脱这些人，明年九月九，还会回来几人呢？"

二号监的犯人也都欢呼雀跃着，疯了似的往外跑，只有李鱼呆呆地站在那儿，有些不知所措。

"放了？皇帝居然把我们放了？刚才听那个人……就是大唐天子！"

李鱼正在发呆，已经跑出牢门的屠夫老范突然又冲回来，一把握住了李鱼的手，用力摇了摇。

李鱼愕然道："你干吗？"

屠夫老范笑容可掬："你这只手，抓过龙足啊！我沾点喜气！沾点喜气！"

屠夫老范说完，傻笑着跑了出去。

一听老范这话，刘云涛、大弘和尚、康班主、马癞子等人纷纷冲过来和李鱼握手，然后狂笑着离去。

李鱼站在牢房门口，接见来宾似的跟同监所有人握完手，等所有人都跑光了，才迷迷瞪瞪地向外走去，仿佛做梦一般。

第二章
天机

百千家似围棋局，十二街如种菜畦。

遥认微微入朝火，一条星宿五门西。

大唐，长安。

东西长十千米，南北长九千米。城墙高六米，全是干打垒的黄土夯成，不用城砖。每一面城墙有三座城门，尤以城南的明德门最为宏伟壮观。

李鱼站在长五千米、宽一百五十五米的朱雀大街上，茫然地看着头戴白帽、面黑蓄髯的大食人牵着骆驼，与穿着大红石榴裙、系着同色绣花抹腰，脸上蒙着乳白色薄纱，扭着圆润柔软小蛮腰的波斯胡姬熙攘来去。

要不是还有许多妓女伶人、文人雅士、出家僧道长着和他一样的面孔，和他操着一样的语言，李鱼还以为自己一脚踏进了异域他国。

从大理寺狱、长安县狱、万年县狱放出来的死囚，一出牢门第一件事就是奔向自己的家，家在外地的也都马上寻找适用的水陆工具，想立刻回家，去见他们的亲人。

死里逃生的李鱼，站在这巨大的棋盘上，竟有一种不真实感。

这时，朱雀大街上，正有一辆黄牛车缓缓而来。车上端坐两个道服秀士，一个年近三旬，面如冠玉，剑眉星目；一个弱冠之年，唇红齿白，眉眼俊朗。两人时而低头谈笑几句，时而左顾右盼。

那弱冠少年一眼看到了李鱼，目光本已从他脸上掠过，忽又收回，重新投注在他脸上，一端详，顿时来了兴致。他急急一拉那中年秀士，兴冲冲地唤道："天纲兄，你看那人，快看那人！"

中年秀士转过头来，懒洋洋地瞟了一眼李鱼，不以为然地道："我说淳风啊，你如今口味如此之重吗？又不是百媚千娇的妙龄女子，我看他作甚？"

弱冠少年拊掌大笑："哈哈！师兄，你这番可眼拙了，你再仔细瞧瞧那人，面相可有异处？"

弱冠少年抬脚踏了两记地板，车把式便勒住了黄牛。车上二人一起把目光投向茫然站在朱雀大街上、面南背北的李鱼。

牛车上这两个人，年长的叫袁天纲，年少的叫李淳风。这袁天纲本是儒家弟子，后来却在峨眉山拜一位高僧学习武艺，又随药王孙思邈学习医术，再随李淳风之父李播学习道术，学兼释儒道三家所长，十分了得。此前任剑南道邛州下县火井县的县令，此番是任职期满，李世民久闻其知天文、识地理、道法高深，所以命其进京述职，亲作考评，以资任用。而李淳风乃袁天纲的师傅李播的亲生儿子，自然就是他的小师弟了。

李淳风倒是比他师兄发达得更早，唐初行用的历法是《戊寅元历》，这部历法存在一定的缺陷，李淳风对之做了详细研究，提出修改意见，进行了完善。历法编撰是专门之学，一般学者很难问津，而李淳风年纪轻轻，对天文学就有如此高深的造诣，自然引起了求才若渴的李世民的注意，因此授予将仕郎，任职太史局。

师兄进京，李淳风欢喜不禁，此番正是从城南十里亭接师兄归来。

袁天纲听了李淳风的话，又往李鱼身上仔细打量了几眼，微微一笑，道："此子面相，有何异处？"

李淳风可不相信师兄如此眼拙，他父亲李播修书进京时，可是不止一次对他夸奖过，说他师兄的道法远胜于他。李淳风知道这是师兄在考校他，便道："此子似乎是早夭之相，多灾多舛，一生坎坷。而且，细看其面理，他现在就应该死了，可他依旧好生生地活着，可不古怪？"

袁天纲眯了眯眼睛，微笑道："若我没有看错，此子至今日止，恰受足九九八十一日牢狱之灾，眉宇间凶煞之气已经化解得差不多了。今日是九月初九，又逢数之极日得以释放，否极泰来，灾厄已解。"

李淳风嘿嘿一笑，道："灾厄已解了吗？我看未必。他此时正站在朱雀大街上，举棋不定，不知何去何从。朱雀大街贯通南北，乾在北，坤在南，乾坤乃天地、乃日月、乃阴阳、乃生死，他正站在生死关头呢。"

袁天纲微微一笑，道："往何处可生，往何处当死呢？"

李淳风道："南向为朱雀，而他此时正立足于京师的朱雀大街，故而向南，可借朱雀大街之生气，得一线生机，但这一线生机，也不过延得一年之寿！若他往其他三个方向去，则连这一年之寿都没有了！尤其是东向，东向为苍龙，与天子真龙之气相抵，他若往东去，三日内必定暴死。"

袁天纲微微点头，目中露出嘉许之色。这个小师弟，果然天资聪颖，方及弱冠，相术方面较他就已毫不逊色。只是还是少年心性，喜欢卖弄，还得磨炼心性哪。

李淳风见袁天纲点头，喜滋滋道："小弟说对了吧？"

李淳风语气顿了一顿，有些遗憾地道："我看此人，有些眼缘，要不要点拨他一下，免得他走错了路，枉送性命！"

袁天纲马上道："且慢！淳风，莽撞了！生死有命，岂可妄加干预？"

袁天纲深深地望了李鱼一眼，道："他立足不定，去向未决，未尝不是天意，让他自行抉择，你我就不要妄加干涉了。走吧！"

袁天纲踢了踢脚踏，车把式甩了一鞭子，老黄牛慢吞吞地迈开了步子。

李鱼心中茫茫然，愁思往事，正自鼻子一酸，双眼湿润，肩膀忽然被人拍了一下。李鱼扭头一看，竟是船老大刘云涛。刘云涛喜气洋洋地对李鱼道："小兄弟，怎么还不回家？"

李鱼诧然道："刘老大，你还没走？"

刘老大道："我去找个朋友借了点盘缠，一会儿就去灞桥，搭一艘船，扬帆向东，回洛阳去。你家在何方，可与我同路吗？"

李鱼摇了摇头，情不自禁地想起了他的母亲。他的囚车被押解进京的那天，正下着滂沱大雨，她在雨中奔跑着，摔倒、爬起、再摔倒、再爬起，满身的泥泞，泪水和着雨水，那凄惨的哭叫声似乎仍然萦绕在他的耳边。

李鱼道："我的家，在山南道利州府，得往南去，与你不同路。"

刘老大笑道："得了，那就不多说了，我现在恨不得插上翅膀回家去呢，明年九月九，咱们兄弟再相聚吧！"

李鱼目光一凝，道："明年九月九？你……真打算回来？"

刘老大朗声道："当然回来，在牢里头，咱们可都是对天发过誓的。皇帝开恩，延了咱们一年寿命，让咱们可以了却许多未了的心愿，咱们岂能猪狗不如，言而无信？"

刘老大用奇怪的眼神看着李鱼，突然指着他道："你不会打算就此开溜，不再回来了吧？"

"不会不会，当然不会！"李鱼被他说破心事，不禁吓了一跳，急忙摇头否认。

刘老大正色道："我告诉你，人无信不立！我等都是死过一次的人了，该当明白，人活着，最重要的事可就不是为了能喘气儿。活要活出个人样儿来，不当人子的事，不能干！"

李鱼汗颜，连声称是。刘老大又上下看了他几眼，冷哼一声，转身就走，对他的态度完全不似方才一般熟络了。

"人无信不立。"李鱼咀嚼了一下这句话。

其实，李鱼还真动了不回来的念头。因为他从始至终，就不认为自己该死！该死的人必须死，不该死的人，难道该为该死的人偿命吗？尤其是他的母亲，经历战乱，现在就只他一个亲人了，他岂敢轻言赴死。

李鱼抬起头，望向那笔直的、气势恢宏的朱雀大街。

且先回利州吧。一切，容后打算！

京大内，两仪殿。袁天纲、李淳风虚合双手于腹前，恭立于殿上。殿上有宫娥、太监，俱都肃立不动。李淳风少年心性，又在京城太史局待过一年光景，天子真容也是见过的，便不那么拘谨。

李淳风左顾右盼，瞧见一旁蟠龙殿柱纹饰优美，瞧那宫娥太监一个个眼观鼻、鼻观心，居然悄悄挪了挪步子，离那殿柱更近一些，细细打量起来。

而袁天纲却是脚下不丁不八，左手抱日月，右手揽乾坤，使了个道家随性的吐纳姿势，双眼半开半合，原地入起定来。

"圣人驾到——"

随着安公公一声唱名，两名小太监陪伴着一身赤黄便袍的李世民从金龙屏风后面走进了两仪殿。袁天纲双眼一睁，李淳风也不动声色地往回挪了一下，面向御座，叠手长揖："臣火井令袁天纲（将仕郎李淳风），参见陛下！"

"免礼，平身！"

李世民坐在御座上，向二人微笑着，瞧了瞧袁天纲的容貌，见他丰神如玉、眉宇清朗，心中先自存了三分好感，道："袁明府，听说你博涉群书，精于术数，尤明天文历算阴阳之学，朕久闻你的大名了！"

袁天纲微微欠身。

李世民摸了摸颔下短髭，又道："巴蜀之地古时候有位奇人严君平，最是擅长占卜，不知与你相比，本领如何？"

袁天纲眉头微微一挑，略一沉吟，不动声色道："严君平生不逢时，而臣却有圣明的主上，所以，臣应该是胜过他的。"

李淳风忍不住想笑，急忙掩了嘴巴，扭过头去。他这个闷骚腹黑的师兄啊，表面上淡泊从容，一派世外高人模样，其实骨子里也是个不服人的性子。只是，自我夸耀实在有悖国人的传统美德，所以，他便拉上了皇帝一起夸，不直说自己本领比古之严君平还要高明，却说他是遇上了明主，所以可以发挥所长。

李世民自然听得出袁天纲话中之意，不禁微微一笑。李世民原就想让袁天纲占一卦，展露一下他的本领，听得此说，抚须想了想，眼睛一亮，看看袁天纲，又看看李淳风，呵呵笑道："你们二人，都是精于玄学的当世高人，朕有心考量一番，不知两位爱卿可应允？"

李淳风忍不住道："却不知陛下要考量什么？"

李世民狡黠一笑："不如，你们就来推算推算天下大势，如何？"

李淳风爽快道："臣遵旨，那我二人……"

袁天纲一脸凝重，急忙阻止："且慢！泄露天机，不是等闲之事。陛下慎重！"

李世民露出不快之色，讥诮道："若是天机不可泄露，你等苦学揣摩天机之学何用？"

李淳风见龙颜不悦，恐怕师兄前程就此受了影响，急忙挽救道："陛下，天机泄露太多，确实有害无益。不如这样，臣与师兄各推三卦，只推天下大事，每卦均以图像和谶语、颂诗为示，却不与陛下详细解说，能够看明几分，全凭天意，不知陛下以为如何？"

李世民想了想，颔首道："可！"

一旁侍立的安公公赶紧上前一步，吩咐道："来人哪，速备文房四宝、几案蒲团！"

当下就有小太监抬来两张卷耳矮几，各自摆放在大殿两侧，几案后各放蒲团一个，几案上又摆了文房四宝。

袁天纲和李淳风分别走到左右几案后边，撩袍跪坐下来。

那占卜的龟甲和古铜钱，是二人经常使用的东西，本就随身携带，当即摆在几案上。二人是师兄弟，心意相通，只对视了一眼，就大致约定了谁先谁后、相隔多少年一卦，开始卜算起来。

二人卜算的过程固然无聊，而李世民却也看得兴致勃勃。就见二人各自卜算一番，袁天纲率先提起笔来，蘸饱了墨，开始在纸张上缓缓画起来，李世民不禁暗暗点头："听闻这二人系出同门，看来还是袁天纲的术数之学更胜一筹啊！"

袁天纲和李淳风时而写，时而画，时而停下来卜算。二人入宫时就已是下午时分，不知不觉间竟已将近黄昏，天色暗淡下来。

不等李世民吩咐，安公公便张罗着给袁天纲和李淳风掌起了灯。其实此时袁天纲的三卦已经全都算完了，眼见对面李淳风仍在埋头卜算，便只当师弟于卜算之学造诣尚不够深，自己若此时搁笔，未免显得师弟本事弱了。

所以，第三卦明明已经算完，袁天纲却还装模作样地摆弄着龟甲、铜钱，并不急着下笔。眼见对面李淳风运笔如飞，案上已经堆了一堆的废稿，袁天纲不禁暗暗摇头，可天子面前，又无法帮师弟作弊。

其实此时的李淳风已经连推五十四卦，正在推第五十五卦呢。原来李淳风推的第三卦，得出的谶语竟是："日月当空，照临下土；扑朔迷离，不文亦武。"至于颂诗则是："参遍空王色相空，一朝重入帝王宫。遗枝拔尽根犹在，喔喔晨鸡孰是雄？"这是旷古未有的女主当国之象啊。

女皇帝？从未有过之事啊！李淳风几乎不敢相信，又反复推算几遍，确实无误，不禁起了好奇之心，很想知道后来又发生了什么事，于是一路推算下去，忘乎所以，竟然一发而不可收了。

李世民早已不耐久坐，眼见李淳风画了一张又一张，好奇之下走到他身边随手拿起一张就看了起来。这正是被李淳风反复推算多遍，单独放在一边的那张女主当国的卦象。

袁天纲往对面一看，忽见红烛之下，李淳风的一头乌发正以肉眼可辨的速度迅速变成一头银丝，不由大吃一惊，这哪里是推算不出，这是泄露太多天机啊！

袁天纲也顾不得御前失仪了，慌忙离席而起，走到对面一看，李淳风正提笔写下第五十五卦的卦辞。袁天纲暗吃一惊，急忙一推李淳风的后背，沉声道："天机不可再泄！师弟，就此罢手吧！"

李淳风被袁天纲一推，不禁回过神来，这才发觉自己已经不知不觉卜算出了这许多的卦象，心中也是吃了一惊。此时李世民移目他顾，也发现李淳风一头青丝已经尽变银发，不禁大骇！

李淳风此时还不知道他的一头青丝已经尽成白发，转眼瞧见李世民惊骇的目光，还以为皇帝是惊讶于他推算得如此之多，不禁稍有自得。

李世民看着那写好的厚厚一摞纸张，吃惊地问道："爱卿，这是……这是推算了多少张？"

李淳风拱手道："臣一时忘形，只管推算下去，却也不曾数过有多少张，不过，臣这些推演，至少囊括了今后两千年的天下大事！"

"两千年！"饶是李世民经历过那么多的大风大浪，一时间也不禁血脉偾张，双手发抖，马上吩咐安公公："快！快收好了，损毁一张、丢失一张，就要你的脑袋！"

安公公慌忙唱喏，双膝跪在几案前，将那一摞推演好了的纸张反复数了三遍，终于确认是五十五张，再加上袁天纲的三卦，一共五十八卦。

安公公诚惶诚恐道："陛下，一共五十八卦！"

袁天纲略一沉吟，拱手道："六十甲子，往复循环！臣愿再绘首章与结章，与之合订为六十卦！"

李世民大喜，连声道："如此，有劳爱卿了！"

袁天纲回到座位，提起笔来，笔走龙蛇，又绘出首章和终章两幅图，待墨迹稍干，递到安公公手上，李世民想到方才袁天纲推搡李淳风的后背，制止其继续泄露天机的举动，不禁笑道："两位爱卿所著之作，朕给它取个名字，就叫……《推背图》吧！"

袁天纲知道这是因为自己方才的举动，不禁赧然拱手道："多谢陛下！"

李世民从安公公手中接过《推背图》，略翻了翻，本想再向他们询问一下那些晦涩难明的卦辞真相，可是想到自己有言在先，天子金口玉言，不容反悔。再者眼见李淳风貌似少年，唇红齿白，却是一头雪白银发，全因泄露太多天机，也是暗暗心惊，话到嘴边，还是咽了回去。

李世民点点头道："今日天色已晚，袁爱卿且先回驿馆住下。明日爱卿再进宫来，朕对你的前程，自有安排！"

李世民又深深地看了李淳风一眼，道："爱卿劳苦功高，朕记在心上了！"

李淳风欢喜地谦逊几句，此时犹不自知自己已经满头银发。

李世民对安公公道："替朕送两位爱卿出宫！"

袁天纲和李淳风在安公公的引领下离开皇宫的时候，李鱼正在终南山上一处洞穴里烤着野鸡吃。

李鱼沿着一千多丈长的朱雀大街走到一半，就觉有些脚乏。其实他的身体很强健，整天练武，肌肉结实，只是他在牢里关了几个月，这段时间一直没有活动身体，骤然行路久了，筋骨肌肉都不太适应。

好在他在朱雀大街上看到一伙商人，听他们言语也是往南去的，李鱼硬着头皮一说，这些商人倒也爽快，于是李鱼就坐上了大车。

只是车到终南山下，人家就不与他同路了。李鱼问了问路，穿山而过要更快捷些，就与那些商贾告别了。

等他爬到半山饥肠辘辘的时候，才想起来自己吃食也没有。不过，天无绝人之路，李鱼听到草丛中有些动静，钻进去一看，也不知是哪个猎人下的套子，套住了一只野鸡，因为天色已晚，那猎人没来收套子，就便宜了李鱼。

李鱼提了那野鸡上山，找到一处有山泉流过的山洞，用河边尖利的石片费劲地清理了野鸡，又费劲地钻木取火，这才得以吃上一口熟食。那野鸡没有任何佐料可用，虽然卖相挺诱人，嚼在嘴里实在没什么味道。

李鱼正费力地嚼着那或半生不熟、或烤得有点焦的鸡肉，忽然"轰"的一声，一片红光将整个洞窟照得通明一片。

那种红光，是瑰丽的艳红色，但又绝不刺目，也不会让人觉得惊心。它甚至显得有些柔和，几乎把整个山洞照得毫无死角，处处鲜明。

李鱼举着鸡腿，目瞪口呆。

过了好半晌，李鱼才察觉出那光是从洞外照进来的。李鱼把鸡腿轻轻搁在一块用泉水洗净的石头上，努力咽下口中的鸡肉，站起身，蹑手蹑脚地向外走去……

皇城实在是太大了，袁天纲和李淳风走出两仪殿的时候，天边还残留着一抹夕阳，等他们走出皇城的时候，已经需要掌灯了。

二人登上等候于此的牛车，驶向袁天纲下榻的驿馆。李淳风在车上坐下，便对袁天纲笑道："师兄，但凭你我二人今日所作推演，只要有人能尽识卦辞中所示气象，则今后两千年之王朝更迭、天下大事，再无一事不知矣！"

袁天纲有些心疼地看着李淳风高绾的道髻，正要责备他不知天高地厚，擅自泄露天机，天边黑漆漆的夜空中陡然现出一个奇异的火红色物体，仿佛一个烈焰升腾的火球，照得天宇、大地一片红光氤氲。

李淳风骇然站起，扶着车栏举目远眺，惊讶地道："那是什么？"

袁天纲忽然心生感应，掐指一算，失声叫道："天降异宝！"

李淳风愕然扭头，看向袁天纲："师兄，你说什么？"

袁天纲掐着指诀，沉声说道："天降奇物！若有人能得此宝，用之得法，则你我所推演之未来天下，未尝不可变！"

李淳风骇然："什么东西这般厉害？"

袁天纲没有作答，他缓缓站起，目视天边，那团氤氲的圆满的红光渐渐消散，从中现出一个火红色的物体来，仿佛一只大鸟，准确地说……

它在长空，犹如凤凰！

第三章
宙轮

李鱼站在洞穴入口，仰望天空，看得十分清楚。

天空中有一团虽然明亮却绝不刺眼的红色光团，仿佛一轮放大了近百倍的太阳，漆黑的夜色中，有一束束比夜色还要黑暗的光束不断轰击在那团红色光晕上，直到那团红色光晕仿佛蛋壳一般碎裂、消失。

然后，在那红色光晕之内，出现了一个奇怪的东西。那是……一架红色的不知什么金属建造的飞船。那飞船的形状，以及它身上不断闪烁的红色光芒，使它看起来就像一只凤凰——一只红色的金属制成的凤凰！

李鱼顿时屏住呼吸，他可不认得飞船，这是什么怪东西？

那悬停于空中的、纯黑色的巨大战舰是一艘宇宙飞船，而那红色凤凰，也是一艘宇宙飞船。在它的表面，有一团红色光晕的能量保护罩，而这能量罩，显然是被对方的舰炮给消耗殆尽了。

李鱼的唇角因为激动而变得有些抽搐起来，在他眼中，这就是神仙法器，是神仙在大战？接下来还会看到什么？会不会玉皇大帝、三清道祖也一一出现啊？

李鱼下意识地就想冲出去，可是他想迈步的时候，才发现已经寸步难行，他……被定在那里了！

李鱼很确定，他不是吓得不能动弹，而是被一种莫名的力量给定住了。然后，他就发现，面前出现了一个人，一个仿佛敦煌壁画中的飞天神女般的女人。

她生得很美丽，婉媚婀娜，衣带飘飘，五官眉眼有些像是天竺丽人，但是她的眉心却有第三只眼，一只竖着生长的天眼，就像……神话传说中的二郎神。

李鱼惊讶地想问她是谁，但是想要张嘴时，他才发现，他的嘴巴业已没法张开。

"不要害怕！我，不会伤害你！"一个轻灵的、悦耳的女子声音在他的脑海中陡然响了起来，"你们星球人的语言，我来不及弄清楚。所以，我们用意念来交流，更好一些，而且，也不会被他们听到！"

对面的三眼天女微笑地看着他。很显然，此时正用意念与他交谈的就是这个三眼天女。天女的语速微微加快了一些："我来不及和你解释太多，你可以叫我时空操纵者。"

天女美丽的双眼显得有些焦灼，而眉心的天眼流转着奇异的光，李鱼猜测，她就是因为生有这只神话传说中的天眼，才能和他进行意念交流："他们是纵横宇宙的强盗，想要掳夺我的宙轮！"

天女伸出手，一只小小的项坠似的蓝色圆球在一个镂空的金属罩内流光溢彩，李鱼一眼望去，仿佛看到了日月星辰，看到了银河浩瀚，登时有些目眩，赶紧移开了目光。

天女急促的声音在他脑海中回响："我的飞船已经损毁，无法逃离，而宙轮拥有不可思议的力量，绝不能落在这些残暴者手中。我希望你能帮我保管它，直到我的三目族人来到这里，再交给他们。你听懂了吗？"

望着三眼天女急切的目光，李鱼下意识问道："你的三目族人？他们什么时候会来？"

三眼天女的意念回答道："对你来说，也许是一千年，又或是一万年！"

李鱼的意识在脑海中惊叫："那么久？我的骨头都要烂光了！"

三眼天女的意念道："你死了，可以传给你的儿子，你的儿子死了，可以传给你的孙子，只要宙轮还在，且能利用你这一脉的生物电发出极微弱的信号，我的族人就有办法找到它！"

这时候，那艘纯黑色的肉眼几乎不可辨的巨大狰狞怪兽似的飞船张开了一个口子，正停滞于空中的红色飞船一点点地被拖曳进去。

站在李鱼面前的三目天女突然摇晃了一下，原来出现于李鱼面前的她仅仅是一个三维立体投影。但是……但是悬停在她掌心的那个"项坠"却是真实存在的。

"我时间不多……"

三目天女流露出一丝无奈感伤的微笑："用不了多久，我的族人就会来找你！请你把它子子孙孙传承下去，直到我的族人到来。为了能让你保护它，我赋予你一定的使用权限……基因锁！"

三目天女的投影又剧烈地摇晃了几下，显得有些虚化，以至于中间的一段话李鱼没有听清。很显然，那艘黑色巨舰在将红色飞船拖进体内时，它的能量场在干扰红色飞船的信号传输。

李鱼身不能动，口不能言，只能用意念急问："你的族人会很快找来？你不是说要千年万年？"

真身仍在驾驶舱内的三目天女尽管即将落入对头的毒手，还是因为李鱼的这句话，露出了一丝有趣的笑意："时间，对可以超越光的三目一族来说，并不漫长。用你们的意思来说就是，天上一日，地上一年！"

当这句话在李鱼脑海中掠过的时候，那艘红色飞船彻底消失在钢铁巨兽的腹中。"拜托了……"随着这句话，三目天女的投影也陡然消失。

李鱼呆了呆，用意念急喊："喂！你说赋予我使用权限，我怎么使用？它有什么用处啊？喂？喂？"

再也不见回答，而高空中那艘黑色的钢铁巨兽在彻底完成"吞噬"后，也毫无声息地突然飞向极远极高处的夜空，彻底不见了。

李鱼突然觉得禁锢他的那股力量完全消失了，他本来正保持着向外跑的动作，此时不由自主地向前跑出两步，这才控制住身体。

李鱼急急抬头看看夜空，夜空中群星璀璨，仿佛什么都没发生过。他又回过头，那个被称作"宙轮"的圆圆的项坠依旧悬停于空中，悠然旋转。

李鱼艰涩地咽了口唾沫，努力说服自己："我在做梦，一定是在做梦！"

天明时候，李鱼是被洞窟外树枝上叫得极张狂的鸟儿们给吵醒的。

在硬硬的地上睡了一夜，未免腰酸背痛。李鱼醒来，意识刚一恢复，就下意识地摸向颈间，那只宙轮项坠已经被他系在了颈间，他从腰带上撕下一条布，搓成细绳儿，就充当了这天外来客视为瑰宝的宙轮的"项链"。

李鱼研究了一阵，还是没弄明白这玩意儿究竟有什么用处，腹中却觉饥饿起来。农历九月，天气已经变得很冷，那剩下的鸡肉不能直接入腹，好在那篝火尚未完全熄灭，李鱼又填了些树叶树枝，将火吹旺，把鸡肉热了一下吃饱了肚子，便匆匆踏上了路程。

虽然他对那宙轮充满好奇，但他身无分文，又无干粮，是不可能藏在那山洞里仔细研究的。

李鱼一路行去，跋山涉水，渴了饿了就以山泉野果解渴充饥，时不时还能弄点野味，只是缺少食盐佐料，嘴里都快淡出鸟儿来。也只有到了有人烟处，讨碗粥吃，上边铺一层咸菜，方能尝到咸味儿。

这样一直走了三天，有时翻山，有时过河，偶遇商贾行人同途，若有车马时还能说句好话借以代步，如此行行重行行，第三天傍晚时，李鱼在一条河边，用尖利的树枝叉了一尾肥鱼烤来吃饱了，便用他那油腻的手摩挲着宙轮开始研究起来。

"那天外仙人如此重视这个小玩意儿，它一定有着不可思议的作用。可是，究竟是什么作用呢？究竟要如何启动它？那个三只眼的美女可是说过，她已经授予我一定的使用权限。"想到那个姿容婉媚、风情殊异的三眼外星美女，李鱼忽然想到了传说中的二郎神杨戬，这杨戬莫非就是三目族人？李鱼忽而又想到了"天上一日，地上一年"的说法，这个说法也是古已有之，难道曾有古人接触过他们，才留下了这样的传说？

李鱼胡思乱想着，手中还在下意识地拨弄着那枚宙轮项坠，忽然，他的手指在外包着幽蓝色项珠的镂刻式金属外罩上划了一下，一道细小的伤口渗出了一滴鲜血。

李鱼哎呀一声，赶紧把手指放进嘴里吮吸。项坠落回胸前，弹跳了几下，项坠外罩上染的那滴鲜血溅落到了其中幽蓝色的项珠上。项珠立即发生了奇异的变化，幽蓝的光芒突然涟漪般荡漾起来，一层层幽蓝色波纹状的光波，荡漾着，越来越大，将李鱼全身笼罩其中。

李鱼惊讶地看着自己身上发生的变化，又是忐忑、又是激动地等待着，直到那一圈圈的蓝色涟漪再次消失，李鱼愕然发现——什么变化都没有！

他还是他，失足盘坐在那里。天还是那个天，时当黄昏，晚霞满天。不对！有变化！他眼前的那条清流潺潺的河，不见了！

李鱼脸色一变，腾的一下跳了起来，前边那条宽有三丈、水深不过膝的小河真的不见了。他又往四周看了看，不只是河不见了，河边的鹅卵石地面、他方才倚靠的那块岩石也不见了，他此刻正置身于一片半人高的蒿草丛中……

等等！那是什么？

李鱼吃惊地看着草丛中出现的东西，一步步走过去。

那是一堆篝火,篝火上搭着一个简易的木架,木架上串着一只烤得吱吱冒油的野兔。这一幕,怎么这般熟悉?

李鱼定定地看着野兔身上已经被啃过两口的牙印,突地恍然大悟,惊喜地跳了起来,指着那堆篝火手舞足蹈:"我明白了!我终于明白啦!哈哈哈!这宙轮真是个宝贝啊!原来它能逆转时空!逆转时空啊!这是昨天!这是我昨天傍晚露宿过的地方,哈哈哈……"

李鱼如痴似狂,绕着那篝火欢喜地蹦跳了许久。能够回到过去,意味着能够预知未来,能够预知未来,意味着他能洞烛机先,走在所有人的前面。拥有如此法宝,还有什么事是他不能做的?

但……当李鱼跳累了、笑累了,在那篝火旁一屁股坐下来后,他突然发现真要具备这个能力,他还需要弄明白很多东西:

第一,他现在回到的时间是正好一天前,他能不能回到更遥远的过去?

第二,如果不能一下子回到更遥远的过去,他能不能一天一天地倒回去?

然后,李鱼发现如果他想弄明白这些问题,需要不断地试验摸索,他猛然意识到,他回到了一天以前,也就是说,他辛苦跋涉了一天的路程,全白走了,他得从头再走一遍。

有鉴于此,李鱼不敢尝试了,至少现在不敢再试。他要试验这东西能不能连续地倒退十二个时辰,也得等他回到利州,在利州至少待上两天再说,这样他才不至于因为试验,再走许多的冤枉路。

想到曾经走过的路明早起来还要再走一遍,李鱼不禁垂头丧气,因为发现了宙轮的奇妙作用而带来的欢喜也淡了许多。

随后,他又发现了一件更心塞的事:那只烤兔子已经烤成了黑黑的一坨……

历经千辛万苦,李鱼终于赶到了利州。进了利州城,看到熟悉的街道、熟悉的景致,李鱼的鼻子酸酸的。

利州城当然比不得长安繁华,但利州自有利州的繁华喧闹,大街小巷,人来人往,商铺摊贩,叫卖喧嚣,热闹得很。

李鱼一边走,一边左顾右盼。忽然看到路旁一个酒铺子。店前搭了一个木板台子,台子上摞了十几瓮黄泥封口的酒坛子,台子后边站着一个三绕曲裾的窈窕少妇。

只见她发绾参鸾髻,插着一支步摇,垂胡袖的曲裾,既端庄又俏美。巴蜀山水给她孕育出了一副既小巧玲珑又凹凸有致的身段，瓜子形的白嫩脸蛋儿，颊间一对梨涡，两腮白里透红，簇黑弯长的眉毛，黑白分明的双眸，与那一身浅素相得益彰。

有人说，山上之色，水中之味，花中之光，女中之态，虽善说者不能一语，唯会心者知之。此刻，这卖酒女子动作不疾不徐，透露出韵律感与美感，声音甜美，不亚于吴侬软语，那种美态，还真是只可意会不可言传。

李鱼看到这样别具韵味的女子，情不自禁地多看了两眼，这时他才注意到，酒铺子里还有两个汉子，裸着上身，下身只着一条犊鼻裈，赤着脚板，正坐在小板凳儿上洗涤酒器。酒幌子上写着四个大字："文君酒舍！"

李鱼的唇角不禁抽搐了两下："这掌柜的好有经商头脑！"

那扮卓文君当垆卖酒的美丽女子收了钱，将一坛子酒捧给客人，甜笑着说道："大叔慢走，喝好再来！"

"卓文君"一转眼，恰迎上李鱼凝视的眼神，李鱼不禁老脸一热，这般盯着人家姑娘看，确实太不像话。李鱼仿佛做贼被人捉个正着似的，急忙心虚地移开了目光。

那"卓文君"上下看了他两眼，柔美的唇忽然轻轻一抿，她离开酒案，自怀中摸出一个油纸包，从中拿出一张胡饼来。

"卓文君"瞟了李鱼一眼，将那胡饼一分为二，收起了一半，将另外一半递到他的手中。李鱼微微一愣，手中已经多了半张胡饼。

"卓文君"柔声道："年纪轻轻，手脚健全，做什么营生不能挣口饭吃？男儿大丈夫，应当活得堂堂正正、顶天立地，莫做乞儿了！"

李鱼怔怔地望着"卓文君"，一时说不出话来。原来我痴痴地偷窥人家，却被她误以为是乞儿腹饥想要行乞？

这时酒铺子的胖掌柜也不知从哪儿冒了出来，大声呵斥道："你这丫头，老子花钱雇你，是要你布施行善的吗？自家都要穷得吃不上饭了，还要接济别人，快去卖酒！今儿卖不出五坛酒来，就扣你工钱！"

温柔娴美的"卓文君"忽然向李鱼俏皮地吐了吐舌头，不经意间露出一副甜美可人的少女模样。她赶紧回到酒案后面，把腰杆儿一挺，又变成了仪态万千的少妇模样，卖起酒来。

胖掌柜走上前来，粗暴地推开李鱼："走走走，离远些，少在这儿影响老子生意，真是晦气！"

李鱼被胖掌柜推开，他揣好胡饼，走出十几步远，又回头看了一眼，"卓文君"正带着灿烂似阳光般的笑容，卖力地向面前停下来的两个行人推销美酒。

李鱼吁了口气，目光一转，忽然从旁边一家卖镜的店铺摆放的铜镜上看到了自己的模样。此时的李鱼，攀山越岭之后，已然是衣衫褴褛，蓬头垢面，形同乞丐——难怪那当垆卖酒的"卓文君"把他当成了乞丐。

李鱼苦笑着摇了摇头，自己竟然这般落魄了！

循着记忆，他找到了自己的家。李鱼的家在一片竹林子前面，一排房子，东西两厢，前边还有一个小院落。李鱼的父亲李老实做皮匠的时候，家境还是不错的，置办下了这份产业。

李鱼推开篱笆门，走进院子，大声唤道："娘！娘！我回来啦！"

但是房间里没人应答，李鱼走过去一拉房门，才发现门被草绳拴着，母亲不在家。李鱼吁了口气，这才想起，母亲此时应该正在武都督府做工。

李鱼的母亲潘氏原本是不用出门做工的，只在家操持家务，帮丈夫晾晒、硝制皮革，但李老实被杀后，为了维持生计，她就不得不出门做工了。三年前，潘氏开始在利州都督武士彠家做针娘，此时应该仍在那里吧。

李鱼犹豫了一下，并没有打开草绳回房，而是走到院子里，在那棵十八年的柿子树下坐了下来。这棵柿子树，是他周岁的时候，李老实亲手种植的。

李鱼下意识地摸了摸自己颈间那枚大红枣般大小的项坠，他才刚回来，现在不能试验，否则一旦回到十二个时辰以前，他又得跋涉一天了。想试验它究竟有多大用处，是否能够连续倒退时间，至少得等两天。

李鱼长长地吁了口气，拍拍颈间的项坠，枕着双臂，在柿子树下躺了下来。头顶，柿树上正挂满果实，一颗颗橘红色的柿子串珠儿似的，长得自由自在，很是任性。

李鱼闭上了眼睛，任风轻拂着脸颊。他想：该利用这奇异的宙轮，赚上一大笔钱才是！

第四章
潘娘

潘娇娇挎着针线篮子从都督府里往外走，眼神有些黯淡无光。

原本的她不是这样子的，虽然丈夫死了，家境也大不如前，但她还有儿子。儿子在身边，眼看着他一天天地长大，潘娘子的心就无比踏实，活着也有了奔头。

可是，谁晓得那孩子始终记着他爹的仇恨，居然去向石三复仇啊！石三已经投靠了官府，摇身一变成了朝廷的官兵，还当上了执戟长，那傻孩子怎么就敢去刺杀他？

这父子俩，一样地犟啊！

潘娇娇咬着牙根儿，恨恨地骂了句她死去的男人。那个死鬼，明知道李孝常反了，明知道石三是李孝常手下无法无天的兵，那双靴子就白送了他呗，难道还值得上那一条命啊，害得儿子也随他而去。

如今潘娘子也不过才三十四五的年纪，可那精气神儿，却像是六七十岁的老太婆，人没了奔头，活着也就只是活着了。

"站住！"都督府门口的执戟手突然将戟一横，挡在了她的面前。

执戟手瞪着潘娘子道："你腰间鼓鼓囊囊的，塞了什么，停下检查！"

"肉！那是肉！我自己的！"潘娘子怒了，掐起腰间一坨肉，冲着执戟手大吼，"老娘也不是第一天在都督府做事了，你小子没见过吗？啊！你说我腰里藏了什么！

来来来，你摸摸！"

潘娘子步步紧逼，那执戟手不过十七八岁，哪里是她的对手，被她唬得连连后退。

"好了好了，潘娘子，小丁也是奉行公事嘛！"执戟长乔二郎赶过来，冲那执戟手狠狠瞪了一眼，又转向潘娘子，"小丁新来的，府上出出进进的人又多，他不认得，哈哈，莫怪！莫怪！"

潘娘子狠狠瞪了小丁一眼："你小子，以后长点眼睛，别以为老娘死了男人没了儿子就好欺负，哼！"

潘娘子恨恨地出了府门，隐约听到后边乔二郎责骂小丁："你小子，惹那妇人作甚，那女人死了丈夫，儿子也刚被朝廷砍了，绝户一人，可是谁都不怕的！"

潘娘子哼了一声，急急走出几步，忽然，那泪就止不住地流了下来。那死鬼，为了一双靴子被人杀了，那蠢儿子又为了给他爹报仇让朝廷砍了，撇下她孤苦伶仃一个人，这一辈子，可怎么熬啊。

潘娘子一路走，一路哭，两只眼肿得都跟胡桃似的。到了自家门前，潘娘子忽然瞧见篱笆门是开着的，不由心头一紧，院子里可还养着几只老母鸡呢，可别是招了贼了？

潘娘子紧赶几步进了院子，一瞧柿子树下，正睡着一个破衣烂衫的乞儿。潘娘子丢下针线篮子，从墙角抄起一根棍子，就怒瞪双目冲了过去，人未曾到，呼天抢地的哭声先响起来："苍天哪，这是何等狼心狗肺没了心肝的乞索儿（乞丐），欺负到我一个……"

哭叫声戛然而止，潘娘子举着棍子，惊愕地看着那睡在柿子树下的乞丐的脸庞，浑身跟犯了疟疾似的打起了摆子："你……你……"

李鱼已经被她那一声哭号给叫醒了，睁眼一看，登时鼻子一酸。

六七年前，潘娘子还是这坊巷间闻名的一个美人儿，虽然年近三十，却也是姿容妩媚、风韵犹存。可自打死了丈夫，她独自一人拉扯儿子，哪还顾得上形容打扮。

当年李鱼才十二三岁，正是长身体的时候，饭量大、能吃，别的穷苦人家的孩子，十二三岁就出去做工，帮衬家里，偏这李鱼不知撞了哪路邪，只管四处打听，但凡听说谁拳脚厉害，便去巴结着学习武艺。除此之外什么都不干，如此一来可就更能吃了。

这就苦了潘娘子，偏她又宠儿子，绝不肯让儿子受一点饥寒。她卖了妆镜、当了首饰，布衣钗裙，做工赚钱，硬是把儿子拉扯成了一个大小伙子，自己却是容颜渐老，体态臃肿起来。

街坊都说潘娘子苦日子总算熬到了头，谁晓得李鱼长大成人，第一件事就是去杀人。他是为尽孝道而杀人，可他被押解进府狱的时候，却不知道有多少街坊指着他的鼻子骂他不孝顺，骂他不当人子。

种种记忆，涌上心头，潘氏娘子对儿子涓滴不遗的母爱，令李鱼热泪盈眶，情不自禁地翻身跪倒，颤声道："娘！不孝儿，回来了！"

潘娘子颤抖着退了一步，手中的棍子"当啷"一声掉在地上。

潘娘子跟失了魂儿似的盯着儿子，嘴唇哆嗦着，半晌，忽然凄厉地一声哭号："小鱼儿！我的儿啊……"

潘娘子号啕大哭，扑上去一把抱住了李鱼，哭得天崩地裂："我的儿啊，你回来看娘了！你个不孝的小畜生啊！怎么就为了那死鬼去杀人，你丢下老娘一个人可怎么活呀……"

潘娘子一双手臂紧紧地抱着李鱼，唯恐一撒手，她的儿子就不翼而飞。

自打儿子被解送京城，那九月九秋决之日，就像悬在她心头的一口刀，无时无刻不割得她的心鲜血淋漓。九月九那天，她失魂落魄，独坐家中，待到正午行刑时刻，突然就忍不住哭了起来，哭得直至晕厥。她知道，她的儿、她身上掉下来的那块肉，从这一刻起，就再也不复存在了。

如今，她的儿子回来看她了，他投胎转世之前，犹自惦记着她这个娘，他回来看她了。

潘娘子又是心酸，又是欢喜，抱着儿子哭得上气不接下气。李鱼先是有些惊愕，听了潘娘子这一番话，方才明白她以为自己只是魂魄归来。李鱼既觉好笑，又觉心酸。

李鱼感动地在潘娘子的耳边道："娘！儿没死！儿活着回来了！"

潘娘子如遭雷击，迅速放开李鱼，上下仔细看着他，不敢置信道："我的儿，你……你说什么？你没死？你真没死？"

李鱼鼻子发酸，对潘娘子道："当然没死！娘，这天还没黑呢，我要是鬼魂，怎现得了身？"

"没死？没死！我儿没死！"潘娘子惊喜若狂地捏捏李鱼的肩膀，又摸摸他的脸颊，忽然脸色一变，惊恐地四下看了几眼，推着李鱼道，"儿啊，你越狱了是不是？你快走，能逃多远逃多远，娘只要你活着就好，你快走！快走！"

潘娘子满眼恐惧,唯恐迟了一点,就有官府差人扑进来再捉了她儿子似的。李鱼哭笑不得,用力抓住潘娘子的双手,认真道:"娘!您别担心!我没死!我也不是越狱而逃!我是……"

李鱼犹豫了一下,接着道:"我是……为父报仇,尽孝道,所以皇帝开恩,赦免了我的罪!娘,儿现在是无罪之身,儿活着,没罪了,您明白吗?"

"活着?没罪了?我儿,活着?"潘娘子直勾勾地看着李鱼,喃喃地重复着。

眼见李鱼含笑用力点一点头,潘娘子两眼一翻,喜极而昏。

李鱼对潘氏撒了一个谎,一个善意的谎。他实在不想看到潘氏呼天抢地、号啕大哭了。他知道等死的煎熬是何等滋味,如果告诉潘氏真相,他感觉真不如就此不再出现,就让她当儿子已经死掉,那样的话,一年的时间,怎么也能抚平她大半的创伤了。

所以,他告诉潘氏,因为他是为了尽孝道,所以皇帝赦免了他的罪。三纲五常,人伦大道,乃是朝廷最为重视的维系社会稳定的基本道德,从船老大刘云涛口不择言骂了祖父一句就被判绞刑可见一斑。

自古以来因为尽孝道而犯罪者,也大多获得减刑或直接赦免,他又确实是活生生地回来的,潘氏自然相信了儿子的话。

"娘应该还要很久才能获悉真相。在那之前,我可以做很多事,说不定已经赚了一大笔钱,可以带着她跑路了!"李鱼暗暗地想。

他原本想的是安顿好母亲,让她后半生无忧,之后便逃之夭夭,但是当他回到利州,见到母亲的那一刻才明白,想让母亲后半生无忧,只有他这个儿子好生生地活着。

潘氏欢喜得忘乎所以,解开拴系房门的草绳时,手不停地哆嗦着,好半晌才把门打开。屋里也没什么值钱的物件儿,说是家徒四壁也并不过分。

一进去是隔断开来的一个堂屋,摆着饭桌,门边有灶台,门帘儿掀开进到里间,右首一铺炕,左首一排低矮的桌柜,家中看起来最完整、最光鲜的一件家具,就是房头贴墙摆着的一张供桌。

供桌上放着李家父祖的灵位,李老实的灵位也在其上,包括李鱼的。灵位前边摆着一个陶制的香炉。潘氏进了屋子,第一件事就是快步抢到供桌前,将李鱼的灵位撤了下来。

"我儿没死,这灵位可不能供着了。哎呀,这都供了好多天了,真是折寿啊!"

潘氏一边自责地说着，一边拿起菜刀，用力地刮着请先生用毛笔写在上面的名字。

潘氏把灵位上的字刮干净，又寻到柴刀，将那灵牌劈成了柴火，这才踏实下来，仿佛做完了这一步，她的儿子才真的回来了。

潘氏高高兴兴地回到供桌前，双手合十拜了拜，嘴里嘟囔着："列祖列宗保佑，小鱼儿回来了，李家香火未绝，多谢列祖列宗！"

潘氏说完，扭头见儿子还在东张西望，急忙过去把他拉到面前，急切道："快！快向列祖列宗叩头谢恩哪！哎哟，等等！"

潘氏忽然想起什么，一扭身子，对李鱼道："儿啊，且等等。你活着回来，这可是大事，得上供！"

潘氏说着，探手入襦裙，噌地从裤腰里拽出贴身紧藏的一件油纸包裹着的东西。潘氏把东西放在桌上，又往另一侧一摸，又摸出一块东西。她系好裙子，喜滋滋地将那几层的油纸打开，赫然是两只卤猪耳朵、一大块酱猪头肉。

李鱼看得目瞪口呆，潘氏却是浑不在意，忙忙碌碌地去外间屋里拿来两个陶碟，盛了肉摆在香案前，对李鱼道："看什么看，娘从都督府里顺出来的，瞧你这样儿，以前也没见你少吃。"

潘氏娘子摆好了香案，便催促儿子赶紧跪下，给老祖宗们叩头，包括他那死去的父亲李老实。

看着娘殷切的目光，李鱼听话地跪下，双手合十，默默祈祷。等他重新张开眼睛，外间屋里已经响起了舀水声，李鱼鼻端还嗅到一股柴火燃烧的味道。

潘氏娘子烧上水，便里里外外地忙活起来，那嘴巴却也不曾闲着。

潘氏娘子从柜底翻找出儿子的衣服，说这衣服没舍得当，除了九月九那天烧了几件给他，还留下两套，想留个念想。说到这里，潘娘子心疼地扇了自己两个嘴巴，可惜了那烧掉的衣服。

接着，潘氏娘子又翻箱倒柜地找被褥，告诉李鱼，隔壁房子租出去了。那边房子原本打算给儿子将来娶媳妇用，以为儿子已经死去，只好租了出去，现如今租期未到，只得委屈儿子，先跟娘共住一间房。

接着，潘氏娘子端了个大木盆进屋，倒上滚热的开水，又提了一木桶凉水进来，就要侍候儿子洗澡。

李鱼吓了一跳，面红耳赤地非要自己洗不可。潘氏娘子拗不过他，只得一边嘱咐他要洗个干净，后背要用毛巾擦个干净，一边笑着走出去，说儿子真的是大了，知道害臊了。

等这位喜欢唠叨却把儿子宝贝得跟眼珠子似的娘亲出去了，将门帘子放下，李鱼才松了口气。嗅嗅自己身上，几个月的牢狱生活，都有馊味儿了，也确实该洗个澡了，李鱼便脱下那一身破烂衣服，用心地洗了起来。

中间净水用光了，潘氏娘子又依儿子嘱咐，换了水来放在门帘子外面，如是者三次，李鱼才算是洗干净了，换回了一套虽然破旧却还干净的衣裳。

等李鱼洗完澡出来，潘氏娘子已经煮好了粥，也不知从哪儿还弄来两张胡饼。双手合十谢过了老祖宗，将猪头肉和猪耳朵切了端上饭桌，和两道酱菜摆在一起。

"娘，这个……供奉祖宗的，不好吃掉吧？"

"嗨！祖宗都享用过了，你吃，你吃，你吃的话，老李家的列祖列宗肯定没脾气！"潘氏娘子一边说，一边笑眯眯地不断地往儿子碗里夹着肉。才只一个时辰的工夫，看她容光焕发的，那精气神儿从骨子里散发出来，竟与下午回来时的情景判若两人。

眼见潘氏娘子只管给他夹肉，最后干脆把陶碟整个端到了他面前，李鱼有些不安："娘，您怎么不吃？"

潘氏娘子眉开眼笑地看着儿子吃东西，把手一摆："嗨！娘都这么胖了，还吃什么吃，娘减肥！"

李鱼窒了一窒，哭笑不得地道："娘，咱唐人风尚好丰腴，您减什么肥啊！"

潘氏娘子喜滋滋地白了他一眼，道："你说的是丰腴，娘这是胖，不是一回事儿！别说废话了，快吃！"

李鱼低下头，默默地喝了口粥，抬起头，认真地看着潘氏娘子，眸中亮闪闪的："娘！您放心，我一定会赚好多好多的钱，让娘过上好日子的！"

"唉！那是，我家鱼儿，一定是个有出息的！"潘氏娘子眼圈儿一红，忍不住又双手合十，"谢谢老君，谢谢菩萨，我的儿，好生生地回来啦！"

吃过了晚饭，被母亲硬逼着吞下了全部的猪头肉、猪耳朵的李鱼挽起袖子想帮母亲刷刷碗，却被潘氏娘子大惊小怪地轰了出去："去去去，院里走走遛遛食儿，哪有大男人干家务事的，那得多没出息！"

于是，李鱼就被望子成龙的潘娘子给赶了出去。李鱼迈步出了房门，恰看见一个少女进了隔壁的房门。

一袭青衫，纤腰一束，身姿说不出的窈窕。就只是刹那的一瞥，一种特别的滋味就飘进了李鱼的心田。咦？看那侧脸，有些面熟啊！李鱼忽然想到了在利州巷弄里见到过的那位当垆卖酒的"文君姑娘"。

"爹，娘，小妹，我回来了。"隔壁房间传出一个女孩儿的声音，显然就是那刚刚走进去的青裳女。

"怎么才回来呀，我肚子都饿坏了！"另一个年轻女孩的声音响起，满带着不悦，看来就是她的妹妹。

男人的声音响起："还愣着干什么，快去做饭！"

"哦！我马上做饭！"青裳女答应了一声。

李鱼皱了皱眉："一家三口都在家里待着，却不做饭，只等大女儿回来，看来这大女儿在家里的处境不是太好啊！"

隔壁的房门"咣当"一声打开了，出来一个面容清癯、留着三绺微髯的中年男子，脸上一副悻悻的神色，看到李鱼不免微微一怔，露出些警惕神色："你是⋯⋯"

李鱼答道："我是隔壁人家的，这位大叔贵姓？"

李鱼说着，往门里看了一眼，门开着，那青裳女正蹲在门边灶前生火做饭。她把一把稻草塞进灶膛，正侧着脸吹火，火苗刚刚升起，映得她的脸蛋儿红扑扑的，可不正是日间在酒铺子里扮"卓文君"的那位姑娘。

"我居然成了'卓文君'的房东，还被她赠了半张饼。"李鱼不禁摸了摸怀里，那里还有半张胡饼。换衣服的时候，他顺手揣到了新衣服里，倒是忘了取出来交给他娘。

中年男人听了他的话不禁露出古怪的神情，却也没有再说什么，只是上下看他两眼，答道："我姓妙。"

李鱼忙笑道："妙大叔！"

妙这个姓比较罕见，却也不是没有。坊里以前就有过一位姓妙的老伯，据说是羌人。如果这姓氏为羌人所独有的话，那么眼前这一家人应该也是羌人了，难怪那青裳女如此俊俏，古羌可是出美女的。

李鱼和那妙大叔没什么好聊的，当着人家老子的面，也不好老是偷瞄他们家姑娘，李鱼在院子里胡乱走了一阵，老是被那妙大叔当贼似的防着，只好转身回了屋。

潘氏刚刚洗净了碗，正在刷着锅。李鱼在堂屋一个马扎上坐下，想了想，问道："娘，咱们隔壁，这是住了家什么人哪？"

潘氏一边干活，一边道："哦，你还记得小时候常去偷枣吃的前边巷子里的那位妙老伯吗？租咱们家房子的，就是妙伯的侄儿，叫妙策，从外地赶来投亲的。"

李鱼思索了一下，道："妙伯不是七八年前就过世了吗？"

潘氏道:"是啊!可是他这侄子不知道啊,大老远地跑来投亲,结果妙伯已经病死了,房子也早被里正帮他抵了棺材本儿。妙策没了主意,好在还有一手做马鞍的好手艺,就租了咱家的房子,在这儿住下了。"

"哦!妙策……"李鱼想到这名字,就忍不住想笑。思忖了一下,他又问道:"妙大叔家还有什么人呢?"

潘氏道:"还有他娘子余氏,以及两个女儿,大女儿叫妙吉祥,小女儿叫妙龄……"

潘氏说到这里,忽然住了手,瞟了儿子一眼:"小鱼儿,你打听人家这事干吗,莫不是……"

潘氏丢下刷锅的丝瓜络,兴致勃勃地凑到儿子面前:"儿啊,你是不是看上人家姑娘了?"

李鱼一呆,干笑道:"娘!你说什么呢?"

潘氏用湿淋淋的手指头在儿子脑门儿上戳了一下,笑道:"妙家两个姑娘,可都俊着呢,不信你小子不动心!"

李鱼道:"我才没有。就是……觉得妙家的人,对那大女儿……哦!妙吉祥,好像不太好啊!"

潘氏在围裙上擦了擦手,又开始扫地,一边扫一边道:"嗨!还不是因为没有亲娘。吉祥啊,八岁时没了亲娘,现在这个娘是后来的,妹妹也是后娘生的,可不就受人欺负呗。"

潘氏说到这里,马上就借题发挥,对儿子进行了一番孝道教育:"以前啊,娘想给你说门亲,可你呢,不务正业,每日里就是出去找人学些打打杀杀的本事,谁家闺女敢嫁你?

"现在,咱们家的大仇人石三已经死了,你爹的仇也报了,你该寻思找个正经营生做了。这样,娘也好给你说门亲事,赶紧成亲,给娘生个大胖孙子,要不然啊,你就是大不孝!哎,你说前门老何家那孩子,十四岁就成亲了,现在都两儿一女了,我们老李家……"

潘氏痛心疾首地数落起来,李鱼吃不消了,赶紧又往屋外溜:"好了好了,娘!我知道了,我一定尽快找份工做,好好过日子!"

潘氏追在后面叮嘱:"有中意的姑娘你就跟娘说,得赶紧成家立业生孩子啦!"

李鱼不好在院子里继续打转,干脆出去在坊里转悠了一阵。这一转悠,就遇见了几个老邻居,没多久,李家大郎杀人得以赦免的消息就在坊里头传开了。

李鱼受不了人家问这问那的，干脆不再转悠，直接回了家。等他进了院子，天色已近昏黄，李鱼隐约注意到房东头原本储放皮货的小仓房门口有一角青衣裳。

李鱼下意识地探头往那边一看，发现那青裳的妙吉祥正蹲在仓房门口，手里捧着一碗饭，因为仓房里没有窗户，太过黑暗，在门口借着夕阳最后一抹余晖正在吃饭。

李鱼怔了怔，又往堂屋里一瞅，妙策和一个妇人以及一个姑娘正围坐在堂屋小饭桌上吃饭。李鱼的脸色登时沉了下来，对妙策一家，他是没有半点好印象了。

李鱼回了屋，潘氏在堂屋并拢了两条长凳，在往上铺着被褥。瞧见儿子回来，潘氏道："儿啊，你的床铺已经铺好了，这一路劳顿的，快回房睡吧。"

李鱼一呆，奇道："我睡屋里？那娘睡哪儿？"

潘氏回头笑道："娘在这儿对付一下就成。"

"那可不行！"李鱼急忙走上前。自己去睡床铺，让老娘睡板凳儿？那和披着人皮的畜生有什么区别？

潘氏恼了，道："你这孩子，你长途跋涉的刚回来，睡在凳子上如何解乏？快进屋去，听话！"

李鱼哪里肯听，好说歹说，总算把潘氏推回里屋去了。李鱼在板凳上躺下试了试，果然不甚舒服。

潘氏在屋里不放心，扬声问道："儿啊！你在凳子上能睡着吗？"

李鱼赶紧停止翻身，扬声回答道："娘，您就别唠叨了，儿子都快睡着了，被您一吵，又醒了。"

潘氏嘟囔道："这孩子！真是累着了，睡吧睡吧，快睡吧！"

李鱼不敢再出动静，一时却也没有睡意。轻轻摩挲着颈间所挂的宙轮，他满脑子想的都是两天之后的穿越试验，以及如何利用这个本事狠狠赚上一大笔钱。

过了良久，李鱼仍无睡意，倒是有了些尿意。这屋里只有一个马桶，还在里屋中。李鱼也没惊动娘亲，便起了身，蹑手蹑脚地出了屋。想到隔壁同院里还住着别人，人家还有两个大姑娘，李鱼也不好在院中方便，便绕过房子，走向后边的竹林。

好在今夜月色如霜，竹林中倒也并不黑暗。李鱼在竹林中方便完，系好腰带正要回去，忽然又停下来，捡起一块石头，在竹子上用力刻下一道痕迹。

李鱼摸了摸刻痕，正想丢了石头回去睡觉，忽然听到一阵嘤嘤的哭泣声，吓得李鱼一个激灵，汗毛都竖了起来："这什么动静？莫非有鬼？"

李鱼僵立在那儿，竖起耳朵听了一阵，那哭泣声仍是若有若无，倒也没有别的变化。李鱼按捺不住好奇之心，便放轻了脚步，缓缓走了过去……

李鱼扶着一根青竹站住了，前方竹枝疏影间，月光洒下，正照在一丛竹下。竹下地上坐着一个少女，一袭青裳在夜色下有些发暗，与竹林颜色相仿。她正仰着脸庞，清冷的月光映在她的脸上，白皙俏美的容颜，熠熠闪光的泪痕，被李鱼一眼看个正着。

这少女正是妙吉祥，此时的她看起来特别稚嫩。两行眼泪静静地滑下她的脸颊，她的肩头还一抽一抽的，就像一朵被雨打着的春花，孱弱娇嫩，精致可怜。

李鱼怕吓着了她，犹豫了一下，才轻轻叩了叩身旁的修竹，待那少女闻声扭过头来，才咳嗽一声道："吉祥姑娘？"

那女孩子果然吓了一跳，不过毕竟先被他的叩竹声提醒了，又听他唤起自己的名字，倒也不是非常害怕，只把双腿蜷拢了些，急急拭去眼泪："你是谁？"

因为李鱼背对着月光，妙吉祥看不清他的模样。

李鱼微笑了一下，道："我……是你家的房东！"

妙吉祥微微睁大了眼睛："你是李家大郎？"

李鱼有些意外："你知道我？"

妙吉祥道："今日傍晚，听潘大娘和我爹爹说起过你的事情。"

李鱼恍然，沉默了一下道："这么晚了，你在这里做什么？"

妙吉祥微微地垂下头，轻声道："奴家是不是吵了你睡觉？对不住。"

李鱼忙道："没有没有，我是……到竹林散心，听到哭泣声。吉祥姑娘，快出来吧！"

妙吉祥道："我不出去！"

她的本音很稚嫩、很清脆，因为哭泣还带着点儿哭音，显得像个负气的孩子。李鱼不禁好笑："这深更半夜的，躲在那儿做什么，快出来！"

"我不！"

李鱼试探地问道："在家里受了委屈？"

妙吉祥飞快地看了李鱼一眼，眼神楚楚，仿佛一只受惊的鹌鹑，她的肩膀下意识地瑟缩了一下："奴家的事与李家大郎毫无关系，请你不要再问了。"

李鱼看了一下周围环境，妙吉祥所坐处虽然空旷，但四周却有细小竹枝环绕，形成了一个天然的小空间，他要进去的话，得找个合适的位置从斜枝乱叶间弯腰钻进去。

于是李鱼放弃了这个打算,吓唬她道:"这林中虽不见得有野兽,却难保没有竹鼠青蛇咬你,还不出来?"

妙吉祥被他逗得"扑哧"一声笑了出来,她这一笑,似乎便觉得自己有点怪不好意思的,便扭过头不看李鱼,只传来清脆稚嫩颇显孩子气的声音:"你少吓唬我,我才不怕呢。真要有竹鼠青蛇,我还能开开荤。"

李鱼叹了口气,软的硬的都不行,若说就此离去,也真不放心一个小姑娘独处幽林竹丛之中,干脆耍赖吧。李鱼便也就地坐下,学着妙吉祥,双手抱着膝。

妙吉祥听到窸窣声,扭头看他一眼,一双杏眼不禁瞪大了:"你做什么呀?"

李鱼道:"若我撇下你独自离去,便不够朋友了,只好陪你呀。"

妙吉祥的唇角撇了撇,有一种孩子气的可爱:"我只是你家的房客,谁跟你是朋友呀,李家大郎莫套近乎!"

李鱼往怀里一摸,掏出了那半块胡饼,举在手里,亮在月光下,向妙吉祥笑道:"喏!你看!你只一块饼,还分我一半,我当你是朋友!"

"呀!"

妙吉祥的眼睛瞪得更圆了,脸上露出一丝惊讶与不敢置信的欢喜:"你……你是……"

李鱼笑道:"我就是下午被你当成乞丐,分了半块饼的那个人。"

妙吉祥嘴唇翕动了几下,却未说出话来。

李鱼收敛了笑容,认真道:"半块饼,不贵重,却是我从长安一路回来,唯一一件不用我觍着脸皮向人讨要就有人给我的东西,谢谢你。"

妙吉祥无声地笑起来,李鱼发现她笑的时候和哭泣的时候截然不同。她只一笑,唇的两角便向上微微翘起,露出月牙状的雪白的牙齿,而一双杏眼,也弦月似的弯起,那种甜直入人的心底。

"就半块饼罢了,李家大郎可别这么说,叫人怪不好意思的。"

李鱼打断她的话:"李鱼!鱼呢,就是水里游的大鲤鱼的那个'鱼'。这是我的名字,你叫我名字就好,一口一个大郎的,太生分了!"

妙吉祥睇着他,眸子黑白分明,像极了斜睨视人的小鸟,灵动,可爱:"李大哥,我听说过你的事呢,你为父复仇,杀死了一个大官儿,很了不起。吉祥很佩服你。"

李鱼摇头笑道:"不过是一个执戟长罢了,也不是什么大官。"顿了顿,"你小小年纪，这么勤快，我也很佩服你。"

妙吉祥又向他露出一个笑脸，有些甜，有些憨态可掬，她真实的神情举止，和她的真实年纪似乎有着一定的差距，经常很自然地露出孩子气的动作。

李鱼安慰道："我知道，你在家里受了委屈，别太伤心了。你生得这么美，以后一定会嫁去一个好人家，有一个疼你的好郎君，到时候就脱离苦海了。"

"委屈？没有啊！"妙吉祥惊讶地看了他一眼，突又恍然，一双眼睛又笑弯起来，开朗地摇头道，"阿爹养活一家人不容易，娘亲又有了身孕，妹妹年纪还小，奴帮家里多分担一些，是应该的。"

李鱼看她神情不似伪饰，不禁惊讶道："你不是在家里受了委屈？那……你一个人躲在竹林里哭什么？"

妙吉祥的笑容黯淡下来，双腿蜷了蜷，下巴搁在膝盖上，幽幽地道："今天，是我母亲的忌日。"

李鱼轻啊一声，抬起头，仰望着天空一轮明月，沉默良久，忽然道："如果，你的母亲正在天上看着你，你说，她最希望你怎么样？"

妙吉祥挺直了脊梁，振作了一下，望着天空的明月，脸上漾起甜美的笑容："娘一定希望我开心、快乐！"

李鱼怔了怔，他下一句话已经准备好了，就等妙吉祥开口，以便继续解劝，谁料妙吉祥居然把他准备好的台词给抢了。

妙吉祥感激地看了李鱼一眼，站起来，拍了拍臀上的土："我一直很努力，努力让自己活得开心、快乐。今晚只是太想我娘……李大哥，谢谢你！"

妙吉祥弯着腰，从竹林间钻出来，轻盈得像一只牝鹿。两个人在竹间月下，并肩走去，一路上各有所思，并没有再说一句话，但相近的思绪与情感，却分明让他们感觉到，彼此亲近了许多。

李鱼和妙吉祥回到院子里，李鱼站住了脚步，妙吉祥向他轻盈地福了一礼："李大哥好眠！"

李鱼点了点头："晚安！"

李鱼就站在门口，看着妙吉祥踏着清霜似的月色，袅袅婷婷地走去。她在那原本放皮货杂物的小仓房前停下，又回眸望了他一眼，便走了进去，腰杆儿依旧十分挺拔。

李鱼轻轻叹了口气，愁绪顿时减轻了许多，却隐隐地有了一种愤怒之意：她是睡在仓房里的吗？难得她能如此乐观，一颗心始终剔透明亮得仿佛天边那轮月亮。

李鱼又想到了正睡在房中的潘氏，一股孺慕之情油然而生，那是一个可敬的母亲，也是他唯一血脉相连的亲人。

　　李鱼下意识地又摸了下颈间的宙轮，蓦然兴奋起来，再等一天半，这个项坠似的小玩意儿，究竟会带给他什么惊喜呢？李鱼的心中无比期待！

第五章
南 行

　　李淳风当晚去驿馆途中，才被袁天纲告知，自己一头青丝已变银发。李淳风弱冠少年，形容俊俏，丰仪不俗。袁天纲本来以为师弟听说发丝变白必定痛心疾首，不想李淳风到了驿馆，取过八棱铜镜照了良久，却是喜气洋洋。

　　李淳风扭过头来，对袁天纲道："师兄，你看我如今，可算是鹤发童颜、仙风道骨？"

　　袁天纲怔了一怔，见李淳风对发丝变白并不在意，倒是松了口气，便揶揄道："鹤发童颜倒是不假，仙风道骨却没看出来。"

　　李淳风撇撇嘴，对袁天纲道："你嫉妒我！"

　　李淳风扭过头去，对着镜子又得意扬扬地照了一阵，对那一头白发似乎非常满意，自言自语道："我听说在天方国以西，还有无数国家，其中有些国家的人，便是天生一头白发，如今看来，也不难看嘛，貌似还更飘逸了。"

　　袁天纲听了，不禁翻了个大大的白眼，道："今夜天生异象，你就不好奇吗？"

　　李淳风放下铜镜，转身道："师弟任职太史局，常于灵台夜观天象，总会见到许多异事，总不能每次见到都大惊小怪。"

　　袁天纲摇头道："这一次不同，那异宝出世，一旦用之得法，造化无穷。"

　　袁天纲沉吟片刻，下定决心道："我想亲自去一探究竟。"

李淳风讶然道："师兄此番入朝，皇帝必有重用，如何能让你离京去一探究竟？"

袁天纲淡淡一笑，道："兹事体大，若照实说出，弄清真相前，恐生出不测。我可以辞官不做，如此便是自由之身了。再说，我对做官确实无甚兴趣，俗事缠身，不得修行，早就厌了。"

李淳风刚及弱冠，名利之心尚未尽去，却舍不得师兄就此辞官。李淳风道："师兄啊，你我二人今日作《推背图》，立下莫大功劳，皇帝将有重赏呢，此时怎能辞官不做？"

李淳风眼珠一转，击掌道："有了！我有一套说辞，既可让师兄逍遥自在，又不至于失了唾手可得的功劳。"

袁天纲好奇地问道："师弟有何办法？"

李淳风向他扮个鬼脸儿，笑道："山人妙计，不可言也！师兄想知道，不妨卜算一番，我知道你的卜术在我之上呢。"

袁天纲哑然失笑："你想师兄也和你一般，搞成一头白发才甘心吗？天机之事，能不问，便不问，顺其自然可也！"

次日早朝后，皇帝李世民果然召见袁天纲和李淳风进行封赏。太史局负责天文历法、星相占卜，归秘书省管辖。

李淳风原本以将仕郎入职司天台，是从九品的官员，可他替天子作《推背图》，竟因泄露天机太多，导致满头白发，这可是李世民亲眼所见，功莫大焉，竟尔连升好几级，被李世民直接钦点为秋官，为正五品。

袁天纲原本是火井县令，火井县是下县，所以袁天纲是正八品的官儿，李世民虽然觉得六十幅《推背图》中他只作了五幅，功劳不及李淳风，但他原本就比李淳风高了两级，又是李淳风的师兄，这次总不能让他比李淳风级别低太多，所以便想留他任一个太史丞，正六品的官职。

不料李淳风领旨谢恩之后，马上进言："陛下，昨夜天生异象，似乎撼动王气。师兄深感忧虑，有意南下一探究竟，所以不能留任于太史局，还望陛下恩准。"

李世民怵然动容，什么叫撼动王气？王气就是帝王之气啊。身为九五至尊，这等关乎皇位和江山的事情，李世民岂能不予关注？李世民动问之下，李淳风指天画地，种种玄虚之学卖弄了一番，只听得这位处理国事游刃有余的英明天子头昏脑涨，不知所云。

但李世民弄明白了一件事，昨夜天生异象，恐对他的江山和皇位不利。而且今日早晨，也确有大臣禀报过昨夜终南山出现过异常天象。李世民如何敢不慎重，当即下旨，命袁天纲领太史丞衔，南下探察究竟，并御赐手令，沿途官吏可予便宜之权调用，这一来袁天纲等于是钦差大臣的身份了，而且不同于一般的钦差，权限范围很大，且没有固定的缴旨期限。

袁天纲这才明白小师弟胆子有多大，竟敢妄议天象，为他向天子讨要好处。不过仔细说来，那异宝一旦落在歹人手中，且弄清楚它的用法，要说撼动王气，确也不假，如此说来，李淳风也不算欺君。

袁天纲领旨谢恩，与李淳风离开紫宸殿。李淳风笑道："师兄，如何？这一来，你可比任职太史局还要威风了。只是，师弟还是希望师兄你能留任京师，你我兄弟可是有好多日子不曾相见了。"

眼见李淳风露出依依之情，袁天纲也不禁心中一暖，微笑道："我此前是在地方上任职，自然不便与你常见。如今身份，说走就走，说来就来，又何须一别经年？"

袁天纲向南望了一眼，喟然一叹，道："我观天云气象，那异宝往山南道方向去了，想来异宝已然认主，只不知是否有德之人。我刚从山南道来，如今却又要往山南道去了！"

袁天纲刚刚说罢，安公公便脚步匆匆地从紫宸殿里出来，一见袁天纲和李淳风在殿外叙话，尚未离开，不禁松了口气，放慢脚步，笑着走上来道："袁太史，李秋官，圣人正有一语着咱家嘱咐。幸好二位不曾走远，倒省了咱家的脚程。"

袁天纲和李淳风转身看向安公公，微微欠身道："不知陛下有何吩咐？"

安公公笑道："圣人倒也没什么吩咐，只是荆王正在京里，圣人想徙封荆王入蜀，让荆王先去山南道，择一中意的所在。不妨与袁太史同行。"

袁天纲顿时心中了然，李淳风把这事儿说得太过严重，皇帝果然不放心了，让荆王入蜀挑选准备徙封的州县，莫如说是要跟着袁天纲去一探究竟。有一位王爷跟着，还谈什么自由自在？

袁天纲想到这里，不禁暗暗瞪了李淳风一眼，李淳风却笑眯眯地对安公公道："我这师兄随性惯了，不懂得照顾自己，能与荆王同行，衣食住行皆有照料，好极，实在是好极，哈！哈哈……"

荆王李元则是太上皇李渊的第十二个儿子。

李渊的儿子品学兼优者极多,已经成年的皇子中,大多清廉自省,堪称贤王。其中只有一个品行不太好,就是被李世民派来陪同袁天纲入蜀的荆王李元则。

李元则有两个爱好,排场、美人儿!

王爷出门当然极有排场,但李元则的排场比一般的王爷都要大,王爷的仪仗、服饰、礼制其实都有定规,但荆王在这些方面,与皇帝相比虽不同亦不远矣,严格说来,僭越了。

不过,李渊是不情不愿地禅位的,每日无所事事,喝点小酒儿,就抹着眼泪骂他儿子李世民不孝。李世民也是无可奈何,对兄弟们不好要求过严,免得老爹听说了又拿他说事儿,所以荆王在荆州被地方官举报了,李世民便打算把他徙封到四川去,天高皇帝远,眼不见为净。

不过李淳风提到王气,李世民也着实重视,所以派了自家兄弟来。李元则虽然有些毛病,可是涉及李唐江山的事儿,他也不会不上心。

浩浩荡荡的仪仗队伍旗幡招展,前往巴蜀。袁天纲一驾轻车,潇潇洒洒。荆王李元则的车轿和他隔着七八个车位,拱卫在仪仗中央。荆王这车轿十分庞大,内中有如厕之所、就寝之所、用膳之所,还有书房,亏得这御道够宽,要不然也容不下这么大的一辆车。

车子随着八匹骏马的拖动,吱吱呀呀地响着,隐约还能听到低低的女人娇喘声、呻吟声。

车轿寝帐之内,锦幄兽香,春色无比。荆王李元则这一通缠绵,直折腾出三里多地,车轿内才算安静下来。过了一阵儿,一个绯衣美妇人从那大车轿上走出来,钗横鬓乱,粉腮飞红。

随侍车轿的卫士、太监都见惯不怪。车子缓缓行着,那美妇人袅袅娜娜,踩着红绒地毯,走到最低一阶车蹬处,车轿下早有一个随轿而行、头戴平帻巾、身穿一袭浅绿色圆领官袍的中年人伸手扶她下了车,二人低着头,快步走向后边随行的长长的车队。

袁天纲懒洋洋地斜靠在车上,提着一个摩挲得已经挂了浆、黄玉般莹润的小酒葫芦,抿一口酒,望一眼四野风光,后边车上这一幕,都被他看在眼里,不禁摇了摇头。

这就不得不提到荆王李元则的第二个爱好了,好美人儿。他是王爷,只要舍得花钱,何等风情、何等样貌的美人儿都找得到,便是想要大食、波斯的美人儿,也不难。

不过荆王李元则有个怪癖，他喜欢别人的女人。荆王所享受的，显然不是美人儿本身，而是欺掠凌辱别人的女人带来的这种凌驾于别人之上予取予求的强大感。

方才在车上侍奉他的是荆王府尤主簿的夫人。身为荆王府的主簿，功名利禄全指望着荆王，对于夺妻之恨，他便忍辱含羞不敢言语。男儿立身处世，竟然如此不计尊严，袁天纲也只能苦笑摇头了。

袁天纲收回无奈的目光，往旁边矮山上看了一眼，目光突地一凝。

矮山上站着一个远行打扮的女子，襦袴俱为白色，肩后一口长剑，杏黄剑穗飘扬。她头戴一顶柞蚕丝的帽子，正凝眸向山下车队仪仗望来。

在她身后，就是澄净如洗、湛蓝一片的天空。她就娉娉婷婷地站在那儿，如同站在天际，阳光洒照在她微扬的脸上，肌肤皎洁如玉，浮起一片莹润的光辉，那风姿仪态，国色天香，不外如是。

袁天纲先是被那少女惊人的美貌所吸引，但目光一凝间，却又注意到那白衣少女正凝视着他，袁天纲不由得眉头微微一蹙。那目光好古怪，完全不像是路边偶遇心生好奇的打量，倒似知晓他的身份，有些审视的意味。

这女子是谁？我认识她吗？如此风采照人，若是见过，应该不会忘记才是。袁天纲沉吟着，车子缓缓向前，被一丛树木所阻，与那白衣少女的视线便被切断了。

年仅三十、仪表堂堂的李元则只穿一袭白色小衣，赤着结实的胸膛，光着一双脚，踩着柔软的波斯地毯走进了书房。长史薛凉正在整理李元则散乱丢弃的书，见荆王进来，不禁规劝道："王爷，袁天纲如今正受陛下信赖，俨然国师一般人物，王爷在他面前，还该收敛一些才是。"

"哦！有什么打紧！"李元则不以为然，往窗前锦墩上一坐，提起锡壶，斟了盅美酒，呷了一口，满不在乎地说道，"我与二哥，自家骨肉兄弟，他一个外人，能进我的谗言？不用理会！"

薛长史道："罗氏娘子不比寻常女子，她毕竟是尤主簿的夫人，王爷您……"

李元则哈哈一笑，提着锡壶，指着薛长史道："你又来啰唆了。我告诉你，这壶酒啊，你不喝它，它就不是一壶酒！这书呢……"李元则拿起桌上放的一本书，往薛长史面前一丢，"你不看它，它就不是一本书。而这女人嘛……"李元则斟着酒，目光斜飞窗外，"这女人啊，不是你的，又算什么女人……"

李元则说到这里，忽然一呆，立即探头望向窗外。一位身材修长的姑娘正傲立于山巅，香肩若削，腰如约素，延颈秀项，无比优雅。此时她刚扭过头去，看向前方，由此处瞧她侧脸轮廓，说不出的精致优美。

李元则顿觉色授魂与，好……好美！

薛长史随着荆王目光向外一看，不由暗暗叫苦，我们这位王爷个性何等恶劣，这位姑娘怎么偏跑到他面前看风景啊，这不是给我添乱嘛！

薛长史自打被任命为荆王府长史，可真是为荆王操碎了心。此时一瞧荆王那贪婪的眼神儿，赶紧提醒道："王爷，你情我愿倒也罢了，若是强抢民女，可是大罪。"

李元则收敛了心神，狠狠瞪了他一眼，抢白道："本王自然明白，无须你来提醒！"

李元则想了想，终觉不甘，招手便唤过一名窗外侍卫，急色地道："你快上山，询问那位姑娘，可愿侍奉本王，只要她肯，荣华富贵，断然少不了她的！"

那侍卫领命，立即翻身下马，向山上走去。

李元则命车轿停下，兴冲冲地望向山上，只盼那美貌姑娘一听他是一位王爷，便芳心暗许，主动下山。

白衣姑娘站在山上，眼看着袁天纲的车驾缓缓驶过，意欲下山一见的念头最终还是打消了。虽说她与袁天纲有着不为人知的亲缘关系，有意争取袁天纲的援手，但她所谋之事甚大，而袁天纲命途乖蹇却全因她的祖母，袁天纲一旦知晓她的身份，真会站在她一边吗？

"罢了！不可冒险，既然他也是去山南道，若是有缘，总有相见之期。我此时还是不要节外生枝了，且去利州，联络李孝常的旧部纥干承基，共商大事要紧。"白衣姑娘想到这里，举步就要下山。原来这矮山另一面也有一条道路，道路上停了五匹马，还有四个人正等在那里。但她刚要举步，忽见荆王仪仗中的一名侍卫快步向山上跑来，不禁诧异地站住了脚步。

因为荆王李元则命仪仗停下，袁天纲的车驾也停在了路旁。此时他已穿过那片茂密的树丛，由此往山上看去，依稀可以看到那位白衣姑娘。就见那侍卫跑到那位白衣姑娘面前，说了几句什么，又伸手指着山下荆王的车驾，显然是在说明来意。

紧接着，袁天纲就见那白衣姑娘飞起一脚，将那侍卫踢飞，袁天纲忍俊不禁，翘起了嘴唇。

荆王正趴在窗口等候消息，忽见那白衣姑娘一脚踢飞了他派去的侍卫，不禁恼了，喝道："此女大胆，竟敢违拗本王！来人啊，去把她给我抓过来！"

薛长史暗暗叫苦，连忙上前劝谏："啊！王爷……"

荆王一把将他推开，赤足在柔软的波斯地毯上走来走去，气咻咻地道："此女佩剑出现在本王行经之处，必有图谋！要把她抓下山来，本王亲自审问，摸清她的底细！"

薛长史心道："放屁！分明是你对人家姑娘有所图谋吧？"薛凉心里这么想，嘴里可不敢说出来，只盼那姑娘机灵一些，赶紧跑路。

那白衣姑娘眼见山下大队官兵，当然不会等荆王派人上山"理论"，她羞怒之下，一脚将那侍卫踹进灌木丛中，立即施展身法，迅捷如飞地向另一侧山下奔去。

看她蛮腰款摆、长腿错落，纵跃间并不显得惶急，如闲庭信步，速度却极快。

白衣姑娘到了山下，牵着五匹马的四个男子立即迎了上来。这四人最年轻的也有三旬上下，其中最老的一个看起来却有六旬了。那六旬老人一见白衣女子上前，立即在马前跪伏下去，双手撑地，态度极为恭谨。

这个时代虽然有部曲，也有奴隶，但出门在外，少见有人派头如此之大，就连荆王上下车马，也不可能踩踏他人后背，何况这白衣少女身手绝好，一纵身就能跃上马背，根本无须蹬踏他物。

但那六旬老人跪得理所当然，而且看他穿着竟是绸衫，根本不可能是个低贱的部曲或奴隶。白衣少女似乎也是踩得天经地义，她那金丝踏云履在这六旬老人背上一点，一步跃上马背，顺过马缰，柔韧修长的双腿一夹马腹，喝道："走！"

六旬老者马上翻身而起，双足轻轻一点，身形一闪，便已稳稳落在马背之上，一抖马缰，紧随白衣少女而动。其他三人直到那六旬老者冲出，这才策马跟上，看起来四人之中，竟还以那六旬老者地位最尊。

荆王侍卫气势汹汹登上山顶的时候，白衣少女早已带着四个随从飞驰到了远方，暮色苍茫，远山含烟，山坳中隐隐一路轻尘，伴着一行五人，渐渐消失在远山苍翠之中。

第六章
吉祥

此时，李鱼提着一个小板凳儿，刚刚走进竹林之中。他四下观察了一阵，又看看天色，记住了大概的时间，便把小板凳儿放在了一处竹林下。这是他做的一个记号——试验的记号。

今天的记号，再加上昨日晚间到竹林里解手时在竹子上刻下的痕迹，连续两天都有了标记。明天，他的穿越试验就要开始，明天这个时间，他将弄清楚，拥有宙轮后，他究竟能做些什么。

李鱼拍拍手，从房后竹林绕回前院，几只老母鸡正在院子里悠闲地走来走去，一只刚刚下了蛋的老母鸡从鸡窝里蹦出来，咯咯嗒地叫着，炫耀着它下蛋的本事。李鱼走过去，从鸡窝里拿出尚有余温的鸡蛋正要回房，隔壁房间"吱呀"一声，房客余氏挺着大肚子，捧着个簸箕走了出来。

余氏三十出头的年纪，倒也颇有几分姿色，只是身怀六甲，体形有些臃肿。看到房东家的李鱼，余氏向他友好地笑了笑，便开始拣拾簸箕中的霉米，霉米随手丢在地上，几只母鸡跑过去，欢快地啄起米来。

余氏拣拾着霉米，笑问道："李家小郎君，不曾出去吗？"

李鱼答道："刚回利州不久，身子还疲乏得很，且歇几日再说。"

余氏钦佩地道："小郎君为父报仇，怒斩执戟长的事迹，在坊间可是早就流传开了呢。小郎君如此纯孝义勇,令人钦佩。"

李鱼笑了笑:"大娘过奖啦,身为人子,理应如此。大娘这身孕,得有六七个月了吧?"

余氏轻轻摸了一下肚子,脸上露出甜蜜的笑容:"嗯!等到过年时就该出生了,但愿这回生个儿子,我家男人连孩子的名字都已取好了,叫妙计!"

李鱼笑了一声,道:"妙计?"

余氏笑道:"我男人姓氏特别了些,孩子的名字起得便也特别。小郎君以为还可以吗?"

李鱼笑道:"不错不错!简单易懂,朗朗上口。"

二人又随口闲聊几句,篱笆门"吱呀"一响,就见一身青裳的吉祥姑娘走了进来。

吉祥眉心微蹙,似有心事,一抬头,见余氏正在拣米,赶紧走上前道:"娘!女儿来吧,您去歇着!"

余氏嫌弃地侧了一下身子,问道:"今天怎么回来得这么早?"

吉祥叹口气道:"掌柜的酒铺子里生意不好,不想再多雇人工。今日给我结算了工钱,明天……就不用去了。"

"你这丫头,一定是偷奸耍滑不肯好好做事,才被掌柜的给辞退了!"余氏勃然大怒,刚还与李鱼谈笑风生,这时面上却似罩了一片乌云。她撂下簸箕,一手叉腰,一手竖起食指,点着吉祥的脑袋责骂起来,"你个不争气的东西,每日里就知道吃饭,你能做些什么生计?老娘养你这么大,帮衬不了家里任何事情,就知道让我操心!"

妙吉祥的嘴唇儿抿着,颊上绷起一道倔强的弧度,她既不躲闪,也不低头,就是静静地看着余氏,任由她的手指戳在自己的额头上。妙吉祥的态度越发激怒了余氏。

余氏愤然转身,从窗台上抓过一把扫帚,没头没脸地抽打着妙吉祥,破口大骂:"你看什么?你个小贱人,老娘是你的母亲,教训你怎么啦?就是打你,你也得给我乖乖受着!你还敢瞪我,嗯?你给我跪下!跪下!"

李鱼实在看不过去了,一步冲上前去,架住了余氏的胳膊。

余氏扭过头,李鱼脸上带着一丝假笑,说道:"余大娘,您六七个月的身孕了,可动不得怒,更不要说动手脚了。这要是动了胎气可怎么办?妙家香火,还指着大娘您呢!"

余氏一听也有道理,愤愤地放下扫帚,指着妙吉祥道:"你是不知道这丫头的性子,倔得像头驴子。从小就这样,你看看她,只要你一说她,她就这副表情,真叫人火冒三丈……"

李鱼笑着推余氏进屋:"好了好了,大娘消消气,您是长辈,何必与她一般见识。我看吉祥姑娘还是挺勤快的,这份工没了,再找一份就是,消消气,消消气……"

李鱼把余氏劝进了屋,见妙吉祥依旧抿着唇儿,静静地站在院子里。李鱼察觉到她有些不对劲儿,不禁担心地推了推她,轻声唤道:"吉祥姑娘?吉祥姑娘?你怎么了?"

妙吉祥的脸上没有悲伤,也没有愤怒,而是异常地平静,眼神空空洞洞。有那么一刹那,李鱼觉得这时候她的灵魂其实已经离开了她的身体,似乎在被余氏责骂痛打的刹那,她的感知和灵魂都蜷缩进了识海之内,只剩下一个空壳了。

也许是因为从小受到继母虐待,她才养成了这种鸵鸟似的自我保护的心态吧。否则的话,处境如此艰难的她,如何能够保持平时那积极、乐观的心态?李鱼暗暗叹了口气,心里生起些怜悯之意。

妙吉祥的眸子渐渐恢复了神韵,她向李鱼笑了笑,完全看不出这么大的姑娘了,刚才还遭受过继母的殴打与痛骂。

妙吉祥咬了咬唇,轻轻道:"掌柜的酒不便宜,不年不节的,来店里买酒的人少。而且,掌柜的还往酒里掺水,弄得酒水寡淡无比,喜欢买酒喝的喝过一次也都不愿回头,生意好不起来。"

李鱼皱了皱眉,道:"这些事,为什么不说与你娘知道?"

妙吉祥无奈地笑了笑,唇有些倔强地抿起:"谢谢李大哥了!"

妙吉祥向房门走去,看着她倔强的背影,李鱼也只能无奈地摇头。

晚饭的时候,李鱼听到隔壁又发出叫骂声,侧耳听了听,大概是妙家的小女儿妙龄去盛饭时被锅沿烫了一下,痛得她哭天抹泪的。余氏又发了火,跑到仓房痛骂蹲在那里吃饭的吉祥灭灶火迟误了,要不然也不会烫了妹妹。

妙吉祥那妹妹李鱼见过,只比妙吉祥小两岁,也是十六七岁的大姑娘了,自己盛饭被锅沿烫了,居然迁怒吉祥?

李鱼气得把碗一蹾,就想冲出去帮她理论,却被母亲一把拉住。潘氏责备道:"你这孩子!人家教训自己女儿,你去做什么?"

李鱼气道:"娘!你听听,这像话嘛!这也太欺负人了……"

潘氏瞪了他一眼道："坐下！旁人的家务事，轮得到你出头？人家当娘的，不管有理没理，教训自己孩子，旁人也管不了！"

李鱼气咻咻的，饭也无心吃了。潘氏瞧他这副模样，不禁试探地问道："鱼儿啊，你莫不是对人家吉祥姑娘有了意思吧？"

李鱼怔了怔，登时脸一红，讪讪道："娘，您说什么呢！我就是觉得吉祥姑娘太可怜。成家立业，我还没想。"李鱼想起吉祥姑娘的美貌，心中也是怦然一动。

见儿子害羞，潘氏笑了："你这孩子，这又没有外人，还害上臊了。"

潘氏想了想，自言自语道："还别说，吉祥这孩子，生得俊俏，水灵灵的蛮好看，腰肢细细的，屁股又大又翘，一看就是个生儿子的体相。人也勤快、能干，嗯……"

潘氏扒拉着饭，开始合计起来……

又是一天过去，日暮西山，但还差着些时辰，潘氏娘子还没从都督府回来，趁着这个好机会，李鱼鬼鬼祟祟地溜到了房后竹林之中。

他回利州已经两天了，他想测试那宙轮能否将时空连续倒退，此时测试最为安全。时间只要回到头一天这个时候，他就可以马上再次测试，如果依然成功，那么他就回到了刚刚返回利州城的时刻。

李鱼握着颈间项坠，微微刺破肌肤，令血液滴在宙轮上，项珠立即发生了奇异的变化，幽蓝的光芒突然涟漪般荡漾起来，一层层幽蓝色波纹状的光波，荡漾着，越来越大，将李鱼全身笼罩其中，一如他初次发现这宙轮时的情景。

李鱼恍惚了一下，再四下看看，依旧是日暮时分，天色变化不甚明显，他甚至不知道是否已回到十二个时辰以前。不过李鱼早有准备，他昨日在这竹林中刻意放了一只板凳，而今日一早他已收回。

李鱼急忙往昨日放板凳处看去，倚着一枝修竹，果然有一只板凳，而他刚刚进入竹林时是没有的。李鱼心中一阵兴奋，果然回到昨日了，他立即再把血滴在项坠上，尝试能否继续穿越十二个时辰，幽蓝的涟漪再度波纹一样地荡漾起来……

蓝色涟漪荡漾片刻，李鱼突然感觉一阵天旋地转，双膝一软，跪坐在地上。蓝色涟漪消失了，李鱼额头虚汗涔涔，仿佛骤然奔跑了许久，浑身乏力。

李鱼的心脏剧烈地跳动着，过了好久，他才缓过神来，拭了一把额头的冷汗，拖着肌肉仍突突乱颤的双腿，走到前天他曾刻下一道记号的老竹旁边。记号仍在，李鱼一屁股坐到了地上。

他是在前日夜里刻的记号，此时还是黄昏，如果他成功穿越回了前天黄昏，竹子上是不该有刻痕的。这就意味着，他只能让时空倒退十二个时辰，无法一次倒退更多，也无法在时间倒退后未满十二个时辰便继续倒退。

这番试验让他弄清楚了，这件天外来客的异宝，能让他回到十二个时辰之前，想强行穿越更多时空，会给他的身体造成很大损害。

李鱼叹了口气，拖着疲乏的身子，懒洋洋地回到庭院里。几只老母鸡正在院子里悠闲地走来走去，房客余氏"哎呀"一声推开房门，挺着大肚子捧着个簸箕走到院子里。

看到李鱼，余氏向他友好地笑了笑，便开始拣拾簸箕中的霉米，随手丢在地上，几只母鸡欢快地跑过去啄米。

这一幕是如此的熟悉，因为昨日黄昏，李鱼已经经历了一遍，如此奇妙的感受，不禁让李鱼精神恍惚了一下。

余氏笑道："李家小郎君不曾出去吗？"

李鱼答道："刚回利州，身子疲乏，且歇几日再说。"

余氏钦佩地道："小郎君为父报仇，怒斩执戟长的事迹，在坊间可是早就流传开了呢，小郎君如此纯孝义勇，令人钦佩。"

李鱼笑了笑："大娘过奖啦，身为人子，理应如此。大娘这身孕，得有六七个月了吧？"

余氏轻轻摸了一下肚子，脸上露出甜蜜的笑容："嗯！等到过年时就该出生了，但愿这回生个儿子，我家男人连孩子的名字都已取好了，叫……"

李鱼一脸生无可恋的表情接口道："孩子叫妙计！"

余氏娘子惊讶地看着李鱼，惊叹道："啊！小郎君怎么知道，我男人还没对别人说过呢。"

李鱼心想："我怎么知道？昨天……啊，不！是上一个今天，你亲口对我说的啊！"

李鱼苦笑道："爹叫妙策嘛，儿子的话，叫妙计再合适不过啦，我猜的！"

余氏娘子笑道："哎呀，小郎君真是好聪明！没错，我那男人给孩子预取的名字，就是妙计！"

其实这余氏娘子对李鱼还是很客气的，毕竟是自家房东，但李鱼想到她对继女吉祥的苛刻，对她总是无甚好感，随口敷衍几句，就回了屋。

堂屋里，他已经用竹子做了一张简易的矮床，比起两条长凳搭起的床铺舒服了许多。李鱼往竹床上一躺，枕着双臂合计起来。

这宙轮只能倒退十二个时辰，不！它的作用肯定不会这么简单，否则那些天外来客不会如此想得到它，应该说是他摸索出来的功能仅止于此。可这样一来，自己能用它做些什么呢？

李鱼思量许久，突地双眼一亮，一下子坐了起来。倒退十二个时辰，能做什么？赌啊！方才和余氏娘子的一番对话，显示只要发生过的事情，还会再发生一遍，除非已经预知一切的他做出了不同的反应，从而改变了事情发展的方向。

比如他方才与余氏娘子的对话，前半段就完全是上一个今天的翻版，而从他抢先说出"妙计"这个名字，后续的发展就与上一个今天不同了。也就是说，他能改变原本事情的发展轨迹。

赌，来钱快啊！

李鱼兴奋不已，马上盘算起来。凭着记忆，他知道利州哪儿有赌场，有些什么赌法，他需要考虑的是，如何利用自己预知的能力。

"旁观一局，看清胜败，记准时间，时间倒流后再来一遍，钱就轻松到手了。"

想清楚其中的关键，李鱼不禁哈哈一笑，一时间踌躇满志。

想到就做，李鱼决定马上行动。他跳起身来，快步走出房间，将门用草绳拴好，推开篱笆门出了院子，恰看见吉祥姑娘一身青裳地从巷子里走过来。

李鱼忽然想起上一个今天与余氏娘子在院子里聊天的时候，吉祥姑娘下工回来，因为酒铺子生意不好，受到了余氏责骂。晚饭的时候，她那只比她小两岁，却极其好吃懒做的妹妹妙龄盛饭时，被锅沿烫了一下，结果她又受到余氏责骂。李鱼不禁停住了脚步。

妙吉祥走在巷中，眉头微锁，有些忧虑，显然是在为酒铺子生意不好，赚的家用不多而担心。她一抬头，看到李鱼正站在巷子里，似乎在等她走近，忙又换上了一副爽朗欢快的笑脸："李大哥！"

李鱼笑了笑，一脸的谜之微笑："酒铺子生意不好，被掌柜的辞退了吧？"

妙吉祥吃惊地看着李鱼，期期艾艾地道："李大哥，你……你怎么知道？"

李鱼老神在在地道："鄙人于相人之学略有研究。"

"李大哥好厉害！"妙吉祥惊叹地赞许了一声，不禁又拉下了小脸，"哎！是呢，我扮卓文君帮掌柜的卖酒，一直都很卖力气的，可是买酒的客人还是越来越少，不年不节的，有几户人家舍得老是买酒喝？何况掌柜的他……唉！"

李鱼道："掌柜的心太黑，酒里水掺得比酒还多，回头客都跑光了吧？"

"咦？李大哥连这事也看得出来？"妙吉祥忽地恍然，道，"一定是听买过酒的街坊说的吧。哎，连我也受掌柜的牵累，被人骂作骗子，难怪他生意不好，被他辞了也好，我也不想帮他骗人。"

李鱼道："那掌柜的做生意不讲信用，坏了声誉，自然做不下去，并不是你不肯努力，另找一份工就是。"

妙吉祥的双眼弦月似的弯了起来，向李鱼甜甜一笑："嗯！我正有这个打算呢！"

李鱼笑了笑，道："你这打算啊，不妨主动说与爹娘知道。别说酒铺子生意不好被人辞退了，就说酒铺子给的工钱太少，赚的家用不足，你已经人介绍，另外找了份工。"

妙吉祥奇怪地问道："为什么要这么说？"

李鱼道："你终究是被辞了工，不是吗？同样的事，用了不同的说法，旁人听在心里感觉就截然不同。也免得你爹娘……"

李鱼的语气微微一顿，但聪慧的妙吉祥已经明白了他的意思，李鱼这是怕她被父母责骂呀。妙吉祥感激地看了李鱼一眼，用力点了点头："谢谢你，李大哥，我明白啦！"

李鱼一笑，又道："对了，晚上吃饭的时候，记得给你那好吃懒做的妹妹多盛一些，省得她到灶台盛饭时烫了手。"

妙吉祥愕然地看着李鱼："啊？妹妹每天都自己盛饭啊，为什么今天会被烫了手？"

李鱼叹了口气道："我看她印堂发黑，恐有血光之灾，掐指一算，算出来的。"

妙吉祥歪了歪头，显然有点不相信，甚至怀疑李鱼是嫌弃她妹妹，故意这么说的。

不过，李鱼相信自己既然已经这么说了，她一定会加以注意。自己也不好说更多，便对她点点头，道："我出去一趟，等我娘回来，麻烦你告诉她一声，就说我去会会几个老朋友，晚点回来！"

妙吉祥甜甜一笑："嗯！谢谢李大哥，你……真是一个好人！"

第七章
捞钱

利州有三处比较大的赌场，其中一处在云栈坊，距李鱼的住处最近，只隔一座坊。云栈赌坊处于小巷深处，巷弄狭窄，弯曲似羊肠，站在外面，根本想象不到里边会有一个大赌场。

巷口的青石地面已经被磨得锃亮，由此进去，两旁有一户户的人家，院墙低矮，门户也不大，但透过一些敞着门户的人家，可以看到院子里青萝爬架，丝瓜垂挂，有些人家院子里还有方桌石椅，虽然略显拥挤，却也别具雅致，其面积也不似外边的门户显示的那么小。

李鱼走到小巷尽头，就见两个吊眉汉子，抱着双臂，嘴里叼着草，正倚着门框拉家常。朝廷对赌博禁得很严，发现赌者，"杖一百"，并籍没"浮财"。如是设赌抽头渔利者，律定"计赃准盗论"。而如在京城设赌被抓获处以极刑，京城之外设赌被抓获则处以充军。

不过，说是这么说，民间总有赌坊存在，百姓畏惧报复，未必敢去举报，再许捕快班头不良人一些好处，这赌坊依旧开得堂而皇之。只不过，为了以防万一，总还是要人看门的。

看到有人来，两个汉子立即斜眼看过来，待看清了李鱼的模样，两人立即站直了身子。

李鱼不是这儿的常客,但他们认识李鱼。也知道李鱼持一柄杀猪刀,于闹市街头杀死一个执戟长的事迹。李鱼蒙皇帝大赦返回利州的消息,也经由喜极而泣的潘娘子之口,传遍全城了。

这两个大汉都是好勇斗狠之辈,但他们没杀过人,更遑论杀官了。所以一见李鱼,油然便有一种敬畏之意。李鱼在门口站住,对他们两人谦和地笑了笑:"我要进去瞧瞧!"

李鱼曾来过这里,他不赌钱,但他学武,听说谁有些本事,他都会不遗余力地去追,拜求人家为师,学习人家的功夫,而他曾经拜过的一位师傅,就是这家云栈赌坊的常客。

两个看门的大汉默不作声地往旁边让了让,李鱼便从二人中间走了进去。院子里的看门狗立即汪汪地狂叫起来,李鱼也不理会,那狗拴在墙角呢。他径直穿过院落,推门走了进去。

两个大汉看着李鱼的身影消失在院子里,其中一人道:"听说杀过人的人,杀气很重的,可是看李家大郎的模样,却并不凶狠啊。而且比起以前,似乎还要和气许多。"

另一个大汉道:"那是他杀得少!你看看郭怒,人血沾多了,就是他那副模样。"

头一个大汉激灵灵打了一个冷战,抱紧的双臂又拢紧了些:"你别跟我提他的名字,那个人一身的杀气,不要说看到他,便是想起来,我都有点瘆得慌!"

李鱼推开房门走进去,门后豁然开朗,是个长方形的院子。院子里面,四周围廊之下,都支有赌桌,光着膀子的、衣衫不整的抠脚大汉们吆五喝六,掷色子、打骨牌,赌得正欢。

李鱼的到来,完全没有引起赌客们的注意,一双双充血的眼珠正紧盯着桌上转动的色子、手里攥出汗的骨牌,这时候就算走了水他们都懒得管。

李鱼笑了笑,摸了摸怀中母亲给他的五文铜钱,漫步走了过去。

李鱼信步而行,这边瞅瞅,那边看看。进来之前,他已经借着院子里花树投影的位置记下了大概的时间,此时需要记住的就是哪桌在赌,赌的是什么,开大还是开小,又或者手里有副什么底牌。

李鱼兴致勃勃地在赌场里这儿瞅瞅,那儿看看,牢牢记住所见的赌局。瞧见哪桌筹码积累得够多了,他还跟着下注,掷一文钱下去,小试身手。

一个敞着怀、长满护心毛的魁梧大汉一只脚踏在板凳儿上，手里高举着摇盅大喊："买定离手，买定离手啦，买大还是买小，快点！快点！"

"当啷啷啷……"李鱼把一枚大钱丢下去，滚到了写着"大"字的地方。大汉撇着嘴角儿，抬起头看了李鱼一眼，不屑地道："就下这么点儿？"

李鱼看看大汉面前一大堆的筹码，笑了笑道："就一文钱了！"

大汉不屑地摇了摇头，将摇盅猛烈地摇了几摇，眯着眼睛向众人看了看，嘿嘿一笑，将摇盅重重地往桌上一蹾，缓缓打开。

"大！"

李鱼兴奋地跳了起来，难怪有那么多人痴迷于赌博，这一刻的兴奋感，确实极其强烈。但旁边却是一片叹息声，因为大多数人押了小。

大汉又不屑地瞟了李鱼一眼，从那一堆铜钱甚至饰物当中扒拉出十文大钱，丢到李鱼面前，道："得意什么？本钱那么少，还想发财吗？"

李鱼笑吟吟地将十枚大钱一一捡起，十倍的赚头，让他满心欢喜，也懒得与大汉计较。李鱼将十枚大钱收好，向大汉微微一笑，傲然道："等着吧，会有你哭的时候。等我下次再来……"李鱼扫了一眼满桌沮丧的赌客，淡定地吐出两个字："通杀！"

惊讶的、鄙夷的、不屑的、嘲讽的、哈哈大笑的，种种声音灌进了李鱼的耳朵，李鱼却只是潇洒转身，向外走去，脊背挺得笔直。

李鱼走出门的时候，拴在院子里的那只凶悍的大黄狗没有再叫，它前脚扑地，脑袋贴在地面上，发出低沉的呜咽声，仿佛极为恐惧。

"这条恶犬也被我的风姿所折服了吗？"

李鱼的胸膛挺得更高了，他却没有注意到，另一边墙角正有一人一边系着宽宽的红腰带，一边懒洋洋地往这边走，那只黄狗惶惧的表现其实正是因为这个人的走近。

那人抬眼看到李鱼，不由一怔："小鱼儿！这小子不是被送进京师砍头了吗？"

李鱼并未看到此人，直接迈步出了院门。那人抬了抬手，却并未唤他，略一寻思，便慢悠悠地转身，迈步进了赌坊。这人正是两个赌坊看门人提到过的那个捞阴行的郭怒！

李鱼回到家，潘氏正在堂屋里，盘坐在李鱼的竹床上，给他纳着鞋底儿。李鱼从长安回来，脚下一双鞋早就磨烂了，家里只剩一双旧鞋，潘氏正忙着给儿子做鞋子。

"儿啊,你回来啦!"潘氏一见李鱼,马上放下针线活儿迎上来。

潘氏把儿子按坐在板凳上,打开锅盖,热气蒸腾而起。饭菜都在锅里热着,潘氏为了等儿子,一口都还没动。

李鱼有些不安,道:"娘,我不在家,您就先吃呗,干吗要饿着肚子,给我留口饭就是了。"

潘氏笑道:"你不在家,娘一个人吃着也没意思。"潘氏说着,将一碟子酱猪耳朵端到了李鱼的面前。

李鱼忍不住笑道:"娘又从都督府里顺了东西出来啊,小心被人家逮着。"

潘氏把饭菜端到儿子面前,在对面坐下,笑道:"倒也不怕的,娘常帮厨房几位大师傅做些针线活儿,这都是他们偷偷塞给我的。只是明目张胆地拿出府来,总归不好罢了。再说,武大都督人也挺好的,真要被抓到,也不会把娘怎么样。"

"武大都督……"李鱼端起的碗突然停了一下,问道,"娘,咱们这位武大都督,家里都有些什么人哪?"

李鱼虽然知道武士彠的一些情况,但是对于武家目前的详细状况却不甚了了,而他母亲潘氏在都督府做针娘,对此却了解得很。

潘氏道:"武都督一妻五妾,两子三女。哦,武都督的正妻原本是相里氏,两位公子元庆、元爽都是相里氏所生。相里氏病死后,当时的皇帝、如今的太上皇亲自为咱们武都督指婚杨氏,武都督和杨氏夫人又生了三个女儿,长女已经有了名字,叫武顺。次女年方九岁,还没正式的闺名,叫华姑。三小姐才三岁,叫秀姑。"

潘氏停了一下,问道:"你怎么忽然问起武都督家的事儿来了?"

李鱼摇摇头,扒了两口饭,忽地想起一事,连忙抬头问道:"娘,隔壁妙家,今晚有没有责骂吉祥姑娘啊?"

潘氏被他问得一愣:"没听到骂人,怎么了?"

李鱼脸上露出一丝笑容,又问道:"那,他们家吃晚饭时,没人被锅沿烫了吧?"

潘氏奇道:"没有吧,一晚上都安生得很,没听隔壁闹出过什么动静。儿啊,你怎么问得这般古怪?"

潘氏不放心地摸了摸李鱼的额头,试探是否着了风寒。李鱼摇摇头,笑嘻嘻地道:"没什么,我就随便问问!"

李鱼满心欢喜地捧起了饭碗,吉祥姑娘今日的遭遇,果然被他改变了。想想明日自己就将迅速成为利州首席大富翁，李鱼忍不住嘿嘿地坏笑起来。

到时候开两家店，一家当小二，一家当掌柜，想炒掌柜就炒掌柜，想炒小二就炒小二，吉祥姑娘那么可怜，长得又那么下饭，到时请到店里来，哈！哈哈……

李鱼眉开眼笑，开心地吃起饭来。

次日，李鱼简直度日如年。整个下午，李鱼就坐在院子里，静静地望着天空的太阳极有耐心地往西边一寸一寸地挪着，惹得隔壁妙龄姑娘悄悄问她娘："李家大郎是不是傻了，这样一直看太阳，也不怕把眼睛看瞎了。"

李鱼一直挨到昨日同一时刻，为了保险又多等了片刻，才把手探进胸口，捏住了那枚宙轮项坠，拇指肚在外罩镂环的一处尖锐点轻轻一按，让鲜血渗透进去，幽蓝的光登时在他身上一圈圈地闪烁起来。

余氏娘子手里的簸箕"吧嗒"一下掉在地上，吃惊地指着李鱼，惊骇地道："李家大郎，你……你……你身上这是怎么啦？"

李鱼从与余氏昨日的接触中已经知道，时光倒退后，还能记住曾经经历过的一切的，只有他自己，所以也不担心此刻被她母女发现，他对余氏和嘴巴张得大大的妙龄笑了笑，道："别担心，没事的。很快，我就要发大财了，哈哈……"

时间，又回到了十二个时辰之前，几只老母鸡正在院子里悠闲地走来走去，房客余氏"吱呀"一声推开房门，挺着大肚子捧着个簸箕走到院子里。看到李鱼，余氏向他友好地笑了笑，便开始拣拾簸箕中的霉米，随手丢在地上，几只母鸡欢快地跑过去啄米。

余氏笑道："李家小郎君不曾出去吗？"

李鱼清咳一声道："这就要出去了！"说罢便急匆匆地向外走去。他一直走出巷子，还没见到吉祥姑娘回来。

李鱼本想撇下她径去云栈赌坊，但犹豫了一下，还是站住了，左右时间还来得及，他不想让吉祥姑娘回到家里无端地受到责骂和殴打。于是，他便坐在巷口青石上等着，直到一身青裳、面带隐忧的吉祥姑娘走过来，他才拍拍屁股迎了上去。

不等吉祥姑娘说话，李鱼就一脸谜之微笑地开口了："酒铺子生意不好，被掌柜的辞退了吧？"

李鱼与妙吉祥重复了一遍昨天的对话，告诉她如何巧妙地告知继母被辞退的事实，告诉她小心不要让她妹妹在锅沿上烫了手，又领了一张好人卡，便向云栈赌坊走去。

李鱼怀里揣着一只褡裢，那是准备装钱用的……

巷弄狭窄，弯曲似羊肠，两侧一户户人家，青萝爬架，丝瓜垂挂，与李鱼之前所见并无二致。赌坊门口，依旧站着两个吊眉汉子，抱着双臂，嘴里叼着草梗儿，倚着门框拉家常。

李鱼走到门口，微笑道："我要赌钱！"

看门大汉往两旁一让，李鱼微笑着走了进去。院子里的大黄狗汪汪地叫了起来，听在李鱼耳中，却似听到了喜鹊叽叽喳喳的声音。李鱼脸上始终挂着微笑，仿佛赐福天官似的，走过院落，拉开房门，走了进去。

两个看门大汉讶异地看着李鱼消失在房门后，其中一人道："这……真是杀过一个军爷的李家大郎？怎么眉开眼笑的满脸喜庆，一点儿也不像杀过人的人哪！"

另一个大汉也是满肚子纳闷，寻思了一下才道："想是他杀了人，却得到了天子大赦，捡回一条性命，所以如此开心？"

李鱼推开房门走进去，门后长方形的院子里，赌客们依然吆五喝六，掷色子、打骨牌，赌得欢实，压根儿没有一个人注意到李鱼的到来。李鱼笑了笑，摸了摸怀中十枚大钱，漫步走了过去。

李鱼先闲逛了一阵，直到院子里花树影子投射到了他昨日记下的位置，便向他记住的院落右上角一张赌桌走去。那张赌桌上是掷色子赌大小的，昨日这个时间，那一桌开出的是小，而大小的赔率是一比五，如果不出所料的话，他的一文钱将变成五文。

片刻之后，李鱼就揣着五文钱，在旁边赌客发红的目光的注视下走向第二桌。不过片刻工夫，李鱼就拿着一百五十文钱走向第三处打骨牌的所在。

李鱼的记忆力变得出奇地好，牢牢记住了各桌在昨日同一时刻的输赢大小或者底牌的底细，现在他已经需要用到怀里的那只褡裢了。褡裢里装着大半袋铜钱，他来到了长满护心毛的大汉的那一桌。

大汉一只脚踏在板凳儿上，手里高举着摇盅大喊："买定离手，买定离手啦，买大还是买小，快点！快点！"

"咚"的一声，李鱼把一褡裢沉重的大钱都砸到了桌子上。

撇着嘴角儿的大汉看着砸在桌上的沉重的褡裢，嘴巴慢慢张大，吃惊地看着李鱼。

李鱼淡定地一笑："我没数，就这一褡裢，我押大！"

大汉吞了口唾沫，艰涩地道："全押上？"

李鱼缓缓点了点头，道："对！全押上！"

旁边已经围满了赌客，今日李鱼运似长虹，战无不胜。而赌徒最相信运气，一见李鱼赌大，所有的赌徒都扑上来，将他们全部的钱都堆到了"大"上。

大汉额头的汗都慢慢地渗了出来，李鱼微微一笑："怎么，你坐庄，不敢接吗？"

大汉看了看四周，赌徒们都疯狂地吼了起来："开！快开！快开啊！"

大汉咬了咬牙，将摇盅猛烈地摇晃了起来，所有押上了全部赌注的人都紧张地看着他举在空中的摇盅，只有李鱼老神在在，无比淡定。

终于，大汉将摇盅重重地往桌上一墩，鼻腔里发出沉重的喘息。

"开！快开！开啊开啊……"

赌徒们疯狂地叫了起来，大汉伸出颤抖的手，将摇盅缓缓地打开，欢呼声陡地戛然而止，李鱼脸上淡定的笑容也陡然僵住。

小！居然是小！

赌坊里安静了那么一刹那，赌徒们都疯狂地咒骂起来，有人甚至想要冲到李鱼面前对他动手。大汉发出一阵瘆人的狂笑："赢啦！老子赢啦！哈哈哈哈……"

大汉狂笑着张开双臂，向桌上大堆的钱物拢去，赌徒们咒骂着，却只能眼睁睁地看着大汉把钱拢向他的怀里。

李鱼呆在那里，怎么可能不一样？这是他倒退十二个时辰前亲自赌过的最后一盘，明明开的是大，怎么可能现在开出来的是小？

眼见大汉将他那沉重的一褡裢铜钱拢向怀里，李鱼一股热血冲上头脑，猛地大喝道："住手！"

大汉一怔，抬头看向李鱼，李鱼猛地一伸手，将他的摇盅抓在手里。李鱼将摇盅翻过来，里外仔细看了看，伸手叩了叩盅底，突地恍然大悟，发现了其中的玄妙之处。

李鱼大呼道："不对！你这摇盅……"

"有假"二字还没喊出口，大汉目光一沉，向人群中几个赌客递了个眼色，几个赌客突然"暴怒"起来，恶狠狠地扑向李鱼，纷纷叫骂着，掩盖了李鱼的声音。

"你他妈的，没本事装什么赌神，害老子输钱！"

"揍他！揍他个狗娘养的！"

"往死里打！"

几个人的叫骂咆哮声彻底激怒了刚输了钱的众赌客，所有的人都把愤怒发泄在了李鱼的身上，叫骂着挥舞着拳头，扑向李鱼。

"愿赌服输，又没人逼着你们下注，如今迁怒于人，都是些什么东西？"一个冷冷的、平淡的声音突然响起，那些张牙舞爪、叫骂踊跃的赌徒突然就如十二个时辰前院子里匍匐的那只大黄狗，彻底没了声音，那些挥动的手臂也都像被抽了筋似的软软地垂下来。

众人慢慢地让开一条道路，就见一个穿着灰布衣衫、貌不惊人、腰扎一条宽宽的红腰带的魁梧汉子慢腾腾地走了过来。

郭怒！捞阴行的郭怒，李鱼在利州拜过的十八个师傅之一。

李鱼又惊又喜，还没等他叫出口，郭怒已经走到他面前，揉了他一拳，笑骂道："你小子，大难不死，回了利州，也不来见见我。怎么，鬼门关上转了一圈儿，就觉得了不起啦？被我亲手送进鬼门关的人，没有五百，也有三百了，在老子面前，你可摆不起谱儿！"

郭怒笑骂着，一揽李鱼的肩膀便向外走，大声道："走！陪老子筛几碗酒吃去！"

郭怒揽着李鱼大步往外走，竟无一人敢上前阻拦，有人被郭怒淡淡地看上一眼，下意识地一惊，赶紧退开两步。

动物的第六感远比人类要敏锐得多，牛马猪狗，见到一个干了一辈子屠宰的屠夫，无论它平时是何等的凶悍，都会吓得四肢发软、匍匐在地，仿佛遇到了天敌克星，就是因为它们能够感觉到这个人身上的那种气场。

而人的第六感是不及动物敏锐的，但捞阴四大行，为首的就是刽子手。一个刽子手，手上只要沾了几十条人命，气场就会发生微妙难言的变化，他瞟上旁人一眼，都会令人心生战栗，更何况是已经断送过几百条人命的郭人屠！

既见人屠郭怒替李鱼出头，那些跃跃欲试的赌徒都住了手，静静地看着郭怒揽着李鱼懒洋洋地往外走。

市井之间有一句老话，形容专门捞阴行的职业：刽子手的刀，仵作的眼，扎纸人的手艺，二皮匠的针线。

刽子手的刀好理解，指的是有一把鬼头大刀吃斩头饭的行刑人。仵作的眼睛，指的是验尸法医，据说真正的仵作久而久之会生出一双阴阳眼，沟通两界。扎纸人的手艺指的是办丧的纸匠。二皮匠的针线，指的是缝尸体的皮匠，古时讲究死有全尸，才能投胎轮回。

干这四种职业的人需要经常和阴物打交道，在常人看来就觉得很邪门，所以郭怒一出面，众赌徒立即噤若寒蝉，倒不全是因为他掩饰不住的杀气，也有这种心理上的原因。

郭怒用他肌肉发达、足有寻常男子大腿粗的手臂揽着李鱼的肩膀晃晃悠悠地走出赌坊外的羊肠小巷，才放开李鱼，脸色一沉，冷哼道："回来几天了？怎的都不来看看师傅？"

李鱼开诚布公道："郭师勿怪！坊间都说弟子是蒙大赦出狱，其实不然！"

郭怒一怔，沉声道："你越狱了？"

李鱼摇摇头，把来龙去脉对他讲了一遍，道："所以徒儿回来，首先就想赚一笔钱，先安顿了家母，届时也就了无牵挂了。"

郭怒冷笑道："妄想从赌坊里赚钱，你是不是昏了头？难道你的千术比他们还要高明？"

李鱼此时业已想通，他之所以逆转时空提前看到了结局，却依旧失败，原因就是：那个长满护心毛的大汉显然是个老千，从他一声吆喝马上就有许多赌徒应和来看，恐怕同党还不少，根本就是赌坊的托儿。

那大汉既然身怀赌技，他就是再来一万次都没有用，只要他的赌注太大，对方一定会出千吃下。李鱼不禁苦笑一声道："是！弟子知错了！"

郭怒眸中露出一丝暖意，点点头道："为了尽孝，偶尔蠢上一次，也没什么。走！陪师傅喝几杯去，咱们爷儿俩好好聊聊！"

李鱼对他讲，一年之后自己还要重返京师受死，郭怒竟然浑不在意，果然是见惯了生死的人。李鱼早已知他性情，也不以为奇，便跟着郭怒向他的家走去。

李鱼跟着郭怒是着实学过些真功夫的。刽子手这一行其实并不简单，他们手中那一口沉重的鬼头刀，要做到干净利落地一刀断头，需要锻炼的技能极多——眼力，臂力，腰力，还有心理素质。

光是拔刀、扬刀、挥刀、收刀这四式动作，他们每日里就不知要练上多少次，夜晚练习砍"香火"的时候，随手一刀，要不上不下地切准一排火炭头子。这份腕力、臂力、眼力和准头，纵然是身手一流的游侠儿，也未必能做到。

所以，一个出色的刽子手，也许在技击之术上算不上一流高手，甚至一个二流高手也能轻易击倒他，但是若论运刀、用刀、使力的基本功法，一个出色的刽子手的造诣可能超过许多江湖一流高手。

而李鱼跟郭人屠学的就是用刀之法。李鱼拜过十八位师傅，没有一个是武林高手，但李鱼各取其所长，打下了极坚实的武学基础，更是从平凡简单的招式中悟出了独到的武学真义。

真正的技击高手由简入繁，再由繁至简的过程，何尝不是一种返璞归真。李鱼算是直指本质了，只是他毕竟缺少名师指点，也缺少历练，闭门造车式的练法使他距离真正的技击之术，始终还隔着一层捅不破的窗户纸。

郭家离云栈赌坊不远，走出羊肠小巷，再穿过两条巷子，拐进一条比较荒僻的巷弄，越过几家大户人家的后院门，到了尽头便有一处门户，大门左右各植一棵高大的树木，上边盘着几个老鸹窝，这就是郭怒的家了。

推开门，一片萧索之气扑面而来。老郭一生未娶，没有子嗣，家里也没养任何活物，自然毫无生气。待他们进了屋，一股子檀香味儿却扑面而来，迎面一堵墙，架子上全是各种模样、各种材质的佛像。

佛墙前一张香案，一只香炉，郭怒上前，拈起三炷香点燃，先虔诚地拜了拜，把香插进香炉，这才招呼李鱼落座。李鱼早已知他习惯，一见他进门先烧香，下意识地问道："今天又砍人了？"

彼时死囚并不全部解送京城，有些地方过于偏远，是没办法耗费大量人力物力解送人犯的，只能把卷宗递送京城，收到批复再做处置。

有一种人犯，因罪大恶极、影响恶劣，死刑之判决无可争议，为了达到惩戒效果，是不会经过旷日持久的审理和判决的，地方官拥有即时处死的权力，所以刽子手的生意也不必全都等到每年秋决，他们开张与否，取决于地方上的治安程度。

郭怒显然不想多谈此事，刽子手虽杀人不眨眼，其实心里对此也是颇为忌讳的。郭家供了一面墙的佛像，显然是为了驱除心底的阴影。郭怒重重地"嗯"了一声，抬眼看向李鱼："明年秋决，你会回去？"

世人对于信义是非常在意的，一然一诺，重逾泰山。言而无信者当然也是有的，但说出来做出来是会遭人鄙视的。

李鱼脸色一正，正气凛然地道："皇帝仁德，延我一年寿命，当利用此短暂生年，了些未尽之遗憾。待明年秋决，弟子自该重返京师，接受惩处！"

郭怒点了点头，赞许道："然诺重于生死，这才是真男儿，好样的！"

郭怒沉吟片刻，叹道："你一死，李家无后，何止大憾，亦是大不孝啊！"

李鱼怔了一怔，他才不会那么"愚蠢"，早就做好开溜的打算了。至于说未了之遗憾，也只是随口敷衍郭怒的，不过临"走"之前，他确实想做一件事，就是发笔小财，给母亲潘娇娇留一笔财产。怎么扯到无后上去了？

郭怒见他发呆，不禁一笑："脸嫩了吗？不孝有三，无后为大。这有什么不好意思的。你李家是千顷地里就你一根独苗苗，趁此一年光景，给李家留个后，也是应该的。"

李鱼慢慢张开了嘴巴："留后？"

听郭怒这么一说，李鱼倒真想起来了，他在死囚牢时，倒真见过有女人进入监牢，由牢头把那女人和某个死囚带去私密些的单人囚室，一番云雨欢爱，女子离去，死囚重入牢房。

当时李鱼还以为这是什么手眼通天的大人物，后来才知道，这是自古以来朝廷仁道的一种体现：如果死囚已经成婚但尚无后代，在待死期间，是允许他的妻子入狱与之欢好，以便留条血脉的。

也许迫于宗族和社会风气，女人表面上是"愿意"的，而之后所有的重负，都得由她背起来，一力去承担，这对女人来说，是挺残忍的。不这样做的话，女人离异或失去配偶后是可以再婚的。

李鱼摇了摇头，正想着如何委婉解释，郭怒已沉吟道："嗯，我有一个远房表妹，你见过的，倒是合适的人选。"

"我见过？"李鱼马上搜索起自己的记忆来。

郭怒笑了笑，道："是啊，曾经就住你那坊里，小时候还是你的玩伴，叫非非，你每次见她，都要打趣说'想入非非'，那傻丫头，初时以为你是调戏她，追打你不休。待听你解释这是一句成语，又颇为沾沾自喜。待后来真正明白了你说的意思，又对你追打不休，呵呵……"

李鱼唇角抽搐了一下，也不禁有点想笑。

郭怒叹了口气，道："那丫头去年春上和离了，男人不争气，欠了赌债逃之夭夭，留下她拉扯着一儿一女独自过活，莫如你娶了她，给李家留个后。"

李鱼汗都快下来了，急忙拒绝道："不不不，这不合适。我一个将死之人，何必再给人添负累。"

郭怒不以为然，道："两个也是养，三个也是生，多一张嘴巴的事儿，怕什么？再说了，现在也就我能接济她一下，她若真的嫁进李家，有了李家的后，你娘还能不帮衬着？"

李鱼大窘，连连摇手："不不不，多谢师傅美意，我不再'想入非非'了……"

郭怒打断他的话道："就这么定了，改日我把她领来，你先相一相。哈哈，你放心，她再不是小时候瘦瘦小小雀儿似的干瘪身材了。现如今她是极好生养的一个福相。你想，她嫁人三年就生了俩娃儿，还怕你李家无后吗？哈、哈哈……"

李鱼尴尬道："这事儿以后再说吧。趁京里消息还没传到这里，我先赚点钱。不然，知悉我仍是死囚，恐怕就不好寻些赚钱营生了。"

郭怒颔首道："这倒也是！"

郭怒想了想，忽又想起一事，拍手道："捞偏门不适合你。你从未涉足这一行，难免会被人骗。还是做些正经营生吧，虽说来钱慢、赚得少，总好过坐吃山空。"

李鱼苦起脸来，叹道："可惜我当初一心学武复仇，不曾学过别的，能做什么营生？"

郭怒摸着颏下的短髭想了想，道："我倒想起个营生来，他正缺人，明日你来，我带你去，跟他说说，让他给你份工做吧。"

李鱼瞧他一脸神秘的微笑，也不知道他说的是什么营生，不过瞧他没有直说，也未再追问。反正对他介绍的工作，李鱼也不抱多大希望。李鱼只含糊答应一声了事。

二人又闲聊一阵，郭怒从厨下取了几个冷盘出来，筛了两大碗酒，师徒对饮。李鱼与郭怒吃喝了一阵，直到星光疏朗，与郭人屠约定来日相见的时辰，这才告辞，往家里赶去。

李鱼顶着满天星光，堪堪赶到自家巷口，却与一身青裳的妙吉祥不期而遇。李鱼一瞧那窈窕的身段儿，便认出了吉祥，不禁吃惊道："吉祥姑娘，今儿下工这么晚？"

吉祥初见有个男人也是一惊，待听到他声音才又一喜，欢欢喜喜上前见礼道："李大哥，你才回来呀。"

吉祥一脸欢喜地对李鱼道："今儿回来晚啦，就不跟你多说啦。奴先回去做饭。"

吉祥向李鱼打声招呼，就加快脚步擦着李鱼的身子赶进巷子，李鱼鼻端登时嗅到一股幽香。李鱼扬声道："你回来这么晚，小心挨骂。"

吉祥回眸一笑，扬手道："放心，人家赚钱了呢。娘见了欢喜，绝不会骂我。"

吉祥窈窕可爱的身影渐渐消失了，李鱼嗅着空气中淡淡的余香，却忽然停住了脚步。

以吉祥的家境和处境，从前不可能用得上哪怕最普通的胭脂水粉，而现在她所用的香粉品级极高，价钱只怕不菲。天色已经这么晚了，她又是个温婉可人的姑娘，她……赚的是什么钱？涂脂抹粉的，可别是……沦落了风尘？

一想到这一点,李鱼心里忽然有说不出的难受。

"但愿是我猜错了!"李鱼仰望着无比璀璨的星空,暗暗祈祷。

妙吉祥像鲜花一样芬芳而美丽,李鱼不希望她像被牲口践踏的草一样活着。虽然李鱼从未奢望自己能够采撷到她这朵美丽的花,但依旧不想看到她沦落风尘——李鱼,一直有一颗怜花惜玉的心。

第八章
公 主

花枝草蔓眼中开，小白长红越女腮。

利州朝天峡，明月阁内，正有一位昙花似的俏美灵动的女子，在灯下抚琴。

风拂遮幔，波纹如水。纱幔后一烛摇曳，一袭白衣的她，盘膝而坐，犹如一朵出水清莲，身前横置着一具古琴。

薄幔给帘内美人儿增加了些许朦胧的美感，她轻垂着又弯又翘的乌黑浓睫，玉指比琴上的玉制琴轸还要玲珑剔透。一袭洁净的素白袍子，紧贴的衣袍起伏褶皱中隐隐现出胸前柔美的峰壑。

琴韵流动，与琴前一坛薰香一同袅袅而起，水一般流泻出去，铺满了白的岩、青的山、亮的水，使那奇峰怪石都浸染上了一层诗意。这抚琴的女子，正是此前曾在袁天纲南下途中试图一见的白衣少女。

纤纤十指若玉葱，往古金色的琴弦上微微一搭，琴声顿隐，帷幔外出现一道人影，正是当时俯身于地、请这少女踏其背而乘马的那个六旬老者。

老者端着在蛤蟆碛取来的清泉水烹就的香茗，脚步沉稳而轻快地走来，手中所捧茶盘中的剔透茶汤竟然连一丝涟漪都没有，这份功夫看似简单，若是没有极高深的一身武功，断然达不到这样的效果。

老者一身灰衣，到了白衣少女身边，跪坐下来，把茶放在了棋架旁边的矮几上。白衣少女双袖左右一分,端然而坐,宛如冉冉于池中水上的一朵素净白莲:"墨师辛苦,此等事叫二止他们做就好了。"

老者垂首,毕恭毕敬地道:"二止他们粗手粗脚的,怎么侍候得了尊贵的殿下。殿下是老奴侍奉长大的,只要老奴还走得动,这些粗活儿,还是老奴侍奉,得心应手一些。"

白衣少女眸光一黯,轻叹道:"往事已矣,皇朝不再。这殿下之称……"

老者左手垫于右手之上,拱手于地,以头触之,行了个臣见君的郑重大礼,激动地说道:"公主犹在,则大隋不死!我们还有机会!就算大隋真的亡了,殿下也永远都是老奴的公主殿下!"说到激动处,老者的声音不禁哽咽起来。

白衣少女柔声道:"墨师,不要难过。我们竭尽所能,努力去做就是了。就算不能复国……"

白衣少女眸光渐转冷厉,恨声道:"也得杀了李渊那老狗,方消心头之恨!"

老者顿首道:"老奴誓死追随殿下,赴汤蹈火,在所不辞!"

这一主一仆,究竟何等样人,竟然这么大的口气?原来,这白衣少女竟是隋炀帝杨广之幼女,闺名千叶。而被她称为墨师的这个人,则是当年隋宫大内副总管墨白焰。

杨千叶缓缓地吁了口气,白玉似的素手轻轻一伸,羽袖滑开,露出一管皓腕,她将那霜雪般晶莹的茶盏端在手中,呷一口琥珀色的茶汤,低声问道:"可联系到纥干承基了?"

墨白焰答道:"老奴已经找到他了,他在利州城云栈坊,约殿下明日巳时见面。"

杨千叶一怔,讶然道:"朝廷正在通缉他,他居然还敢待在利州城里?"

墨白焰答道:"艺高人胆大!"

墨白焰语气顿了顿,眼中露出一抹讥诮之意,又道:"这是他说的。老奴以为,他这么做,未尝不是想向殿下证明,他并未落魄如丧家之犬。"

杨千叶莞尔一笑,缓缓点头道:"好,那我明日便往利州一行,会一会这位末路英雄!"

杨广驾崩的那一年,小公主千叶才三岁,到今年也就是贞观六年,她也不过十七岁。十四年前,宇文化及与裴虔通、元礼、马文举等人举兵叛乱,杨广当时一无所知,正在行宫中逗弄着他最宠爱的小公主千叶。

惊闻兵变后，杨广马上把千叶公主交给了当时就在身边的四名内侍太监，命他们带小公主逃离。面对着蜂拥而入的大队叛军，杨广坦然坐下，只提出一个要求："天子自有天子的死法，怎么能对天子动刀？取鸩酒来！"

谁料马文举等人对这样一个小要求也不肯答应，他们让大将令狐行达活活勒死了杨广，只给他留了一具全尸。杨广年方十二岁的儿子赵王当时也在行宫，被乱军给当场斩杀了。

内侍副总管墨白焰率领冯二止等三名近侍保护着年方三岁的小公主杨千叶仓皇逃离行宫。当时天下正乱，杨广遇弑的消息一传出，洛阳群臣便拥立杨广之孙越王杨侗为帝了，而太原李渊则攻入长安，立杨广之孙杨侑为傀儡皇帝。

没过多久，李渊便逼杨侑禅位，自立为帝。洛阳权臣王世充则逼杨侗禅位。当时墨总管率三大侍卫高手保护着小公主正一路逃亡，还未确定究竟该投奔何方，天下已经不姓杨了，只好就此隐匿下来。

因此，杨千叶身边这四名心腹，其实都是当初隋宫内宦太监。四人是受皇命逃离行宫的，当时杨广虽不知兵变，却已预感到大厦将倾，也提前做了一些准备，包括将大量财宝封匿于各地的秘密宝库以备不测。

杨广命墨总管护送他甚为宠爱的小公主离开时，曾将一处宝库的地点告诉他们。当年大隋国力何等昌盛，仅那一处宝库的财富，用来养百万兵绰绰有余。

因此，这许多年来，小公主杨千叶在生活上倒是不曾遭遇过什么苦难。四个太监将她视为大隋犹在的象征，侍奉起居坐卧甚至超过了一个正常的公主该有的待遇，排场自然不小。

杨广之死其实并不能算在李渊头上，但大隋灭亡，最终获利者却是李渊，墨白焰四个内侍因此认定了李渊是他们的大仇人，他们也是这样从小灌输理念给杨千叶的，是以杨千叶才对李渊恨意深深。

凉月秋风，一夜好眠。

次日一早，杨千叶便整肃行装，准备进城。

只要条件允许，墨总管是绝对不允许轻慢了公主殿下的，好在今日进城本就不需要张扬，饶是如此，过程也极烦琐。杨千叶自小受他们如此教诲，也早习惯了，任由摆布便是。

虽然只是一身寻常装束，可是等杨千叶整肃停当，也是颇为惊艳。蛮靴短裙、紧袖小襦，羊脂美玉般的肌肤甚至微微透出青络，仿佛一朵出水芙蓉，美而不妖，极尽灵动。

尤其是她自幼受到墨公公等人严谨的宫廷教育,一颦一睐、一举一动,极尽优雅高贵。可惜,一顶浅露很快就戴到了她的头上,遮住了她美丽的容颜,只能看到那优美动人的身段和举止间高贵优雅的韵致。

为了避免声势过大,墨白焰只带了冯二止一人,二人扮作仆从,陪侍于杨千叶左右。三人乘了一驾牛车,缓缓赶向利州城。

利州城里,人们业已早起,开始了一天的劳作。

潘娇娇给儿子做好早餐,一同用过饭食,便挎着她的针线篮子去了都督府。不出所料的话,晚上回来还会藏些掖些肉食回来。李鱼怀疑以自己老娘这么猖狂的偷法,很可能那位可怜的武都督从来就不知道猪还有耳朵和脑袋。

李鱼依旧无所事事没有工作,潘娇娇既不在意也不追问。说起来她溺爱儿子确实已经到了非常过分的程度,好在不管是之前的李鱼还是现在的李鱼,都还挺争气,并未被她的溺爱养成米虫。

李鱼和郭怒约定的时间是中午,上午无事他便想提前出去,先到城中逛逛,说不定能找到发财之法。迈步出了房门,忽见柿子树下蹲着一人,正在洗涤青菜。李鱼举步走过去。

吉祥低头洗着青菜,颈后几绺青丝随着微风拂动,露出白皙纤秀的后颈。听到身后的脚步声,她下意识地回了一下头。

李鱼讶然站住,他本以为这姑娘是妙龄呢。在李鱼看来,妙吉祥此时不可能在家。

妙吉祥回眸见是李鱼,不禁甜甜一笑:"李大哥!"

李鱼摸了摸鼻子,讪然道:"今天怎么……不是又被人辞了工吧?"

吉祥扑哧一笑,嗔道:"才没有呢,我这份工啊,午后才去,放工晚了些,但上午可以歇息。"

李鱼啊了一声,心中越发地不舒坦了。真相越来越接近他的猜想了。李鱼心中很不痛快,极其不痛快。

李鱼强抑心头不快,淡淡地道:"原来如此,我约了人,这就要出去了,回聊!"

不等吉祥姑娘答应,李鱼就加快脚步走了出去,一路疾行出了巷弄,这才长长呼出一口浊气。可是仔细想想,其实他的闷气生得毫无道理,吉祥姑娘的任何选择，他有什么资格评判？

"唉，只是可惜了她！如果我有钱……"想到这里，李鱼情不自禁地摸了摸颈间，"这逆转时空的东西，多少也算一件宝物吧，可究竟要如何运用，才能让老子大发其财，赚得盆满钵满、放屁流油呢？"

李鱼想着，脚下不免慢了，后边一辆牛车吱吱嘎嘎地追了上来。冯二止坐在车头把长鞭甩出一个噼啪惊人的炸响儿，大声吆喝道："兀那痴汉，滚去路边，没的挡了爷的道路！"

李鱼听人吆喝，本欲让路，但是听他说得难听，不禁生起反感。李鱼停住脚步，不悦地回头瞪了一眼。冯二止一手提着缰绳，一手操着长鞭，瞪起眼道："瞪我作甚，你待怎的？"

牛车帘儿一掀，现出杨千叶和墨白焰的身影。杨千叶双手扶膝，端坐锦缎榻上，头戴浅露，身姿端庄。墨白焰侧方跪坐于毡毯之上，同样双手扶膝，向外睨了一眼。

李鱼被他睨了一眼，只觉他目光锋利如刀，不自觉地打了个寒战。

杨千叶淡淡道："二止，出门在外，少生是非！"

李鱼听她声音好听，不觉仔细望了一眼，恰好此时一缕清风拂过，拂动杨千叶脸上浅露轻纱，露出一片雪白的颈项和一个圆润俏美的下巴，虽只冰山一角，便觉一抹清丽如冰雪消融后的第一抹新绿，扑面而来。

李鱼心中不由一动，暗道："这肯定是个一等一的美人儿了。不过，若说美貌，怕她也未必就胜得过吉祥吧。只是，看人家这尊贵气派，却不是吉祥这等贫家女可以比拟的了，纵然姿色差堪比拟，可这身份地位……"

想到这里，李鱼对吉祥不免又起了一丝怜悯之意，不过一想到她竟自甘堕落，沦落风尘，那刚刚软下来的心又硬了起来：不可原谅！绝对不可原谅啊！

冯二止被杨千叶淡淡地教训了一句，嚣张之态顿时收敛，只是一时却也不好再放下姿态与李鱼和气地说话。

李鱼不为己甚，往路旁挪了挪，看着他们的车驾过去，那轻风拂过，浅露轻纱又缓缓落下，遮住了杨千叶清丽脱俗的容颜。李鱼站在侧前方，只在那轻纱落下的一刹那，看到杨千叶耳珠上有一颗小小的红色美人痣。

李鱼跟在牛车后边，牛车拐弯他也拐弯，牛车直行他也直行，一路行去，发现他们恰是同路。直到云栈坊，那车拐进赌坊旁边一条巷子去了，李鱼径直前行，双方才算分手。

李鱼到了郭怒的家，郭怒正在院中敞怀而坐，在一块半月形的磨刀石上磨着他那口据说已经传了七代、煞气可避鬼神的鬼头刀。

"嚓！嚓！嚓！"

郭怒双臂肌肉偾张，磨得十分用力，看到李鱼来了，郭怒便从一旁盆中撩起些水来，将那大刀洗净，又用一块肮脏的鹿皮将那大刀擦得锃亮，提刀起身道："等我片刻！"

郭怒回到堂屋，堂屋满墙菩萨佛像前面的香案上有一个刀架，郭怒把吃饭家伙往刀架上一供，拜了三拜，便大步出了房间，紧一紧宽宽的红腰带，对李鱼道："那人轻易不肯把自家吃饭本领传与他人的，我好说歹说，再加上他与石三有仇，你杀石三，算是帮他报了大仇，他这才肯答应收你为徒。你去了他身边，勤学、勤问，有点眼力见儿。"

李鱼唯唯称是，却仍旧不知道郭怒打算领他去拜何人为师，怕也是捞阴行的？却不知是跟人学打棺材，还是跟个人皮裁缝学缝尸体，想想心里就瘆得慌。

云栈赌坊的正门儿与后门儿分别通往两个巷子，杨千叶所乘的牛车驶到赌坊后门不远处，两个贼眉鼠眼的泼皮正蹲在后门地上耍钱，看到牛车进来，便收了铜钱，懒洋洋地站起。

墨总管一掀轿帘儿，从车里走了出来，站在牛车上往二人一扫，沉声道："我家姑娘已经到了！"

一个泼皮"呸"的一声吐掉口中的草，拱手道："我大哥恭候多时了，请！"

墨总管寿眉一掀，微微露出了怒色："大胆！纥干承基不过是李孝常麾下的一条狗，李孝常之父李圆通见了我家姑娘也要俯首称臣，区区纥干承基，在我家姑娘面前，安敢如此托大？"

另一个泼皮嘲弄地笑了一声，懒洋洋地抱起了双臂："哟？摆谱儿来啦？我可不知道你们家姑娘是哪一路的神佛，就知道你们既然找上了我大哥，那就是有求于我大哥，这谱儿，就不用摆了吧？"

墨总管的脸色登时沉了下来，双手十指微屈如钩，盯着他道："你再说一句试试！"

"墨师息怒！"杨千叶柳腰轻折，从车中姗姗走出，墨白焰立即欠身退到一边。

杨千叶轻轻瞟向那两个泼皮，她明明戴着浅露，五官眉眼都很朦胧，但两个泼皮偏就有一种被她居高临下盯着的感觉，站姿也不由自主地恭敬了许多。杨千叶淡淡道："你们去，替我向纥干承基问句话。"

一个泼皮下意识地道："你……你说！"

杨千叶缓缓道："你问他，之前他想做什么，他是什么人？现在他想做什么，他是什么人？之后……他想做什么，他，是什么人？我在这里等他，一盏茶后，他不来，我就走！"

杨千叶的容貌笼在浅露里根本看不见，但她的声音语气偏偏就有一种上位者自然而然养成的威严，那两个泼皮听了她的话，下意识地不断点头，杨千叶话音一落，二人已经抢着向院子里冲去。

两个泼皮冲进后院，赶到赌坊里时，才被坊中许多赌徒大呼小叫的声音唤醒，二人对视一眼，心中惊骇不已。那女人究竟是什么人，怎么她一说话，自己就乖乖听她吩咐了，仿佛自然而然，本应如此。

二人此时才生起反感之意，故意放慢了脚步，缓缓走向一桌围了最多赌徒的桌子。

赌坊内，人气最旺的就是赌大小这种简单粗暴的赌博方式。长满护心毛的大汉敞着怀，一只脚踏在条凳上，捧着摇盅大呼小叫："开啦开啦，要下快下，赌大赌小，早早决定！"

两个泼皮方才被杨千叶一句话便糊里糊涂地驯服了，此刻清醒过来，心中很是不忿，刻意有所拖延，所以到了他身边也不言语，只等大汉赌完这一把，眉开眼笑地把赌徒们输了的钱全拢到自己面前，其中一个泼皮才咳嗽一声，对他附耳过去。

那泼皮把杨千叶的话原原本本地对大汉复述了一遍，不屑地龇牙笑道："大哥，那小娘皮好大的口气，她居然敢威胁你，你看，要不要叫几个兄弟去，好好消遣消遣她？"

孰料，大汉却似中了邪一般，站在那里喃喃自语："以前我想做什么，我是什么人？现在我想做什么，我是什么人？之后……"

杨千叶一番话，深深地击中了大汉的心。原来，这个在云栈赌坊扮庄家的大汉，就是李孝常麾下第一猛将纥干承基。

想当初李孝常谋反，纥干承基热烈响应，一心以为李孝常得成大事，到时候自己就是开国元勋。谁料，李孝常败得像他起兵一样干脆，纥干承基也因此隐姓埋名，藏身"地下"了。

而今他想做什么，他是什么人？他只想活着，他所做的一切，都只是为了活着。蝇营狗苟，岂是男儿大丈夫之所为？可是欲谋大事的话，他虽有万夫不当之勇，却无谋国之略，他虽是李孝常手下一员大将，却没有一呼百应的威望。他想改变眼下的一切，也许真得依靠那个女人……她可是姓杨啊！

想到这里，纥干承基怦然心动。

这时，另一个泼皮凑上前，讪笑道："大哥，那女人还说，只等你一盏茶的工夫。真是好大的架子，大哥你是何等人物，她一个女人……"

纥干承基吃了一惊，脱口问道："一盏茶？现今过了多久了？"

那泼皮摸了摸鼻子，迟疑道："应该差不多了吧。"

纥干承基"啊"的一声大叫，一脚踹飞了条凳，转身就向后院扑去。偌大一条虎躯，猛地冲出三步，才想起手中还握着摇盅，急忙又往后一抛，"当"的一声落在桌上，几枚色子在桌上滴溜溜乱转。

两个泼皮吃惊地互相看看，急忙快步追了上去。

杨千叶俏生生地立在车辕上，静静地候了一阵，抬头看看天色，平静地吩咐道："我们走！"

冯二止答应一声，刚刚拉起缰绳，后院门就"咣啷"一声被人撞开，纥干承基风风火火地从赌坊里冲出来，一眼瞧见车辕上立着的杨千叶，也顾不及问询身份，马上当头一揖，唱一个肥喏，道："承基莽撞，还请姑娘恕罪！"

杨千叶正要转身回车内，墨白焰已为她打起轿帘儿。杨千叶瞟了纥干承基一眼，一句话没说，便弯腰进了车子，端然而坐。墨白焰进了车子，在侧厢跪坐下来，沉声道："驱车！"不过，他却没有放下轿帘儿。

纥干承基眼见车轮一动，心下着急，急忙快步上前拦住老牛，双膝一屈跪了下去，大声道："承基知错，今后前程，还祈姑娘指点迷津！"

这时那两个泼皮追出了后院，一见他们的大哥长跪于地，不禁吃了一惊，其中一个泼皮惊呼道："大哥，你怎么……"

他还没有说完，纥干承基已经厉声喝道："不长眼睛的蠢物，车上这位贵人，也是你们能够藐视的？跪下，掌嘴，向贵人请罪！"

两个泼皮不敢怠慢，立即跪倒在地，噼噼啪啪地掌起嘴来。纥干承基赔笑道："姑娘息怒，还请屈尊下车叙话。"

墨白焰淡淡地扫了他一眼，道："这等乌烟瘴气的所在，如何屈尊？"

纥干承基暗暗松了口气，忙道："利州城里，在下自然另有栖身之所。"

墨白焰淡淡道："前头带路吧！"说着便放下了轿帘儿。纥干承基也是一方豪雄，便是李孝常在时，也是倚为肱股，何曾如此被怠慢，心中颇为不悦，但杨千叶一番话恰说到了他心里，他如今正想知道杨千叶有何打算，又有何底牌，所以还是隐忍下来，赔笑道："是是是，请随承基这边走！"

纥干承基急忙站起身，对着两个犹自掌嘴的泼皮各踢了一脚，斥道："不开眼的东西，滚一边儿去！"转脸看向冯二止，又赔上一副笑脸，道："请这边走！"

第九章 养蜂

利州都督府倚山而建,都督府后就是一片山坡,虽是深秋时节,但此时的利州光照与阳光和春天无异,漫山遍野的油菜花开得正盛,金黄灿灿,随风翻涌,置身其间,芬芳扑鼻。

郭怒把李鱼领到都督府后山坡上站定,吩咐他道:"你等在这里,我去找他过来!"

郭怒说完,便迈步进了油菜花田,惹得蜂蝶翻飞来去。郭怒拢着嘴巴高声叫起来:"老管,老管,管平潮,你个老小子快出来,郭某来啦!"

郭怒在一片金黄的油菜花田里呼喊了一阵,远处就有一个矮矮胖胖的中年人蹒跚地走过来。这人穿一袭圆领窄袖袍衫,圆滚滚一个大头,圆滚滚一个身子,两撇胡须,走路一晃一晃,仿佛荡漾在油菜花田里的一个不倒翁。

老管与郭怒简单交谈了几句,便向李鱼这边望来,李鱼向他们挥了挥手,二人便向他走来。李鱼瞧那管平潮天生一副笑模样,只是眉眼五官猥琐了些,像个骗小姑娘的人贩子。

更绝的是,李鱼刚刚想到这里,油菜花田里就"哈"的一声,真的蹿出来一个小姑娘,双手作势欲扑,想要吓唬管平潮。管平潮佯作大惊,"啊"的一声叫,向后一退一仰,矮墩墩一个身子,几乎就彻底淹没在油菜花田里了,逗惹得那小姑娘咯咯地笑了起来。

李鱼好奇地看那小丫头,八九岁年纪,穿一件水田衣,唇红齿白、粉妆玉琢,乌黑的秀发梳一个蒲桃髻,小髻十数条,蹦蹦跳跳的,十分可爱。

那小姑娘好奇地向他看了一眼,对管平潮道:"管大叔,这个人就是你要收的宝贝徒弟吗?"

管平潮瞟了李鱼一眼,哼道:"看他呆呆的样,还不知道是宝贝还是活宝呢,也不知道他能不能胜任!"

小丫头笑眯眯地看着李鱼,点了点头道:"我看他挺顺眼的,应该行!"

李鱼听得一头雾水,情不自禁地看向郭怒,老郭究竟要给自己介绍一个什么师傅啊,以后的工作不会是带孩子吧?

郭怒以剑子手为业,平时颇有点生人勿近的意思,久而久之,便养成了沉默寡言的习惯,即使眼前一个是好友,一个是徒弟,他也懒得多寒暄,只对管平潮道:"这小子,就是我对你说过的那个李鱼,挺不错的孩子,交给你了!"

管平潮点了点头,摸着胡须向李鱼龇牙一笑,猥琐依旧。

郭怒又对李鱼点了点头:"我走了,有闲暇时,去陪我吃酒。"

郭怒说完,也不看那伶俐可爱的小丫头一眼,挥一挥手,便扬长而去。

管平潮咳嗽一声,捋着胡须对李鱼道:"你的情形,老郭对我说过了。以后,你就安心待在我这儿吧!"老管豪迈地一挥手,"这片山头,以后我就交给你了!"

李鱼茫然地往山上看了一眼,入目一片金花,他还是不明白自己究竟要做什么工,便试探地问道:"却不知,我要随管师傅学些什么,难道是……种油菜?"

老管似笑非笑地道:"你还真有才,管某可不懂得种地。"

李鱼疑惑地道:"那么……"

李鱼说话间,那个小姑娘已经背起双手,小大人似的踱到他身后,绕着他转起了圈子,上上下下地打量起来。

管平潮傲然道:"老夫是个养蜂人!"

小姑娘笑嘻嘻地道:"你跟着管师傅,以后呢,也是个招蜂引蝶的奇男子啦!"

管平潮板起了面孔,佯怒道:"华姑,别打岔,我这儿教徒弟呢。"

小姑娘吐了吐舌头,又绕着李鱼好奇地转起了圈子。

李鱼听到"华姑"二字,心头却是陡然一动:华姑?这里是武都督府家的后山,莫非这个小姑娘就是武家的二小姐?

李鱼下意识地看了她一眼,小姑娘向他扮了个鬼脸。

管平潮清咳了两声，继续对李鱼道："管某这身本事，并非谁都肯传，念在你境遇确实可怜，再加上你杀了石三，也算是替管某出了一口心头恶气，这就传授于你吧。这样，来日你……你也可以把这门手艺传于你的妻室家人，让她们也好有个谋生的手段。"

但凡有一技之长，都可算是一个手艺人，但凡有一门手艺傍身，日子就能过得比普通人好得多。作为养蜂人，所酿蜂蜜都是卖与豪门大户人家，所以，养蜂人的收入自然要比普通小民多得多。

所以，也难怪管师傅秘技自珍，多一个人会这门手艺，就多一个人跟他抢生意，他定是因为李鱼杀了他的仇人石三以及看在郭怒的面子上才肯收他为徒，而郭怒肯搭上这份人情，想来也是为了介绍他那个易生养的表妹非非给李鱼。

管平潮道："管某如今打理着几十箱的蜜蜂，遍及三四个山头，确也有些忙不过来了。尤其是如今已到深秋，培养新王、更换劣王、培育越冬蜂等，本就忙得不可开交，你来了，倒也可以帮我一二。"

华姑突然闪到了两人中间，叉着腰，像只漂亮的女王蜂般，瞪着一双大眼睛，对李鱼道："还有一件至关重要的事，就是陪我玩耍，陪我聊天，不然，我就不许你在我家花田里养蜂。"

管平潮无奈地道："二姑娘，你有两个亲兄长，还有两个堂兄，姐姐妹妹也各有一个，不去与他们一起玩耍，偏要纠缠我们这些养蜂人。"

华姑皱了皱鼻子，道："他们都好幼稚，和他们在一起久了，连我都会变得傻兮兮的，我才不要理他们。"

李鱼笑嘻嘻地道："好！我陪你，跟你讲山川地理，讲天下大事，讲过去未来，你看如何？"

华姑一脸鄙夷地看着他道："哈！说得你学富五车，满腹经纶似的，你不过是个养蜂人好吧？呜呜呜，吹法螺！"

李鱼奇道："可我真的知道这些事啊，难道你不喜欢听？"

华姑理直气壮地道："当然不喜欢听！我要听故事，神话故事。"

李鱼忙不迭地保证道："神话故事？那我知道得可多啦，牛郎织女啊，宝莲灯啊，二郎神劈山救母啊，还有秃尾巴老李的故事，多得很！"

华姑听得两眼放光，小巧玲珑的鼻子下一张嫣红水润的小嘴巴张得大大的，显得她那张略显婴儿肥的小脸极是甜美可爱："哇！这么多，我一个都没听过，你比老管可管用多了。"

华姑兴奋地抱住了李鱼的一条手臂,已是一刻也不舍得放开。管平潮瞧这二人一副"相见恨晚"的德行,不禁大摇其头,恨恨地道:"我先去那边山上照料一下蜂群,你老实待着,回头我先教你如何'换王'!"

管平潮说罢,一甩袖子,扬长而去。

华姑兴奋地拉着李鱼让他坐下,眼巴巴地道:"来来来,你先给我讲讲,那个二郎神劈山救母是个什么故事!"

李鱼打起十二分的精神,津津有味地给她讲起了故事。

都督府后山上,李鱼讲给华姑听的神话故事业已到了尾声。

华姑蹲在李鱼面前,双手托腮,仿佛一朵粉嫩的小花儿似的,出神地听他说完故事,愤愤不平道:"这二郎神也是个没骨气的,他娘亲被玉帝镇压在桃山之下,他好不容易劈开桃山把娘亲救出来,那个恶玉帝却又派出金乌把她害死,罪魁祸首乃是玉帝啊!结果他只杀了金乌了事,居然还接受玉帝的敕封,当了个什么显圣真君的地仙,真是没出息!"

李鱼睨着她道:"那依你之见,该当如何?"

华姑把小胸脯一挺,双手叉腰,傲娇地道:"若我有三尖两刃枪,有开山神斧,有七十二变,上天入地,无所不能,我就反了玉帝,剥了他的龙袍,夺了他的宝座,自己做玉帝!天下待我不公,我就自己坐天下!哼!"

李鱼看着这九岁小姑娘眉宇间倏然一闪的英气,不由得目瞪口呆,这小小妮子,好有志向!

利州城富贵坊一幢豪宅里面,纥干承基也正在竭诚款待杨千叶。富贵坊的富豪是府城里的头面人物,平素里迎来送往交际繁多,一个不慎就容易暴露自己的真正身份,照理说纥干承基如今是钦犯,不该如此招摇。

纥干承基艺高人胆大,他在山里养着数千精锐匪军,自己却在城里最大的赌坊中扮一个老千,除此之外居然还有一个利州缙绅的体面身份,真可谓狡兔三窟了。

纥干承基虽然被杨千叶一语直逼本心,放下了身段,但是以他的本领,又岂会轻易臣服于一个女子,哪怕她贵为天家皇胄。纥干承基亮出这个身份给她看,未尝没有再加一重筹码向她示威的意思。

杨千叶显然也明白纥干承基的真实用意,别看他此时一副极其恭顺的样子,可真想驯服这匹野马,绝非易事。所以杨千叶也是抖擞精神,刚刚落座,便开宗明义,直截了当地道:"承基将军,你有兵,我有钱!你有勇,我有谋!我欲与你携手,光复大隋,送你个开国第一功,你意下如何?"

纥干承基看似粗犷,眼中却飞快地掠过一丝狡黠狐意,沉声答道:"我有兵,兵不过千!你有钱,钱财几何?我有勇,不过匹夫之勇。你有谋,却不知姑娘你,于光复大隋,有何谋略?"

杨千叶成竹在胸,微微一笑,道:"欲谋大唐天下,你认为,什么时候最为合适?"

纥干承基道:"自然是六年前,李世民经玄武门之变,刚刚夺得帝位的时候。"

杨千叶赞许地点点头,道:"彼时,李建成、李元吉余党犹在,李渊逊位,不情不愿,天下初定,人心未附,四方藩镇兵强马壮,确实是最佳时机。一旦能直捣中枢,群龙无首,则天下将重陷逐鹿之争,李孝常未常没有机会。"

纥干承基神色一黯,道:"承基也认为大将军所择时机极为巧妙,可惜……"

杨千叶淡淡一笑,道:"也没什么好可惜的,李孝常何许人也,不过是万安郡公李圆通之子。圆通在世时,亦不过是我父皇一家臣。李孝常何德何能,会以为他振臂一呼,便得四方响应?"

纥干承基目光一冷,沉声说道:"公主殿下,如果当日是你,便能强过李大将军?"

杨千叶道:"彼时,我大隋覆灭不过九年,天下人心难道不可用?更不用说,李唐继我大隋衣钵,朝堂上下多是我大隋旧臣,这些旧臣当初可未反我父皇,只是我父皇被宇文化及所害,他们不得已才归附逆贼,你以为他们肯铁了心地与本公主作对?"

纥干承基漠然笑了笑,道:"往事已矣,无论怎么说,业已不能回头,多说无益。"

杨千叶点点头道:"不错,过去的事,就不必再提了。那咱们就说眼下,如今也不过过去六年,种种起兵的条件比起当日虽然差了些,却也相距不远,我们仍然大有机会。"

纥干承基定定地看着杨千叶美丽而自信的容颜,并未说话。杨千叶继续道:"我有宝库,可养百万之兵。这些年来,墨师也不仅仅是将本公主抚养成人,而且还找到了许多忠于我大隋的前朝旧臣,潜伏民间,招兵买马,伺机而动。"

纥干承基听到这里,双眼蓦然一亮。

杨千叶又道:"但这些火种要想形成燎原之势,需要一个契机,才能予人以信心，才能揭竿而起，才能百川成海！"

纥干承基缓缓道："六年前，这契机是闯宫刺杀李世民，形成群龙无首之势。如今这契机是什么？依旧闯宫刺驾吗？"

杨千叶道："这样做也未尝不可。但今时不同往日，纵然你有万夫不当之勇，再想闯宫也非易事了。李世民称帝六年，至少这大兴宫已是铁板一块，无懈可击了。"

纥干承基道："那么，我们还能怎么做？"

杨千叶听他说"我们"，知道他已经渐渐与自己站在一起，心中不由一喜，嫣然道："既然不易由内而外，我们何不由外而内？"

纥干承基端起一杯茶，向杨千叶示意了一下，道："请殿下细说端详！"到了此时，纥干承基的语气才真正有些恭敬起来。

杨千叶轻轻呷了一口香茗，缓缓道："只要我们在地方上竖起反唐的大旗，由本公主号召天下大隋旧臣投奔响应，且能坚持半年以上，则墨师于各地苦心经营的力量便可以趁势起兵。而唐之诸多藩镇，又有多少对李世民死心塌地的人？那些人手握重兵，雄踞一方，最在意的必然是自家前程，最可能的选择就是按兵不动，静观局势，反正不管何人称帝，都少不了他们的一席之地。如此一来，李世民真正可用者，不过是京师的十六卫兵马，我等大事可期矣！"

纥干承基缓缓地转动着茶杯，道："殿下选择的这个地方，不会就是利州吧？"

杨千叶道："利州进可攻长安，退可守巴蜀，进退两便，岂非最佳所在？况且这里是李孝常经营多年的地方，迄今犹有大量的潜势力，而这些力量，现在都掌握在你的手上！"

纥干承基打断她的话道："原来殿下打的是这样的主意。不错，李大将军经营利州多年，岂能被李世民一举拔除，我们在这里确实还拥有相当大的潜势力，但武士彟辖制着三个折冲府的精锐，我的力量难以与他正面为敌，只怕一露面，就会被他扑灭。"

杨千叶微笑道："不能力敌，难道还不能智取吗？"

纥干承基眉头一蹙，道："如何智取？"

杨千叶道："武士彟娶妻杨氏，杨氏乃我大隋皇族始安侯杨达之女，是我的族姐……"

纥干承基嗤笑一声，道："长安城里那位太上皇李渊，还是令尊的表哥呢，江山社稷之争，亲族血缘最是靠不住。"

杨千叶一双妙目凝睇在纥干承基脸上，不悦地道："承基将军能否容我把话说完？"

纥干承基被杨千叶一瞪，虽是个桀骜不驯的性子，竟也不由心中一凛，忙拱手谢罪："承基知罪！殿下请讲。"

杨千叶身子向前微微一倾，缓缓说出一番话来……

夕阳西下，杨千叶的牛车缓缓驶离了纥干承基的府邸。纥干承基站在府前，看着杨千叶的牛车沐浴着夕阳缓缓离去，双手轻轻一拍，府中管家、他的结义兄弟李宏杰马上出现在他的身边。

纥干承基双眼微微一眯，眼眸被夕阳映得似有刀锋似的金芒在闪烁："找两个手脚干净的兄弟，给我做掉一个人！"

李宏杰目中精芒一闪，问道："什么人？"

纥干承基道："武家有两子三女，任选其一，三天之内下手！"

李宏杰两撇鼠须微微一抖，沉声道："是！"

晚上李鱼回了家，告诉母亲他找到了一个养蜂人的工作，潘娇娇听了喜不自禁，道："太好了！你如今也有了一份正儿八经的事做，你爹泉下有知，定然也欢喜得紧。"

潘娇娇说到兴奋处，忍不住抹起了欢喜的泪花儿，哽咽道："自从你爹过世，娘独自拉扯你过活，就怕照料不好你，将来见了你爹，落他的埋怨。我儿如今长大了，懂事了，也能帮娘撑起这个家了。"

李鱼看到潘氏的模样，心头也不禁一酸。虽然在他心里，真心不觉得养蜜蜂有什么好，但……就算为了母亲喜悦的笑容也值了。

疏星朗朗，李鱼推着从邻家借来的独轮车，载了一车黄土到了院中，将土卸在墙角。墙角还有几大捆稻草。房子的墙壁已经有些裂缝，屋顶也有几处破漏了，虽说利州的冬天不似北方寒冷，但有了漏洞也不好受，李鱼打算抽空将房子修缮一下。这些修修补补的粗活儿没啥难的，倒不必另外请人。

李鱼把黄土和稻草堆好，正寻思天色已晚，不妨将车子停在院中，明日再去邻家还车，就见吉祥走进了院子，身形还微微有些摇晃。吉祥看见李鱼，笑着招呼了一声："李大哥！"

"吉祥，你才回来呀？"李鱼皱了皱眉，向她迎过去，甫一走近，便闻到一丝酒气,李鱼不禁一怔,"你喝酒了?"

吉祥奇道:"我就喝了三杯而已,你都闻到啦?"

吉祥掬着双手,向手掌上哈了两口气,自己闻了闻,笑起来:"还真有点酒味儿呢。"

李鱼瞧着她微微摇晃的身子,还有比平时兴奋些的神情,不禁说道:"真的只喝了三杯?这样说来,你根本不会饮酒,何必……何必这么糟蹋自己的身子。"这句话,李鱼就是一语双关了,他总不好直接说穿让吉祥难堪。

吉祥叹了口气道:"唉!没法子呀,为了赚钱嘛。我不喝,怎么哄那些臭男人开心,他们不开心,我如何赚他们的钱。"

吉祥从小蛮腰间摘下一个荷包,沾沾自喜地向李鱼摇了摇:"看,这是我今天赚的,比以前半个月赚的工钱还多呢。"

李鱼听那钱币叮当响动的声音,心里一阵腻味,微微转过了身。举步欲行时,他还是忍不住提醒了一句:"吉祥姑娘,这世上好男人不多,比的只是谁遇到的坏男人更坏罢了。你操持此业,遇到的难免……还是小心为上!"

李鱼本想说"还是自爱些吧",可话到嘴边,终究不忍说重了辱她脸面。吉祥甜甜一笑,道:"嗯,李大哥说得是,我会小心警觉,注意保护自己的。李大哥真是个好人。"

李鱼心道:"什么注意保护,罢了,你自甘堕落,我操什么闲心。"

李鱼又淡淡地嘱咐了一句:"这一行,全仗青春皮相,不是持久之计。待你攒足了钱,还是转行做些旁的生意吧。"

吉祥嫣然点头:"嗯!我不用攒,我赚的钱都交给娘了。等家境有所好转,我就寻些旁的营生去做。"

李鱼本已转身走开了,才走出两步,听到这句话顿时停住,惊诧地回头看着她,不敢置信地道:"你说什么?你赚的钱,每天都交给……你娘?"

吉祥理所当然地点了点头:"是呀,把钱交给娘保管,有什么不好?"

李鱼心头一股无明火腾的一下冒了起来,他也不晓得听了这句话,为什么会如此愤怒。吉祥自轻自贱,他没资格管。他可以失望,可以心生恻隐,但他就是没资格指着吉祥的鼻子骂她轻贱。

其实同样地,吉祥赚来的"皮肉钱"想怎么支配,那更是她自己的事,不管是攒起来、挥霍掉,又或者是给了别人,与他更是没有半点关系,可是李鱼的不开心已经一压再压,陡然听她出卖皮肉色相换来的钱,居然都给了她那刻薄寡恩的继母，李鱼真是忍无可忍了。

吉祥吃惊地看着李鱼猛地转过身来，一个箭步冲到她面前，一把攥住了她的手腕，攥得她手腕生疼。李鱼压抑着愤怒的声音，低吼道："你是不是傻？你是真傻还是假傻？她是怎么待你的，你看不出来？你娘？哈！你娘对你和我娘对我能一样吗？你就不能多点心眼儿，哪怕偷偷留上那么一点自己赚的辛苦钱？"

李鱼向吉祥住的半间仓房一指，怒火燃烧的双眼盯着吉祥的眼睛，吉祥娇小玲珑的身躯此刻就像猛虎俯视下的一只小白兔，仿佛只要他一扑，就会被他连皮带骨一口吞下。

李鱼怒声道："看看你住在什么地方？你里里外外地忙碌操持，可是就连吃的睡的都与他们不一样！家人，嗯？狗屁的家人！你要是蠢到这样不可救药，你就活该被人欺负！"

吉祥被李鱼给骂傻了，她定定地看着李鱼，眸中渐渐有泪光闪动，盈盈欲流，于是那星光便也在她眼中流动起来。吉祥的声音变得低微起来，甚而有些沙哑："谢谢你，李大哥，我明白！其实我什么都明白。只是……"

李鱼依旧怒气不消，怒道："只是什么？你以为，你如此推心置腹，如此把她视作亲娘，她就会把你当成她的亲生女儿？你把辛苦赚来的钱全都交给她，就能买回你想要的亲情？愚蠢！"

吉祥被李鱼骂得脸色苍白，她慢慢抿起了嘴唇，眼神又渐渐空洞起来。也许是从小遭受的苦难，让她养成了这种自我保护的方式，当她遇到难解的问题时，她就会把自己的意识紧紧地缩起来。此刻她的模样，又与之前被继母打骂时的表现一样了。

李鱼瞧她如此模样，心中一软，实在不忍再骂，只好松开她的手腕，恨铁不成钢地道："我不是让你变成一个自私的人，可你好歹也得为自己打算打算吧？吉祥姑娘，回到你的柴房安歇时，请你好好想一想！"

李鱼说罢，愤愤地转身离去。吉祥望着他的背影张了张嘴，最终却什么都没有说。

李鱼一把抓住房门，用力关上时想起母亲正在里间，急忙又带了一下，只将门用力地推拢。这时，他听到隔壁二姑娘妙龄不耐烦的声音响起："姐？你回来啦？"

吉祥开朗活泼地道："嗯！回来啦！"

妙龄不高兴地道："我那套新衣裳，你什么时候才能做好啊？人家好不容易求潘大娘帮忙，把我带去武家做针娘。今天，就今天，我在廊下碰到了武家二少爷呢，二少爷可是看了我好几眼，可你瞧我这身衣裳，我要是穿得漂亮些，哼哼……"

吉祥道："我的小妹天生丽质，就算不穿漂亮衣服也能迷住武家少爷。"

妙龄凶巴巴地道："你少拍我马屁啦，我就问你，什么时候能把新衣裳给我做好？"

吉祥道："姐都做了一大半了，今晚连夜给你赶出来就是。"随后，又听她放轻了声音，恳求道，"那……能不能把油灯给我用一晚，要不……我看不见。"

妙龄不耐烦地道："拿去拿去，我困了，要睡了。明天早上，我可要看到我的新衣服喔。"

李鱼站在门后，听到二人这番对话，不禁冷笑一声，原来好吃懒做的妙家二姑娘缠着自己母亲去武家做针娘，是为了攀上高枝儿，力争给武家少爷当个贴身丫头什么的。

若是侍候得好了，讨了武家少爷欢心，没准还能升级为妾，做个如夫人，如此这般，真比吉祥沦落风尘还要卑贱，至少吉祥没把自己的灵魂也一起卖了。

第二天日上三竿，李鱼才起来。昨晚因为吉祥姑娘的事儿，他气得辗转反侧，许久不曾睡着，再加上之前的日子也习惯了晚起，所以这一觉竟睡到此时方醒。

李鱼睁开眼睛，忽地想到自己已经做了养蜂人，惊得一下子坐了起来，压得竹床"吱呀"一声惨叫。李鱼定了定神，才想起管师傅说过，养蜂不用太早出门，这才松了口气。

李鱼不想刚刚从师学艺就给人一种散漫的印象，赶紧洗漱一番，将母亲一早给他热在锅里的饭菜拌在一起囫囵吞了，便穿好外袍出了房门。

李鱼刚刚出了院门，就见郭怒晃着膀子向他走过来。李鱼一怔，急忙止步拱手，道："郭师傅，你怎么来了？"

郭怒大大咧咧地道："我不是跟你说过我那表妹非非的事儿？今儿带你去瞧瞧她，你先相一相，要是满意，早点把喜日子定了。老管那里你不必急着去，回头我知会他一声就是了。"

李鱼一听他又提起"想入非非"的事来，不禁头大如斗，苦起脸道："郭师傅，我真的不想草率成家，这件事咱们能不能不要再谈了。"

郭怒瞪起眼道："屁话！什么叫不想草率成家，你是嫌弃非非嫁过人吗？你个只余一年人寿的死囚，家徒四壁的穷汉，还想娶个黄花闺女不成？快点，跟我去相相人！"

　　李鱼翻了个白眼儿，无奈地道："郭师傅，你那表妹，有吉祥姑娘漂亮吗？"

　　吉祥姑娘搬来此地虽不久，却时常抛头露面在外做工，而且相貌俊俏，是利州城的一朵鲜花，饶是不大与人来往的郭人屠居然也是见过的。郭怒斟酌了一下，很负责任地道："若论俊俏，自然是比不过吉祥姑娘的，不过我那表妹胸大臀肥，却是个极好生养的女人。"

　　李鱼果断地道："既然如此，一切休提。弟子这就去'招蜂引蝶'了，改日再陪郭师傅吃酒！"

　　李鱼说着，黄花鱼儿似的贴边一溜，就从郭怒身边闪了过去，一溜烟儿奔向远方，气得郭怒拔足就追，破口大骂道："你这无赖痴汉，田舍蠢奴，头钱价奴兵（贱奴才），三餐不饱的乞索儿（乞丐），有人跟你就是福气，居然还要挑三拣四……"

　　二人一追一逃，相继去远，却全未注意到院内门后，正要出门的吉祥姑娘偷偷站在那里。吉祥出来得晚，只听到二人对话的后半部分，此时臊得一张俏脸红红的，仿佛三月枝头的一朵桃花："难怪李大哥对我那么好，原来他……原来他，也不是什么好人！"

第十章
华姑

李鱼好说歹说,总算摆脱了郭怒,赶到武都督府后山时,管平潮背着双手站在油菜花田里,油菜花一朵朵随着风在他胸前不断地拂来拂去。

眼见李鱼气喘吁吁地赶到,管平潮抬眼看看天色,板着脸道:"明天开始,早半个时辰到!"说完就转身走进了花田。

管平潮一边走一边对李鱼道:"来,今天为师教教你如何挑选精壮的新女王蜂,这是选新王、换老王的关键一环,关系到来年蜂群的数量……"

李鱼唯唯诺诺地跟在后面,仔细听他说着。

午后,管平潮去了另一座山,李鱼蹲在一个蜂箱边上,拆了蜂箱盖,仔细观察蜂群的活动,按照管师傅所教的手段甄选新女王蜂,就听远处有一个小姑娘的声音娇憨地唤道:"李鱼,大李鱼,你在哪里呀?"

李鱼将蜂箱盖合拢,直起身子手搭凉棚往远处一看,就见武家二小姐华姑正在花田小路上,双手拢成喇叭状喊着他的名字。一见李鱼露出身子,华姑向他快乐地挥挥小手,雀跃地道:"可找到你啦,快给我讲故事……"

华姑咯咯地欢笑着向李鱼奔跑过来,一头的小辫子在肩头欢快地一跳一跳。瞧她烂漫天真的可爱模样,李鱼也不禁露出了欣然的笑意。他走出花田,向华姑迎了上去,而此时路径两旁的油菜花田里,却有两个汉子持刀伏于花田之中,两双凶狠的眼睛冷冷地看着奔跑过来的华姑。

眼看华姑跑到二人面前，二人突然从花田中站了起来，一下子挡在华姑前面。华姑一怔，收住了脚步，吃惊地仰起头，看着两个手持锃亮钢刀的大汉，期期地道："你……你们是做什么的？"

一个大汉一脸狰狞地俯视着华姑，沉声道："你是武家二小姐，华姑？"

华姑眼珠一转，一双灵动的大眼睛里闪过一丝似有似无的狡黠："不是啊，人家……人家是华姑的贴身小丫鬟，华姑在那儿呢！"

华姑向二人身后指了指，两个大汉下意识地回头望去，在他们身后的路上，只有一个惊愕地站住了身子的李鱼，哪里有什么二小姐。

趁着二人转头的一刹那，华姑抬起她的岐头鞋，狠狠踢在一个壮汉的小腿上，转身就跑。

这岐头鞋是儿童最常见的一种鞋子，鞋履头部有两个突出的尖角，好似分梢，分外俏皮。不过，这分梢只是鞋子的一种造型，为了俏皮可爱，那尖角其实是软的，里边可没藏铁尖，再加上华姑年仅九岁，身单力薄，这一脚踢去哪有什么威力。

那大汉被她踢了一脚，只是觉得腿上一麻，回头再看，华姑已反身狂奔而去。两个大汉勃然大怒，立即拔足追去，同时大叫："小妮子狡猾，你以为逃得出我们的掌心？哈哈哈……"

其中一个大汉狂笑着，将手中钢刀猛地掷了出去，钢刀在空中旋舞成一团银白色的光轮，呼啸而去，扑向华姑的后心。李鱼看见，忍不住心头一悸，厉声大叫道："不要！"

"噗！"钢刀狠厉地刺进了华姑的后心，华姑小小的身子被那有力的钢刀直接捅了个透心凉，宽阔的刀刃几乎把她的胸膛劈成两半。华姑尖叫一声，被那钢刀带着向前飞出一米多远，重重地摔在地上。

"华姑！"李鱼惊呼了一声，猛然止住了向前扑出的身子，眼神直勾勾地看着华姑。华姑倒卧在血泊之中，一双无神的眼睛最后望了李鱼一眼，嘴唇无力地翕动了一下。李鱼从她那唇形看得出，她喊的是："救我……"

然而，不等李鱼做出反应，华姑的头颅就软软地垂了下去，她就那么倒在了血泊之中，眼还微微地睁着，溘然而逝。

明明艳阳当空，李鱼却觉刺骨生寒，他定定地看着华姑倒卧在血泊中的小小身躯，身子禁不住地发抖。

掷刀的大汉冲过去，用脚踩住华姑软绵绵的身子，一把抽出钢刀，又在她背上擦了擦带血的刀刃，扭头凶狠地瞪向李鱼，沉声道："宰了他！"

另一个大汉已经先他一步，提刀扑向李鱼。李鱼脑海中飞快地闪过之前跟人学过的种种技击之术，奈何手无寸铁，仓促之间也无法做到融会贯通。他顾不得悲伤，只得反身而逃。

眼见那大汉追得近了，李鱼恰好逃到蜂箱附近。他灵机一动，一脚将那蜂箱踢飞起来，撞向追来的大汉。那大汉眼见黑乎乎极大一个物事扑面而来，一时也未想通这是什么暗器，怎的如此庞大，当即举起钢刀，一招"力劈华山"，吐气开声："嗨！"

"砰"的一声，蜂箱被一刀劈为两半，整个蜂群登时炸了窝，无数的蜜蜂在空中嗡嗡地略一盘旋，就像发了疯似的冲他扑了过去，没头没脑地蜇刺起来。那大汉狂舞着钢刀，顷刻间就被无数蜜蜂给包围了。

那大汉眼不能视物，弃了刀，狂呼乱喊着反身便逃。另一个持刀大汉一瞧他这般模样，登时傻在那里，也不知道是该上前救援，还是该弃之而去。

被蜜蜂追蜇的大汉不辨方向地冲进了油菜花田，一边胡乱扒拉着糊了一脸的蜜蜂，一边向远处奔跑，那另一个大汉也顾不得再来杀李鱼，而是提刀跟着那大汉逃去。

李鱼这才急急赶到华姑身边。满地黄花，一片殷红，红得触目惊心。李鱼颤抖着双手，将华姑小小的软软的身子托了起来，低声唤道："华姑！华姑？"

华姑依旧微睁着双眼，似乎还在纳闷为什么会有人对她残忍地下手，她才活到九岁呀。风轻轻撩着她腮边染血的发丝，而她却怀着对生的无限留恋，了无生气。

李鱼鼻子一酸，眼泪差点儿掉下来，忽然，他想到了自己颈间那枚宙轮项坠。李鱼乍悲又喜，他立即把华姑放在地上，染血的手指激动地按在了自己的心口。

就在昨天，她还叉着腰，神气活现地对他批评着二郎神不够男人，而此刻，她已经成了一具冰冷的尸体。李鱼无法坐视一个小小的幼女惨死在他的面前，而宙轮，却能弥补他的遗憾！

花田中的打斗惊动了武都督府的人，李鱼听到一阵惊呼声，他抬起泪光闪闪的眼，就看到三四个头戴青巾、身着裋褐的青壮汉子手持刀枪，正惊呼着向他这边跑过来。

路旁花田中也骤然响起了一个愤怒的声音："啊！你这个不叫人省心的小混蛋，

是不是你不小心把蜂王弄死了？怎么那些蜜蜂都跟发了疯似的胡乱……哎哟！"

金灿灿的花枝左右一分，管平潮从花田中冲了出来，一边冲一边愤怒地大叫，待他一眼看见倒卧在血泊之中的华姑，登时吓得倒退一步，一屁股坐到田埂上，向后一翻，就滚进了油菜花田。

这油菜花高有一米，矮墩墩的管师傅一跤跌进花田，根本看不到他的身影，唯见花枝一阵摇头，管师傅惊恐的声音从花田中传了出来："不好啦！杀人啦！李鱼又杀人啦！"

李鱼向花田中惨淡地一笑，染血的手指在衣襟上用力一蹭，蹭去上面的血迹，便摸进胸口，按住了宙轮项坠。

李鱼的指尖微微一痛，涟漪似的蓝色光圈从他身上开始一圈圈荡漾出来。三四个武都督府的家丁手持刀枪冲到了近前，其中一个比常人高出一头、极为魁梧的大汉提一条铁棍，厉声大喝道："兀那贼子，还不……"

就在这时，宙轮启动，一圈圈蓝色的涟漪荡漾开来，那魁梧大汉惊愕地张大了嘴巴，手中沉重的铁棍从手中滑落，砸在另一个举刀大汉的脚上。可那举刀大汉直勾勾地看着李鱼，居然未觉疼痛。

这时候，管平潮听到武府家丁叫喊，胆气顿壮，急忙从花田里爬出来，定睛一看，李鱼仍然跪坐在地上，身上一圈圈的蓝色涟漪越来越浓郁，使得他整个人都笼罩在蓝光之中，神情也不知是哭是笑，看起来异常地诡异。

管平潮一声惊叫："妖怪啊！"

管平潮往后一退，脚跟绊在田埂上，骨碌碌地再度跌进了油菜花田。

蓝光骤然一闪，面前的一切都消失了。

李鱼、血泊中的华姑、武家的家丁下人，还有花田中管师傅聒噪的声音，全都消失了，风中寂寂，唯有金色的花海浪一般起伏着、荡漾着……

一片长势较矮的花田里，华姑坐在地上，双腿蜷在胸前，双手抱着膝盖，圆润可爱的下巴惬意地垫在膝盖上，一双楚楚动人的大眼睛兴致勃勃地看着坐在对面的李鱼。

李鱼有些怔忡出神，此刻他仍在花田之中，但已回到了十二个时辰以前，他正在给华姑讲二郎神劈山救母的故事。

华姑见李鱼心不在焉，不禁催促道："李鱼哥哥，你快说啊，后来怎么样了？"

李鱼呆了一呆，道："后来？没有后来了啊，二郎神杀了烧死他母亲的金乌神鸟，受玉帝敕封为显圣真君，住在灌江口，成了一个逍遥自在的地仙。"

华姑眼中希冀的光渐渐消失了，双手托着腮，微微歪着头，小大人似的思索起来，那双手托腮的模样，仿佛一朵含苞的粉嫩小花儿。

想了一阵儿，华姑失望地摇了摇头，道："这个故事不好！这二郎神是个没骨气的，他娘亲是被玉帝镇压在桃山之下的，他劈山救母后，也是玉帝派金乌神鸟烧死他母亲，罪魁祸首是玉帝啊！结果他只杀了金乌了事，居然还接受玉帝敕封，真是没出息！"

李鱼心中一阵悸动，看着她道："那依你之见，该当如何呢？"

华姑站起来，拍拍屁股上的泥土，把小胸脯一挺，双手叉腰，神气活现地道："若我有三尖两刃枪，有开山神斧，有七十二变，上天入地，无所不能，我就反了玉帝，剥了他的龙袍，夺了他的宝座，自己做玉帝！天下待我不公，我就自己坐天下！哼！"

李鱼看着这九岁小姑娘眉飞色舞的模样，一股暖流缓缓地流转在心田之间："谢天谢地，她回来了！她还活着！"

一切，一如昨日。

晚上，李鱼把找到养蜂人工作的事告诉了潘氏，潘娇娇又喜极而泣了一次。

李鱼又遇到了晚归的吉祥姑娘，这一次李鱼没有情绪激动，但他还是忍不住责备了吉祥一番。这个傻丫头，从小没娘，受人欺凌，在李鱼看来，她根本不懂得如何保护自己。

李鱼大概猜透了她对继母为何如此温驯，为何在家里如此任劳任怨，为何把辛苦赚来的钱全部无怨无悔甚至主动地交给继母。她是天真地以为，自己对继母多孝顺一些，对家庭的贡献再大一些，父亲和继母就能重视她一些，对她疼爱一些。

她缺少亲情，希望能够得到亲人的认可与温情。然而，有些人是感化不了的，这世上疼爱继子女一如自己亲生儿女的继母固然是有的，但绝不是她的继母余氏这样的女人。

她是如此乖巧、懂事，为家庭分担如此之多，如果余氏还有半点良心，待她也不会如此刻薄。现在，余氏又已有了身孕，不管她生下来的是男是女，总归是她的亲生骨肉，毫无疑问，届时她的爱只会分摊在自己的孩子身上。

李鱼很清楚吉祥无怨无悔的付出，最后将两手空空，毫无所获。所以明知她未必听得进自己的话，依旧不厌其烦地教训了她一通。

翌日一早，李鱼提前出了门，因为他已知道郭怒大概几时来寻他。如此一来，他就没有碰到郭怒，当然也就没有吉祥偷听的一幕了。

李鱼提前出门，又没了郭怒的纠缠，所以提前半个时辰就赶到了武都督府后山，阳光喷薄而出，花瓣上还缀着许多的露珠。管平潮背着双手站在油菜花田里看着他，油菜花在他胸前拂来拂去。

眼见李鱼赶到，管平潮抬头看看天色，满意地点点头道："不错，还算勤快。来，今天为师教教你如何挑选精壮的新女王蜂，这是选新王、换老王的关键一环，关系到来年蜂群的数量……"

李鱼唯唯诺诺地跟在后面，心不在焉地听着已经听过一遍的话，暗暗琢磨着自己的心事。

时光倒流了十二个时辰，他有充足的时间仔细思量该如何应对今日的危机，救华姑于危难之中。他曾想过闯进武都督府，把事情原原本本地告诉武士彠，但要让武士彠相信他的话，李鱼觉得实在不可能。

不能借助武士彠的力量，那么他想救华姑，就只能靠自己。李鱼摸了摸藏在怀里的菜刀，又看了一眼弯腰指点着蜂箱的管平潮，双眼微微眯了起来。一切，都已准备就绪，就等那两个杀手出现了！

午后，最紧张的时刻即将到来。

管平潮如同之前那样，赶去另一座山头照料摆在那儿的十几箱蜜蜂了，李鱼一见师傅走远，马上着手准备起来。

太阳一点点向西移动着，李鱼吃过早晨带来的午饭，又在树荫下休息了一阵，养足了精气神儿，再抬头看看天色，便从怀中取出菜刀，藏在腰带上，慢慢地踱了出来。

"李鱼，大李鱼，你在哪里呀？"随着娇憨的小姑娘的叫声，华姑从武家半掩的后门里蹦蹦跳跳地跑了出来。

李鱼早在附近候着，一听叫声，一双锐利的眼睛立即向左右的油菜花田中望去。事先有了准备，果然不尽相同，饶是花田浓密，藏身其中不易察觉，但李鱼还是很快就发现了两处异样。

李鱼心中一紧，立即向华姑快步迎去。华姑看到李鱼，快乐地向他招着手，雀跃地道："昨天才刚听了个开头，快快快，快给我讲，后来怎样了。"

李鱼生怕惊动两个杀手，也不声张，只管快步向华姑奔去。眼看华姑跑过来，小辫子还在肩头活泼地一跳一跳，李鱼的心跳不由自主地加快了。

只要能救下华姑,让她成功逃回武都督府,经此一事,武家必然会加强戒备。

两个凶恶大汉举着刀,从油菜花田里冲了出来,此时李鱼堪堪从他二人藏身处冲过去。华姑看到路旁突然冒出两个人来,不禁吃惊地站住。

"快走!有危险!"李鱼沉声大呼,向前冲去的身子猛然又加快了些,一把牵住怔在当地的华姑,拔腿就往武家后门跑,一边跑一边大叫:"有刺客!快来人哪,有刺客!保护二小姐……"

华姑这丫头倒也机灵,虽然她依旧不明白为什么有人要杀她,也不明白李鱼为何有点未卜先知的样子,但还是顺从地让李鱼牵着手,飞快地向自家后门逃去。

李鱼一边跑一边紧张地回头看,那个杀手的掷刀绝技曾经差点儿把小小的华姑劈为两半,那一幕他可不曾忘记。

"呼——"杀手果然掷出了他的刀,刀化光轮,呼啸而来。幸亏李鱼早有准备,一见钢刀呼啸而至,立即把华姑向旁边一推,大喝道:"闪开!"

华姑摔向一侧花田,李鱼也顺势倒向另一侧,幻化成光轮的刀从二人乍然一分的身影中间呼啸而过,差之毫厘,就要劈中他们的手臂。

李鱼惊出一身冷汗,但动作却毫不迟缓,他纵身一跃,将一只蜂箱举在手中,奋力掷去。

这些蜂箱本来放在距武都督府后门稍远的位置,但管师傅离开后,李鱼已经把它们一一搬到了都督府后门左右的花田里,充作对付杀手的武器。

这一回不同于上一次,由于李鱼带着华姑逃向同一方向,掷刀大汉冲在前面,所以这蜂箱是掷向他的。

那大汉此时空着双手,一见黑乎乎一口箱子掷来,奋力一掌拍去,将那蜂箱拍得掉落一边,虽然有些散了,但并没有坏掉。

蜂王未死,蜜蜂虽然受了惊吓,却并没有乱作一团,李鱼也知道既然他改变了过去,不可能所有事情还一丝不变地重演,所以见此变化也未惊慌。他逃出两步,向华姑大叫:"快回府去!"说着又抱起一只蜂箱,再度掷了出去。

李鱼一连掷出四只蜂箱,其中一只终究还是被提刀追上的刺客劈烂了,再加上从其他三只蜂箱中冲出来向人发起攻击的蜜蜂,两个杀手顷刻间被蜂群包围了。

李鱼松了口气,他取出菜刀,小心地盯在外围,像一头稍有机会就会扑上去的狼,但两个杀手已被蜂群困住,显然已经不可能对他发起攻击了。

李鱼忽然注意到旁边有人,扭头一看,不禁吓了一跳,华姑居然没有趁机逃回府邸,而是站在他旁边,微微歪着头,好奇地看着两个对着蜂群挥拳动腿、舞动大刀的杀手。

"李鱼哥哥,他们是来杀我的吗?我跟他们又没有仇,他们为什么要杀我?"华姑诧异地开了口。

李鱼气道:"你这丫头,胆子怎么这么大?还不快回府去。"

华姑向他扮个鬼脸,笑道:"他们如今自顾不暇,还有余力杀我吗?再说啦……"

华姑向武府方向指了指,得意扬扬道:"你瞧!"

李鱼扭头一瞧,几个青衣皂褐的武府家丁已经提着刀枪冲出了府邸。两个刺客光是招架那些蜜蜂就已手忙脚乱,又见从武府冲出这许多人来,情知无法得手,只得逃走。

得知有刺客刺杀二小姐,马上就有一个唬得变了脸色的武府家丁奔回去向都督禀报,其他人则围住了华姑和李鱼,听李鱼讲述经过。李鱼也不知那歹人是何来路,只能将其所遇说给他们听。

这边热热闹闹的,一些在武家后宅里做工的杂役女仆也都闻声赶出来看热闹。潘大娘待出了后门,才知道赶走刺客、救下二小姐的竟是自己的儿子。潘大娘好不紧张,急忙上前拉住儿子:"儿啊!你可被伤了?对方两个凶恶的大汉,你怎敢冲上去送死?可真是吓死娘了。"

李鱼急忙安慰母亲:"娘!您别担心,歹人已经逃跑了,儿子没事。"

李鱼说着,目光一转,便瞧见一个妙龄少女,青萝衫子,明眸皓齿,姿容婉丽,与吉祥有五六分相似。李鱼这还是头一回大白天的正面看到她的模样,他心中明白,这就是妙家的二姑娘妙龄了。

妙龄也认得李鱼,此时站在一旁好奇地看他,若非她平时一副好吃懒做、欺负姐姐的恶相,倒也是个明媚可人的小美女。

武家后门外依墙向两侧延伸开去,植着几行大树。树枝茂密处,此刻有一人暗伏,贴着树干,冷冷地看着后门前的热闹景象,正是纥干承基的拜把子兄弟李宏杰。

大隋公主杨千叶与纥干承基秘密谋划,分别混入都督府,架空武士彟,直接从武士彟手中夺得对利州的掌控权。纥干承基不知道杨千叶打算用什么样的法子,但他所用的办法就简单粗暴多了:杀武家一人,再提着杀人者的人头前往武家投效,从而获得武家的信任。

其实若能伤人而不杀人,以救命之恩入武府,也未尝不是一个办法。但纥干承基深恨武士霾,自然不会选择如此平和的手段。

谁料,那个不起眼的养蜂人竟似有神助,他仿佛早就知道有两个刺客埋伏在那儿,竟然提前一步救出了华姑,而且从他排布于花田两旁的蜂箱来看,似是早有准备。

李宏杰藏身树上,本待两个刺客刺杀成功,便去回禀纥干承基,如今功败垂成,不禁恨得钢牙暗咬。已经惊动了武家,下次再想下手,谈何容易?李宏杰略一思索,便慢慢拉上了蒙面巾,稳定而有力的手指也慢慢攥紧了背上的刀柄。

面巾之上,只露出一双凶狠的眼睛,那凶狠的眼神紧紧地盯住了华姑,还有正笑摸着她的头的李鱼。

两个人,他要一起杀!尤其是那个养蜂人,竟敢坏了承基将军的大计,必须得一刀枭其首级,方泄心头之恨!

这边聊得正热闹,不放心李鱼独自放蜂的管师傅恰好赶了回来,一瞧蜂箱散落一地,蜜蜂漫天飞舞,管平潮勃然大怒,撸起袖子、瞪起眼睛、撅起胡子,便气呼呼地冲上前,一把揪住了李鱼的衣领:"你这臭狗屎、瞎屡生(瞎驴,蠢货)、乳臭小儿、丑货痴汉(蠢货),害我营生,不知进取,焉能成事!"

管师傅是真的怒了,气得胡子一撅一撅的,说到愤愤处,抬手就要捆他,却不想被潘氏一把拦住。

潘氏满脸赔笑,拦住管平潮道:"管师傅莫要生气,他还只是个孩子啊!"

管平潮气得翻了个白眼儿,指了指比他高出两头的李鱼,说不出话来。

潘氏倒是善解人意得很,马上明白了他的意思,赔笑解释道:"这孩子贪长,总的来说,他晚了你一辈儿不止,他的的确确就是个孩子啊!管师傅你大人不计小人过,切莫与他一般见识。"

管平潮怒道:"我的蜂箱!我辛辛苦苦、一把屎一把尿培养出来的啊……"

"我赔你!"华姑小胸脯一挺,为李鱼仗义执言了,"老管,你也不知这厢出了什么事,怎么就张口骂人哪!刚才有人要杀我,是李鱼哥哥救了我,他是为了救我,才毁坏了蜂箱的。怎么,本姑娘的命,还换不来你几箱蜂吗?"

管平潮一听黑脸马上吓白了,结结巴巴地道:"怎……怎么扯上救命了?刚才……刚才小人养的这蜂,可是要蜇你吗?"

潘氏马上一拉管平潮的手臂,解释起来:"管师傅,你误会了。你养的蜂这么乖,怎么会胡乱蜇人呢。是这么一回事儿……"

华姑站在一旁吐了吐舌尖儿，眼神儿溜溜地就盯上了李鱼。

华姑玩心重，天资聪颖。李鱼方才料敌先机的行为，引起了华姑的疑惑，只是当着这么多人的面儿，她不会傻傻地问出口罢了。

这时候，武府后门洞开，武士彟戴一顶软脚幞头，穿一领土黄色圆领袍，带着几个一脸精干的部曲，手扶着剑，急匆匆地走了出来。

藏身树上的李宏杰见状，情知不能再等，立即纵身下树，足尖点地，发力狂奔，似八步赶蝉一般，飞快地扑向正在热闹说笑的众人。

"小心！"武士彟一眼看见斜刺里冲出一人，青巾蒙面，身着青色短打，手执长刀，扑向人群，不由得大骇，立即伸手拔剑，同时大声示警。武士彟门下四个部曲也立即拔出兵器，飞快地冲向李宏杰，其余部曲则把武士彟紧紧护在中间，害得急着上前去救女儿的武士彟动弹不得。

正在说话的众人听见惊喊声，纷纷抬头望来，就见一个青衣人，快若奔马，猛扑而来，及至冲到近处，人与刀合一，几乎形成一条直线，笔直地刺来，众人大惊，登时作鸟兽散。

就是武家那几个持着兵器的家丁，一瞧来人这般阵势，也是下意识地闪向一旁。他们固然要与来人交手，但眼见来人这孤注一掷般的一击威势若斯，不可硬接，也没有一命换一命的觉悟，总要先闪开了，再行反击才是。

这一来，站在中央的李鱼和华姑就被亮了出来，二人原本被众人围住，看到情形也比别人慢了一步，此时看到李宏杰挺刀刺来，已是根本来不及闪避了。

就在这时，李鱼面前人影一闪，一个妇人的声音大叫起来："休伤吾儿！"

是潘氏！关键时刻，竟是潘氏挺身而出，义无反顾地迎向李宏杰的长刀。

李鱼惊声大叫："娘！"

李鱼向母亲猛扑过去，可惜仍是晚了一步，他的指尖刚刚沾到潘氏的衣角，李宏杰已经一刀狠狠刺进潘氏的胸口。

"娘……"李鱼惊呆了，李宏杰实未想到半途居然冲出一个不怕死的，硬生生挡了他必杀的一刀，他立即拔刀，狠狠拍出一掌，将潘氏的身子拍飞出去，刀化匹练，呼啸着卷向李鱼的脖子。

只需一弹指的工夫，杀了李鱼，踢死华姑，他就可以利用这片花田，逃之夭夭，届时把那两个被蜜蜂蜇成了猪头的蠢货丢出来当替死鬼，任务仍然算是完成了。

李鱼眼见长刀卷向自己的脖子，心中电光石火般一闪，长啸一声，猛然跃起，身形微侧，以胸肋处迎向李宏杰的大刀。

在这刹那之间，李鱼忽然想到了一个很可怕的事情。他随郭怒习练刀法，曾听郭怒说起过做刽子手的一些事情，所以知道一些常人所不知的事情。

比如，如果被人一刀断头，而出刀人能干净利落地切断那个人的头颅的话，被杀的人未必会一身血污。只要这一刀干净利落，这一腔子鲜血就会喷向前方，有时自己身上几乎染不到几滴血液。

也就是说，如果李鱼被人杀了，而且让他连启动宙轮的时间都没有，伤口的血液又没有溅射到宙轮上，他很可能就真的挂了，纵然身怀异宝，也难逃一死。

所以，在这电光石火之间，李鱼迅速做出了反应，不但避开了脖颈，还尽力避开了胸部正面。虽然在他看来，那宙轮不知以何种物质造成，未必能被普通刀剑伤到，但总归是小心为上。

刀锋切开了他的胸肋，锋利的刀尖切割进去，直接切开了他的肺，将他的心脏也划开了一半，李鱼闷哼一声，沉甸甸地摔在地上。

李宏杰连杀两人，眼都不眨，他本就征战过沙场，杀人如麻，又岂会在意他人性命。此时武士彠的四个部曲已经冲来，意图保护二小姐，他只有一刹那的工夫。

李宏杰刀势一卷，又冲向眼见血光四溅、吓得呆住的华姑。身形掠出的刹那，他的目光从倒地的李鱼脸上掠过，忽然觉得李鱼似乎在笑。李鱼一手捂着胸，血从指缝间溢出，但他脸上居然带着一种很古怪的笑，好像刚刚做了一个恶作剧。

"不可能！他老娘死了，他也马上就要死了，他怎么可能会笑？"李宏杰心念一转，忽然发现他的眼前，似乎有一道蓝光倏然一闪。又眼花了？他刚刚产生这个疑惑，第二道蓝光再度出现……

时光再度回到了十二个时辰以前，李鱼无聊地挨过了已经重复两次的一夜时光，次日一早再度抢在郭怒赶来之前出了门。但是这一次，他没有去武都督府后山，而是直接来到了武都督府的正门。

李鱼掸了掸一身布衣，对守门的执戟兵小丁语气淡淡地傲然说道："请传话进去，就说终南山隐士苏有道首徒李鱼，有要事求见武大都督！"

第十一章
神棍

武士彟今年五十六岁，但是看起来就像四十出头，腰身挺拔，精神奕奕，面容清癯，五官周正，看着是个美男子。

此时武士彟刚刚洗漱完毕，穿着小衣正看妻子杨氏梳妆。武士彟的原配是相里氏，她病故后续弦杨氏，所以这杨氏比他小二十多岁，再加上保养得宜，如今体态相貌，恰似双十年华的女子，婉媚丰腴，十分性感。

武士彟呷着温茶，与妻子商议道："夫人，你找时间把西厢好好收拾一下！"

杨氏微微侧了头，俊眼斜睨过去，道："怎么？"

武士彟道："为夫昨晚刚刚收到消息，荆王殿下和太史丞袁天纲不日将到我利州来，我当妥善款待才是。"

杨氏恍然道："原来如此，知道了。"

杨氏扭头对着八角云菱纹的青铜妆镜刚刚插上一支金步摇，突地又一怔，急忙回过头，问道："荆王？你说的可是皇十二子元则？"

武士彟笑道："正是他，怎么？"

杨氏黛眉微微一蹙，道："妾在长安时，常听人说起这荆王的风流韵事，听说这荆王喜欢大排场，喜欢美人儿，尤喜已然名花有主的女子，巧取豪夺，无所不用其极。"

武士彟失笑道:"夫人说的什么话来,有几个男人不好美色?那荆王就算喜好他人妻妾又如何?吾乃堂堂国公、一州都督,太上皇与我情同兄弟,当今皇上与我也熟稔得很,他还敢打我武士彟的主意不成?荒唐!"

杨氏嗔了他一眼,道:"虽然不敢,可是这样一只色狼,又何必领回家来。便是偷奸府上几个侍婢歌女,搞大了她们的肚子,于我武家岂非也颜面无光?传扬出去,人家还以为是你巴结荆王。"

武士彟怔了一怔,抚须道:"嗯!夫人所言甚是!"

杨氏又道:"再者,那荆王喜好排场,你要投其所好,势必要搞得武家鸡飞狗跳,凭你的本事,又不需要为他如此低声下气,何苦来哉?"

武士彟上前,揽住杨氏柔滑肉感的香肩,欣欣然道:"还是贤妻所言在理。那西厢就不用收拾啦,为夫把他安置在……安置在滴翠台吧!那是李孝常的别苑,清幽雅静,拾掇一下迎住荆王也是可以的。"

杨氏嫣然道:"这样才对!不过,西厢还是要收拾的。"

武士彟奇道:"既不住人,收拾它作甚?用不了多久,又陈旧了。"

杨氏道:"谁说不住人了?你的客人不好住进来,妾的亲人,却是可以的。"

武士彟讶然道:"亲人?你有什么亲人,要来探访?"

杨氏幽幽一叹道:"不是探亲,而是投亲。"

杨氏放下象牙梳子,转身面向武士彟,戚然道:"妾前日收到一封书信,竟是一位失散的族亲所写。"

杨氏黯然道:"昔日骁果军叛乱,宇文化及弑杀世祖明皇帝,天下大乱,我杨家也是风雨飘摇,枝叶离散,许多族亲都于战乱之中不知了去向。侥天之幸,如今竟有一位亲人找上门来……"

说到这里,杨氏已是珠泪盈睫,瞧起来好不可怜。

杨氏所说的世祖明皇帝,就是隋炀帝杨广。炀帝的谥号是唐朝立国后所谥的,但杨广身死后,继帝杨侗曾为他加庙号为世祖,加谥号为明皇帝。杨氏本是隋朝皇室宗亲,在自己丈夫面前提起杨广,自然会用这样的尊号。

而且,在隋朝皇室遗族心中,杨广实也不是个昏君。杨广的政治智慧和军事才能在古往今来的皇帝之中也并不多见,他当年做平陈元帅,率大军五十一万,渡江灭陈,仅三个月,便结束了长达一百七十年的南北分裂,再现统一。

他亲征吐谷浑,追降吐谷浑部落男女十余万人,追至青海湖,占领汗庭伏俟城,设立四郡,将整个青海纳入中华版图。在此之前,除两汉时期曾将东部湟水流域列入郡县外,隋炀帝是第一个将青海几乎全部地区纳入中原王朝版图,归入郡县体制之人。

大隋威势之下,突厥启民可汗自认隋朝属臣,"愿保塞下",还曾多次向杨广请求,愿率其族众改换汉族衣冠。但隋炀帝没有同意,以保存其风俗为由拒绝了。

隋炀帝平陈一统,破吐谷浑,还二巡突厥,经略西域,开拓琉球(台湾),三征辽东,又遣使波斯、南洋诸国和东瀛日本。虽然他急功近利,用武过于频繁,致使庞大帝国很快土崩瓦解,但有人称赞他武功"过于秦、汉远矣"。故隋皇室及旧臣,自然对他评价不低。

武士彟见爱妻流泪,忙为她拭泪,心疼地道:"往事已矣,不必再提。有亲人归宗,总是好事。不知你这亲族是何等样人,身家几口,咱们妥善安置了便是。"

杨氏拭泪道:"就只一人了,论起来是我远房堂妹,名唤千叶,带了几个部曲,辗转打探到我的消息,前来投奔。"

杨广死时,杨千叶才三岁。三岁小娃儿本来没有正式的闺名,只因杨广疼爱幼女,所以才提前给她取了名字,但也只有宫中几个近侍才知道,并未造册敕封、宣扬于天下,所以杨千叶冒充杨氏夫人的远亲,用的还是本名,也不用担心被她知道真相。

武士彟安慰道:"一个孤女,颠沛流离,确也可怜,那就让她在府中住下吧。你是姐姐,好生安置便是。"

武士彟刚说到这里,一个丫鬟进来,先向二人敛衽福了一礼,才道:"老爷、夫人,府外来了一个少年,自称是终南山隐士苏有道之首徒,说是有一件极重要的大事,要面见老爷!"

武士彟愕然看看杨氏,杨氏曾长住长安,说起关中人物,要比他还熟悉些。杨氏向他点了点头,道:"妾身听说过苏有道此人,却不曾见过。据说此人颇具神通造化,是终南山上一个有道行的隐士!"

李鱼随口提起的这个隐士确实不是凭空捏造的,而是他在牢里时,曾听旁人提起过的,也知此人行踪成谜,少有人见过他的真面目,料想武士彟长年驻扎于外地,未必知道他的底细,所以才诓称是他的徒弟,而且还是首徒。

武士彟一听妻子证实确有此人,而且还颇有神通,倒也不敢怠慢,忙吩咐道:"请他入府,花厅奉茶。稍候片刻,我便去见他!"

李鱼坐在武府花厅里,有一下没一下地品着香茗,心神不宁的,却也没有品出什么滋味儿来。

经过了上次的死亡，他是不敢再冒险了。就算有回档技能，没有足够的本领自保，他也一样没有可能在这个世界从容地活着。

如果不是他灵光乍闪，意识到了一个严重问题，恐怕自己此时已经真的完蛋了。而未来他能确保自己每一次遭遇危险，都有挣扎回档的时间？如果他被乱箭穿心呢？如果他被一刀断头且那宙轮不曾染血呢？如果他只是被人拧断了脖子甚至下了服之立毙的毒药呢？

思及这些，李鱼不寒而栗。况且，就算能够不死，那疼痛也不是假的啊，那种痛，可是真痛啊！所以，李鱼老老实实地来到了武都督府。

如果老老实实地讲他能回溯时光，武士礳当然不会信，说不定还会把他乱棍打将出去。

曾教过吉祥如何对刻薄的继母提起被酒铺子辞退的谈话技巧的李鱼，已经想到了如何让武士礳相信他的话，那就是：装神弄鬼！

一阵脚步声响起，武士礳迈步进了花厅，后边跟着两个小丫鬟，一进门儿便往左右一站。李鱼站起身，目光与武士礳碰到了一起："啧！原来这就是武士礳，倒是风度翩翩，一表人才！"

李鱼看着武士礳，暗暗点了点头。宝剑眉合入天苍插额入鬓，一双俊目黑白分明，鼻如玉柱，口含四方，大耳……耳朵倒是不大，但耳垂却够肉头，仪表堂堂，着实不凡哪！

武士礳也在看着李鱼，一袭布衣，短褐下摆已经磨得开了线，脚下一双草履，头发绾一个简单的懒人髻，横插一根枣木簪。五官眉眼标致得很，果然清朗出尘，有修行人的气质。

其实这个就是武士礳先入为主的看法了。李鱼这身打扮再普通不过，往大街上一杵，跟个打短工的小伙计也没什么区别，纵然眉眼清秀了些，也……依然就是个打短工的小伙计。

武士礳已经听说了他的身份，再看他时，感觉就不同了，愣是从平凡中看出了许多不平凡的东西。

李鱼微微一笑，端着高人架子，向武士礳拱手道："这位就是武都督吧？在下终南李鱼，见过都督大驾！"

李鱼说着，向武士礳长长一揖，武士礳快赶两步，双手搀扶，笑容满面地道："小郎君免礼，呵呵呵，尊师苏先生的大名，武某也是久仰了，今日得见苏先生高足,不胜荣幸!"

武士彟搀起李鱼,道:"坐,请坐!"

武士彟挥挥手,侍婢马上过来,给李鱼又换了杯热茶。武士彟和李鱼分主宾落座,笑看着李鱼,问道:"却不知小郎君到本督府上,有何贵干啊?"

李鱼欠身道:"都督客气啦,实不相瞒,在下就是利州人氏,都督辖下的一个百姓。在下曾蒙苏师教诲,在终南山学过些占卜望气之术,今日骤见贵府血气冲霄,掐指一算,便知当有一番大事。

"都督自到任以来,招缉亡叛,抚循老弱,赈其匮乏,开其降首,郡境安宁,颇孚人望,受百姓爱戴。李鱼安敢坐视贵府生难而袖手不管,是故冒昧登门,向都督示警!"

武士彟听到这里,不禁吃了一惊。说实话,他对李鱼虽然礼遇,但不太相信如此年轻的小子,会有什么道行神通。

此时听李鱼话外之音,武士彟心下不禁狐疑起来:"这小子究竟是信口胡说,还是真有其事?我这可是都督府啊,谁能闯进府来,让我府中生出血光之灾?"

武士彟目光一凝,盯视着李鱼道:"不知本督府上将有什么变故,还请小郎君细说端详。"

李鱼泰然道:"有歹人觊觎贵府,欲行不轨。"李鱼顿了一顿,"贵府二小姐,可是名为华姑?"

武士彟茫然道:"正是!小女华姑,年方九岁,小郎君提她作甚?"

李鱼道:"这一劫,十有八九,正应在贵府二小姐身上。"

武士彟神情一紧,忙道:"哎呀!那丫头最是顽皮,常常独自出府玩耍,也不带个随从下人,难道……既如此,本督命她今日好生待在闺房,不得外出一步,可能化解灾厄?"

武士彟说着,心中暗想:"这厮若张口就是要钱,再说些玄虚无比的破解之法,只怕就是诳人钱财的神棍了。"

李鱼微微一笑,摇头道:"岂不闻闭门家中坐,祸从天上来?况且,是福不是祸,是祸躲不过,这一劫,二小姐是必须要应的。如果困坐家中,纵然避过了今日,也避不过明日。纵然她避过了,也难保这一劫不会应在贵府其他人身上。"

武士彟心中暗道:"来了,来了,接下来就该向我要钱,提供'破解'之法了吧?"

武士彟紧张之意顿去,心中暗暗冷笑,面上却仍是一副恭谨模样,虚心求教道:"既如此,那么本督该如何化解这一劫呢?却不知需要多少钱财做一场大法事,还请小郎君直言!"

李鱼哪知道武士彟心中已经把他当成了神棍骗子,轻轻摇头道:"做法事无用,也无须花钱。我说过,贵府这一劫,避是避不过去的,只能直面应对。只要有了充分的准备,将制造劫难的人抓获,还怕不能平安渡过这一劫吗?"

武士彟微微睁大了眼睛,有些意外地看了李鱼一眼,心中对他的评价再度一变,重新变得恭谨起来,身子微微向前一探,认真地问道:"还请小郎君指点迷津!"

李鱼笑了一声,道:"都督有所不知,在下就在贵府后山,以养蜂为业,认得贵府二小姐,也因此才看出血光之劫应在她的身上!"

李鱼微微闭上双眼,装模作样地掐算了一阵,又张开双眼,肃然道:"都督坐镇利州,平定叛乱,身边该有技击高手侍护吧?"

武士彟双眼微微一眯,道:"确有几位剑客、游侠,侍护本督左右!"

李鱼欣然一击掌,道:"这就成了!还请都督拨些高手,扮成家仆,随侍于二小姐左右,引蛇出洞,斩其手足,如此一来,灾厄自可化解!"

李鱼微微一笑,沉声道:"血光之灾,是避不了的!但,应在谁身上,都算是合乎天意了,武都督,你说是吗?"

武士彟如今对李鱼是九成相信,一成犹疑,马上着手准备起来。

李鱼之所以建议以华姑为饵,引蛇出洞,也有他自己的考虑。那些凶手究竟是什么人,他一无所知,如果只是提醒武士彟提高警觉,这世上只有千日做贼的,哪有千日防贼的,再出了事,怎么办?

况且,不能让武士彟亲眼见证此事,他如何肯相信自己的话,到时候一旦华姑再出事,又或者对方动手的目标改作他人,他又不在身边,那时又该如何善后?

至于说让小华姑扮饵,危险自然是有些的,可武士彟是华姑的亲爹,对华姑的保护,还不比自己一个外人更上心?武士彟可是利州都督,一方诸侯,身边还能没几个真正的技击高手?

李鱼穿好了武士彟送给他的软甲,站在廊下寻思,却不知道武士彟豢养的护卫高手,是个什么形象。

他正想着,两个胖瘦得宜、相貌神情也有七八分相仿的少年便从廊下向他走来。这两人一个剑挂左肩,一个剑挂右肩,杏黄剑穗,迎风飘舞,走在左边的少年靠着外侧，风不时撩起他的杏黄剑穗，拂在他的脸上。

于是，原本步伐沉稳、眼神凝重、举手投足颇有大宗师风范的少年剑客脸上渐渐现出不耐烦的神情，恨恨抬手，将那剑穗用力一甩，一时间，大宗师风范荡然无存。

二人走到李鱼身边，上下打量他几眼，眼神中颇含敌意。李鱼看得莫名其妙，自己与这二人并不认识，更无恩怨，为何他们一见自己，就露出厌弃的神情？

在这两个少年剑客看来，他们这些精通剑技的武人，与精于术法的"法师"，实在是天生的敌人兼竞争对手。

右首那位少年剑客上下打量李鱼几眼，脸上露出似笑非笑的神情："你就是终南隐士苏有道的首徒李鱼？"

李鱼无意中听说了这么一个方外高人，信手拈来，就冒认了是自己师傅以便抬身价，其实心虚得很，听这二人一问，也不晓得他们是不是认得那个苏有道，便谦逊地拱手道："正是在下！"

左首那位少年剑客又被剑穗吹拂到了脸上，他不耐烦地把剑穗拂开，瞪着李鱼道："瞧你模样，混得并不怎么样嘛！听说，你的正式职业，只是后山上的一个养蜂人？"

李鱼笑了笑，道："不错！在下虽与师傅学过一些趋吉避凶的法门，但凡心未了，不想入山修行。况且，家慈需要我侍奉膝下，所以便回归故里，以养蜂为业了。"

两位少年剑客见他一直很是谦逊，脸上的神情便缓和了一些，左首那位少年剑客向他拱一拱手，大大咧咧地道："本人李伯皓！"又往旁边那少年一指，"这是我二弟伯轩！"

李鱼笑道："原来是本家，我也姓李。想不到两位年纪轻轻，就已成为名剑客了，失敬失敬！"

"欸……别套近乎！"李伯轩伸手阻止，"我们这个李，和你这个李，可是八竿子都打不着！"

李伯皓高傲地挺起了胸膛："我们两兄弟，出身陇西李氏！"

李伯轩道："你没看出来吧？虽然说，人靠衣装，佛靠金装，但我们身为剑客，就是要低调，要身无长物，干净利落，如此才能来去如飞、剑法凌厉，所以单凭衣装，你是看不出来的。"

李鱼很无语地看着这对活宝。他们的衣装确实很朴素，一点花里胡哨的颜色和绣花都没有，但他们的衣服质料是只有贵族才能穿、也才有钱买的鱼牙绸，衣领衣袖上还有暗纹和隐纹，这样的一件衣服光做出来就得两年工夫。

还有他们脚上那双胡式的勾头鞋，质料明显是上等的小牛皮，做出一双最快得半年，一双靴子怕不得两吊大钱，他们这一身行头，顶得上普通百姓三年不吃不喝的收入，这也叫低调？

李伯皓道："奈何世间以衣貌取人的俗人甚多，我们既出身陇西李氏，总不能叫人看轻了，我们自己是无所谓，折辱了出身门庭可是要让祖宗蒙羞的。"

李伯轩扬扬得意道："所以，我们只往腰带上镶了些猫儿眼做饰物，你看，你看，我的猫儿眼，紫色的！"

两兄弟大概是不只对人显摆过一回了，不约而同地挺起了大胯，给李鱼看他们那条特别骚包的腰带，上边的猫儿眼宝石哪是一块啊，是密密匝匝一大片，简直要晃瞎了李鱼的狗眼。

李鱼马上就喜欢上了这两兄弟，虽然他们有些骚包，但并不惹人厌，性情其实直爽得有趣。

李鱼笑了笑，道："两位仁兄，果然都是趣人！"

李伯轩疑惑地看了看他大哥："不是雅人吗？怎么是趣人？何为趣人？"

李伯皓摸着下巴沉吟道："想来是指有趣的雅人。"

好学的李伯轩正想对李鱼打破砂锅问到底，房门一开，武士彟牵着华姑的手走了出来。华姑此时体态憨肥，圆滚滚的像只小熊猫，那副模样不禁看直了李鱼的眼睛。

"这……这是发生了什么？"武士彟见李鱼一脸惊讶，会意地笑道："只是为了以防万一。一时间，实在无从去找小女能穿的软甲，只好找些制作软甲的材料，填塞在衣袍之间！"

华姑嘟着小嘴儿，愤愤地向李鱼告状："阿爹给我套了四层背心，腿上也裹了三层，好沉哪！人家都快走不动路了。又是皮子又是金丝的，我已经喘不上气儿啦！"

华姑说着，还夸张地大口喘息了几下。

华姑所穿的软甲背心的金丝，倒不是用黄金做的，而是用细金属丝编织而成，普通级别的校官是绝对穿不起的。而华姑身上现在连绑带穿的，何止一层，难怪弄得她步履艰难。

李鱼哭笑不得地对武士彟道："大都督，这可不行啊！华姑这样子出去，恐怕马上就被人识破有备了。"

李伯皓、李伯轩两兄弟也傲然挺起胸膛,飒然冷笑:"世伯,何必如此呢?有我两兄弟在,谁人伤得了二小姐?"

武士彟一瞧二人模样,登时勃然大怒:"尔等两个痴汉,我叫你们打扮得朴实一些,扮作寻常家仆,你们如今这样一身打扮,哪个眼瞎才会把你们当成仆役家丁?回去,换!"

"噢!"李氏两兄弟胸脯一塌,灰溜溜地掉头离去。

李鱼趁机说服武士彟:"大都督,这样真的不行呀!且不说会打草惊蛇,二小姐穿得如此累赘,真要遇到危险,反而不易逃脱啊!"

武士彟迟疑起来:"这个……"

华姑趁机艰难迈步,往屋里走去:"脱了脱了,赶紧脱了。我顶多穿一层就行了,多了实在受不了!"门内还有两个婆子是侍候华姑穿衣的,华姑走进去,房门"咣当"一声就关上了。

李鱼见武士彟忧心忡忡,便劝慰道:"都督尽可放心,只要……只要都督大人派来的那两位剑客武艺高强,还怕歹人行凶不成?料那歹人既然向一女童下手,也不是什么了不起的高手。"

武士彟搓了搓手,又往房门看了看,叹口气道:"嗯,但愿如你所言吧。"

武士彟扭过头来,又对李鱼道:"至于伯皓、伯轩两兄弟,倒也不是外人,他家与我家有通家之好。这两兄弟的一身剑术武功,也确实不俗。虽然性情跳脱顽皮了些,但大事临头,还是靠得住的!"

李鱼现在就怕那两兄弟不靠谱,所以虽然嘴上安慰武士彟,心中实也惴惴,如今听武士彟这么说,方才放下心事。

这边房间里华姑将里里外外的软甲都卸了下来,只穿了一层,活蹦乱跳地跑出来,与方才步履蹒跚的模样判若两人。

李家兄弟也换了衣袍回来,那身骚包装备全然不见了,剑穗也摘了,就只腰间那条宝光烁烁、极为吸睛的腰带不曾换掉,不过二人特意把袍子向上扯了扯,将那腰带掩住了,武士彟瞧见便也没有再说什么。

一切准备停当,众人便向后院走去。武士彟的妻子杨氏、长女武顺,还有大队的家丁仆从纷纷围拢过来。李鱼瞧这前呼后拥的模样,不禁大皱其眉,无奈地对武士彟道:"大都督,如果我们这个样子出去,恐怕歹人早就逃之夭夭了,这样子不行啊!"

武士彟左右看看，也觉得有点夸张，便挥手道："散了散了，都散了！夫人，你与顺儿快回房去。家将仆从，各持兵刃，藏于后门左右两侧，只等伯皓、伯轩发出信号，便一起冲出。老夫……老夫就候在这里！"

武士彟说罢，便原地站住了。杨夫人忐忑不安，对二女儿又殷殷嘱咐了一阵，才与大女儿武顺一步三回头地离开。那些手持棍棒刀枪的家将家仆都依言藏于后院墙左右，贴墙站定，等候命令。

李鱼牵起华姑的手，看了看李伯皓和李伯轩两兄弟，沉声道："拜托二位了！"

李伯皓按了按被他换插到腰间的长剑，冷冷一笑："尽管放心，不管他是何等宵小，李某一剑在手，全不放在眼里！"

华姑突然开口道："如有可能，尽量捉活的！"

武士彟欣然点头："还是二囡聪慧，伯皓、伯轩，如有可能，最好留一个活口！"

武士彟双眉一扬，冷冷地道："我倒要瞧瞧，究系何人，欲伤我武某家人！"

武士彟虽一表人才，但未曾发迹前，也是做过各种生意的小民。年轻时候，武士彟曾经挑着豆腐担子，走街串巷地卖过豆腐，后来又跟着同乡许文宝一起倒腾过木材，因此大富。

因为有过这些经历，所以平时的武士彟平易近人，几乎瞧不出几分久居上位者那种不怒自威的仪态。

他与太上皇李渊交好，当初妻子相里氏病故，续弦杨氏是李渊亲自为他选定的，又令桂阳公主为他主办婚事，所有费用朝廷给予。皇帝提亲，公主主婚，费用朝廷支给，这等殊荣，着实罕见。

及至李世民继位，武士彟离开中枢到了地方，坊间常说武士彟已经失宠，实则不然，李世民对武士彟其实也极其信任，否则也不会因为利州都督李孝常谋反，而把武士彟派至利州收拾残局，并给予他三府兵权了。

而且武士彟在利州任上，因其政绩，也曾受到过李世民的一再嘉奖。如此一位开国元勋，受到先后两任皇帝重用、信任的地方长官，虽然锋芒内敛，但一旦动怒，却也似出鞘的利剑一般，锋寒扑面！

如今竟有人打起了他家人的主意，武士彟是真的怒了。

李鱼向武士彟点点头，又看了李伯皓、李伯轩兄弟二人一眼，牵着华姑的手向后门走去。

李鱼和华姑先出了后门，往门口一站，抬眼望去，但见金黄灿烂，蔓延无尽，如同一片金色的海洋。

李鱼不动声色地对藏身门后的李伯皓和李伯轩道:"歹徒应有三人,两个埋伏在花田之中,一个藏身在我左侧一棵大树之上。先动手的,是藏在花田中的两个,还请两位剑客注意了!"

李伯轩奇道:"咦?你怎么知道?"

华姑也学着李鱼,头也不回,眺目远望,却张口小声说道:"伯轩哥哥真是个笨蛋,李鱼哥哥会道法,会算嘛!"

李伯轩揉了揉鼻子,悻悻地没有说话。李伯皓睨了二弟一眼,心道:"幸好我没问出口!"

李鱼顿了顿,便牵着华姑的手向前走去。李伯皓和李伯轩也踱出了后门,往左右门边一倚,做出一副无所事事的守门家丁模样。华姑走着,好奇地抬头看了李鱼一眼,道:"李鱼哥哥,真的有人想杀我?"

李鱼点点头,小声道:"嗯!不过,你小小年纪,哪有什么仇人?我猜,是有人对你父亲怀恨在心,却又不敢向他下手,所以才想杀你泄愤!"

华姑不屑地撇了撇嘴角:"欺软怕硬,下作小人!"

李鱼扭头看了她一眼,问道:"你不怕吗?"

华姑仰起脸来,向他甜甜一笑:"李鱼哥哥不会让我受伤的,对不对?"

那小脸儿迎着阳光,比鲜花还要灿烂,李鱼不禁心中一暖,用力点点头道:"嗯!你放心,李鱼哥哥一定会保护你的!"

华姑放心地点点头,看来世人对玄奇之术的信任远在武功之上,就连这年方九岁的小丫头,也相信李鱼一定有手段护她周全。

实际上,李鱼也确实有这样的手段,为了以防万一,李鱼已经把宙轮系到了左手腕上,手指时时捏着宙轮,随时准备发动回档技能呢。

华姑左顾右盼一番,对李鱼小声道:"李鱼哥哥,你说的大坏蛋就藏在两边吗?"

李鱼抬头看看天色,对华姑道:"不错,此时他们就藏在两侧花田中,小心一些,别走太远!"

李鱼看看天色,确定时辰已到。在已经回档的时间内,他是无法再次回档的,所以如果在这段时间他被人杀了,那就真的回天乏术了。

不过,上一次他是在外面等着华姑,后门外也没站着两个家丁,凶手会不会为此调整动手的时机,他也不是十分确定。

油菜花田中陡然跳出一人，不止李鱼吓了一跳，华姑也吓了一跳，因为知道今日有人要杀她，华姑心中早已有些紧张，甚至还下意识地尖叫了一声。

李鱼大骇，那两个杀手本不该藏身于这个地点的啊，难不成因为自己逆转时空，也影响到他们的抉择了？幸好李鱼眼尖，一眼就从那矮墩墩的身材，认出是他的养蜂师傅管平潮，藏在袖中的左手才没启动宙轮。

管平潮揪着李鱼的衣襟，怒不可遏，大骂道："蝇蚋鼠辈！混账王八！枉费老郭一番心思，时至此刻，日将西斜，你才优哉而来，还学什么养蜂！枉你老母在堂，死狗奴不好好做营生，还想学揩大一般逍遥自在？真真憨獠夜叉（不孝子）也！"

李鱼暗自苦笑，好端端的，被管师傅骂了三回了。奇的是，明明时空倒流，光景重演，偏生这位管师傅骂人，就没一回重样儿的，难不成管师傅骂人全凭心情，随时发挥的吗？

李鱼干笑着挡开管平潮的手，解释道："管师傅息怒，弟子实有难言之隐……"

管平潮愤怒地道："呸！难言之隐个屁！市井小儿，不当人子！依老夫看，你便连一介田舍奴，也不配去做！只当做一个花腿闲汉、无赖泼皮，混吃等死罢了！"

后宅门口，李伯皓、李伯轩兄弟二人突见异动，本已冲出两步，待见是养蜂师傅教徒弟，又下意识地站住。

后宅门内，潘氏急匆匆地赶来，被武士彟一把拦住，沉下脸色道："你要做什么？"

潘氏急急福了一礼道："大老爷，奴家刚刚听说，我那孩儿要出去引诱什么杀手，不知可有此事？"

潘氏是从嘴快的内府丫鬟口中获悉其事的，具体详情她也不清楚，只是大概听说自己的儿子可能要去做一件很危险的事儿。潘氏吓坏了，急匆匆地就赶了来，连对武都督的畏惧都淡了很多。

武士彟一怔，道："你儿子？你说的是李鱼？"

潘氏急急点头道："是啊！李鱼正是我儿，大老爷您见过他了？"

武士彟这才知道李鱼是自家一个针线仆妇的儿子，不过他之前业已听李鱼坦承过，他就是利州人氏，所从事的也不是什么高贵职业，倒也并未如何惊奇。但是事涉自己女儿，武士彟不禁犹豫，是否该对潘氏说明实情。

恰在此时，管平潮从油菜花田里蹦了出来，气急败坏地训起了徒弟，而李伯皓、李伯轩兄弟二人也险些因此暴露。武士彟正担心这些举动会引起刺客的警觉，念头一转,便收回了手,微笑道:"确有此事,但也没什么危险,你看……"

武士彠将手一摆,让潘氏娘子看看隐藏在内墙两侧手执刀枪的许多家兵,又往半掩的门外一指,道:"外边还有两个高手,乃关中赫赫有名的游侠儿。本督连自己的女儿都送出去了,若真有危险,岂会让她冒险呢?"

武士彠为了避免潘娇娇惹是生非,先对她大加安慰一番,最后道:"你若不放心,就出去看看吧。等此事了结,对令郎,本督一定会大加犒赏的!谨慎一些,切莫惊动了歹人!否则……"

武士彠又给潘娇娇加灌了一碗迷汤,这才一挥手,让她出去。武士彠是琢磨让潘娇娇出去,更容易打消刺客的警觉,但也怕潘娇娇弄巧成拙,这才大棒加胡萝卜,软硬兼施了一番。

潘娇娇思及儿子,哪有余暇领会他话中深意,一见武都督摆手放心,赶紧一提裙袂,就撞出了院门。

潘娇娇冲出后院,就见管平潮正扯着李鱼的衣领破口大骂。管师傅也真是气得狠,这刚收的徒弟,就敢如此散漫,若不教训一番,那还得了?

其实管师傅别看嘴巴毒一些,人还是很好的,旁人带徒弟,打骂是家常便饭,像那个长安城道德坊勾栏园的美髯公康班主教徒弟,那可是下手太重,曾经打死过人的。

潘娇娇宠儿子也是宠出了一定的境界,一瞧儿子挨骂,赶紧冲了上去,架开管平潮,赔笑道:"管师傅,消消气,消消气,他还是个孩子啊!"

管平潮常在武家后山放蜂,倒是认得潘娇娇,恨恨地道:"孩子?他就是八十岁了,在你眼中,也还是孩子!这么大的人了,做事如此不踏实,管某可教不了这样的徒弟,带走!带走!你把他带走,我不教了!"

"别别别,管师傅,你别跟孩子一般见识啊!"

潘娇娇慌了,她既不想儿子挨骂,又怕儿子失去学手艺的机会,忙向左右一看,一扯管平潮的衣袖,向他递个眼色,低声道:"管师傅,奴家有几句体己话,请这边说。"

管平潮迷迷糊糊地就被潘娇娇扯进了花田。潘娇娇探头往外看看,见足以遮住自己的动作,便转过身去扯自己腰带。管师傅吓了一跳,瞧她一副宽衣解带的模样,心中只想:"哎呀,潘娘子这是要做什么?难不成……难不成……"

要说这潘娇娇,才三十多岁,姿色颇为不俗,虽说稍胖了些,但风韵犹存,管师傅不由得心口野猪乱撞了。他正想入非非,就见潘娇娇已然转过身来,"唰"的一下，将除去油纸的小半个猪头擎在手中。

管平潮吓了一跳，讷讷地道："潘……潘娘子，你这是做什么？"

眼下已经到了下午，快要回家了，潘娘子又顺了一块猪头肉，打算给儿子补养身体，此时正好拿来借花献佛。她满脸堆笑地把猪头肉递向管平潮，一迭声地道："小小心意，不成敬意，还请管师傅笑纳。犬子贪玩了些，回去奴家就教训他，管师傅您费心……"

潘娘子刚说到这里，花田外刀光剑影已经闪起。两个刺客先前确实被李鱼从后门里出来，门口又站了两个家仆的事儿给惊了一下，这与他们之前踩底所见可不相同啊。及至潘娘子赶来，两个刺客终于放下心来，猝然出手了。

李鱼虽然好奇老娘扯着管师傅进花田干什么，可他未忘了有杀手在侧的事儿，两个杀手一动，李鱼就已警觉，立即一推华姑，喝道："快走！"同时掣出袖中所藏的两柄解腕刀，迎向两个刺客。

大门处，李氏两剑客已经拔剑在手，脚下如飞地冲来，李鱼胆气顿壮，后顾之忧既解，他便主动迎向两个刺客。之前李鱼拜师十八人，练就的极扎实的基本功，已经在他反复回忆之下彻底融会贯通，此时恰好派上用场。

"开！"

解腕刀当然不及刺客的长刀势大力沉，而且以短迎长更加地凶险，李鱼紧握短刃扑上时，在旁人看来，仿佛他空着双手，以空手入白刃，潘娇娇吓得尖叫一声，脸色苍白。

却听"铿"的一声响，火花四溅，杀手劈来的一刀居然被李鱼重量不及其刀一小半的解腕刀给撞开了。

李鱼拜过十八位师傅，都是市井间有一技之长但绝对称不上高手的人物，李鱼随这十八个人习其所长，手眼身法步的基本功极其扎实，甚至超过了不少名噪一时以技击见长的江湖游侠。

方才他这一刀，就是活用了人屠郭怒的砍头刀法，鬼头刀虽然沉重，可人的骨头也不是那么容易就能砍断的，将砍头刀法练到出神入化的境界，便会如庖丁解牛一般，以巧胜拙，以弱胜强。

李鱼这一刀正迎在刺客长刀力最弱、势最薄的部位，居然把势大力沉的一刀轻松挑起。李鱼原本也暗捏一把冷汗，待见一招奏效，胆气顿壮，胆气一壮，手下便稳。李鱼两口解腕刀上下翻飞，仿佛两条小银鱼儿倏忽来去，穿梭往复，看得人眼花缭乱。

李鱼的刀并不花哨,但极其凶狠、实用、简单、快捷,取人要害,招招狠辣。

与李鱼交手的刺客原本以为自己一刀就能劈断李鱼的解腕刀,将他的人也一刀两断,谁料手中的大刀居然被那小巧的解腕刀一下子给弹了起来。

而李鱼既然以短迎长,也不敢拉开距离,趁这一招先机,直接撞进了他的怀里,两口刀上下翻飞,刺客只觉这里一疼、那里一痛,竟然招架不住连连后退。等另一名刺客冲上前来解围,一刀逼退李鱼,这刺客颊上腮上已有三五道刀痕,身上、臂上也有七八道伤痕,尤其腹部一刀,鲜血汩汩而出,因为有衣服掩着,还看不出伤有多重,但他隐隐觉得,若再一使力,只怕肠子就要流出来,不禁捂着肚子倒退两步,惊恐地看向李鱼。

"原来我的身手这么好!"低头看看自己身上全无伤处,手中两口刀都在滴血,李鱼也是又惊又喜。

如今他不用担心华姑安危,又有李伯皓、李伯轩这对大剑客相助,一身技击之术发挥得淋漓尽致,竟然大收奇效。

"点子扎手,一起做了他!"受伤的刺客又惊又怒,一手捂着腹部,一刀指向李鱼,大喝一声,便冲了上来。而另一名刺客也马上与之配合,双刀合璧,左右夹击。

李鱼大喝一声,攥紧两口解腕尖刀就迎了上去。以短兵器对长兵器,越怕越避越危险,越怕死死得越快。而一旦逼到近身,对方的长兵器无法发挥,任它看着再可怕,也难真正伤及他。

李鱼懂得这个道理,自然迎难而上。但李鱼刚刚猱身而上,双方兵器还未接触,他突然大叫一声,右腿一跌,左臂外甩,险之又险地避过一口长刀,重重地摔在了地上。

李鱼刚一着地,就咕噜噜地翻了出去,跌扑滚翻,翻出一丈多远,腾的一下又跳了起来。

就在李鱼跌右腿、甩左臂、脱离战圈的刹那,李氏双雄杀到了。李伯皓、李伯轩两兄弟剑尖抖出碗口大的剑花,擦着两个刺客的脸颊刺了过去,并未伤及二人要害,但二人脸上却陡然出现几道交错狰狞的剑伤,疼得二人大叫一声,倏然左右分开。

难怪李鱼突然以那么古怪的姿势倒摔出去,如果他当时猱身而进,撞进二人怀里,恐怕不是破了相,就是被两位大剑客削去头皮,这俩夯货冲来得太不是时候了。

李氏双雄一剑得手，两柄剑分别向左右望空一扬，呈四十五度角斜指空中，剑尖上的血甩了出去，剑身锃亮，居然滴血不沾，果然是两柄品质上好的宝剑。

　　李伯皓剑尖上的鲜血一甩，正洒在呆站在油菜花田中的管师傅脸上，管师傅舔了舔嘴唇，有些咸腥，伸手一摸，满脸是血，吓得"嗷"的一声怪叫："杀人啦！"

　　管平潮撒腿就跑，匆忙之间居然还没忘了提着那块猪头肉。但见油菜花田上方一阵金浪波动，管师傅不辨西东地亡命而逃。

　　李氏双雄摆了个潇洒漂亮的亮剑式，李伯轩朗声道："李某剑下不斩无名之鬼，尔等报上名来！"

　　捂着肚子的刺客勃然大怒，破口骂道："去你娘的！"单臂一挥大刀，便向李伯轩劈去。

　　李伯轩一手负在身后，跳舞般飘逸潇洒地退了一步，手腕轻抖，一口剑无比轻灵，就听"叮叮叮叮叮……"一连串悦耳的轻响。那刺客怔了怔，愕然发现自己欲扬起劈落的刀居然还握在手上，半屈着手臂，还未劈出去。

　　李鱼站在一旁看得清楚，李伯轩这几剑，看似轻灵，但是每次都在那刺客将欲扬刀时，点在那刀根处，将他的力一次次卸去，此等手法着实高妙，眼力也必须一等一的高明。

　　李鱼顿时对李伯轩又多了一层认识，原来此人确实大有本领。不过……也对！如果他空有一份耍宝的本事，想那武士濩何等样人，岂会让他留在身边滥竽充数。

　　李伯轩将那刺客刀势卸尽，笑嘻嘻地道："现在肯报名了吗？"

　　李伯皓眉头一皱，道："二弟跟他废什么话，一剑杀了了事！"

　　机灵地躲在一旁油菜花田边上、随时准备溜进花田逃命的华姑跳起来叫道："伯轩哥哥，抓活的！抓活的！"

　　李伯皓把剑一横，缓缓外指，剑尖点向对面的刺客，傲然道："活的在这里！"

　　那刺客见他对自己如此轻蔑，顿时大怒，冷笑道："狂妄！"

　　刺客说罢，一口刀舞成了匹练一般，呼啸着向李伯皓卷去。他方才见李伯轩出手，已知这兄弟二人剑法高明，所以先发制人，利用自己刀沉势猛的优点，主动发起了攻击。

　　李伯皓剑法虽然高明，可是与其硬碰，必然会让轻灵的剑身折断，是以一边运剑抵挡，卸其力道，一边从容后退。

　　刺客连连挥刀，刀势虽猛，却不能持久，他知道久战必然不敌李伯皓，所以只是虚张声势地佯攻而已。一连几刀迫退李伯皓，他突然一声长笑，反手一刀，呼啸着砍向华姑。

这一招变生肘腋，李鱼技击经验不足，毫无警觉，仓促间只吓出一身冷汗，却已来不及去解救。华姑本以为自己一方帮手不断出现，也是警惕心渐消，一时间也来不及逃脱。

李伯皓似乎早有戒备，居然大笑一声，倏然冲近，"叮"的一剑正刺在刺客的刀身上，将那刀挑向长空。刺客这一刀已是用尽了全力，刀甫一脱手，牵动他的身体，他不由自主地向前冲出两步。

李伯皓手腕一抖，一道剑光自刺客膝弯划过，伴着他的一声大喝："跪下！"那刺客居然真的就"扑通"一声，单膝跪了下去，旋即，寒光闪闪的一口长剑就压在了他的颈上。

李伯皓大笑："小爷说要你活着，你就得活着，如何？"

李大英雄睥睨四顾间，远处树上突然跃下一人，他双腿用力一蹬，蹬得大树花叶飘飞，已然人刀合一，猛扑过来，穿过金灿灿的油菜花田，就像是冲开了金色海浪的一艘快艇，呼啸而至，沿途花叶被他周身劲气冲撞，扬得漫天都是。

李鱼大骇，不由自主地叫道："小心啦！第三个刺⋯⋯"

李鱼还未说完，李氏两兄弟不约而同地大笑起来，只不过二人说的话却不尽相同。李伯皓大笑道："终于出手了！"李伯轩说的是："等的就是你！"

两兄弟一手持剑，一手探向腰间，再向外一扬时，两条镶满了猫儿眼宝石的腰带已经在二人手中转动成了一个大圆盘。

二人的腰带镶满了宝石，有一点光就会光怪陆离，炫人眼目，何况此时夕阳正艳，刹那间无数猫儿眼闪烁迷离，晃得李宏杰两眼一抹黑，什么都看不见了。

李宏杰目不视物，如何还能伤人？但他冲势太过凶猛，李氏兄弟用的是轻灵兵刃，却也不敢硬接，两兄弟身形一侧，李宏杰就像一头野猪似的冲了过去，一头撞进了油菜花田。

但见油菜花田上面又是一阵花瓣纷飞，波浪渐渐远去。原来这李宏杰倒也机灵，突袭无功，他也知道再回头不过是自取灭亡，干脆借着这一冲之力继续往前逃，迅速脱离了战场。

远处油菜花田中马上传出了管师傅的一声惊叫："救命啊！杀人啦！"

旋即就见一道"波浪"继续向前，一直冲向山顶，另一道"波浪"滚滚向前，横着跑开，想来是躲进花田深处的管师傅骤然碰到了李宏杰，骇得逃命去了，也不知道此时此刻他是否依旧提着猪头肉。

两个刺客一个伤了腹部，一个伤了膝弯，在李氏兄弟的掌握之下如何还能够逃脱，当即被他们制住。

武士彟到底是带过兵的人，一见这边危机已经解除，马上将华姑和李鱼等人带回宅子去，早已在左近埋伏的折冲府兵冲出来，漫山遍野地搜索开去，提防另有刺客埋伏，都督府里也正式加强了戒备。

花厅之中，武士彟笑容可掬地请李鱼上座。虽然李鱼如今还是都督府一个仆妇的儿子，但是对这等通晓天人术的高人，武士彟可是丝毫不敢怠慢。

"郎君学究天下，能知过去未来，本督实在是佩服，佩服啊！"双方落座，武士彟便对李鱼跷起了大拇指，赞不绝口，目光一转，又看向拘谨不安地坐在那儿的潘娇娇，他客气地道："潘娘子，你生了一个好儿子啊，恭喜！恭喜！"

潘娇娇稀里糊涂的，也不知道自己儿子何时学了这样一身神通，但儿子只要有出息，她这做娘的就比什么都开心，当下眉开眼笑地道："都督老爷您过奖了，您说小儿有出息，那……那他一定就是个有出息的人了。"

武士彟开怀大笑，道："潘娘子真是个趣人，这番话好不风趣。"

潘娇娇也不知道自己这句话哪里有趣了，只是赔着笑，看看自己儿子，心里甜得跟吃了蜜似的，开心到极处，鼻子都有点发酸，总想掉下泪来。

她一个大字不识的妇道人家，哪里懂得那许多大道理，反正现在连高不可及的都督大老爷都夸奖自己的儿子了，那自己的儿子一定就是个很出色的人，人家都督老爷那是什么眼光，还能看错了不成？！

潘娇娇也不需要懂得那么多的大道理，这些简单的推断，已经足以让她心里乐开了花。何况在这位母亲心里，她的儿子本来就比世上所有的男人全加在一块儿都优秀。

这时候，华姑换好了衣衫，蹦蹦跳跳地跑了进来，一进门就脆生生地叫道："阿爹、李鱼哥哥！"她跑过来，却没凑到父亲身边，而是跑到了李鱼身边，很自然地拉住了他的手臂，显得极是亲昵。

随后，雍容妩媚的杨氏、明眸皓齿的武顺大小姐，以及由奶妈抱着的三小姐秀姑一起进了屋。潘娇娇平素只能远远地望夫人和大小姐一眼，如今突然与之共处一堂，登时拘谨地站了起来。

李鱼见母亲站起，便也随之站起，众人又是好一番客套，这才各自落座。这时候，李伯皓迈步进了大堂。

方才提了两个刺客回府，两兄弟立即摩拳擦掌地前去审问了。这两个刺客本就是山贼，纥干承基兵败入山沦为山贼后，吞并了他们的山寨，从此成了纥干承基的手下。

纥干承基盼咐李宏杰挑两个手脚干净的兄弟，指的就是这种非嫡系、对其所知有限，甚至不知道他这位大当家的形容相貌等详细底细的人，两个人自然说不出太多有价值的东西，仅能交代是受纥干承基差遣，杀武家的人泄愤。

李伯皓走到武士彟身边，低低耳语几句，武士彟脸色一沉，冷冷地道："纥干承基，哼！"

华姑眸波一闪，问道："阿爹，是那个大山贼头子，寻咱们武家的麻烦？"

武士彟沉声道："不错！虽李孝常不是死在我的手上，但纥干承基无路可逃，被迫上山为贼，却是爹爹的手笔。此獠已经恨上我们武家了，今后你等出入，须得小心，必须有侍卫陪同，方可出门！"

华姑吐了吐舌头，却未再说什么。

武士彟又看向李鱼，阴沉的脸色顿时便化作和煦的春风："啊！李家小郎君，你一身本领，埋没于市井之间，未免可惜了。本督有心延请你入幕我府，不知你意下如何？"

武士彟身为一方大都督，同样有自己的幕府。而无论学文还是学武的人，其实大都很喜欢入幕，入了幕府同样算是为官了，但又不像正式的朝廷官员一般拘束严谨。

潘娇娇一听大都督要请她的儿子入幕，当真是喜出望外，忘形之间，差点儿脱口替儿子答应了。不料李鱼毫无喜色，反而沉吟起来。

武士彟请他入幕，不过是看中他"能掐会算"的本领，但他哪里真的懂得占卜算卦，就算他不嫌麻烦，想做个料事如神的活神仙，不厌其烦地反复回档，他能"提前预知"的也不过就是一天之前的事情。

一方封疆大吏，不知有多少军国大事需要幕僚为之参谋筹划，而这些事情都是要有敏锐的眼光，能够看到今后几年甚至十几年的形势变化才行，他这个"活神仙"一旦入幕，恐怕立马就得露怯。

再者说，皇帝赦延今年死囚一年寿命的事儿，恐怕用不了多久就会传到此地了，到时候自己死囚的身份曝光，他纵然再有本领，武士彟又岂能请一个死囚为幕僚？更何况，一旦被拴在幕府，他又如何逃出法网？

前后因果、利害得失一旦想定，李鱼的心便稳了下来，他缓缓抬头，目光清澈、神情安闲，向武士彟恬淡地一笑，云淡风轻地道："不瞒都督，只因家慈在堂，小子才告别师门回归故里，侍奉于母亲膝下。但小子从未忘记师傅的教诲，软红十丈，大千世界，未尝不是锤炼我志、洗涤我心的一种修行。一旦入幕，俗事缠身，恐怕小子就要迷失了自己。一箪食，一瓢饮，虽在陋巷而不改其乐，才是小子的志向啊。"

　　武士彟一听，登时肃然起敬，瞧瞧人家，这才是高人风范啊！

　　一向对术士有些敌意的李伯皓再度望向李鱼时，眼神儿也是大不相同了。如此淡泊名利的世外高人，与之一比，自己哥儿俩简直是俗不可耐。

　　小丫头华姑，甚至她那个温婉娇羞、姿容美丽的姐姐武顺，都用无比敬仰崇拜的目光看着李鱼，李鱼心中登时飘飘然起来。

第十二章 荣耀

"你这个死孩子，怎么那么傻?！都督老爷请你入幕，那是何等的荣耀。一旦入幕为官，辅佐武大都督，你就吃香的喝辣的，瘸子穿大衫，抖起来啦！你怎么就不答应呢！"一离开都督府，潘娇娇就恨铁不成钢地骂起了儿子。她是真气呀，这是多好的机会，入利州都督的幕府，那可是大富大贵呀。偏生这混账儿子不争气，管他是什么活神仙，在母亲眼里，那就是自己的儿子。于是乎，潘娇娇一路走一路骂，说着说着食指就恨恨地在李鱼额头戳上那么一记，戳得李鱼头昏脑涨。

"娘，不是孩儿不肯答应，是师傅说过，要潜心修行，术法才有效，我一旦做了官，整天忙于公事应酬，这术法就不灵了嘛！"李鱼实在没有办法了，只好抬出便宜师傅苏有道来搪塞。

"怎么就会不灵了？若是不能为官，不能大富大贵，那学这本事有何用？你师傅一定是吓唬你的，怕你耽于享乐，不肯好好用功。"潘娇娇正愤愤然地教训着儿子，郭怒迎面走了过来。

"李鱼，怎么一大早就出门了？害我傍晚还得再来一趟！啊，潘娘子！"郭怒这才看到李鱼是与母亲一起回来的，忙向潘娇娇抱了抱拳。

奇妙的是，郭怒的人屠气场，越是男人感受越强烈，反而是女人，不会觉得他有多么凶恶狰狞，顶多就是沉默寡言了些。大概是因为男人更具攻击性，所以对攻击性尤胜于他的人,也就有了更强烈的感觉。

潘娇娇虽然知道郭怒是刽子手,但不怎么怕他,道:"郭师傅,你找我儿作甚?"

郭怒已经僵化的脸部肌肉牵动了几下,向她露出一个善意的微笑:"正要说与潘娘子知道。我有一个远房表妹,与令郎青梅竹马。我看令郎年纪也不小了,合该成家立业,所以想说合他们二人。"

潘娇娇想了一想,疑惑地道:"你的远房表妹,与我儿青梅竹马?啊!你说的莫非是叶非非?"

郭怒喜道:"不错不错,就是她。潘娘子还有印象?"

潘娇娇一脸嫌弃,扬起头道:"我没记错的话,你们家非非都嫁过两回人了。"

郭怒有些尴尬,咳嗽两声道:"头一个……应该不算的。"

潘娇娇大着嗓门道:"凭什么不算?她嫁过去了啊,虽说嫁过去才三天,她男人就死了,可总归是嫁过人了。"

郭怒尴尬地道:"小声点儿,潘娘子小声点儿。"

李鱼在一旁瞪大了眼睛,看着郭怒,嫁过两回人了?上次郭师傅可没这么说。

潘娇娇道:"那后一个男人,还给她留下一儿一女吧?我儿可还没有娶过媳妇呢,怎么能要她,她是嫁过两回的妇人也就罢了,还带着两个孩子。"

潘氏娘子瞟了李鱼一眼,傲娇地扬起下巴,睨着郭怒道:"你可知道我家小鱼儿何等的本领、多大的出息?"

郭怒一脸茫然:"啊?"

潘氏娘子无比荣耀地道:"我们利州大都督武老爷都亲口夸过他的,你知道吗?"

郭怒继续茫然:"啊?"

潘氏娘子脸上放光,道:"都督大老爷还要请我家小鱼儿入幕府为官呢,可我家小鱼儿嫌都督府这座庙小,没答应。这事儿你知道吗?"

郭怒依旧茫然:"啊?"

潘氏娘子不屑地瞟了他一眼,道:"就算是黄花大闺女,也得我家鱼儿挑拣挑拣,模样儿啊,身段儿啊,出身啊,家世啊,人品啊,名声啊,性情啊,脾气啊,嫁妆啊,但凡有一样看不上眼,都得再合计,婚姻大事啊,能随随便便草率决定吗?"

郭怒茫然地看看不可一世的潘娘子,又看看李鱼,这什么世道,怎么一个死囚犯都如此嚣张了?

李鱼向他急急打着眼色,生怕他气急败坏,把自己依旧是一个死囚的真相告诉母亲。

郭怒咽了口唾沫,潘氏娘子显摆够了,这才很大度地向郭怒摆了摆手:"算了,你总归是一番好意,奴家也就不与你计较了。联姻这件事,休要再提。我家鱼儿若是想娶媳妇,只消放个口风儿出去,大姑娘们能从这巷子口一直排出东门儿去,你信不信?"潘氏娘子撂下这句话,便拉着儿子扬扬得意地拐进了巷子,独留下人屠郭怒风中凌乱。

潘氏娘子拉着儿子一进了巷弄,便又数落起来,待推开院门,一瞧房客余氏正在院子里坐着马扎做针线,潘氏娘子这才收声,撇下儿子兴冲冲地迎了上去:"余家娘子,做针线哪?"

余氏笑着答应一声道:"做针线呢。潘娘子回来了呀!"

"回来了回来了!"潘娇娇把放在另一个马扎上的小簸箕拿下来放在一边,一屁股坐上去,便兴致勃勃地对余氏道,"余娘子,你有所不知,我家鱼儿不是曾因杀人被押往长安吗?途中啊,他有了一番奇遇,被一位有大神通的师傅收为徒弟,学了一身的造化。今天哪……"

李鱼苦笑着摇摇头,径直回了房子。老娘以他为荣,他可不好意思听老娘替自己吹嘘。

李鱼进了房间,要关门儿的当口,就见一个老妪从矮墙外经过,潘娇娇一眼看见,登时站了起来:"哟!冯婆婆,这是要出门儿啊!来来来,到院子里头坐坐,我跟你说啊,我家鱼儿啊……"

李鱼眼见自己老娘冲出院子,跟抢劫似的把那冯婆子架进了院子,摁在马扎上,继续替儿子吹嘘,不禁摇了摇头,把房门轻轻地掩上了。

"失败了?"

化身富绅的纥干承基盘腿坐在书房内,双臂架在膝盖上,一身黑缎绸衣,一脸桀骜,仿佛一头觅食的黑鹰。

李宏杰一脸懊恼地站在对面,道:"是!武家后山,有一个养蜂少年,居然一身的好功夫,结果……不过,奇怪的是,武家似乎早已有备,难道咱们走漏了风声?"

纥干承基微微眯了眯双眼,更像一只择肥而噬的苍鹰了:"这是武家的二丫头气数未尽啊!"

他摸了摸虬髯,嘿了一声道:"杨千叶与我约定,分别打入武府。我是地头蛇,若还被她一个外人拔了头筹,未免脸上无光,看来,我只能另寻他策了!"

纥干承基眼珠一转,向李宏杰招了招手,李宏杰忙俯身向前,纥干承基对他低语一番,李宏杰听得连连点头。

李鱼往竹床上一倒,疲惫感立即扑面而来。今日这场遭遇,不管从精神上还是肉体上,都给了他太大的刺激,等一切都结束了,兴奋感过去,他才感到有些疲惫。

李鱼枕着手臂躺在榻上,懒洋洋地望着屋顶房梁上的小燕子在窝边探头探脑,不时叽喳几声,心中盘算:"华姑救下来,我也就放心了。可这看起来玄得不得了的宙轮,难道就只能危急时刻用来救命?这样子发不了财啊。要不我对娘说明真相,带她远走高飞?"

他知道,在潘氏心中,真正的宝贵财富、真正让她活得有滋有味的,是他这个儿子。那么,带娘亲一块儿逃走?反正以潘氏的性情,只要知道了真相,绝不会像船老大刘云涛一样骂他不当人子,只会不遗余力地保护他,劝他离开。

李鱼想着,手不知不觉地摸上了已经改系在手腕上的宙轮项坠,这鬼东西真是鸡肋啊。

然而李鱼并不知道,有关他的消息此时已在利州城迅速传播开来。李鱼也是经验不足,当时一心扑在如何救出华姑上面,完全没有思及善后,也未叮嘱武士彟替他保密。

当然,武都督府发生了这么大的事,甚至还动用了官兵搜捕,武府上下几百号人全知道底细,这事情就算武士彟想帮他瞒也是瞒不住的。于是,这消息就通过各种渠道迅速传开了。

官面上,是军方最先做出反应的,毕竟武士彟调动了府兵,这事儿瞒不过他们。于是,没多久,三个府的折冲都尉、果毅都尉,甚至一些别将、兵曹参军纷纷全副戎装赶至都督府,探望慰问长官,从武士彟口中,他们便听说了李鱼这个奇人。

随后,州刺史任怨、州司马柳下挥,率领别驾、长史等各司正印官也都跑到都督府来献爱心了,于是,等他们离开的时候,奇人李鱼的消息更进一步地传开了。

这些人都是官,说话还是靠点谱的,武士彟是如何对他们讲的,他们基本上就是如实对别人如此讲的，但问题是听了他们讲述的人再转述给别人时，可未必不会添油加醋。

而在民间呢？

武都督府几百号人，厨子、马夫、门子、丫鬟、家丁，还有在都督府打工的杂役如针娘等人物，那都是唯恐天下不乱的主儿，他们也不知道多少详情，但架不住他们想象力丰富，他们可以自己补充完善啊。

再经过这些人之口，传播到市井之间时，那李鱼的能耐可是大了十倍不止。李鱼躺在他那架一翻身就吱嘎作响的竹床上呼呼大睡的时候，花街柳巷、夫妻枕畔、赌坊夜宴等种种所在，有关他的消息就像插了翅膀一样在不断传播。

李鱼这边还没睡醒呢，在坊间百姓口中，他已经成了一个前知五百年、后知五百年，上天可与福禄寿三星筹箸斗酒、入地可与十殿阎罗打叶子戏的当世奇人了。

大清早的，李鱼还在睡觉，但勤劳的母亲已经起身给他做饭了。因为李鱼就睡在堂屋，潘娇娇一向轻手轻脚，进出更是悄无声息，生怕吵醒了儿子。但今日早晨，潘娇娇只出门倒了一次淘米水，就慌慌张张地冲了进来，"咣啷"一声，带得房门一响。

李鱼迷迷糊糊地睁开眼睛，就见母亲潘氏已经冲到他的面前，急匆匆地推搡他道："儿啊，你快起来！怕是出了大事了！"

李鱼一惊坐起，讶然问道："娘，出什么事了？"

潘氏脸色都变了，急急地道："儿啊，门外好多的人，全都守在巷弄里，只怕是不怀好意。"

李鱼大惊："竟有此事？"

潘氏道："想来是昨日你坏了那刺客的好事，他们派人来寻你晦气了，儿子，你快走，快翻后窗进林子，赶紧走！"

李鱼道："我若逃了，娘您怎么办？"

潘氏急道："娘一个妇道人家，他们能奈我何？你可是李家的独苗苗，不容闪失，快走快走！"

李鱼腾的一下掀开了被子，穿着一身小衣，趿上鞋子，往外就走："不行！撇下娘亲不管，那与畜生何异？我去瞧瞧，哪里来的歹人如此大胆，正受官府通缉，还敢来寻我的晦气！"

潘氏拉不住，李鱼已经大步走了出去，潘氏一急，顺手抄起灶台上的菜刀跟了出去，心中只想，若有人欲对她的儿子不利，豁出这条老命也要与他们拼了。

李鱼穿着一身小衣，走到院子里站定，左手笼在袖里，已经捏住了宙轮，瞑目往矮墙外一瞪，果见七八个青衣汉子，有年老的也有年轻的，一个个正逡巡不前，看到他出来，立即都站住脚步，向他望来。

李鱼法宝在手，夷然不惧，昂然挺立，大声喝道："尔等何人，一大清早守在我家门外，意欲何为？"

墙外众人一看，一位老者迅速反应过来，抢先上前一步，含笑一揖，道："可是李家小郎君当面？"

李鱼紧攥双拳，昂昂然道："就是我，你待怎的？"

这时潘氏已经冲到儿子身侧，把菜刀举在胸前，忐忑地望着众人。

那青衣老者见状恍然，知道被人家误会了，忙向墙外众人做了个安抚的姿势，道："我等冒昧而来，恐是惹了贵人误会。你们少安毋躁，我且上前说明来由。"

青衣老者说罢，推开院门进去。他两手空空，年纪又大，潘氏便没怎么害怕，只往儿子身边又凑了凑。

青衣老者在距李鱼三步外站住，长揖致意，声音也放小了，只教这母子二人听见，墙外众人可是听不清楚："潘娘子，李小郎君，老朽乃任刺史府上管家，奉我家主人之命，想请李小郎君过府做客，还望李小郎君应允！"

潘娇娇惊讶地道："任刺史？你……你说的可是我利州刺史任老爷？"

青衣老者微笑地道："正是我家主人。我家主人欣闻李小郎君乃当世奇人，很想与小郎君结交朋友，不知李小郎君可否赏个薄面？"

李鱼张大了嘴巴，迅速平静下去，心中只想："刺史老爷请我作甚？难不成他家也有一位二小姐，刚刚被人杀了？"

隔壁妙家的人也已被惊动了。妙大叔最先发现的，他一开房门，就发现院门口站着许多人，不时来回走动，有时彼此还要交谈几句，行色诡异，吓得他又赶紧掩了房门，拿马扎顶上，又唤醒家人，小心戒备。

此时妙大叔夫妻加上妙龄，正贴着门缝屏住呼吸向外看着。而吉祥姑娘也已醒了，此时就站在她所居住的仓房门口，一脸惊讶地看着院中情形。

李鱼看着刺史府上这位老管家，结结巴巴地问道："刺史老爷……现在要见我吗？"

刺史府管家失笑道："当然不是，我家主人岂会如此失礼，自然是先要与小郎君商定吉日，再延请入府，宴饮欢叙。"

李鱼心中一转念，便道："刺史相邀，李某敢不应承？既如此，就定在三日后吧，三日后未时三刻，李某前往贵府相见！"

刺史府管家满面堆笑地长揖："多谢小郎君！"

老管家说着，从袖中摸出一张泥金的请柬，双手毕恭毕敬地递给李鱼，李鱼接过，老管家又向他拱拱手，高声道："三日后，老朽当于刺史府门外，亲迎郎君大驾！告辞！"

老管家这句话可是刻意提高了声音，叫所有人都听得清清楚楚。言下之意，别跟我抢，三日之后那一天，我们刺史府可是已经定下来了。

门外那些青衣男子原本只是怕惊吓了李鱼，所以才由得他先进来说明情况，谁料这老家伙却抢了个先机，其他青衣人顿时急了，一俟他出去，众人一拥而入，纷纷亮出了他们五花八门各种款式的请柬，摇在手中向李鱼打招呼。

"小郎君，我是柳下司马府的，我们柳下老爷有请小郎君赴宴。"

"小郎君，我是邱别驾府的，别驾老爷有请小郎君赴宴！"

"小郎君，我们黄都尉久仰足下大名啊，都尉老爷还祈小郎君不吝一见！"

"小郎君，我是利州缙绅张荣会张老爷府上管家，我们老爷……"

"走开，你个富绅人家，也敢与我们官老爷府的抢贵人！"

"耶？我们老爷虽不是官，可我们家二老爷却是青州府判啊！"

"哈！县官不如现管，青州府管得了我们利州府？欤，哪位知道青州府在哪儿？"

李家院子里登时乱成了一锅粥，众人七嘴八舌，把李鱼围在当中，你一言我一语，李鱼根本招架不过来。

潘氏娘子早吓呆了，她原本在都督府做针娘，出门都觉得高人一等，如今这么多的官绅都跑上门来请他儿子登门赴宴，潘氏真如做梦一般。

妙家门缝里，三人贴着门缝儿向外看着，越看越是惊讶。余氏奇道："昨晚才听潘大娘说过，我还当她是有意吹嘘，想不到李家大郎果真如此了得！"

妙龄道："娘！我回来时不是也跟你说过吗，都督府上下都传遍了，人家真是个大有本事的人呢。"

妙策懊恼道："总巴望着给你找个如意郎君，想不到，这好郎君就在眼前。女儿啊，你若嫁了他，又何必非得去武家给人做小？"

余氏抢嘴道："说不定还只是个通房丫头。唉！早知他有本事，便早下手了。"

妙龄姑娘从门缝里盯着院子里被人围得水泄不通的李鱼，灵活嫩红的舌尖猫儿似的舔了舔嘴唇，心中暗道："现在也不晚！本姑娘出马，还怕他不神魂颠倒，乖乖拜倒在我的石榴裙下。"

吉祥却是还丝毫不知李鱼如今是何等的威风，她昨日回来得略晚，那时关于李鱼的消息还未在坊间传开，而她回来后，也没人跟她说起此事，是以对李鱼的际遇越发地好奇起来。

李鱼被众人吵得晕头转向，接一份请柬答对几句，那也是要耗上一段时间的。及至后来，李鱼已经不敢轻许赴宴时间，只是先接下请柬再说。等他说得口干舌燥，好不容易把这些人打发离开了，潘氏横叠着菜刀，菜刀之上已经摞了厚厚的一摞请柬。

见众人离去，妙策才打开房门，带着妻女走出来。妙策有些敬畏地看着李鱼，原本在他面前是一副长辈模样，虽说是房客，刻意热络了些，但也不似此刻，手脚都有些不知该往何处放了。

妙策觍着脸笑了笑，道："小郎君真好本事，想不到我家隔壁就住了一位有大本领的奇人，老夫……妙某……在下真是与有荣焉！"

听他语无伦次的，余氏恨恨地瞪了丈夫一眼。

妙龄向李鱼羞涩地一笑，手指扭缠着垂落在削肩上的一绺青丝，一双俏媚的桃花眼水汪汪地看着李鱼，娇声道："李家哥哥，你好有本领。闲暇时候，妹子想请李家哥哥给人家卜算一下终身，好吗？"

这妙龄品行比其姐差了一些，但姿容身段可是一点儿也不差，一样的明眸皓齿眉目如画，一样的笑靥如花窈窕动人，这还有些青涩的媚眼儿一丢，看得李鱼身子酥了半边。

就在这时，潘氏瞧见巷子尽头又有一些青衣人前后相继而来，不禁喜道："啊！儿啊，你快瞧，又有贵人府邸派人来啦！"

李鱼扭头一看，不禁大骇："娘，你先应付着吧，我可应付不了，我从后窗走，先避避再说！"李鱼说罢，也不理母亲呼唤，急匆匆回门，冲进卧房，打开后窗，手脚并用爬将出去，一溜烟儿地逃了。

李鱼逃出自己家巷子，下意识地便奔向都督府的后山。今天他虽起了个大早，可在院子里应付各府管事耗费了太多时间，等他赶到油菜花田时，已是日上三竿。

李鱼一看天色，不由大惊："糟了！来晚了！今日又得被管师傅骂了！"

想到管师傅骂人，从无一次骂得重样儿的，李鱼竟然生起些期待感，转念一想，不禁有些好笑：居然盼着别人骂我？

李鱼急急赶到放蜂处，管平潮果然正稳稳地站在那里。李鱼不好意思地道："管师傅，弟子来晚了。"

管平潮嘴角牵动了几下，扯出一副想笑又不敢笑的古怪神气："呃……李家小郎君……"

李鱼一呆，看着管平潮："师傅对徒弟何必这般客气？"

管平潮赶紧摆手："不不不，该当如此称呼，小郎君莫要说笑！小郎君是个有大本事的人，寄于老朽门下，想来只是随意率性的游戏之举，呵！呵呵……"

李鱼莫名其妙地看着管平潮，可怜的管师傅被他看得好不紧张，还以为自己好不容易琢磨出来的几句客套话并不得体，一时间汗都下来了。管师傅擦了擦汗，客气地道："呃……老朽还要去放蜂，就不奉陪贵人了！恕罪、恕罪！"

管平潮慌慌张张地走出几步，突又想起一事，忙又转身回来，从蜂箱旁捧起一口黑黝黝的坛子，满脸巴结地对李鱼道："昨日承蒙令堂馈以猪头，色泽红润，香糯浓醇，咸甜适度，肥而不腻。将其切片，再佐以芫荽、酤醢、香醋、姜末、蒜末、花椒、茱萸，味道尤佳……"

李鱼两眼发直地看着管平潮，管师傅居然还是一个美食家？

管平潮见他直勾勾地看着自己，更慌了，难不成又夸错了？哎！夸人的话，实在没学过。管平潮也不管那么多了，只把那口沉甸甸的坛子往李鱼手里一塞，干笑道："在下无以为报，这坛蜂蜜，权当谢礼。呵……告辞！"

管平潮说罢，如蒙大赦般向李鱼拱了拱手，转过身去，分开花枝，片刻工夫就不见了踪影。李鱼捧着一坛子蜂蜜站在那儿，怔怔出神："这才几天，我就失业啦？"

第十三章
姐妹

看管师傅那副紧张模样,李鱼知道他是绝不敢把自己这尊大神收入门下,叫他以养蜂为业的。

李鱼其实根本没有任何神通在身,可他的名字却在利州不断地传播,不知有多少达官贵人都想结识他,甚至巴结他,一时间李家的陋宅可谓是谈笑有鸿儒,往来无白丁,每日里车马不绝,搞得里正老爷都准备向都督府请一笔款子,扩修李鱼家那条巷弄了。

李鱼一直梦想着赚到足够多的钱,让母亲在自己离开后可以衣食无忧,不承想无心插柳,竟然是以这样的方式达成了。他成了许多贵人、富人的座上宾,数不清的达官贵人不惜重金请他为自己卜算前程命运。

现在李鱼只要张张嘴,信口胡诌几句,甚至他一句话都不说,只要故作高深地笑一笑,都有人奉上大把银钱,同时也自有聪明人为之做出无数种解读,并且在随后的发展中"印证"他的话。

当袁天纲陪着一路慢腾腾地逍遥快活的荆王即将抵达利州的时候,李鱼已经成了利州尽人皆知、名声显赫的第一传奇人物,就连在巴蜀一带颇孚人望的袁天纲也不能望其项背了。

毕竟,袁天纲在巴蜀的时候,是火井县的县太爷,他不可能整天穿官衣、戴官帽，跑出去装神弄鬼地给人卜算前程，他的名声在坊间传播得自然也就不够响亮。

李鱼的院子里就多了一张茶桌、几张条凳，还有一套茶具。在他门后，放着一个药篓，还有一个药锄。在他床边墙上，则挂着一管竹箫。

现在李鱼没事的时候，就喝喝茶、采采药，修竹林里吹吹箫，过得无比惬意。虽然，他根本不懂什么茶道，也根本不认得几味草药，他药篓里经常采回来的是些蘑菇、野菜和竹笋。至于他的箫，大家只见过他手持竹箫，步姿优雅地步入竹林，却从未有人听过他的箫声。

李鱼，已经成了一个传说，他的箫声，更是传说中的传说……

一辆油壁车，四匹青骢马，风尘仆仆地停在都督府门前。

武士彠偕同夫人杨氏以及二子、三女迎出了大门。

墨白焰躬身掀开车帘，杨千叶一袭鹅黄衫子，衬得人比花娇，娉娉婷婷地从车上走下来。

此时的杨千叶，瞧来全无半分武人气质，雾鬟云鬓，头上金步摇，两弯似蹙非蹙的笼烟眉，一双似喜非喜的含情目。娴静似娇花照水，行动如弱柳扶风，瞧来楚楚可怜。

杨夫人并不认得杨千叶，她年少时其实与杨千叶所冒充的那位杨家女孩的母亲关系亲密，二人虽然差着一辈儿，但年岁相当，所以经常腻在一起，摘花扑蝶、抚琴弄乐。

后来她那闺中密友生下了女儿，杨夫人倒也见过两面，但最后一次见时那孩子也才两岁，如今长成大人，她如何还认得。想到杨千叶早逝的母亲，杨夫人心中一软，眸中先就漾起了泪花儿。

杨夫人快步上前，颤声问道："你是千叶？"

杨千叶眸中也漾起泪花儿，上前两步，扶住杨夫人的手臂，颤声道："本家姐姐？"

杨夫人泪花儿滚滚，一把抱住杨千叶："苦命的妹妹啊，姐姐终于看到你了！"

两个人抱头痛哭，武元庆、武元爽还有武顺兄妹站在旁边，也陪着做出一副悲戚的表情，只是这三兄妹都未成年，压根儿就没经历过隋室巨变、颠沛流离的一幕，根本体会不了她们二人的感情。

至于武家二小姐、排行第四的华姑，就更加理解不了母亲与小姨抱头痛哭的感情了，她在一旁转悠着一双乌溜溜的大眼睛，完全进入了看戏状态。

杨夫人和杨千叶抱头痛哭了一阵，这才缓缓放开怀抱，为她介绍站在一旁的武士彟："妹妹，这就是姐姐的丈夫，利州都督，姓武，名士彟。你不是外人，叫姐夫就好。"

杨夫人又对武士彟道："老爷，这就是妾身和你说过的族妹千叶，此番从钱塘辗转而来。"

杨千叶凝睇了武士彟一眼，盈盈地福了一礼，含羞低头："千叶见过姐夫！"

武士彟忙虚扶一把，哈哈笑道："自家人，何必拘礼。元庆、元爽、顺儿、华姑、秀姑，你们快上前见过姨娘！"

武元庆、武元爽、武顺和华姑一一上前，拜见小姨。武家最小的娃娃秀姑由奶妈子牵着小手儿，也向杨千叶奶声奶气地唤了一声"小姨"。

"哎呀！小家伙真可爱！"

杨千叶泪痕未干，瞧见粉妆玉琢的小秀姑却也是笑逐颜开，忙在袖中一摸，取出一方福字美玉，顺手挂在了秀姑颈上，笑道："小姨送你的，喜不喜欢？"

秀姑摸着颈间美玉，脆生生地道："喜欢！"

武元庆瞧那美玉质地纯透、玉质温润，心中嘀咕："娘说这远房亲戚投亲靠友来的，原以为她落魄至极，看起来还有些家底，倒不是个来我家吃白饭的！"想到这里，对这位出手大方、相貌又美的小姨，便多了几分好感。

武士彟哈哈笑道："好啦，都不要在门口站着了，来来来，咱们回府！"

当下一大家子人，在侍卫簇拥下，回转府中。武士彟走在前面，杨夫人挽着族妹杨千叶的手步行于后，二人一边走一边低声谈话。二人都是修长的身材、修长的颈项，低头悄语时，恰似一对优雅的天鹅交颈一般，好一双美丽的并蒂莲花。

杨千叶缓缓入府，此时武府依旧戒备森严，明里暗里常见武士行踪。杨千叶看在眼里，暗暗冷笑："任你是铜墙铁壁一般所在，本姑娘还不是顺顺当当地走进来了？李鱼？听说此人能掐会算，我倒要瞧瞧，他有没有那个本事，识破本姑娘的真正面目！"

"你不必说了！"

李家院子里，李鱼坐在茶案后面，淡定地看着面前那位身穿铜钱纹员外袍的白白胖胖的中年男子，这位富家翁是听闻了李鱼的大名后，从义清府风尘仆仆赶来的，名叫夏雨。

李鱼瞟了夏员外仿佛身怀六甲的腰围一眼，淡淡地道："你想问的不少啊，一问子嗣、二问前程、三问寿元。李某一日只算三卦,每卦只对一人,一人只问一个问题。说吧,你到底是要问子嗣还是问前程,抑或问寿元呢?"

夏员外大惊失色,微微欠着身,向李鱼跷起大拇指:"先生当真奇人也!夏某尚未开口,先生便一目了然了!"

李鱼微微一笑,一目了然倒是未必,不过回档一次的话,想不知道也难。他能洞烛先机,当然是回溯十二个时辰的结果。

没完没了地回溯时光,一遍遍重复见过的人、说过的话、经历的事,李鱼觉得很腻味,所以才定下了一天只卜三卦的规矩。

饶是如此,他也不打算当一辈子神棍。未曾回溯时光时,他觉得这很神奇,真的亲身经历后,他才知道这样的生活有多无聊,所以他打算赚足了钱就远走高飞,那件神奇的法宝就只用来保命好了,他不打算一直这样活下去。

不过,赚多少才算赚足了钱呢?李鱼现在已经赚了很多钱,足以让他母亲有一个优渥逍遥的晚年。可是每天一睁眼就有人巴巴地送钱上门,一时间他真不舍得走,反正连大年都还没过,且再挨上一段时光,钱嘛,多多益善,谁还怕它咬手不成?

眼前这位夏雨夏员外,就是在回溯十二个时辰后,再度与他"初相逢",所以李鱼才能清楚地了解到夏员外的想法。

夏员外被李鱼一口点破心事,登时诚惶诚恐起来,赶紧一挥手。他身后四个青衣小帽的家仆,各自手托一个托盘,正站在那里,一见员外挥手,马上举步上前,并排站在李鱼面前。

夏员外伸手扯去托盘上的红绸,就见四盘子金饼,摆放得整整齐齐,阳光一照,金光灿烂。李鱼早见过一回了,所以连眼皮都没抬,只是微微一笑,道:"还是只能问一个问题!"

夏员外蹙起眉来,一脸难色,犹豫挣扎半晌,才从三个问题中选择了一个他认为最重要的问题:子嗣!

香火传承、子孙繁衍,当然是最重要的事,那是他生命的延续啊!即使赚来一座金山,没个子嗣传承,又有何用?如果自己长命百岁,却无子孙承欢膝下,百年之后,还不是一场空?

所以,夏员外咬紧了牙关,依依不舍地放弃了另外两个问题,向李鱼拱手道:"既然如此,夏某想向先生问一问子嗣。"

李鱼已然听他说过一遍,而且上一次因为全然不知此人底细,李鱼多次猜错对方的情况，而被夏员外一一用真实的情况驳了回来，最后更因此断定李鱼是个骗子，愤愤然地拂袖离去，如今自然不会再出现那种情况。

李鱼抿了口茶，屈指掐算了一下，虽然他也不明白为什么要屈指掐算，但学得倒也有模有样。

李鱼算完了，手往膝上轻轻一搁，淡然道："员外如今有十六房妻妾，只生得五女，无子，对吗？啊哈，原来还有第十七房妾室，应该就是这个月纳入府中吧？"

夏员外大惊，对李鱼更是佩服得五体投地。他可是从义清突然跑来的，这与李鱼是头一回见面，李鱼不可能有时间去打探他家的底细，所以人家一定是自己掐算出来的，这等神通，若是为他指点迷津，还怕不能有了子嗣？

夏员外颤声道："正是！老夫妻妾成群，却无一子继承家业，着实令人苦恼哇！这些年来，老夫修桥补路、赈济乡里，好事也做了许多，可老天还是不肯赐我一个儿子，还请先生指点迷津。"

李鱼微微一笑，向他招手道："附耳过来！"

夏员外赶紧趋身向前，一个圆滚滚的大肚子都抵在桌沿儿上了，双手扶着桌子，才勉强弯下了腰，把耳朵凑到李鱼嘴巴前边。

李鱼压低了声音对夏员外道："你个蠢材！家里'肥田'千顷，枉你日夜'耕耘'，偏偏一无所出，你还不知其中道理吗？"

夏员外被他一骂，却是半点也不敢着恼，喘着粗气道："正要求先生指点。"

李鱼半掩着嘴巴，小声道："你将要纳的第十七房小妾年方十三，是吧？"

夏员外如小鸡啄米一般，连连点头："正是！正是！"

李鱼道："小姑娘天癸初至，身未长成，还是一朵花骨朵儿，如何为你生儿育女？你之前纳的那些妾室，年纪也都不大……罢了，已经聘进门儿的也就算了，这第十七房，你无论如何一定不要纳进府中，还有，已经给予人家的纳聘之礼也莫要索回！"

夏员外连声道："是是是，就这样，就可以了吗？"

李鱼忽地想起郭怒向他推销表妹非非的事来，忙忍住了笑，一本正经地道："李某告诉你两件事，你一一照办，不但可以有子，而且可以开枝散叶，多子多孙，保你夏家子孙满堂！"

夏员外喜不自禁，连声道："先生请讲，老夫铭记于心！"

李鱼道："第一，你若纳妾，切记要挑那双十年华以上、死了丈夫的寡居妇人，最好是已有子嗣的，千万不要再挑那些十二三岁的小姑娘。但是切记，不可虐待了人家前夫的孩子，否则有伤天和，上天必降罪于你。"

夏员外连连点头："老夫记下了！"

李鱼又道："这第二桩，你家府前，可是有片小湖，周边长度，约有十里，府后有山，高约两千步？"

夏员外道："正是！先生神算……"

李鱼打断他的话道："你府后有山，那是靠山。府前有水，那是财源。但这山水，可不仅仅是你的富贵权柄，同样与你的子嗣传承大大有关。你回去后，一日绕湖踱步，早晚各一；一日攀那后山，一日一次。如此循环反复，除非风雨阻碍，不可停歇。"

夏员外身材痴肥，最怕运动，听到这里不禁面有难色，但是一想到那山水不仅是他的富贵来源，也是他的子嗣保障，便把牙根一咬，道："依得依得，老夫一定照办！"

李鱼心想："这厮既然能生女儿，自然就能生儿子，只是凑巧一连生了五个女儿罢了。我叫他多多运动，保持健康，生子的机会便大增，却也不算骗他！助人为快乐之本嘛！"

都督府上，杨千叶已被安置于西厢客房三天，三天下来，与杨府上下已是混得熟了。

此时，因为安全问题被父亲禁足府中的华姑闲极无聊，正跑到西厢与杨千叶聊天。

近看淡黄、远看泛绿的一席蔺草榻子，散发着清新的植物味道。

华姑蜷腿坐在榻上，杨千叶盘膝坐在对面，两人中间放着一口荷叶纹的圆水坛子，坛中一汪清水，几尾金鱼摇头摆尾，还有水草在清澈的水中轻轻铺展。

二人坐在榻上，都未簪发，在家里安闲得很，长发披肩，轻衫一袭。

软榻外就是两道障子门，左右拉开，院中阳光普照，草木青葱，湖石涌泉，再配上这一大一小两位姑娘恬美的侧身剪影，此景很入诗意。

"小姨，为什么你叫千叶呢？"华姑一双点漆的眸子，好奇地看着杨千叶。

杨千叶露出缅怀的神情，幽幽地道："小姨是秋天生的，我出生的时候，父亲看到深秋时节，杨树千叶，叶叶游离，于是便为我取名千叶。谁晓得，我的命运，当真如那离树的秋叶……"

杨千叶黯然一叹，微微望向庭中。那灿烂阳光下的优美景致，让她萧索的心情登时淡了许多。

华姑若有所思地点点头："小姨的名字好美，也好有意义！嗯，我将来的名字，一定也要有很特别的含义才成！"

杨千叶听着她孩子气的话，不禁展颜一笑，正要打趣她几句，墨白焰轻手轻脚地进了屋，远远地向二人欠了欠身，和声道："姑娘，都督老爷和夫人邀请姑娘同游剑阁古栈翠云廊。"

华姑一听，赶紧扶膝站了起来，雀跃道："阿爹阿娘要出游吗，我也要去！在府上这几天，快要闷坏了。"

墨白焰笑道："二小姐想要同去，小人可做不得主！"

华姑迫不及待地道："那我去跟阿爹讲！"

华姑趿上鞋子，兴冲冲地跑出去了。

杨千叶扭头看向墨白焰："姐姐、姐夫邀我游翠云廊？"杨千叶略一沉吟，唇边漾起一抹淡淡的笑意，"很好！我去跟姐姐说说，邀上那位奇人李鱼吧！"

墨白焰登时一惊，他虽一身武功出神入化，但是毕竟只是人间技能，对于能窥测天机的奇人，同样心怀敬畏，这一点并不比坊间百姓强上几分。墨白焰马上道："姑娘，那李鱼能上窥天机，只怕……"

杨千叶淡淡一笑，道："放着这样一个人在旁边，而不知其底细，我心中才更加地不安。放心吧，天机不是那么好窥测的，否则他也不会定下一日只卜三卦的规矩，我想，他总不至于一见我面，便来掐算我的身世来历吧！"

墨白焰还想劝阻："姑娘……"

杨千叶打断他的话，柳眉一挑，淡然说道："是福不是祸，是祸躲不过！墨师无须多虑！"

李鱼助人为乐，果然收获了助人的快乐，四大盘子纯度极高的金饼已经递到了他的面前。李鱼自然是不会伸手的，陈飞扬和狗头儿两个人马上识趣地上前，双手接了过去。

陈飞扬和狗头儿是坊间的两个闲汉，平日里靠打些零杂，赚些小钱度日。若是能攀上个有钱有势的，做了人家的帮闲，那就是他们相对稳定且有前途的工作了。

他们和李鱼本就从小相识，以前的交情也不错，如今李鱼发达了，身边确也缺少两个跑腿应答的小帮闲，于是不知不觉，这两人就顺理成章地扮起了他的帮闲。

夏员外把重金交付给李鱼后，便千恩万谢地告辞离开了。夏员外抱着他的大肚腩上了车，犹自闭着眼睛念念有词："娶寡妇爬山……"生怕把李鱼告诉他的"生子二定律"给忘掉。

夏员外一路念念有词地去了。陈飞扬和狗头儿则把金饼送进房去，交给潘氏保管。潘氏是小李神仙的娘，如今自然是不用再去武家做工的。

李家这套宅子，如今也还是原来那副模样，只是房中置办了四口很结实的加了四道铁箍的大箱子，用来储放值钱的物件儿。

依照李鱼的说法，纵然富贵了也不能忘本。其实他是不想花那冤枉钱，反正赚够了本儿是要一走了之的，修什么房子？更不用换了。而旁人却觉得这是高人风范。

至于陋居的安全性问题，李鱼也不用做太多考虑，如今利州城里谁不知道小李神仙神通广大，已把他传得呼风唤雨、撒豆成兵，无所不晓、无所不能了，哪有什么毛贼鼠窃之辈敢打他的主意。

就连陈飞扬和狗头儿也是一向规规矩矩的，虽然看着那金饼子眼馋，却也不敢趁着进屋的当口儿偷拿一块。

陈飞扬和狗头儿把金饼子交给潘氏，便又回到李鱼身边，情知李鱼赚了这么一大笔钱，回头少不了他们的分润，便也格外地亲热起来。

陈飞扬多少识得几个字，便给李鱼充当了狗头军师的角色，手里捧着几封泥金、绯色，隐隐还有芬芳香气的帖子，一脸神秘地对李鱼道："小郎君，这几封请柬，您……亲自看看？"

李鱼瞧他一脸诡异，情知必有缘由，便把请柬接了过来。帖子很精致，帖上的字迹也娟秀，一看就是女儿家的笔迹。李鱼嗅了嗅那柬上的芬芳，顺手打开一封，他不会写，却能认得。

李鱼看了看帖子，点着署名问道："这位燕双飞燕姑娘，是什么人？"

狗头儿不识字，帮不上大忙，一听这名字抢上前来，道："双飞姑娘？我知道，我知道，她是城北燕员外家大小姐！"

"燕员外？"李鱼小时候走街串巷，对本城的富有人家确也知道一些，听他一说，隐约记起，疑惑地道，"燕家大小姐，找我作甚？"

陈飞扬赔笑道："还不是听了小郎君的本事，想请你代为卜算。女儿家嘛，问的十有八九是姻缘。愿为晨风鸟，双飞翔北林。听说这位燕家大小姐诗画双绝，甚有才情，嘿嘿嘿……"

李鱼摇摇头，道："此等闲事，懒得理会。反正她爹燕员外，定会为她择个门当户对的人家。"

李鱼把帖子甩回陈飞扬怀中，又拿起一封，请柬上首还贴了五瓣鲜花，异常地艳丽。李鱼把帖子打开，见那署名为"黄鹂儿"，李鱼拈了拈帖子道："这黄鹂儿又是何许人也？"

狗头儿赶紧又凑上来："这个我也知道，她是城南俏春阁的当家头牌红姑娘。"

李鱼怔道："青楼女子？她也要请我卜算婚姻？"

陈飞扬笑道："自然不是！小郎君，这位黄鹂儿姑娘，是要请小郎君为她开光的。"

李鱼瞪大了眼睛，奇道："她又不是店铺开张，开的什么光？"

陈飞扬一脸促狭的笑意，道："嘿嘿！小郎君，明知故问了不是？黄姑娘虽然不是开店铺的，却一样是做生意的，谁不想财源广进、宾客如云哪？"

李鱼不想忽悠那良家姑娘，对这等便宜钱财却不禁动了心，瞟他一眼道："她出多少银两请我？"

陈飞扬咧嘴笑起来，用胳膊肘儿拐了李鱼一把，笑道："小郎君说笑了，黄鹂儿姑娘做的生意，一向是只进不出的，怎么会付钱给您呢？不过……"

陈飞扬靠近了些，向李鱼挤挤眼："小郎君你想啊，黄鹂儿姑娘请您开光，还敢白白劳动您的大驾不成？开光费没有，可她那缠头之资却也免了啊。"

陈飞扬用手挡着嘴巴，神秘地小声道："黄鹂儿姑娘说了，只要小郎君您应允，她愿侍奉郎君三晚！"

李鱼压低声音道："真的？这黄鹂儿姑娘，貌美吗？"

陈飞扬道："那还用说？俏春阁里的头牌红姑娘啊！肤白貌美，细腰长腿，哈哈哈哈……"

"你住嘴！"李鱼突然神色一正，把请柬狠狠地摔回陈飞扬的怀中，正气凛然地道，"我李某是何等样人，竟然用这样龌龊的手段引诱于我？真是岂有此理！"

陈飞扬呆住了，李鱼义正词严地道："那几封都是女人家的请柬？统统不看了，以后这种帖子就不要收！记着，你若再犯，李某身边可容不得你这等人了，走开！"

陈飞扬拍马屁拍到了马腿上，不知道为何，只好唯唯称是，一头雾水地退到一边。李鱼旋即露出一副和气的笑容，上前一步道："吉祥姑娘，要出门哪？"

陈飞扬这才发现，妙吉祥俏生生地正站在他方才位置的后面，登时恍然大悟。

吉祥抿了抿嘴儿，点头道："嗯，人家要去上工了！"

李鱼连连点头："好好好！姑娘慢走，一大早就有人来，没有吵了姑娘休息吧?"

吉祥微微露出一丝笑意:"李大哥干吗这么客气,人家又不是什么娇生惯养的大家小姐,不碍的。"

李鱼又是连连点头,眼巴巴看着吉祥杨柳小蛮腰儿款款摆动,走出院落,目光如同丝线拴系着似的,收不回来。

李鱼原本可不敢对吉祥生出什么奢望,可他现在有钱了,想法就有些不同了。虽说他对吉祥如今所执行业甚是厌恶,不过,吉祥姑娘有多勤快,对父母有多孝顺,他可是都看在眼里。

吉祥姑娘本质不坏,而且吃得了苦,自己一旦真的需要跑路,留她照顾母亲,绝对可以放心。更何况,宁要从良女,不娶红杏妻,李鱼也相信,冲着吉祥姑娘的本质,一旦洗净铅华,她绝对能忠诚于丈夫,一生一世,守身如玉。

李鱼眼巴巴地目送吉祥离去的一幕,堪堪被扒门缝儿的余氏看了个清楚。余氏恨恨地一咬牙,暗自嘀咕道:"我说妙龄对李小郎君曲意奉迎,却始终换不来他一个好脸色,原来是这小狐媚子勾搭了人家!"

余氏恨恨地回榻边坐了,再一思量,重重地一拍大腿,道:"早就瞧她不顺眼了,如今更是留她不得!明日我就寻一个人家,早早把她嫁出去了事!"

第十四章
应邀

李鱼收回目光，见陈飞扬犹自一脸惶恐，狗头儿在旁边却是一脸的幸灾乐祸，便安慰陈飞扬道："没事，没事，只是当着吉祥姑娘的面儿，你那张嘴巴可得有点儿把门儿的，不要什么都乱说。"

陈飞扬如蒙大赦，连忙道："是是是！小的晓得了！那这些请柬？"

经这一打岔，李鱼还真没兴趣看了。李鱼兴致索然地摇摇头，道："收了吧，她若有诚意，自会再来相请。若她一请我就答应，我成什么人了？"

陈飞扬赔笑道："小郎君说得是！"

陈飞扬顿了一顿，又小声试探道："小郎君可是喜欢吉祥姑娘？"

李鱼登时瞪了他一眼，陈飞扬看出李鱼并非真的生气，便涎着脸儿道："郎君如今是何等身份，若是喜欢，只消开口，还怕妙家不肯答应？"

狗头儿赶紧凑上来，嘿嘿笑道："是啊郎君，吉祥姑娘现如今在张飞居做舞娘，来日想嫁个体面人家都难。若是郎君青睐于她，还怕妙家不肯将她送与郎君暖被窝吗？"

李鱼一怔，急忙问道："你说什么？吉祥姑娘在张飞居做舞娘？"

狗头儿眨眨眼道："是……是啊！"

李鱼心中登时大悦，眼看着一把水灵灵的小白菜叫猪拱了，那种难受劲儿不是男人可不知道。如今既知吉祥只是在大酒楼中做舞娘，李鱼憋闷的胸口一下子舒坦起来。

虽说干舞娘这一行当，整日里灯红酒绿、觥筹交错，意志会渐渐消磨，虚情假意间一旦碰上个顺眼儿的，眉来眼去几番，再收些好处，也难免会有些女子半推半就地与人做下苟且之事，但李鱼相信吉祥还不曾那般堕落，不会做这种事。

不知道为什么，他就是无条件地相信，也许是因为初到利州城时扮卖酒娘子的吉祥送给他的那温情脉脉的半张胡饼，又或者是因为房后竹林中月光下吉祥的那两行清泪，反正他就是相信。

如今知道吉祥真正所从事的行业，再回想自己当初的错误认定，李鱼甚至觉得，自己就是因为太在乎她，所以做了最坏的判断。

李鱼的心情明显地畅快了起来，他重重地一拍狗头儿的肩膀，笑道："走！咱们出去找一家馆子，一块儿喝两杯！"

陈飞扬和狗头儿是两个酒虫，只是手头一向窘困，很多时候喝不起酒。这时一听李鱼要请吃酒，不禁大喜，连忙答应着就陪他向外走去。

三人刚走到巷间，就见邻居冯婆婆拄着拐杖，颤巍巍地从外面回来。李鱼忙侧身让路，含笑招呼："冯婆婆回来了啊？"

冯婆子一见李鱼，一张牙都掉光了的嘴巴登时喜得合不拢了："哈！小鱼儿啊，老婆子正要找你。"

李鱼奇道："冯婆婆找我做什么？"

冯婆子到了近前，把拐杖一蹾，气呼呼地道："也不知是哪个杀千刀的小毛贼，把我老婆子养了快三年的大肥猪给偷走了。老婆子找了许久，都未见下落。小鱼儿啊，你快给婆婆算算，我家那口大肥猪，现如今在哪里？"

李鱼听得一窘，其实类似的事儿他已经不是第一次遇到了，可为了这点儿事就回档一次，也就意味着这一天内他做的其他所有事都得重来一遍，实在是不胜其烦。

冯婆婆一瞧李鱼面有难色，不悦道："怎么，咱们邻里邻居地住着，婆婆就这么点儿小事求你，你都不肯帮忙？"

李鱼低声下气地道："冯婆婆，不是鱼儿不肯帮忙，只是鱼儿一天只能卜算三卦……"

冯婆婆道："这才多大点事儿，你手指头掐巴掐巴不就算出来了吗？难不成还要等明天？要是挨到明天，我家那口肥猪已经被人给宰了、给吃了、给卖了肉了，那可怎么办？"

狗头儿插嘴道："明日也算不得，十天之内的卜算，都已预约出去了。"

冯婆婆勃然大怒，指着李鱼的鼻子，扁着嘴儿道："好哇你，你小子没良心呀你，当初你娘生你，还是老婆子我给你接生的呢。如今求你这么点小事，你就推三阻四。你个钻进钱眼儿的臭小子，早知你如此市侩，当初老婆子我就该不理缠在你脖子上的脐带，活活勒死你小子算啦……"

老婆婆牙齿都没了，激愤之下，喷了李鱼一脸唾沫星子。李鱼满脸苦笑，只得做唾面自干状，低声下气地解释："婆婆，小鱼儿实在不是不肯帮忙，如今真的是……好啦好啦，你家丢了一口大肥猪是吧，我赔！我赔！"

李鱼向陈飞扬急急递了个眼色，陈飞扬沉着脸从袖中摸出一片金叶子，悻悻地塞到冯婆子手里。

冯婆子喜不自禁，忙接过金叶子，嘟囔道："这还差不多！"

冯婆子把拐棍儿一抖，拄在手里，颤颤巍巍地往前走，还横了李鱼一眼："哼！小神仙！在我老婆子面前，你可别摆谱儿，当初你还是老婆子我接生的呢，你光着腚的样子，老婆子都见过……"

李鱼赔着笑候那老婆子晃呀晃地走过去，这才擦了一把脸上的唾沫星子，三人继续往前走。

三个人刚走到门口，恰见一辆马车停在门口，使马的车子不多见，可这辆车子不但使的是马，马车上还打着官幡：利州都督府。

李鱼抬头一瞧，不认得那车把式，那车把式却认识他，立即跳下马车，唱个肥喏道："小李神仙，你来得正好！我家老爷有请小李神仙同游剑阁古栈翠云廊，特遣小的前来迎接！"

狗头儿耀武扬威道："我家小郎君今天没……"

"空"字还没说出口，他屁股上就挨了李鱼一脚，李鱼低声骂道："燕双飞姑娘家不去也就算了，黄鹂儿姑娘那儿也不着急，可这利州最粗的一条大腿也不急着去抱，你是想哪样啊你？"

一听武士彠相邀，李鱼不敢怠慢，当即撇下陈飞扬和狗头儿，登上马车赶往武府。

武府前门子遥见李鱼的车子到了，马上就进府通禀去了。

武家本来都准备出行了，杨千叶突然说想邀请小神仙李鱼同游，说是对此人好奇得很，想见识见识。

杨夫人对这苦命的妹子疼爱得很，武士蠖对这个婉媚伶俐、谈吐可人的姑娘也甚是怜爱，自然没有不答应的道理。

为了赶时间，武士蠖便派了马车去迎李鱼，一家人在花厅里叙话等候。等李鱼的马车到了府前时，武士蠖携一家老小恰也走了出来。

李鱼一下车，一眼就瞧见了杨千叶。

其实武家上下都是一表人才，杨千叶虽然身材修长、容颜俏美，也不至于鹤立鸡群，但她一袭嫩黄衫子，本就被衬得鲜嫩，比较抢眼，更是众人中唯一一个李鱼不曾见过的，所以一眼就注意到了。

武士蠖哈哈一笑，迎上前来，道："李小郎君，老夫冒昧啊！事先不曾招呼，仓促间邀请同游，还祈恕罪、恕罪啊！"

李鱼连忙拱手道："不敢！不敢！能与都督同游，小可荣幸之至。"

武士蠖道："可已告知你家老大人了？"

李鱼会意，颔首道："已经叫帮闲回去告知了。"

武士蠖欣然道："如此就好。此去翠云廊，虽然不远，却也不近。今夜怕是要宿在那边，让家中晓得去处才好。来来来，我给你介绍一下。"

武士蠖挽着李鱼的手臂，笑吟吟地走到杨千叶面前，介绍道："这是老夫的妻妹，千叶姑娘。千叶啊，这位就是你甚为仰慕的那位奇人，李鱼李郎君了！"

杨千叶身上一袭嫩黄饰花的衣裳，纤腰上束了一条素色的带子，乌黑油亮的秀发绾了一个高髻，发髻上只插着一支通体洁白的玉笄，除此之外再无修饰，颀长的秀项，异常地温婉。

杨千叶一双明眸盈盈地往李鱼脸上一转，嫣然一笑，微微一福，柔声道："小女子千叶见过李家郎君，李君吉祥！"

李鱼赶紧虚扶一把，笑道："姑娘别太客气了，李鱼闲云野鹤，最受不得这样烦琐的礼节。"

华姑扛着根鱼竿儿从两位兄长中间挤过来，到了李鱼身边扯他衣袖："李鱼哥哥！嘿！小神仙，你别看见美女就挪不开眼哪，人家跟你说话呢！"

李鱼正暗暗赞赏，这姑娘，清丽不俗哇！恰似明前茶山上第一抹新绿，如此清丽动人，老武家真是出美人儿！突然被华姑一扯，低下头来，却不知道她嚷什么，便道："什么事呀二小姐？"

华姑喜滋滋地道："我跟大姐打赌，看谁钓的鱼多。到时候你告诉我，哪儿鱼多，我要赢她！"

武顺一听登时急了："喂喂喂，二妹不许赖皮，说好咱们比钓，怎么这就请上帮手了？"

华姑向她扮个鬼脸道："咱们只说比钓，可没说不许请人指点。"

两姐妹这厢斗着嘴儿，李鱼含笑不语，杨千叶又飞快地扫了李鱼一眼，目光一转，恰看到墨白焰双手虚提，神情紧张地站在一侧。看他那模样，只怕是一旦李鱼见了杨千叶露出少许异样，他就要一记铁掌拍下去，把李鱼的脑袋拍成烂西瓜。杨千叶微微一笑，向他微微摇头，示意放松。

武士彟介绍李鱼和杨千叶认识，便转身扶着杨夫人登车。门口停着几辆华车，当先一辆就是他与夫人杨氏的座驾。

李伯皓、李伯轩两位大剑客各骑一匹枣红马，一身华裳，护佑在车驾左右，旁边还有许多侍卫，追随前后。

武士彟扶了夫人登车坐定，一回头恰见站在李鱼旁边的杨千叶正盯着他看。

杨千叶盯着武士彟，心中暗想："纥干承基终究只是一介武夫，迄今还未顺利打入都督府。我且不去管他，先自行事便了。武士彟身为一方都督，所仗者不过两样，一是兵权，一是政权。兵权方面，我一个女子不好明白地插手，只能等纥干承基行动；政权这边……我要如何掌握他的幕府呢？"

杨千叶想得出神，冷不防武士彟转过身来，目光恰与她一碰。杨千叶却也不慌，只向武士彟含羞地一笑，温柔地低下头去，那一低头的温柔，像一朵水莲花不胜凉风的娇羞。

武士彟被那妩媚之态看得心头怦然一动：啊！妻妹为何偷偷看我？那眼神儿无比娇羞，难不成……荒唐！荒唐！那可是夫人的族妹！我怎么能有如此荒唐的想法！

武士彟虽然这般想着，可是被一位美丽少女用带些欣赏爱慕的眼神儿看着，还是不禁有些飘飘然，连腰杆儿都挺了起来：嘿！老夫虽已年过半百，看来对年轻漂亮的女孩子，依旧很有魅力啊，哈哈……

武士彟沾沾自喜，一时间摇头晃脑的。那厢里华姑却是不放心地摇着李鱼的手，央求道："李鱼哥哥，好不好？好不好？你帮我指点鱼窝子所在。"

李鱼没法子，只好道："好好好！我来指点你！"心中却想，钓鱼我也不在行啊，这事儿就算回档也是弄不明白。且胡乱糊弄一下吧，真要钓不上鱼，此等小事，于我名声也是无损。

杨千叶从武士彟身上收回了目光,却又定在了李鱼身上:"此人既然精于术法,若能为我所用,倒是一个极大的臂助。可惜凭他的本领,若想飞黄腾达,有的是门路,必然不肯与我一同犯险。说起来还得是袁天纲,毕竟是我亲叔父,也许可以说服他为我所用。"

杨千叶想到这里,暗暗下定了主意:"这李鱼既然不能为我所用,就不能让他与武士彟过从甚密,得想个法子把他赶走,不然早晚必成我的心腹大患。"

李鱼答应了华姑,再抬头看向杨千叶,杨千叶向他嫣然一笑,彬彬有礼地道:"郎君请!"

李鱼扭头看了看,估计他要乘的还是来时坐的那辆马车,而身侧停着的则是一辆碧油车,便道:"千叶姑娘请!"

武大都督昂首挺胸站在首车旁招呼道:"大家快上车啦!"

李鱼便向自己来时所乘那辆马车赶去,刚刚登上车子,华姑便扛着她的钓竿呼哧带喘地跑来:"李鱼哥哥等等我,我与你坐一车。"

虽说华姑年方九岁,同车也不犯什么忌讳,李鱼还是道:"你怎不与姐姐兄长们同车?"

华姑撇嘴道:"他们太幼稚!"

华姑说着,把钓竿交给车把式放置,径自爬上了车,往李鱼旁边一坐,咯咯笑道:"你还有秃尾巴老李的故事没讲给我听呢。快说快说,你这位本家老兄,究竟有什么故事?"

第十五章
野游

剑阁古蜀道翠云廊，又称"皇柏""张飞柏"，因为有上万株苍翠的行道古柏，形成了一道绵延无尽的绿色长廊，三百余里的古驿道上，翠柏沿着起伏的山峦，跨越深涧沟壑，蜿蜒曲折，远远望去，仿佛一道翠云盘绕山间，是以又名翠云廊。

"三国时期，夏侯渊守阳平关，张郃守广石，徐晃守马鸣阁至阳平一带，三部互为掎角，与刘备相持数月。到了这一年七月，刘备派陈式率十余营兵马，进攻马鸣阁，欲截断栈道，全歼张郃……"望着杨千叶钦佩敬仰的目光，武士彟也不禁像个被美人儿注视着的年轻小伙子一般，有些飘飘然起来。讲述三国往事，本就是他有心卖弄才学，这时候更是抖擞精神，声音也更是中气十足。"徐晃知道后，急率本部兵马攻向陈式，陈式大败，军卒坠崖落谷者不计其数。张飞闻讯急忙率兵赶来，夜袭张郃，杀得张郃落花流水。就是在这条路上，张郃一退三百里。后人在此植柏，便是记下当年翼德将军之神勇。"

李鱼听到这里，不禁点了点头，摸着鼻子嘟囔道："这张翼德将军，还是不赖的。哈！哈哈、哈哈哈……"

武士彟微微一笑，道："翼德将军有万夫不当之勇，何只是不赖啊。也只有你这种修天人之术的奇才，才会对猛张飞只下一个'不赖'的考评，哈哈……"

武士彟抚须一笑，接着道："我观此处，风景殊丽，又有山泉鸣涧，草木旺盛。

车驾驶进林中停下吧,在此支了帐篷,我等今晚便歇宿于此。大家且四散走走,一抒胸臆!"

武士彠一声令下,侍护兵卒、家仆、侍婢、丫鬟等便纷纷忙碌起来。驱车、停车、卸货,马儿都放入林中休息。草地上打下桩子,支起帐篷。

武元庆、武元爽两兄弟一听可以自由活动,登时撒了欢儿,挎着一张弓背着两壶箭,便兴冲冲地往林中钻去,后边几个兵卒喊着"大公子、二公子"跟上,一行人渐渐消失在丛林中。

武士彠体贴地扶住杨氏,道:"娘子,咱们往前走走,去看看那流瀑飞泉!"

杨氏夫人含笑点头,武士彠扶着杨氏的一只手臂,目光不期然地看向杨千叶,恰见杨千叶一双明眸正凝睇在他的身上,不由得心儿一颤,干咳一声道:"千叶,可要与你姐姐同往?"

杨千叶嫣然一笑,道:"姐姐、姐夫去吧,千叶想往四下走走。"

武士彠心中一阵失望,无奈道:"好!此间风景虽然秀丽,其实仍有野兽出没,你须小心。"

杨千叶柔声道:"姐夫放心,千叶不会远走。"

武士彠一听杨千叶语气温柔,刚刚有些受伤的心登时又是一暖。

他扶着杨氏走出好远,听到飞瀑轰鸣声神志方才一清,不禁暗暗自责:"武士彠啊武士彠,你这一生什么风浪不曾见过?帝王将相也是常有来往,怎就被一小妮子的喜怒而左右了?她之一言便可让你失望,她之一笑便可让你开怀,真真是岂有此理。难不成,你还妄想娥皇女英、齐人之福吗?"

这位位高权重、仪表不凡的帅大叔,美人儿固然是见过不知凡几,只是似杨千叶一般清丽可人的却不多,而且因着小姨子的这一层禁忌身份,那诱惑更加地不同一般,一时间竟弄得患得患失起来。

杨千叶欲擒故纵,眸波一转,却见华姑一手提着钓竿水桶,一手牵着李鱼的手,正兴冲冲地往山泉凝聚而成的一潭如镜的碧水处赶去,口中欢呼:"李鱼哥哥,快给我找鱼窝子!"

杨千叶莞尔一笑,便也跟了过去。她既有心要对付李鱼,便想多了解他一些。正所谓,知己知彼,百战不殆。对李鱼这样拥有超出常人想象的本领的人物,杨千叶深为忌惮。

李鱼被华姑扯到了碧水潭边,但见好一汪绿水,泉水清澈,宽阔怕不有三亩方圆,周围草木茂盛,风景殊丽。

武顺大小姐也提了钓竿过来，虽然她比二妹华姑大了几岁，可好胜心却丝毫不减，华姑有李鱼帮忙，武顺心中颇为不满。但她终究是个大姑娘了，不好意思学着二妹也去缠着李鱼，求他帮忙。

　　武顺到了水潭边，绕着水潭走了一阵，选了一处视野开阔，又有大石可坐的地方，便钓起鱼来。李鱼被华姑扯着，想到如今已是深秋，想必鱼儿也嫌天冷，便挑了一处阳光充沛处，一指道："就是这里了。"

　　华姑哪里知道李鱼的判断竟然是如此随意，只当她的李鱼哥哥是帮她精心掐算过的，当即兴冲冲地扛着钓竿过去，一心一意同阿姐较量起来。

　　李鱼待华姑坐下，才发现华姑的位置正迎着阳光，周围野草最多半人高，根本起不了遮阴的作用。李鱼再往武顺那边一瞧，人家武大姑娘却是选了一处好风水，视野开阔，坐着大石，身后还有一棵大树，浓荫如盖，正好遮住身上阳光。

　　李鱼暗暗吐了吐舌头，咳！这个……小孩子嘛，晒晒阳光没什么不好！

　　李鱼为自己找了个理由，登时心安理得起来，瞧小华姑正一心一意与姐姐比赛钓鱼，便也不去打扰，转身便往一旁闲逛。这一转身，就见杨千叶风摆柳枝一般娉娉婷婷地向他走过来。

　　"李小郎君！小女子可有幸邀郎君同游呢？"这美人儿自幼在墨白焰等太监们的严格教育下，学过最正规的宫廷礼仪，那可不仅仅体现在穿着、谈吐上，举手投足，该优雅时优雅，该高贵时高贵，该妩媚时妩媚。

　　不要说举止动作了，就是望向身份地位以及关系不同的男人时，该是什么样的神情、什么样的角度，那都是严格训练过的。如果这男人地位比她高，又或者是她的夫君，那就要用到一点点媚术了。

　　一点点恰恰好，使力太过那就成了风流荡妇，反而不美。这时杨千叶扬眸一问，小小地用了些学来的手段，语气上带些娇憨，清纯中小藏妩媚，俏皮里略含羞意，那可真像一对小猫爪子，说不出的挠人。

　　李鱼是男人，而且是个身心都很健康的男人，所以被杨千叶这一瞟，再一问，心里也是不禁酥了一下，当即故作豪放地一笑，拽文道："固所愿，不敢请耳！"

　　李鱼大步走过去，向杨千叶彬彬有礼地一拱手，道："姑娘，请！"

　　李鱼说这句话时，目光便投在了杨千叶吹弹可破的脸蛋儿上，这一瞧，忽然瞥见她香扇坠儿似的精致耳垂上，有一颗小小的红痣，被那白嫩的肌肤衬映着，异常地醒目！

李鱼之前与杨千叶交谈过，但是当着众多人的面，不好一直盯着人家姑娘看，还真未注意到她的耳珠，这时才看清楚她耳珠上有一点嫣红，李鱼突然想起一个人来。

记得那日他踌躇满志地前往云栈赌坊，想大捞一笔时，路上曾经遇到过一个乘牛车的姑娘。浅露轻纱随风缓缓落下时，李鱼恰曾见过那女子耳珠上有一颗小小的红色美人痣。

两个人都有一颗醒目的美人痣，都在耳珠位置，都是年轻的姑娘……

本来这也没有什么，就算他之前就见过杨千叶也说明不了什么问题，但是……

今天在车上给小华姑讲完秃尾巴老李的故事，闲磨牙聊天时，华姑可是亲口对他说过，她的小姨杨千叶是五天之前才从钱塘赶到利州的。

五天之前，和他上次遇见那车中美人儿，可是足足差了好几天，混淆不了的。如果那日的车中女子就是眼前这美人儿，她为何早就到了利州，却对亲人诳称刚刚自钱塘赶来？

李鱼心中疑窦陡起，杨千叶瞧他凝视自己，却是暗暗鄙夷："什么世外高人，也不过是个好色之徒罢了。"

"好色之徒？"杨千叶心头怦然一动，正愁不知该如何把李鱼赶离武士彠身边，既然他好色，似乎倒可以做做文章。

杨千叶暗暗思量着，伸手顺了顺鬓边的秀发，对李鱼道："李家郎君，请！"

李鱼笑道："你我若总是这般客气，那可未免生疏了。你唤我李鱼也好，叫一声李大哥也罢，总还习惯些。"

杨千叶嫣然一笑，道："既如此，那人家就叫你李大哥吧。"

杨千叶说着，正迈步走在李鱼前面，说到这里时，恰向他回眸一笑，不曾看着前面，脚下踩中了一块松动的石头，石头向前一滚，杨千叶"哎呀"一声，身子便向后一仰。

李鱼吃了一惊，前脚向前顺势一滑，后腿绷起如弓，双手一式"推窗揽月"，稳稳地托住了她的后腰和颈项处，急问道："千叶姑娘，你没事吧？"

李鱼这一揽，便觉手指触处柔腻温软，富有弹性，不禁心中暗赞，瞧她修长苗条，一管青竹儿似的身段，却原来柔若无骨，又不显肉。

抬眼再一看，却因杨千叶半仰着身子，衣领微微撑起，露出一抹雪嫩的肌肤，李鱼有那贼心也没那贼胆，自然不敢趁机占人便宜。

杨千叶被李鱼揽着，上身微微后仰，微微蹙着眉儿，有些痛苦地道："哎哟，轻着些，人家……好像崴了脚！"

杨千叶说着，心中飞快地做出了判断：此人果然会武功，不过，根基虽然扎实，却也敌不过我。

杨千叶看着楚楚可怜、弱不禁风，实则武功超卓。她方才故意失足，仅凭李鱼这一抱，便试出了他的反应、速度、力道、眼力，从而对他的综合实力有了一个大概的判断。

李鱼却不知就这么一刹那的工夫，已经被人探了"海底"，还真当她崴了脚，忙道："姑娘不必担心，我托着你慢慢坐下。"李鱼说着，双腿弯曲下来，就想把杨千叶缓缓放倒。

这时候，二人身后草丛中，华姑盘腿坐在草垫子上。她把钓竿架在面前的竹撑子上，从怀里掏出竹纸包裹着的小半斤杏脯儿，刚刚展开纸包儿，用手指拈了一片塞进嘴巴里，就见碧波之上浮漂猛地一沉。

华姑"啊"的一声惊叫，心花怒放，激动之下手一扬，一袋子杏脯儿飞得不知去向。华姑手忙脚乱地就去抓那钓竿，铆足了吃奶的力气使劲儿向上一提，似乎晚了一秒那上钩的鱼儿就会溜掉。

可她钓上的只是一条小白鲦，这鱼体形细长，鳞片银白，华姑钓上的这条鱼顶多也就三两重。她用力一扬钓竿，那咬了钩的小鱼儿被扯出水面，腾云驾雾一般被钓线甩了出去，一下了脱了钩。

脱了钩的小白鲦"啪"的一声，好巧不巧地正落在杨千叶领口，刺溜一下就滑了进去。杨千叶哪知道那是个什么东西，只觉得湿湿的、滑滑的、凉凉的，倏然便钻进了胸口要害，在里边胡乱动起来。她马上就想到了一样女孩子甚是畏惧的活物——蛇！

杨千叶"啊"的一声惊叫，李鱼屈身正要蹲下，再也受力不住，杨千叶一下子摔在了草地上，一张小脸儿唬得雪白，双手急急便去撕扯胸口，惊声尖叫："救命！有蛇！救命啊！"

女孩子本就怕蛇，更何况还是被"蛇"钻进了胸口，杨千叶几乎要吓晕过去，偏偏那"蛇"就在胸口乱钻，骇得她魂飞魄散，关键时刻又昏不了。

李鱼其实也没看清倏然钻进杨千叶胸口的究竟是个什么东西，只觉得白花花一条，听杨千叶一叫，自然也以为是蛇了。

眼见杨千叶跟发了疟疾似的浑身发抖，脸上颜色大变，双手乱抓，李鱼也着急了，这要是弄惊了那条蛇，一口咬伤了她的胸，哎呀呀，简直是人间惨剧。

李鱼情急之下也想不了那么多,俯身上前,双手揪住杨千叶的衣领,"刺啦"一声,就把她的衣裳给撕开了。

李鱼抓着撕成两片的嫩黄色的衫子,望着在杨千叶胸口甩着尾巴活蹦乱跳的小白鲦,欢喜安慰道:"不要怕,不是蛇!是一条鱼!你看,你看!"

李鱼说着,甩了衫子,伸手去抓那鱼,一下、两下、三下……

耶?这鱼滑不溜丢的不好抓呢!

继续努力!

杨千叶被他一抓再抓三抓,实在是忍无可忍了,"啪"的一声,便是一记响亮的耳光扇在李鱼脸上,她的脸蛋也涨得跟一块大红布似的。她猛地跳起来,掩着胸,逃进一旁草丛灌木中躲了起来。

天可怜见,李鱼实在是无心轻薄啊!如果那鱼直接在胸上蹦跶,李鱼也不会伸手去抓,问题是杨千叶外裳虽被撕开,里边却还有贴身的诃子裹住了酥胸。

李鱼想抓住那尾小鱼儿给杨千叶看看,省得她一副魂不附体的模样。如今嘛,李鱼望着那尾在草地上犹自顽强挣扎、注定将要窒息的小银鱼儿,忽然觉得自己的下场恐怕还不及它!

华姑只觉钓竿一轻,等那鱼钩荡悠回来,发现鱼儿不见了,把个好胜心强的小姑娘急得差点儿哭出来。华姑把钓竿一丢,急急忙忙地跑出来,慌乱喊道:"我的鱼!我的鱼!"

李鱼正在发怔,听她一喊,急忙丢了撕成两片的嫩黄色的衣衫,向华姑招手道:"在这里!在这里!"

华姑顿足道:"人家不是说你啦!人家是说我钓的鱼!"

李鱼道:"是啊!在这里!在这里!"

华姑大喜,急忙从草丛中跑过去,往地上一瞧,大惊道:"糟啦,它要逃啦!"

只见那条小白鱼儿在地上一蹦一跳的,每次跳起,都在草地上挪开半尺左右。而不远处草丛中就有一片溪水,是旁边水潭中漫出来的水浸润形成的。而那小鱼儿只要再蹦两下,就能跳进小溪中。

"快捉住它!"华姑向前一个虎扑,双手一合,那小鱼儿刺溜一下,从她一双小手间滑了出去,身子一弯,再度跳到空中。

关键时刻,李鱼腾身上前,抬起右足,恶狠狠地向那小白鱼儿一脚踩了下去。

"噗!"溪边土壤湿润松软,李鱼这一脚力道十足,登时在草地上踏出一个深深的脚坑儿。

华姑瞪大眼睛，撅着小屁股，愕然看着李鱼的脚，诧异地道："鱼呢？"

李鱼小心翼翼地抬起右脚，只见那条小银鱼儿已经牢牢地嵌在了脚坑下的泥地里面，而且，它还不是须尾齐全地嵌进去的，而是身子对折着嵌进去的。

原来就在它鱼身一弯，腾跃到空中的刹那，李鱼一脚把它踩进了泥地，而且因为它正弯着身子，被踏踏实实地踩了一个对折。

李鱼瞧着那小银鱼儿死不瞑目的鱼眼，干笑道："哎呀，这个……好像力气大了些。"

华姑扁了扁嘴儿，不开心地瞪了他一眼。

李鱼窘道："这鱼没法吃了，咳！莫如再钓几条吧，你运气好，既然开了张，一定鱼似云来。"

华姑白了他一眼，爬起来上前两步，蹲在脚坑边，小心翼翼地把那对折的小银鱼儿从泥里抠了出来，哼道："谁管它能不能吃，反正是人家钓的，要作数的！"

华姑捧着那条对折的小银鱼儿，在溪水中清洗了一下，便宝贝似的捧回去，放进了她的小鱼篓里。

李鱼松了口气，这才想起逃掉的杨千叶，探头探脑地瞧了瞧，也不知她究竟逃向何处去了，暗暗思量，不如干脆脚底抹油，溜之大吉。

李鱼四下胡乱晃悠了一阵，返回驻地附近，但见帐篷、围栏、烧烤架一类的东西都已架设完毕，一个临时营地已经宣告完成。

这时武士蠖陪同杨氏夫人从飞瀑流泉处已经走回来，令李鱼惊讶的是，不知何时，杨千叶竟已陪在杨夫人旁边，而她身上居然又穿了一件嫩黄色的衫子，与被他撕坏的那件一模一样。

李鱼啧啧称奇，这小丫头有能耐啊，瞧她一副没事人儿似的模样，也不晓得她之前赤着一双白生生的胳膊，只着一件贴身的衭子，怎么就能神不知鬼不觉地返回驻地换好衣裳的。

不过李鱼一转眼看见墨白焰墨老头儿阴沉着脸色站在一顶帐篷边，眼神儿异常幽怨，仿佛刚被恶霸女婿抢了亲闺女似的，登时恍然大悟，这位千叶姑娘定是用了什么法子通知了她的仆从，有人照应着，这当然不是问题了。

杨千叶正陪在杨夫人身边，侧身不知说着什么，神态恬淡而优雅。看到李鱼，杨千叶、杨夫人还有武士蠖都停下了脚步。杨千叶向李鱼嫣然一笑，微微一福："此间景致如此优美，李大哥不四下游览一番吗？"

李鱼看得眼珠子差点儿掉出来，这真是杨千叶？不是她的孪生姐妹吧？瞧她言笑晏晏、从容自然的模样，好像之前那个脸蛋儿臊成大红布、羞怒交加、扇他一记耳光的姑娘和她没有半点关系似的。

女人哪，太会演了。不过，这种糗事，李鱼自然也是不会对人说的，当下忙打个哈哈，道："走过了，走过了，那边风光尤其引人入胜。啊，你们看过瀑布了？"

武士彟抢着道："看过了，小郎君不必去了，就在此处眺望吧，远远望去，犹如一道匹练从天而降，景致甚美。若到了近处，水汽氤氲，太过潮湿，未免就要扫了兴致。"

武士彟抹了一把脸，又道："本督刚才过去，好似洗了一把脸，哈哈！"

杨夫人莞尔道："李小郎君，妾身这个妹子，自幼长于钱塘，只因身边无甚亲眷长辈照拂，女儿家又不好自许人家，眼看就要长至二九，却还未曾许配人家。小郎君可愿帮我妹子卜上一卦，看她几时可以寻得一位如意郎君？"

"不可！"杨千叶和武士彟异口同声，开口阻止。

二人这一开口，不由诧异地对视了一眼。

杨千叶心道："若是由着李鱼为我卜算，万一被他察知我的真正身份岂不糟糕。可是武都督缘何也出面阻止？"

武士彟一语出口，心中也是一呆："夫人为她妹子卜算姻缘，我倒是阻拦个什么劲儿？"

武士彟是绝对不愿也不敢承认自己是一份私心作祟，不想这个清丽可人的小姨子早早觅得如意郎君的，只好打个哈哈，对杨夫人解释道："夫人哪，除非生死两难的大事，怎好动辄窥问天机。天机嘛，还是不要泄露太多的好。唔，千叶刚刚投奔利州，也不急于一时，待她安顿些时日，夫人从利州的好儿郎中，为她选一佳婿岂不是更好？"

女人似乎天生就有做媒的嗜好，武士彟这样一说，杨夫人登时心花怒放。自忖凭她的眼力，必能为这苦命的小妹子选到一位如意郎君，便也不再坚持由李鱼为她卜算，只是颔首道："夫君所言甚是！本来啊，因为咱们家顺儿还得一两年工夫才会谈婚论嫁，我还不曾关注过利州官宦人家的子弟，如今看来，倒要提前着手了。"

武士彟连连点头，道："夫人出马，自然无往不利！啊，李小郎君，你说那边风光更美？走走走，咱们瞧瞧去。"

武士彟或是有些心虚，急忙上前两步，拉住李鱼，便往他方才信手所指处行去。李鱼其实还真不曾往那个方向游览过，如今只得硬着头皮与武士彟结伴而行。

他本是无心的一指，不料那个方向竟然真有意外之喜等着他们。

李鱼和武士彟向那方向走不过百十步，豁然发现前方林中竟然藏着三株野桃树。那是三株晚熟秋桃，因为土壤肥沃，又少有人打扰，所以树上已经熟透了的水蜜桃儿沉甸甸地缀弯了枝头，令人垂涎欲滴。

武士彟又惊又喜，道："哎呀，原来此处还有如此惊喜。哈哈，小神仙就是小神仙，本督竟不知这山坳中竟有这样一处神仙般的所在。"

武士彟说着，已是兴冲冲地上前摘起了桃子。

李鱼瞧着那白里透红、肥美多汁的水蜜桃儿，情不自禁地想到了先前的那一幕乌龙，回味之间，觉得指尖上有一种甜美的感觉："没道理啊！手指头又不是舌头，怎么会有甜甜的感觉呢？错觉，一定是错觉！"

李鱼托住一枚熟透了的大水蜜桃，因为心中有着比较，下意识地自语道："唔！手感还是差了许多。"

武士彟刚刚摘下一枚桃子，正要尝一尝味道，听到他这句话，登时摇头道："小郎君此言差矣，桃子要什么手感，应该用你的舌尖，品一品它的口感才对。"

李鱼的眉头跳了两跳，拱起手，心悦诚服道："大都督的境界，非小可所能及也！"

武士彟听得有点窘，我就这样普通的一句话，他拍的什么马屁呀！可是瞧他笑得一脸莫测高深，难不成……小神仙话中别有深意？

武士彟也不知道李鱼究竟意有何指，不想自己显得太过愚钝，便仰头打个哈哈，扮出一副了然于胸的神秘模样，含糊应道："哪里哪里，小郎君谬赞了！"

"啊？啊，哈哈哈哈……"两个人对视一眼，一起哈哈大笑起来。

明月当空，篝火一丛。

篝火蹿起两丈多高的火苗子，围坐在篝火周围的人都被那火光映得脸庞红润，尤其是女子。常言道灯下看美人，更增三分颜色，此时的杨夫人和杨千叶当真比白天里更加地婉媚动人。

一个腰肢纤细、身段窈窕的小美人儿，发梳仙髻，身着羽衣，环佩叮当间扬臂旋转，姿态妙不可言。这美人儿不是武家豢养的舞姬歌女，正是武家大小姐武顺。

几个武府侍婢斜坐一侧，或抚琵琶，或拍手鼓，带些胡音节奏的明快音乐随之而起，荡漾在这静寂的大山之间。

武顺一曲舞罢，香汗津津地停下，笑盈盈地向众人福了一礼，翩然退下，回到自己席边一看，华姑盘腿坐在案前，两只小手捧着肥肥嫩嫩一块羊肉，正啃得唇角流油。

武顺白了妹子一眼，嗔道："就知道吃，饿死鬼投胎的呀！"

华姑向她扮了个鬼脸，笑嘻嘻道："姐姐的舞反正什么时候都看得到，当然是吃肉要紧。"

武顺哼道："难道平日里就短了你的羊肉吃吗？"

华姑扬了扬手中的羊肉，笑道："彼羊肉非此羊肉也，而姐姐始终还是那个姐姐。"

坐在旁边席上的李鱼笑道："华姑当真冰雪聪明，这句话大有味道。与你同龄的女孩子里，只怕很难再有第二个，说得出你这样为贪吃辩护的高妙见解了。"

华姑握着羊肉向他煞有介事地拱拱手："承让，承让。"

武顺见李鱼给她帮腔，心下欢喜，俏媚地瞟了李鱼一眼，道："还是小神仙好眼力，我这妹子呀，就是人小鬼大。"

武顺毕竟是大家闺秀，虽然年少活泼，平素也不会向男人做出这般姿态，不过此时饮了几杯葡萄美酒，红晕上脸，便也不似平时拘谨了。再者，李鱼本就俊俏，又有一层神仙光环，顺姐儿哪有不喜亲近的道理。

李鱼这厢正同姐妹花贫着嘴，武士彟捧着一盏盛满美酒的金屈卮，深一脚浅一脚摇摇晃晃地来到了李鱼的几案前，开怀大笑道："今夜酒兴浓厚，小郎君不为我等高歌一曲吗？"

李鱼赶紧起身道："小可可不擅唱歌，莫如大都督即兴高歌一曲，如何？小可敬大都督！"

李鱼说罢，抢先举起一杯酒，豪爽地一饮而尽。

武士彟哈哈大笑，高高举起金屈卮，盏中酒水荡漾，倒映出了一轮摇曳于酒中的明月。武士彟略一沉吟，高声歌道："明月好酒更胜吾，吾尚未饮它先醉。且饮，且住，你在长空我遥敬，共饮一杯风火发……"

武都督不是在吟诗，而是用一种古歌韵唱曲儿，所以倒不甚讲究押韵，那欢畅淋漓的气氛也是十足。一曲歌罢，李鱼犹在琢磨其中一些没听清的字句，武元庆和武元爽已经喝起彩来。

"好！……"武元庆、武元爽大力鼓掌，李鱼忙也跟着喝起彩来。武士彟一口喝干盏中美酒，哈哈笑着扯住李鱼，道："本督已经唱过了，小郎君，该你啦，要么唱，要么即兴吟诗一首，你选哪个？"

李鱼蒙了，赋诗？做不到啊！唱歌，我唱什么呢？

莫怪李鱼不会唱，他从小忙着到处投师学艺，哪有闲工夫参加踏歌会，学唱诗歌俚曲？所以李鱼穷索记忆，竟是没有这方面的才艺可以展示。

李鱼只好拱手道："有都督珠玉在前，李鱼可不敢献丑。"

杨夫人看出李鱼好像真的不擅吟诗作赋，不想让他为难，便道："夫君自家喝得高兴就是了，莫去难为李小郎君，小郎君学的是天人术，恐怕于诗词歌赋未必有闲暇研究呢。"

武士彟哈哈一笑，把金屈卮往李鱼案上一放，笑道："罢了罢了，本督不难为你，你且自罚一杯吧。"

华姑雀跃道："我来斟酒。"说着马上跑过来，用一双油渍渍的小手捧起银酒壶，为李鱼斟满了金屈卮。李鱼无奈，只好捧起杯来，一饮而尽。这样急促地连饮两杯后，他也有些飘飘然了。

武士彟见李鱼自罚了一杯，开心大笑，晃晃悠悠走开两步，抬手挥了挥，那些负责演奏的侍婢会意，马上奏起了一首欢快的曲子。

武士彟扭身扬臂、袍袖甩动、旋转腾踏、招手遥送，在李鱼桌前扭腰摆胯，开始邀请他共舞。也难怪武士彟盯上他了，在场的这些人，除了夫人，就是小姨子或儿子女儿，他总不能拉个家丁仆从上来共舞吧？所以就只剩下李鱼了。

方才请李鱼唱歌，他就没答应，这回邀他共舞，他要再不答应，那就太失礼了。但问题是他没有踏舞这方面的经验。

李鱼讪讪地站起，正不知是不是要学着武士彟转圈、拍大腿、踏地、拍胸口……可爱的武元庆、武元爽已经主动跳了出来，把上袍一脱，将一条丝带往头上一系当了"抹额"，还把从下午猎回的野鸡尾巴上拔下的翎子插在"抹额"上，呼哈嘿哈地陪他老爹扮起了大猩猩。

李鱼见状，硬着头皮站起来，心想："人家都不怕扮大猩猩，我怕什么?！豁出去了！"

却不想武顺和华姑的舞兴也起来了，二人本就挨着李鱼坐着，当下跳将起来。华姑将小手儿用毛巾急急一擦，便拉住了李鱼的手，而且还抓着他的另一只手往姐姐武顺手里一塞。

武顺倒也落落大方，顺势便牵住了他另一只手，两姐妹拉着他一起下了舞场。她们两个绕着篝火，踢踏跳舞，舞动极有韵律，李鱼发现她们只是跟着乐曲的音律即兴发挥，有样学样地很快便也会了。

杨夫人看着一家人欢舞,笑着侧身过去,用团扇掩着口儿,同妹子杨千叶取笑了几句夫君与儿子笨拙的舞姿。杨千叶嫣然听罢,复又坐正了身形,肩头微微往后一仰。

跪坐其后的墨白焰马上微微倾身,向杨千叶靠近了些。杨千叶用团扇掩着口儿,用几不可闻的声音对墨白焰道:"李鱼这个人……"

说到这里时,正被武氏姐妹两只温软小手拉着共舞的李鱼恰向这边望来。美色与醇酒,还有夜空中一轮浪漫的明月,并没有让他遗忘了杨千叶耳珠上的那颗红痣,他心中的疑虑还未消呢,只不过他无暇向千叶姑娘验证心中所疑罢了。

李鱼跳动间望见她娉婷俏坐,笑靥如花,心中怦然一动。待见李鱼双眼望来,杨千叶一双妩媚的杏眼微微一弯,仿佛一双弦月般异常地迷人。团扇掩着口鼻,她只露出一双妩媚的眼睛,细若游丝的声音却清晰地在墨白焰耳边响起:"墨师可择机杀之!"

谈笑间便定下杀人之计,杀机却被她一双弯弯笑眼尽数掩盖。

公主金枝玉叶身,岂能被夫婿以外的男人玷污?所以,这个男人必须死。

群舞渐渐变成了武顺和华姑姐妹俩的斗舞。踏歌舞毕竟是少女跳起来更加地赏心悦目,所以武士彟自然地退到了一边,而李鱼显然是属黄花鱼的,溜边儿更快。

敛肩、含颏、掩臂、摆背、松膝、拧腰、倾胯,小丫头华姑踏歌而舞居然也是有模有样,她身段儿还未长开,不及武顺婀娜,可她拧腰倾胯时,居然也能呈现出"三道弯"的优美体态,隐隐透出一种少女的妩媚。

舞婆娑,歌婉转,莺娇燕姹。武顺自然不肯甘拜下风,于是兀动赴度,指顾应声,时而绰约闲靡,时而纷飙若绝,时而翼尔悠往,时而回翔竦峙,舞姿飒丽,令人心旷神怡。

武顺是婀娜少女,含苞的身段比之尚在稚龄的华姑占了很大便宜。华姑不甚服气,委蛇姌袅,云转飘忽间,忽然亮起了歌喉:"君若天上云,侬似云中鸟,相随相依,映日浴风。君若湖中水,侬似水心花,相亲相怜,浴月弄影……"

亮丽的歌喉登时就挽回了颓势,把众人的目光再度吸引到她的身上。

不知何时,杨千叶已然踱到了李鱼身边,李鱼有些心虚,只好干笑两声,摸着鼻子道:"呵呵,千叶姑娘是几时来的利州啊?"

杨千叶微微仰起下巴,看向场中斗舞斗得欢快的小姐妹,淡淡应道:"奴来利州,不足五日。李小郎君何故问起?"

李鱼目光微微闪烁了一下,又问道:"这是姑娘头一次来利州吗?"

"不错!"杨千叶转首看向李鱼,目中微微带起一丝警觉,"怎么?"

李鱼微微眯起眼睛,垂下眼皮,目光只盯在她白皙圆润的下颌上,那容貌与当初牛车上浅露随风而落时银瓶乍破般的清丽容颜一模一样。李鱼笑了笑,道:"没什么,随便问问。"

杨千叶白了他一眼道:"没话找话!"

这时一曲长歌结束,华姑像一只欢快的小灵雀,蹦蹦跳跳地跑到李鱼身边,拉起他的手,气喘吁吁地道:"李鱼哥哥,我跳得好不好看?"

李鱼弯下腰赞道:"好看!特别地好看!"

杨千叶暗暗一哂,高傲地扬起下巴,走开了。

李鱼瞧见小姑娘两颊嫣红,被火光一照,尤其可爱,不禁伸出手,亲昵地捏了捏她的小脸蛋。华姑似乎不曾想到李鱼会有这样的举动,先是怔了一怔,两颊红晕突然变得更浓了。

火光映着华姑的眼波,隐隐然似乎有水波在流动,这时节的小华姑,竟然有一种小女人的温婉神韵。她睇着李鱼,忽然甜甜一笑,柔声道:"再过四年,我就十三岁了呢。"

李鱼疑惑地道:"那又怎样?"

华姑天真地道:"依我大唐律法,男儿十五、女子十三,方可成亲。等我十三岁可以嫁人了,嫁给你好不好?"

李鱼吓了一跳,吃惊道:"小妮子怎会有此惊人之语,怎么就想到……想到嫁人了?"

华姑理直气壮地道:"因为你是神仙呀!嫁给神仙,多神气!"

她歪着头想了想,又点点头,害羞地笑笑:"也不全因为你是神仙啦,你还特别地会讲故事哩。"

李鱼听得啼笑皆非,原来是小孩儿家的天真话语,差点儿真当她是早熟了。这丫头有时候聪慧异常,有时候说出的话倒比她的实际年龄还要天真一些。

这时杨夫人笑容满面地走过来,李鱼生怕这丫头不知轻重,在她母亲面前再度说出要嫁他的话来,忙道:"令堂来了,莫再胡说。"

华姑乖巧地点点头,突然间却又满面担忧:"哎呀!我才想起来,你都这么大了,肯等我四年吗?"

小丫头登时幽怨起来,仿佛李鱼已经移情别恋了似的:"君生我未生,我生君已老。君恨我生迟,我恨君生早……"

眼看着杨夫人就走近了,李鱼情急智生,一把掩住了小丫头那没轻没重的小嘴巴,掩饰道:"哎呀,二小姐唇角还有油渍哩,李大哥帮你擦擦!"

君生我未生……

吉祥看了看坐在灯下的木易,这位老汉何只是君生我未生啊,瞧他那一脸的褶子,得有五六十了吧?而且,他还是个独眼龙。

木易看着面前这位俏生生的小姑娘,却是越看越满意。好不容易才把陷在人家姑娘娇靥上的目光用力抽回来,转到妙策和余氏身上,坚定地点了点头:"我对令媛很满意,这门婚事,就这么定了吧!"

吉祥的俏脸唰的一下,登时变得纸一样白,再无半分颜色。

余氏笑逐颜开:"哎呀,那敢情好,那咱们这喜事就说定了。郎子(女婿),你什么时候下聘礼啊?"

木易比她还急呢,早点下了聘礼,就能早点把这美娇娘娶回家,夜夜搂着这么俊俏的小姑娘,那神仙日子……想想都美啊!木易马上道:"明儿我就托媒下聘,岳母大人您看如何?"

余氏笑得合不拢嘴:"好好好,那就这么说定了。"她扭头一看,自己丈夫神色有些犹豫,登时有些不悦,用胳膊肘儿狠狠地拐了他一下,又瞪他一眼道:"当家的,你倒是说话呀。"

妙策迟疑了一下,目光向女儿一扫,碰到她泪光莹莹的祈求目光,妙策像被烫了一下似的,迅速收回目光,嗫嚅道:"娘子,就……就这么定了?"

木易用眼角余光瞟着吉祥的俏模样,忙不迭地点头道:"丈人,就这么定了吧。我不要陪嫁,聘礼就按丈人和岳母所提的条件,一辆牛车,五十吊钱,帛十匹!要不,我再加鸡鹅各五只。"

木易顿了一顿,有些央求地道:"丈人,我这一辈子,就攒下这些家当,再多是真没有啦。"

余氏急不可耐地伸出脚,在妙策脚面上用力地蹍了一下,妙策抬起头,瞧见妻子冷厉的目光,不禁下意识地点了点头道:"那……那就这样定了吧。"

吉祥听到这话眼前登时一黑,险些昏倒在地。她一向逆来顺受,被继母唤进房来,说及要将她许人时,她没勇气反对。待见了木易木老汉,瞧见他比自己父亲还老,而且还是一个独眼龙时,她依旧没有什么过激的反应。

在她心底里，总觉得自己这般孝顺、这般乖巧，就算父亲更疼妹妹多一些，自己总是他的亲骨肉，断然不会把自己往火坑里推的。可是，父亲此时的这句话，彻底断送了她最后的念想。

吉祥整个人都呆住了，五感六识一时间都遁入了她的意识深处，只剩下一副没有灵魂的躯壳儿，痴痴傻傻地定在那儿。

她不知道木老汉是什么时候离开的，也不知道自己的父亲和继母什么时候回的房间，她是被妹妹妙龄给摇醒的。妙龄看着她，一脸不耐烦："我都要困死啦，你还不回房，叫不叫人睡觉啦？"

吉祥的眼珠呆滞地挪动了一下，这才发现她的父亲坐在炕头，背对着她，余氏正铺着被褥，整个房间里，似乎只有她是多余的人。

吉祥慢慢转过身，行尸走肉一般慢慢地走了出去。她后腿刚刚迈出门槛，门就被妙龄迫不及待地重重地推上了，连她的背也被重重地拍了一下。

但吉祥依旧没有什么反应，就算此时被人刺上一刀，又怎及得她心中之痛？她默默地迈着步子，牵线木偶一般回到了自己漆黑一团的小仓房，摸着黑蜷缩进仓房深处。

过了许久，吉祥才探出手，从一团黑暗中，熟悉地摸索到她悄悄供奉在木架子下边一个小角落里的母亲的灵位，把它紧紧抱在怀里，用力地咬住了唇，不发出一丝声音，肩膀却剧烈地抖动着，热泪滚滚而下……

第十六章
命 运

灿烂的阳光洒在一汪碧水之上。

他在东头,她在西头,各自垂钓。

李鱼持着钓竿,紧紧地盯着水面上的浮漂。华姑坐在他左边,右手食指和拇指有些紧张地捏住他的一片衣角,眼睛也紧紧地盯着那微微上下跳跃的鱼漂。

李鱼低声嘀咕道:"别动别动,慢点慢点。"

华姑着急地道:"得动啊,不动怎知它咬钩了?"

李鱼目不转睛地道:"我是说你不要动,鱼在试探,等它咬实了。"

东边的李鱼身边陪着一个可爱的华姑,西边的千叶身边陪着的却是白发白须的墨白焰。墨总管是大隋宫中宦官,自然不会长胡子,但他偌大年纪,若是没有胡子,很容易就被人看穿身份,所以在外行走,一向都贴着一副稀疏的假胡子。

李鱼盯着鱼漂,杨千叶稳稳地持着钓竿,眼睛却看着李鱼。墨白焰跪坐在杨千叶身后一尺处,杨千叶轻声道:"墨师欲杀李鱼,切记勿作计划。"

墨白焰疑惑道:"殿下是担心?"

杨千叶微微颔首,这时她的鱼漂也轻轻颤动起来,但杨千叶目不转睛,只是盯着水潭对面一脸紧张与兴奋的李鱼,轻声道:"神仙术,我也不懂。但昔年父皇身边,亦曾有许多世外高人侍奉,他们曾留下一些典籍、手札和笔记,我自幼当闲书看的,对他们的本领多少也是有所了解的。"

墨白焰静静地听着,杨千叶道:"恐怕就算真的神佛,也难明了人心念头。是以,心中动了杀念,是无所谓的,这李鱼凡心未了,年纪轻轻,纵有道行,能有多深?不过倚仗其师苏有道的名声招摇撞骗罢了,他是不可能看透的。但……"

杨千叶手上钓竿狠狠地沉了沉,显然是鱼儿已经咬钩,看这力道恐怕还不小,但杨千叶只是飞快地瞟了一眼水面,依旧看着对面。

对面,李鱼已经猛地一提钓竿,一尾肥鱼被钓了起来,鱼儿被甩到岸上草丛中,野草叶茎上尚未被阳光完全晒干的露水纷纷落下,而李鱼和华姑已经大呼小叫着扑了上去,手脚并用喜笑颜开地去抓那鱼。

此举只是李鱼的自然反应,明明是赤子之心,在杨千叶看来,却是别有用心地取悦华姑。杨千叶嘴角不禁露出一丝不屑之意,缓缓地道:"先以神仙术取悦于武士蒦,再投其所好,取悦于华姑,这小子所图,只怕是武家东床快婿的位子。"

墨白焰没有答话,杨千叶一语说罢,忽然嫩脸微微一热,就算李鱼做此打算,也与她的目的无关,突然横插此语,未免没有道理。杨千叶自幼以隋宫公主自诩,此等心思,未免太女儿心了些,忙把脸色一正。

杨千叶道:"但他既是名师之徒,想必卜算之学是真有一些的。你心中动念,他不知道,可你真的想要对他动手时,却难免被他有所感应,所以,不可先行计划,只可择机猝然下手,这样他纵然有所感应,也来不及应变了。"

墨白焰顿首道:"老奴明白了!临近晌午,我们就会返回利州,老奴会随机应变,寻找最恰当的机会!"

杨千叶"嗯"了一声,潇洒地提了提钓竿,望着水波对面的李鱼,微微一哂:"容你再逍遥一时,好好珍惜最后的时光吧!"

墨白焰看了看水面银闪闪一只小鱼钩,轻咳一声,提醒道:"殿下,鱼,脱钩了。"

"喔!"杨千叶无所谓地收回钓竿,鱼钩在空中划过一道银线,恰停在墨白焰面前,墨白焰一手拈住鱼钩,一手便去挂饵。

对面,李鱼捧着一条三斤多重的大鲤鱼,正和小华姑一起活蹦乱跳,笑声在平静如镜的水面上泛起丝丝涟漪。

竹林中雾气袅袅,因为修竹叶茎的阻隔,尚未被阳光驱散。阳光从枝叶间疏朗地透射下来,形成一道道静谧神圣的光束。

吉祥静静地跪在她用以寄托心情的"安全屋"中，四周横生的枝茎形成了天然的掩护，只有在这里，她才能放开心怀，真情流露。

泪已哭干，一双眼睛肿得跟桃儿似的，吉祥看着摆在面前的母亲的灵位，默默半晌，缓缓叩下头去，白皙的额头轻轻地抵在了片片竹叶之上。

"娘！孩儿这身子、这性命，都是爹娘给的，女儿别无选择，如今就用它，还给爹娘了。爹娘的养育之恩，女儿用终身抵报了罢，可是……娘啊，女儿，不快乐，真的不快乐，女儿，没办法再骗自己了……"

吉祥的泪一颗一颗地落下去，打湿了地上的竹叶。

妙策房中，一家三口正坐在那儿吃早餐。

今早吉祥罕见地没有早起做饭，从九岁那年就开始承担做饭、缝衣、洒扫等家务的她，除了偶尔病重到起不了床，还从未耽误过这些家务事。不过，今天余氏难得地没有寻她打骂，而是自己做了早餐，因此就吃得晚了。

妙策扒拉了两口饭，往门口瞟了瞟。余氏从锅里舀了一碗粥，将勺子重重地一蹾，险些将砂锅砸烂："一顿不吃，饿不死她！"

妙策没再说话，低头扒起饭来。

余氏转向妙龄，瞧她慢腾腾的，便温柔地道："女儿怎不吃快些？一会儿误了去武府上工。"

妙龄懒洋洋地道："武家两位公子都随大都督野游去了，人家又没机会见到他们，去做什么？难不成人家还真是去武家做针娘啊。"

余氏眉开眼笑，道："既然这样，不去也罢。哎，你窥得机会，往隔壁小神仙身边多走走，娘如今赶了那狐媚子嫁人，从此只有你这般如花似玉的一个姑娘，时时逡巡左右，娘就不信他不动心，嘿嘿！他本事再大，还不是一个年轻人？"

妙龄翻了个白眼儿，道："李小郎君也与武大都督一同出游了呢。"

妙龄说着，没好气地把饭碗一蹾："娘这粥熬得真是难吃，连猪都嫌。"

余氏嗔怪地点了她一指头："你这丫头，怎么跟娘说话呢？惯得你一身毛病。"

自幼凄苦的吉祥所有的努力，依旧换不来家庭的一丝温情，她的心已经彻底变凉了。不是她自轻自贱，实际上这妮子比谁都坚强，从小到大，她为家庭承担那么多，在人前永远都是一副开朗活泼的模样，忧郁和悲伤都是一点点攒起来，到了她能彻底释放自我的"安全屋"，才会尽数发泄出来。那是从小到大看人脸色、生怕惹人厌弃所养成的本能。

可她所有的努力,都换不回一丝的回报。连亲生父亲都如此绝情,除了死去的娘亲,这世上还有谁会珍惜她、会爱护她?吉祥的心,已经死了,嫁给什么样的人又有什么区别呢?左右不过就是一具行尸走肉。

吉祥的心已经很累很累,她稚嫩的肩膀再也无力去承担那么多,她从刚刚懂事起,就独自在命运的长河中拼搏,现在命运已经榨干了她最后一丝力气,她放弃了,就算被命运吞噬,她也没有一丝力气去抗争了。

当她把母亲的灵位藏在怀里,默默地转回她的小屋时,悲伤、怨愤被她藏进了心里,便连泪也吞进了腹中。此举看在余氏眼中,心中很是安慰,小蹄子!做那脸色给谁看?小胳膊拧得过大腿?最后还不是乖乖认命!

吉祥的心死了,所以认了命。但是一直在捉弄她的命运,偏偏在这时候,又起了恶作剧的心。

午后刚到申时,木老汉就邀请了一班族人,帮他抬着充当嫁妆的全部家当,吹吹打打地赶到了妙家。老光棍辛苦了一辈子,终于置下了属于自己的一块"上好水田",老汉那满脸的褶子都笑开了花。

可是这时,偏偏有几位不速之客,也挤进了那条狭窄的小巷,目标恰巧也是吉祥姑娘。

木易满面红光地踏进小巷,距妙家越近,身子骨儿就越觉得轻灵,当真是身轻如燕掌上飞呀。想到很快就能迎娶那般俏美可人儿的一个小姑娘,木老汉心花怒放。

妙策和余氏听到动静,早就迎了出来,妙龄独自在房中无聊,也跑了出来。便是隔壁潘娇娇,正在房中给儿子纳着鞋底儿,听到外面锣鼓喧天,也不禁放下针线,走出屋来,向笑得合不拢嘴的余氏一问,才晓得妙家要嫁姑娘了。

不明内情的潘娘子连忙向余氏道喜不止。

木易换了一身新衣裳,在堂弟木恩的陪同下进了院子,锣鼓手和抬聘礼的族人暂且候在院外。

木易一见妙策和余氏,明明比妙策还大着十多岁,却是规规矩矩上前,大礼参拜,毫不含糊地道:"木易见过岳父、见过岳母。"

"哎呀!快起来,快起来!"余氏眉开眼笑,明明比木易小着二十多岁,却是大大方方上前,搀起了木易。

妙龄打量着木易，昨儿母亲和父亲与木易谈亲事，她一个姑娘家，被打发到帘儿后待着去了，而且灯光之下，也看不太清楚。

此时再瞧木易，不只眇了一目，满口豁牙，皱褶如壑，而且高颧骨、一字眉、地包天的大牙，看起来当真好丑。妙龄不禁嫌弃地退了两步。

木恩陪在堂兄旁边，正笑嘻嘻地看着热闹，一瞧妙龄小姑娘的俏丽模样儿，登时直了眼睛。

堂兄打了一辈子光棍，好不容易讨了个媳妇，在他想来，那人家的姑娘定然是奇丑无比。

如今一瞧妙龄小姑娘的俊俏劲儿，木恩的一颗心登时仿佛在老陈醋里浸了三天三夜，又放进灶坑里用茱萸熏了七七四十九天，那滋味儿说不出的难受。

等堂兄与岳丈、岳母应对一番，招手唤进抬聘礼的族人，余氏娘子欢天喜地地拉着丈夫去验收聘礼的当口儿，木恩一把拉住了木易："五哥，那三十吊钱，我不借了。"

木易一呆，登时就急了："老九啊，原本不是说得好好的吗？你借我三十吊钱，我把我的地抵你三年，怎就突然变了主意？"

妙龄此时正陪在父母身边欢喜地验收聘礼，背对着他们，可那娉婷窈窕的小腰身，依旧是说不出的迷人。

木恩便瞟着妙龄动人的背影，道："五哥你要讨婆娘，兄弟没话说，自然该帮你的。可是，你也不用非得重金娶一个如此年轻貌美的女孩儿家吧？难怪你一生积蓄都不够用。兄弟帮你，是为了让你这一房有个后，可不是让你不计代价，娶一个美娇娥。不成，你得把钱还我。"

木易赶紧把木恩往旁边拉了拉，气急败坏地道："说的什么屁话！你家二小子去年春上刚娶的媳妇，那聘礼难道比我少了？我就算找户人家，专挑那又懒又丑的女子，怕不也得这个价钱的聘礼？妙家肯把姑娘给我，那是我的福气，你捻的什么酸。"

木恩自然不好说自家婆娘前年冬天因病去世，如今见了这妙龄小姑娘，也不禁动了色心，自觉相貌比他堂兄要强上几分，家境也好上许多，拆了堂兄这门亲，说不定嫂子就能变娘子了。

木恩只是指着妙龄道："堂兄你少诳我，那姑娘小小年纪，还怕嫁不出去？肯如此便宜了你？"

木易顺着他的目光一看，轻"啊"一声道："那姑娘啊，那姑娘不是你未来嫂子啊,那是五哥我未来的小姨子,我要娶的妙家姑娘在那里。"

木易往仓房门口一指,吉祥扶着门框,正神情冷漠地看着这边,看着她那渐渐露出笑容的父亲,以及眉开眼笑的继母和继妹,仿佛被所有人遗弃不理的一个孤儿,黯然神伤。

木恩往吉祥那边一看,这姑娘比方才那姑娘大着两三岁,可是瞧着出落得更加水灵、更加俏媚。尤其瞧她眉锁轻愁、黯然神伤的模样,当真是说不出的令人心疼。

木恩那一颗心,登时好似被猫爪子狠狠挠了十七八道伤痕,火烧火燎的:"啊!五哥娶的,是那姑娘的姐姐?"木恩两眼放光地看向妙龄,"那妙家二闺女,也肯嫁吗?"

木易只想马上完成聘礼交接,不想堂弟节外生枝,便诳他道:"自然是肯嫁的,可你要知道,一时半晌的,也不好寻个合适人家。"

木恩喜出望外,自己比堂哥年轻,比堂哥家境富裕,比堂哥长得周正,如今一儿两女也都各自成家立业了,留那余财何益,只消比他多出些聘礼,还怕不能娶了妙家这妹妹回木家?

木恩马上撇下堂兄,向余氏走过去。

妙策这边交接了聘礼无误,便回来与木易交换婚书,这穷人家的纳聘仪式虽然简陋,也有六七道程序,两下里正忙乎间,就见木恩凑到余氏身边,悄悄低语几句,还指了指妙龄。

余氏勃然大怒,脸色一沉,狠狠啐了木恩一口,骂道:"你这老东西,比我还要长着几岁,偌大年纪,想娶我的心肝宝贝做你的续弦,简直是恬不知耻,少做你的春秋大梦。"

余氏一通斥骂,喷了木恩一脸唾沫星子。木恩抹一把脸上唾沫,不服气地道:"你那长女,还不是嫁了我堂兄?你那次女怎么就不能嫁我了?我家肯比堂兄多出二十吊钱的聘礼,如何?"

余氏冷笑:"你便是多出两百吊、两千吊钱,也休想我卖女儿。和你堂兄比?哼,你堂兄比你多了一份机缘,你可没有!"

余氏愤愤地推开木恩,走向妙策身边,木恩茫然站在那儿,心中只想:"机缘?什么鬼机缘?赖汉娶好妻的机缘吗?我那堂兄样样都不及我,怎么偏让他有这般的好福气?"

木恩正想着,忽然又被人推了一把,他正想得入神,被人一推站立不稳,向旁闪出两三步,这才站住。木恩恼怒地扭头一看,就见一个四旬妇人,脸上薄施脂粉,唇瓣薄薄如纸,颧骨高高,显得比较刻薄。

那妇人身材极其圆润,两只手也是白白嫩嫩,与她那圆圆团团一张面孔极其相衬。她穿一件昂贵的湖丝衫子,左手掌背抵在腰间,手里捏着一方滚绫绣边的红手帕,右手翘着一根兰花指,尖声叫道:"哪位是妙家的?"

妙策与木易正在坊里司仪的指引下进行最后一道程序,刚刚递过婚书,听见喝问,扭头瞧见一个中年妇人神色不善,忙上前道:"这位娘子,我就是妙家妙策,不知娘子有何贵干哪?"

"有何贵干?"妇人把眼一瞪,眼角白粉簌簌而落,"你们家吉祥呢?今儿个说好了钱员外家宴客,要有歌舞侍宴,她昨儿个不曾向老身告假,怎么就敢耽误了,害得歌舞缺了一人,一时又无人替补,让老身丢了脸面,嗯?老身那张飞居,何等讲究的所在,出入的哪位客人不是贵人,这要毁了我张飞居庞妈妈的名号,你们妙家担当得起吗?"

开得起大酒店的,都是背后有人,官匪通吃的人物,妙策这样在本地没根没底的小门小户可不敢得罪。

妙策忙赔笑道:"哎呀,原来是这样,还祈恕罪、恕罪呀。实不相瞒,我这女儿,今日纳聘,不日出嫁,张飞居这舞娘,是做不得了,我这里向您赔个不是,从今儿起,我家吉祥就不去上工了。"

庞妈妈仰起头来,哈哈哈大笑三声,脸上、身上乃至手上,白白嫩嫩的肥肉跟着一起抖了一阵,霍地瞪向妙策,劈面呸了一口,喷得妙策下意识地两眼一闭,往后退了一退。

妙策抹了一把唾沫星子,睁开眼睛,就见胡萝卜粗细的一根手指正点在他的鼻尖上。庞妈妈冷笑连连:"睁开你的狗眼看清楚了,这是什么。"

庞妈妈另一只手唰地一抖,变戏法似的打开一张纸。妙策离得太近,也没看清上边写的什么,只瞧着寥寥几行字迹,底下还有红红的一个手指印儿。

庞妈妈唰的一下收了那纸,恶狠狠道:"这上边黑纸白字说得清楚,你两眼不瞎,看清楚了吧?"

妙策茫然道:"黑纸白字?不是白纸黑字吗?"

庞妈妈劈头盖脸就是一记大耳光,扇得妙策张口结舌:"老娘就喜欢这么说,关你鸟事!"

妙策大怒:"打人不打脸,你这婆娘怎的如此跛扈!"

妙策瞪圆了眼睛，撸着袖子就要上前，庞妈妈冷冷一笑，身后四个魁梧大汉冷哼一声，抱着双臂齐齐踏前一步。

妙策讪讪一笑，放下袖子又退了回去，哼哼道："好男不与女斗，我不跟你一般见识！"

余氏茫然道："不知庞妈妈你究竟在说些什么，那纸上的字，我没看清楚啊。而……而且，我和我丈夫，都不识字啊。"

"不识字是吧，那老娘念给你听！"庞妈妈左手唰地一抖，又把那张白纸变了出来，大声念道，"卖身文书。妙家吉祥，年十七岁，情愿自卖自身，为张飞居名下舞娘。三面言明，共计卖身钱一百吊，分三年付清。三年之内，若吉祥不违规矩，念其孝心，允其回家自主。若后生事端，有中人出面，不与买主相干。恐后无凭，永无返回，立卖字存照。立卖字人：妙吉祥！中保人：李扬、白乾。代笔人：荆沿。"

庞妈妈胖胖的手腕一抖，唰的一下又收了那纸，身后两个魁梧大汉又上前一步，俯视着妙策，沉声道："某就是李扬（白乾）。"第三名大汉懒洋洋地抬一抬手，道："某就是代笔人荆沿！"

妙策又惊又怒，扭头怒喝道："吉祥，你这死丫头，给我滚过来！"

吉祥早听清了双方言语，同样是又惊又怒："庞妈妈，奴只答应去张飞居做舞娘，没说过要自卖自身哪！"

庞妈妈把薄薄的嘴唇一撇，道："黑纸白字摆在这里，当老身诳你不成？"

吉祥气得发抖："你……你骗我！我当初去张飞居做舞娘，你可不是这么说的，那契约……奴不识字，哪知写了些什么。"

庞妈妈冷笑连连："你这么说，是说我张飞居坑人啦？好！小蹄子有骨气，待抓了你回去，再跟你细细计较！来啊，把她给我带回去！"

木易一听，便宜老婆这样就要没了，登时急了眼，上前一步，张开双臂往吉祥身前一拦，大喝道："住手！吉祥是我娘子。婚书在此，谁敢抢人？"

庞妈妈把卖身契抖搂出来，厉声大喝道："吉祥卖身契约在此，便是我张飞居的人，嫁不嫁人，老娘不点头，谁敢做主？给我拿人！"

庞妈妈身后四个胳膊上能跑马、拳头上能站人的魁伟大汉立刻欺身向前，将张开双臂的木易拎小鸡崽一般提起，"啪"地扔到了一边。

木家在利州也是个不小的家族，虽没出过什么了不起的大人物，但人多势众，却也不是特别怕事的人家。

自家族人迎亲被欺，木家人岂肯善罢甘休，登时一拥而上，就在李鱼家的院子里大打出手。

此时，李鱼与武大都督告辞，施施然地踱进自家小巷。

庞妈妈麾下四大金刚很是能打，他们本就是打手，打架的功夫都是街头巷尾里练出来的，打这种烂架最是得心应手——简单、直接、犀利。

而木家那些人虽然都是普通的村夫，可是胜在人多势众，而且他们荷箱挑担的都要用到木棍，这时顺手抄起来，就是一件称手的兵器，所以双方一时打了个不相上下。

因为双方这一番打斗，李家院子里那群老母鸡也是张开翅膀，上蹿下跳，弄得尘土飞扬，羽毛飘飞，现场更加地混乱不堪。

潘娇娇见状大怒，叉腰大叫道："莫伤了我家的老母鸡，只只都能下蛋的。"

双方斗殴者倒是都知道这院子里还住着一位小神仙，也知道这潘娇娇是小神仙的亲娘。那些村夫愚妇固然是不敢得罪这种神仙中人，张飞居开门做生意的人，同样不愿得罪。

像庞妈妈这种人倒不是怕李鱼的所谓术法，他们走的是酒色财气人间道，与李鱼这种世外修行者井水不犯河水，谈不上谁顾忌谁。但是李鱼现在被多少财大气粗、位高权重者奉为上宾啊！那些人可都是张飞居的衣食父母，如果李鱼说一句张飞居风水不好，恐怕张飞居的生意就要大受影响。李鱼这个小神仙他们可以不在乎，那些酒色财气场中的财神爷，他们可得罪不起。

是以潘娇娇刚刚大吼了一声，庞妈妈已经踩着莲花步，翘着兰花指，笑得灿烂似一朵杭白菊，凑到了她的面前，白白胖胖的手儿一抬，一摞儿大钱已经托在手上。

"惊扰了潘娘子，实在是得罪了。"庞妈妈笑纹里都能漾出蜜来，"您看看，这黑纸白字都签了文书的，哪能乱了规矩呢？奴也是开门做生意的，没法子呀。借了潘娘子的地方，您多海涵，小小礼物不成敬意，娘子千万莫要推辞。"

庞妈妈说着，已经把几十枚大钱塞到了潘娇娇的手里。潘娇娇握着一把大钱，思量用来买鸡，足以弥补损失。再说那些母鸡也太老了，其中只有一只还在下蛋，真个打死了，用来炖汤，给儿子补养身体也是好的，便和颜悦色起来。

潘娇娇笑道："庞妈妈你太客气了，这怎生好意思呢？"说着顺手把那一摞大钱揣进怀里，又隔着衣裳用力捏了捏，生怕它不小心滑落到地上。

院子里打得不可开交，妙策、余氏和妙龄吓得躲到了屋檐下去，余氏气急败坏地斥骂妙策："看看你养的好女儿，居然自作主张，自卖自身，也不知会家里，如今惹出这么大的乱子，你说怎生是好，怎生是好？"

"吉祥自卖自身，有卖身契为证，官司打上衙门，我们张飞居也是不怕的。"那位一直还不曾报过名姓的四大金刚之一挥舞着从庞妈妈手中取来的卖身契，理直气壮地大吼，同时一脚踹飞了木恩，又一记钵大的铁拳扫开两个木家的壮汉。

"我这里有婚嫁聘书，吉祥已是我的娘子，谁敢毁人婚姻？老汉跟他拼啦！"木易也不含糊，挥舞着手中红色的婚契，脸色涨红得仿佛一只刚学会下蛋的小母鸡。

吉祥站在院中央，被双方拉拉扯扯、推推搡搡，突然间觉得无比荒诞，竟然有一种想笑的感觉。自从娘亲过世以后，她就受尽白眼，遭人嫌弃，那时小小年纪的她，最大的恐惧就是被赶出家门，从此流离失所。

她何曾想过有朝一日，她能被人当宝贝似的抢来抢去呢？而今这一幕，偏偏就出现了。她终于成了受人瞩目的焦点，可她偏偏就生不出一丝半点的欢喜之意。

李鱼哼着小曲儿，慢悠悠地踱向自家的小院儿，行至一半，忽然听到一片喧嚣嘈杂的叫骂打斗声音，他登时心头一紧，赶紧加快脚步向自家院子跑去。

果然，打斗的人就在李家院子里，李鱼闯进院子，就见木易一手抓着吉祥的手腕，一手挥舞着婚书，被人一拳击中鼻子，登时鼻血长流，"哎哟"一声仰面倒了下去。

那大汉狞笑一声，用手一带，就把吉祥抓到他的身边。吉祥也不挣扎，沦为张飞居的舞娘也好，变成木老汉的小妻也罢，都不是她之所愿，亦由不得她来做主，此刻的她，就是一片顺水漂流的游离之叶。

"住手！"李鱼一见吉祥被人拉拉扯扯，登时火冒三丈。

杨千叶美不美？不但美，而且气质高洁，但芳华天然的冰山雪莲，与他一介凡夫俗子何干？华姑可不可爱？不但可爱，而且娇憨，简直就是一枚小开心果，但是与吉祥在他心中的位置，依旧不可比拟。

人与人相处，问的是情。初见吉祥时那温柔的半张饼；房后竹林中那含泪的一双眸；仓房夜色下，独自捧着碗默默吃饭的寂寥背影，都让他为之喜、为之忧、为之心疼。

此时院中混乱现场，吉祥被人拉拉扯扯，仿佛在争抢着一件什物似的，也说不出那是一种什么感觉，总之，李鱼怒了，怒不可遏。

"你们干什么？"李鱼厉声大喝，同时轻轻一带，将吉祥拉到自己身后，护住了她，就仿佛一只老母鸡护住了它的鸡雏。

"小子尔敢？"方才一拳打倒木易的大汉"呼"的一拳击向李鱼面门，但还隔着半尺，那钵大的铁拳却陡然停住，拳风激得李鱼鬓边的发丝微微一扬。

大汉诧然叫道："李……小神仙？"

"小神仙"之名，是坊间百姓对李鱼的称呼，至于"李小郎君"，只有达官贵人以及近邻极熟者才会这样叫。

李鱼看到那人，也是一呆，讶然道："何小敬？何师傅！"

何小敬，张飞居的拳棒教头、护院头子。一双铁拳，号称利州第一。李鱼曾拜在他的门下，随他断断续续学过三年拳术。

但这种师徒关系非常地淡薄，因为当时何小敬教他拳法，也是拿他当小弟打手使唤的，算是各取所需。因此何小敬也就不敢在李鱼名扬利州后，再以李鱼的师傅自居。

李鱼皱了皱眉，看看院子里的混乱场面，眉头一蹙，道："这是怎么回事？"

何小敬还未说话，听清来人是小神仙李鱼的木易如见救星，从地上爬起来，膝行两步，一把抱住了李鱼的大腿，高高举起婚书，鼻涕一把泪一把地诉冤道："求小神仙为小民主持公道哇！他们要强抢民女，强抢我木家的媳妇啊！"

李鱼挪了挪腿，没挪动，不禁皱眉道："这位老丈，你是何人，有人抢你木家媳妇，怎么打到我家院子里来了？"

木易慌忙道："因为我家媳妇，就是租居于小神仙贵府的吉祥姑娘啊！"

李鱼的心陡地一沉，吉祥……终于嫁了啊。

李鱼心中莫名地有些不舍。不过……他又不曾向妙家提过亲，人家嫁女，难道还要征询他的意见？

李鱼沉默了一霎，微微有些黯然，道："老丈请起，吉祥……可是嫁了你的孙儿？欸，快把鼻血擦擦。抢人的，又是什么名堂？"

李鱼说着，瞟了何小敬一眼，不用问也知道，抢人的必是张飞居的何师傅，但人家嫁女儿，张飞居干涉作甚？

木易爬起来，伸手抹了一把，鼻血糊了一脸，倒是因此掩住了他的尴尬之色："咳！吉祥，确是嫁到我家，但却不是嫁给我的孙儿。"

李鱼一呆，道："嫁给你儿子？"

李鱼看看他一头花白稀疏的头发，有点嫌弃地道："老丈，瞧你年纪，你儿子比吉祥似乎大了太多吧。"

这一回，木易的尴尬便连糊了一脸的鼻血也掩饰不住了，红着老脸道："咳！小老儿一生未娶，哪来的儿子。要迎娶吉祥姑娘的，就是小老儿。"

李鱼瞪大了眼睛，惊诧地看着木易。木易见他神色，以为小神仙不信，急忙呈上婚书，道："小神仙请看，这就是小老儿下聘妙家的婚书。小老儿所言，绝无半句虚假哇！"

李鱼接过婚书，打开扫了几眼，微微点头，脸上依旧平静，胸中怒火却在一点点地燃烧起来。妙家人是怎么对待吉祥的，他再清楚不过了，这时一看婚书，再瞧这半百老头儿，还有什么不明白的？妙家果然卖女儿了。

李鱼静静地一点头，道："不错！婚书上果然是这么写的。"

木易大喜，挺起了胸膛，喜不自禁地对何小敬道："看吧！看吧！连小神仙都这么说，吉祥是我的，哈哈哈！老子倒要瞧瞧，你们谁还敢跟老子争女人！"

木易言犹未了，李鱼突然将手中婚书三两下撕得稀烂，奋力向空中一扬，片片碎纸仿佛红色的花瓣，飘飘洒洒，漫空落下。

李鱼这一举动，登时让所有人都惊呆了。

木易惊呆了，怔怔地看着李鱼，结结巴巴地道："小……小神仙这是何意？"

李鱼阴沉着脸色，一字一句地道："这意思就是说，吉祥不是你的！不要说这一辈子，就算下辈子、下下辈子，她也不是你的，永远……都不是！"

第十七章
夺人

木易一听李鱼的话，眼睛立刻就红了。

杀人父母夺人妻，不共戴天之仇啊！更何况吉祥是如此可人儿的一位姑娘。李鱼不但撕了他的婚书，还信誓旦旦地说吉祥绝不可能成为他的女人，是可忍孰不可忍！

木易一把揪住了李鱼的衣领，咆哮道："凭什么？凭什么老夫就娶不得她，你说！你说！"

面对木易的质问，李鱼只是淡定地一笑，突然指着他瞋目大喝："愚蠢！大难临头，尚不自知！真真一介蠢夫！"

木易被李鱼声色俱厉的模样吓住了，期期艾艾地道："我……我有什么大难临头？"

李鱼冷冷一笑，道："你可知道，某撕碎你的婚书，是在救你性命？"

木易茫然道："啊？"

李鱼叹道："真是愚蠢啊！如果你真的娶吉祥为妻，不出三日，必定暴毙而亡。你以为今日的血光之灾只是偶然？那就是先兆啊！"

木易更加惶恐起来，美色虽然迷人，可是性命更加重要啊！如果娶个妙龄娇妻过门的代价是只剩下三天寿命，那木易是万万不肯的。

木易战战兢兢地问道:"小老儿若娶了吉祥姑娘为妻,为何……为何就要暴毙而亡?难不成,小老儿与她八字不合?"

李鱼欲言又止,摇摇头道:"天机岂可泄露太多,你若信我,立刻退婚,便可化险为夷。至于你的命中佳偶……"

李鱼一脸高深莫测的笑容,道:"一年之内,必然出现。若是不准,明年今日,你来寻我,李某赔你一个如意娇妻。"

李鱼说得如此笃定,木易如何还敢不信?何况一想到吉祥与张飞居还有人身官司要打,就算自己不怕死,这小娘子怕也未必领得回家。想到这里,木易立刻转向了妙策。

他送的那些聘礼还都在院子里放着呢,清算起来倒也方便。木易跨前两步,一把从妙策怀中把妙家留存的那份婚书掏了出来,当着妙策的面,狠狠撕成几片,用力掷在妙策脸上,又狠狠地啐了一口,一手掩着受伤的鼻子,一手用力一挥,大喝道:"把聘礼抬回去!"

木家一行人潮水般退去了,庞妈妈上前两步,皮笑肉不笑地向李鱼福了一礼:"小神仙的大名,老身可是久仰了。今日得见,真是三生有幸呀。"

李鱼一见庞妈妈,却是有点头疼。方才撕了木易的婚书,再想重施故伎,撕了庞妈妈那份卖身契,就不太容易了。同样的一套说辞,用在木易身上可以,用在庞妈妈这边就行不通。

张飞居会怕一个舞娘与店家八字不合?况且,卖身契摆在那儿,吉祥就是张飞居的一件财物,即使把吉祥说得十分不堪,张飞居也不可能就此解除文书,说不定为了避免吉祥之不祥,还会对她做出更坏的处置。

李鱼正犹豫间,吉祥突然从李鱼身后闪了出来,径直从庞妈妈身边走过去,双膝一屈,跪在妙策面前,郑重地向他和余氏磕了三个响头。

妙策有些慌乱地后退一步,讶然道:"女儿,你……你这……这是做什么?"

吉祥正容道:"女儿自卖自身,已是张飞居的人了。承蒙父亲大人、继母大人抚养至今,女儿这三个头,是叩谢爹娘的养育之恩,女儿从此与妙家再无干系,世间再无妙吉祥,只有张飞居里的舞娘吉祥!"

木家已经把聘礼抬了回去,余氏这时再让妙吉祥离开,她留在家里,就多了一个免费的仆役使唤,时不时还能给家里赚些花销,说到吃饭,她又能吃几口?

想到这里,余氏急忙踢了丈夫后脚跟一下,向他急急使个眼色,又向吉祥一努嘴儿。妙策慌忙上前,手足无措道:"女儿怎么说出这样的话来。张飞居欺哄于你,爹爹自不会与他们善罢甘休,这官司有得打呢。"

吉祥摇了摇头,淡淡一笑:"卖身契上,确是吉祥的指印儿,有什么官司好打?况且,吉祥不想与庞妈妈打官司。"

余氏情急之下,上前说道:"女儿莫怕,张飞居也不可能一手遮天。况且,有李小郎君为咱妙家仗义执言,谁敢目无王法!"余氏可是早就看出李鱼对吉祥的好感来了,这时忙不迭地想拉他下水。

吉祥听了余氏的话,却只轻轻一笑,低低地却又异常清晰地道:"如果这一生,吉祥注定要被人欺负,那吉祥情愿被庞妈妈欺负。因为那样,吉祥心里就不会那么痛!"

只这一句话,余氏便讪讪地再也吐不出一个字,臊得老脸通红。

李鱼听了这句话,不禁有些意外。一直以来,在他心中,吉祥都近乎完美。如果说她还有缺陷的话,那就是不够勇敢。

是的,吉祥貌似柔弱,实则极为坚强。哪怕身处最窘迫的困境,也能以最乐观的态度去积极面对,她的个性极为乐观开朗。

但是,吉祥忍耐的美德,在李鱼看来却是她唯一不讨人喜欢的地方。

忍让不是坏事,但不能没有底线地一味退让,也许她一个弱女子,有不得不示弱的理由,但是若在这种状况下还满怀天真地相信,她的善良最终会感化人心,就叫人有些恨其不争了。

人心,是这世间最美好的一方净土,是一片最神秘、最丰富的海洋,同时也是最龌龊、最肮脏的地府。同样是人心,你是不能用同一个标准去衡量所有人的。

"妙"是佛陀无上慧,犹如醍醐纯净第一,可妙吉祥空挂着一个"妙"字,却从不曾做到自在无碍。直到此刻,她用三个响头,向亲生父亲交回了一个"妙"字,才算是割断了心头最后一丝不切实际的念想,同妙家彻底划清了界限。这才算真的大彻大悟了。

李鱼很是替她开心,可是方才他老娘潘娇娇不失时机地过来,迅速对他耳语了几句,已经把吉祥目前的真正处境说与他知道了。一想到吉祥将要前去的所在,李鱼又不禁为之揪心。

张飞居虽然只是一个酒家,可是对吉祥来说,又算是什么善地了?酒家自然有歌女、舞女,但她们一般来说,都会和酒家签订活契,或者可自由来去,或者可自赎自身,而吉祥签的却是死契啊。

死契是不可撤销的,也是不可赎回的,当然,买主自愿撤销的情况除外。签了死契，你就不再是一个完整的人，而是彻底属于他人的一件物品。更可怕的是，吉祥的死契不是她心甘情愿签的，而是被庞妈妈欺她不识字而诓签的。

那么，庞妈妈对她会是打着善意的念头吗？李鱼完全预料得到，庞妈妈看她如今年轻貌美，可以为酒店带来更多生意，所以才使计拴住了她。待她韶华渐去，容颜渐老，势必会将她打入更加不堪的所在。

然而，李鱼还没想好如何与庞妈妈交涉，吉祥已经慢慢起身，走到了他的面前，深深望他一眼，向他盈盈福了一礼："李大哥，蒙你三番五次照拂、开导诸般恩德，吉祥铭记在心。今生无以为报，来世……必结草衔环以报。"

吉祥说着，螓首微低，再抬头时，珠泪已盈染双睫。她轻轻吸了吸鼻子，微微侧头，对庞妈妈道："妈妈，走吧。"

庞妈妈如梦初醒，登时满面堆笑，急步上前，亲热地挽住了她的胳膊，道："好闺女，这样人家，留恋什么？咱们走，妈妈今后啊，一定将你视如己出！"

李鱼张了张嘴，却见庞妈妈挽着吉祥，生怕有人留客似的，行色匆匆地走了。李鱼唯有黯然一叹。

李扬、白乾和荆沿三大金刚都跟着庞妈妈匆匆离去了，只有何小敬放慢脚步，刻意留在了后面。

李鱼向何小敬望去，何小敬不甚自然地一笑，原本被他呼来喝去随便打骂的小徒弟突然成了无数权贵的座上宾，再不是由得他随意揉捏的人物，何小敬一时还有些不适应。

他舔舔嘴唇，咳嗽一声道："小神仙若有暇，不妨来张飞居坐坐，好朋友们，都很挂念你。"

何小敬所说的好朋友们，指的就是李鱼的那些"师兄师弟"。何小敬教拳时，虽对李鱼呼来喝去，打骂也是家常便饭，却不是刻意针对李鱼，他教所有的徒弟包括他自己的亲生儿子，都是这般模样。

这年头儿，当师傅的大多如此，所谓的师徒如父子，指的是师傅对徒弟的控制权，是师傅的无上权威，而不是师徒感情。不过他教拳倒是从不藏私，李鱼跟着他，确实学了一手好拳法。

是以，李鱼对他抱了抱拳，依旧执弟子礼，道："一定！"

何小敬见他对自己依旧如此礼遇，不由暗暗松了口气，知道这位贵人并不把往昔待遇放在心上，着实放下了一桩心事。他勉强挤出一副笑脸，向李鱼点点头，举步就要走。

李鱼突然道："何师傅留步。"

何小敬停下，微微讶异地扬起浓黑如墨的眉毛看向李鱼。

李鱼略一沉吟，道："吉祥姑娘，还请何师傅多加关照。"

何小敬深深地望了李鱼一眼，他虽然是个糙汉子，可久在声色场所，见多识广，如何还看不出李鱼对那位吉祥姑娘有些说不清道不明的情愫。

他只是个保镖打手，并不牵涉张飞居的日常打理，不过李鱼相托，他竟生出些受宠若惊的意味，是以只略一迟疑，便用力点了点头，一言不发，快步离去。

李鱼目视何小敬离去，便回身扶住潘娇娇手臂向自家房中走去，自始至终不曾看僵立在那里的妙家三人一眼。

娘儿俩回了房，李鱼往竹榻上一躺，潘娇娇也不回房，就在一旁的马扎上坐下，瞟了一眼沉默不语、只管双眼望着屋顶梁上探头探脑的小燕子出神的李鱼，轻轻叹了口气，道："吉祥姑娘，也是可怜！"

李鱼用鼻音"唔"了一声，没兴致接话。娘儿俩又沉默了一会儿，潘娇娇振作精神道："对了，儿啊，这几日，陆续有些媒人登门呢，给你说的亲有书香门第，也有小康之家，还有一个兄长在县上做着官儿呢，改天……"

李鱼打断了潘氏的话："娘，儿出游两日，刚刚回来，有点乏了。"

"好好好，那……过段日子再说。"潘氏识趣地住口，从马扎上站起来，转身想回里屋。

李鱼歪了歪头，忽然道："娘，妙家，不是善邻。"

潘氏略一迟疑，道："我儿说得在理。那……等租期到了，娘不续租与他们便是了。"

李鱼一想，忽然觉得自己有些孩子气了，到那时，吉祥该救出来了吧？自己也该带着娘远走高飞了。

之前想过，就算自己能与吉祥两情相悦，以她对家庭的依恋和孝心，也断然不会跟他走，可现如今她已经彻底斩断了与妙家的关系，就不必再有这层担心了。

正所谓：祸兮福所倚，福兮祸所伏。老天对待吉祥固然是刻薄了些，但这未尝不是替他解决了一个令人头痛的大难题呢，没准儿就是因为老天对他太宠呢。

想到这里，李鱼郁闷的胸怀顿时为之一敞，心中暗暗决定："吉祥小娘子，便再委屈你几日吧。我一定尽快想出办法，救你出来！你这辈子，就算真是命中注定要被人欺负，那个人，也得是我！"

听说李鱼回来，次日上午，陈飞扬和狗头儿便巴巴儿地跑到李家帮闲来了。

潘氏系着围裙，贴着墙边木架晒着柿饼。

红泥小炉就在院中茶桌旁，炭火旺盛，沸水滚滚，煮着茶汤。

狗头儿拿一个如意形的木茶勺，殷勤地给李鱼斟了一杯茶，又给自己满了一杯，笑眯眯地在对面坐下。

坐在他外侧的陈飞扬登时恶狠狠地瞪了他一眼，奈何狗头儿就像一只蜷着前腿儿跟主人献媚的哈巴狗，两眼只是望着李鱼，就差把舌头也伸出来了，根本没看他。

陈飞扬无奈，只得起身绕过狗头儿，自己提了茶勺斟茶，递茶水过去时，还故意洒出几滴，烫得狗头儿"哎哟"一声，身子一缩，立即对他怒目而视。

陈飞扬乜斜着眼看着他道："不许汪！看什么看！小郎君是陪都督大人出游，不是远行归来，还以为有礼物给你吗？"

狗头儿重重地哼了一声，道："我只是欢喜看到小郎君回来了，谁说是稀罕礼物啦？"

李鱼烦恼地道："都不要吵！赶紧说说，吉祥姑娘那事儿，你们有什么主意？"

陈飞扬回到座位坐下，略一沉吟，道："小郎君，妙姑娘已经与妙家彻底撇清了关系，没了去处。就算你费尽心机，真个把她从张飞居救出来，又如何安置她？"

狗头儿瞪眼道："睡啊！不然呢，你以为小郎君为何要救她？我看小郎君那张竹床好大，宽有一丈，长也有一丈，想必是早就做此打算了吧？只是那咯吱咯吱咯吱吱的声音，叫大娘听见未免不美。我有个本家哥哥，木匠活儿很好的，我叫他来给小郎君打一张大床吧，用玉檀香的木料，冬暖夏凉，天然含香，还有驱避蚊虫之奇效，折腾起来也不怕吵了大娘……"

潘娘子晒着柿饼，回头笑道："不怕吵，不怕吵，大白天的，又没睡觉，怕什么吵。你们聊你们的。"

李鱼和陈飞扬同时一脸嫌弃地瞟了狗头儿一眼，侧过身去。

李鱼道："飞扬，我知道你平时主意多，你说说看。"

陈飞扬沉吟道："张飞居傲立利州几十载，应该是有些背景的。小郎君虽然了得，却也不宜与之强生恩怨。依我看来，张飞居诳骗吉祥姑娘签下死契，定是贪图她年轻貌美，指着她给张飞居赚钱，如果吉祥姑娘不能为张飞居赚到钱呢？"

李鱼神情一动，道："此话怎讲？"

陈飞扬道："不如我们俩传话出去，就说小神仙看过吉祥姑娘的面相，命格极其不好,六冲三害,天煞孤星。靠山山倒,靠水水流,你想那有钱的都想赚大钱,做官的都想升大官,虑及前程,必然厌弃。张飞居不能指着她赚钱,必有处置之心,那时小郎君再使钱买下,不就救她脱离苦海了吗?"

李鱼摩挲着下巴想了想,道:"我出面说她八字不好,然后我又使钱为她赎身?你当张飞居的人都是傻瓜吗,他们难道还看不出这是我的伎俩?"

陈飞扬呵呵一笑,挺起胸膛道:"为她赎身的人,当然不是郎君你。而是……"

陈飞扬拍了拍自己的胸脯,向李鱼递了个眼色。

狗头儿大怒,道:"你也想睡她吗?我就知道你这厮不是一只什么好鸟。"

陈飞扬大汗,怒道:"放的什么臭狗屁!我是说,我找人出面,去为吉祥姑娘赎身,等到事成,张飞居就算知道上当,又能奈何?再说了……"

陈飞扬看看李家的陋宅,道:"这房子却也简陋了些,郎君该买幢大宅子。我知道有位富绅正要出售宅邸,可以替郎君说合,将它买下。三进的院落,也算是深宅大院。到时候郎君你深屋藏美,张飞居更是一无所知了。"

李鱼两眼一亮,明修栈道,暗度陈仓,倒是个不错的主意,只是实行起来,似乎见效太慢。不过,貌似时间还是够用的……

他正思索着这么做的可能性,狗头儿已是暗暗冷笑起来。老子给本家哥哥找点生意,你来捣乱。想不到你比我更贪啊,居然想替小郎君买宅子,这是想从中赚多少钱啊?

狗头儿"哧"地冷笑一声,道:"我还当你有什么好主意,原来是这么笨的法子。这得折腾到什么时候?"

陈飞扬冷视狗头儿道:"你个蠢物,又能有什么好主意了?"

眼看两人又要争吵起来,李鱼忙打断道:"不要吵了!"

李鱼喝止二人,饶有兴趣地看向狗头儿,道:"飞扬,你莫说他蠢。有时候,心思简单的人想出的主意,反而会更加有效!狗头儿,你说。"

狗头儿得到了李鱼的认可与赞赏,登时满面红光,忙吞了一口茶汤,道:"小郎君对吉祥姑娘有意,是吧?呵呵,你不用否认,咱们从小光屁股一块儿长大的,难道我还看不出来?"

狗头儿又灌一口茶,眯起眼睛道:"其实你想得偿所愿,那还不容易?你带我和飞扬去张飞居吃酒,就点吉祥姑娘为你歌舞。客人想要她陪饮几杯,不过分吧?到时候……"

狗头儿左右看看,以手掩口,压低了声音:"到时候,郎君在酒中下点儿迷药,吉祥姑娘还不任由郎君摆布了？迷药我来弄，飞扬负责把风，等郎君你快活够了，张飞居的人就算发现，也只能捏着鼻子认了。到时候，郎君你得遂心意。张飞居呢，大不了向郎君索要一笔赔偿，舞娘还是那个舞娘，又不少一块肉。他们一样可以当作摇钱树，继续给他们招揽客人。这么做，总比要郎君你买房置地省得多。"

李鱼长长地吸了口气，又转向陈飞扬："来！咱们商量一下，关于传谣的问题如何进行。宅子吧，你那边也先谈着。"

狗头儿一脸受伤地看着认真讨论的二人，我的法子如此简单直接还省钱，郎君怎么就不接受呢？

利州刺史任怨府上，司马柳下挥正与之喝茶。李鱼那厢在煮茶，任怨这边却是庵茶，就是将茶以沸水冲泡后饮用。

任怨为柳下挥斟了一杯茶，慢悠悠地道："以上，就是任某所说的诸般好处，所以，我们该争取让荆王驻藩于此，对我等地方官，才大大有利！"

柳下挥微微转动茶杯，若有所思地想了想，道："一山不容二虎，恐怕都督那里，未必愿意。"

任怨微微一笑，道："这正是我邀司马过来商议的原因。"

任怨微微向前倾身，压低声音道："据某所知，武都督主利州已逾六载，地方上也渐渐安靖下来，朝廷有意迁调武都督往别处任职。"

柳下挥神色一动，敏锐的目光登时盯紧了任怨："刺史此言当真？"

任怨泰然一笑，潇洒地冲倒着沸水，淡淡地道："司马莫非忘了，某之姻亲，在京里任职。"

柳下挥恍然，沉吟道："这样的话，想必武都督自己也会有所耳闻了，未必会横加阻挠。不过，我等主张，还是应该征询武都督意见才是。"

任怨听他话音，是答应共进退了，欣欣然道："那是自然，毕竟你我均受武都督节制。如果你我肯出面说项，相信武都督作为即将迁调他处之人，也不会太过坚持。留一线，好见面嘛。"

两个人相视笑起来。

柳下挥摸了摸颔下短须，道："既如此，你我往武府一行？"

任怨摇头道："不妥，不妥！若是登门相劝，告诉武都督，我等主张说服荆王殿下驻藩于利州，对武都督岂非有'逐客'之嫌？"

柳下挥恍然道："啊！还是刺史思虑周详。只是，我等身为下属，总不好劳动上官过府饮宴吧？"

任怨笑道："那自然也是不妥的。不如这样，我等于张飞居设宴，诚邀武都督赴宴，酒宴上再寻机说服，如何？"

柳下挥欣然点头："如此最好！"

第十八章
赴 宴

武士彠接到任怨的请柬,将请柬细细看了一遍,在手上轻轻掂了掂,嘴角露出一丝莫名的笑意。杨夫人将一粒紫水晶似的葡萄递到丈夫嘴里,问道:"谁要请你啊?"

武士彠笑道:"还不是任怨那个老鬼。"

杨夫人皱了皱眉,道:"任怨?虽然名义上他是你的下属,但实则他是利州的行政长官,你是利州的军事长官,王不见王,轻易不接触,他岂会不知这官场规矩,无端端想要请你,莫非有事?"

武士彠道:"那还用说?这次是他与柳下挥联名请我,什么事嘛,倒不好说。"

武士彠吐掉葡萄籽,懒洋洋地往杨氏丰腴圆润的大腿上一躺,深深地嗅了一口如麝如芝的女人香气,道:"总不会消息灵通,获悉我明年初就要离任的消息,异想天开地垂涎起了利州都督的位子,想让我保举他吧?"

杨夫人摇头道:"他的野心,应该没那么大。究竟怎么想的,实在叫人猜不透。啊,夫君到时候把李鱼带上吧,夫君对他有知遇之恩,他又是咱们家二丫头的救命恩人,彼此亲近。如果任怨有什么鬼心思,没准李鱼能帮你看出些什么来。"

武士彠点点头,带李鱼去外面赴宴是没有问题的,如果是来自己家,那就得思量思量了。

武士彟现在不大愿意请李鱼上门，因为此番出游，他发现他那俊俏小姨子，似乎对李鱼颇有兴趣。不过，他对李鱼并无成见，只是出于一种我家的小白菜，不能叫别人家的猪给拱了的男人心态，不想给他和杨千叶制造见面机会。

武士彟心中那棵水灵灵的小白菜，此刻上着绮裳，下着罗裙，恰好是上绿下白，一身内室小衣打扮，衬着她那奶白如润玉的肌肤，柔腴性感的身段，真是说不出的可人儿。

妆匣内有隋宫秘传的护肤佳品，墨总管为了尽可能地让小公主享受公主待遇，可真是特别的用心。这套玩意儿是墨总管寻访到当年在隋宫中专为皇帝的三千佳丽制作上好妆粉的匠人，专门让他调配出来的。

杨千叶对镜梳妆，长发如瀑。墨白焰则侍立在珠帘之外。这一辈子对大隋忠心耿耿的墨总管把小公主杨千叶视为隋朝宫廷的象征，大隋帝国的存在，竭尽忠诚，比起当年侍候大隋皇帝也是不遑多让。

不过，杨千叶是他从小养大的，在墨白焰心中，感情上，他一个无儿无女的老太监，是把杨千叶当成他的亲骨肉的，那种感情之复杂，实在难以言说。

杨千叶用象牙梳子梳理着一头顺滑的青丝，薄透的亵衣，让胸前一双玉丘挺出优美的曲线，望到镜中那一抹诱人的沟壑，杨千叶突然想起了那令她至今恼羞不已的一幕。

杨千叶不禁手上一停，淡淡问道："那个李鱼，还喘着气儿哪？"

墨白焰垂首道："老奴谨遵吩咐，唯恐杀机为李鱼所觉，所以未敢亲自出面监视，只花钱雇了两个不知内情的帮闲，让他们为老奴盯着。这一两日间，便会找到时机，取他性命。"

杨千叶听了轻轻地舒了口气，胸前那丝异样的感觉这才消失。其实被人碰过的地方，终究是被人碰过了，她并没有本事令时光倒流，避免那尴尬的一幕。但，如果那个人死掉了，他又是唯一的知情人，心理上总会好过一些。

纥干承基是个很张扬的人，原来在军中时，他就个性张扬。跟着李孝常造反失败，被官府通缉后，他依旧很张扬。这从他既扮作一方豪绅，又扮作赌坊老千就可见一斑。只是迫于被通缉，纥干承基只能变换身份，才能满足他继续出风头的欲望。

这样一个人，怎么可能甘心败在杨千叶手上。但他就是败了，他绞尽脑汁才想出一个好主意，结果却因意外不得施行，到底被杨千叶先一步进了武家。杨千叶现在已经被武家奉为上宾,而他连武家的门槛都没有摸到。

"这样不行!"纥干承基饿虎一般在厅中来回地踱着大步,凶睛中寒光冷冽,"杨千叶早就混进了武家,我纥干承基堂堂男儿,顶天立地,岂能让她一介女子小看了?"

李宏杰站在厅角,满脸苦色。喊打喊杀的他在行,用计行谋,他和大哥都不擅长啊。偏偏纥干承基这位山贼大爷,连个称职的幕僚都没有,谁能帮他们出个主意?

纥干承基站住了:"给我盯紧了武士彟!"

李宏杰骇了一跳:"大哥,要动武士彟,恐怕更不容易。"

纥干承基翻个白眼,道:"反正不是真的要杀,做戏而已。"

李宏杰想了想道:"当时那两位剑客,我已经打听过了,一个叫李伯皓,一个叫李伯轩,陇西李氏的人,一身剑术出神入化。"

纥干承基打断他的话道:"那就叫几个手脚干净的兄弟与你一起去,牵制住这两个游侠儿,你对武士彟动手,而我……则负责路见不平,拔刀相助!有恩于他的话,还怕不能为他所用?"

李宏杰略一思忖,用力一点头:"成!那我马上去办!"

李宏杰快步向外走去,纥干承基走到墙角净水盆前,低头看着水中倒影,摸了摸浓密蓬松的一把络腮胡,自言自语道:"修蓄了五年的一副好胡须,如今要剪了去,着实可惜了!"

"武大都督邀我去张飞居赴宴!"李鱼接到武士彟的请柬,不禁喜上眉梢。

李鱼拍了拍请柬,对陈飞扬笑道:"这真是刚想打瞌睡,就有人送枕头。"

狗头儿刚刚一脚迈进院子,听了半句话,马上兴冲冲地问道:"小郎君想睡谁?"

李鱼没好气地道:"反正不是你。"

陈飞扬心中暗暗失望,李鱼若是另有了救吉祥脱困的法子,自己就不好借觅宅子的机会大捞一笔了。不过,跟着小神仙,这一辈子就有依靠了,目光还是得放长远些。想到这儿,遂打起精神道:"小郎君是想借武都督之手,救吉祥姑娘出困?"

李鱼赞道:"聪明!如果利州大都督开口要人,张飞居总不会不卖这个面子吧?"

李鱼欣欣然道:"我看得出,武都督对我颇有笼络之意。到时候我只要对吉祥姑娘露出格外欣赏之意，相信以武都督的善解人意，必会主动开口！"

陈飞扬是识字读书的，马上卖弄道："小郎君说得是。昔日燕太子丹，尊荆轲为上卿，日至其门，供奉太牢，车骑美女，恣荆轲之所欲。太子丹与荆轲置酒华阳台，荆轲赞赏抚琴美女，太子丹马上以美人进献，荆轲声明只是爱她一双玉手甚美，太子丹就砍了那美人儿的手盛以玉盘奉之。相信在武都督心目中，小郎君就是荆轲一样有用的贵人。"

狗头儿眨巴着眼睛听了半天，此时终于能插上话了，忙雀跃道："荆轲？我也知道！'风萧萧兮，易水寒！壮士一去兮，不复还'的荆轲嘛。小郎君要做荆轲吗？"

李鱼拍了拍狗头儿的肩膀，一脸沉痛地道："老狗，不是文人吧，你就别学文人，人要活出自我，才有价值。懂吗？"

狗头儿一脸懵懂地道："懂！"

李鱼点头道："努力！加油！"

次日，算着赴宴的时间，李鱼提前乘牛车出门了。李鱼没给自己置办专用的座车，反正平时一旦有人相请，都是对方驱车来接，但今日是约好了在张飞居见面，他这座驾就得自己准备了。

狗头儿在这方面倒是颇有人脉，居然很快给他租来一辆。不过，李鱼平素往富贵人家去，都是乘牛车，所以特意嘱咐他要租一辆牛车回来。而牛车偏偏又是权贵人家喜欢用的，小民忙于生计，谁有闲工夫在路上消耗，所以李鱼所乘这辆牛车是狗头儿拼凑来的。

牛呢，是他本家叔叔用来耕田的一头老黄牛，车呢，则是他亲二舅的三姑爷做脚夫使用的一辆车轿，因为心疼上边的一些用具，还把一些内饰都摘了。

"吱……吱吱……嘎……吱……吱吱……嘎……"快要寿终正寝的那头老黄牛一步三摇，屁股左扭右摆，尾巴还不时地左拂一下，右拂一下。车上的李鱼便也跟着左晃一下，右晃一下……

陈飞扬和狗头儿两个帮闲随侍车驾左右，由于狗头儿他亲二舅的三姑爷把内饰都给摘了，所以车上连帘儿都没有，两边通风，李鱼左右一瞟，就能看到走得毫无正形的两个伴当。

李鱼咳嗽一声，挪了挪屁股，对狗头儿道："老狗啊，你下回租车的时候，别光图省钱，租一辆好一些的，这车上连垫子都没有，虽说牛车稳当，可这颠得也受不了啊。"

狗头儿忙点头哈腰："是是是，小郎君说得是，我记下了。"

那老牛又走两步，忽然尾巴微微一撅，一团牛屎缓缓地、有力地挤了出来。李鱼坐在车里，前方连个挂帘儿也没有，弄得他皱着眉头，只能眼睁睁地看着。直到一大坨牛屎落了地，李鱼才扑到窗口，大力地呼吸了几口。

狗头儿马上冲上前，一脸关切地："小郎君莫非晕车了吗？"

李鱼瞪着狗头儿，瞪了半晌，面对那张殷勤的笑脸，很无奈地道："老狗啊，这车上没个帘子也就算了，给牛屁股上系个粪兜子总成吧？肥水不流外人田嘛！"

狗头儿双眼一瞪，猛地一拍额头，懊恼不已地道："对啊！用来给自家的地施肥多好，哎呀，真是……"

狗头儿恋恋不舍地望着地上那坨屎，看那模样，要是手里有个家伙什儿，他准能跑回去把牛粪铲起来。

三人都未注意到，路上行人中，有两个闲汉正一路尾随，行至半途，两个闲汉耳语几句，其中一人依旧跟着，另外一人已然急急跑开，钻进了一条小巷。

冯二止贴了一副短须，扮成一个卖干果的汉子，就在那小巷子里蹲着。小巷中也有行人来往，但不多，他的生意自然也就不好。不过冯二止志不在此，也不介意。

他脸上盖着竹笠，躺在树下打着瞌睡，干果袋子就在身前摆着。两个穿开裆裤的小娃儿偷偷摸摸地从干果袋子里摸了几个核桃大枣逃开，他也全然不知。那闲汉蹭到干果摊子前，低声唤道："冯二爷？冯二爷！"

冯二止抬起右手，五指箕张，抓下扣在脸上的竹笠，冷电似的目光看向闲汉。

闲汉点头哈腰地道："小神仙今天出门了，听他与帮闲说，是受人宴请要去张飞居，想必一时半会是回不来的。所以小的就马上赶来禀报了。"

冯二止微笑起来："很好！你的伙伴还在盯着吗？"

闲汉道："二爷放心，他跑不了！"

冯二止终于坐了起来，往怀里一摸，一片金叶子便夹在了指缝里，顺势递进闲汉手中："这些干果，你处理了，然后赶回张飞居候命。"

冯二止说罢，将竹笠往头上一扣，掉头就走，急急回武府向墨总管报信去了。闲汉喜不自禁，这些干果也能卖出些钱，急忙提起来，到了巷口寻到一个熟悉的店铺，将两袋子干果拎进去寄放了，便匆匆赶向张飞居。

武士彟从府邸里一出来，暗中监视的山贼便匆匆赶去向李宏杰报告了。武士彟前呼后拥，不下数十个侍卫相随，李伯皓、李伯轩两兄弟也在其中，乘着牛车逶迤而行。另外一个监视的山贼见他人多势众，不敢靠得太近，只是远远尾随。

纥干承基此时正对着妆镜，轻轻抚着修剪好的鬓角。他的胡须已经彻底被刮去，下颌光洁溜溜，瞧他眼窝略深，鼻尖如锥，容颜俊美，竟然变成了一个俊俏小生。

纥干承基自幼从军，武艺又高，很早就得到了李孝常的青睐，成为军中大将，实际上他的岁数并不大，早早就蓄须并染成红色，就是为了增加威仪。他也确实由此得到了"红胡子"这个绰号，并且民间多有知道利州都督李孝常麾下第一猛将就是"红胡子"的，但不大有人知道他的本名。直到李孝常兵败被杀，"红胡子"落草为寇，官府大肆通缉，纥干承基的名字才传扬开来。不过那时纥干承基已经不再染胡子，"红胡子"也确实算是消失了。

因为纥干承基是常驻军营的武将，军营外的人大多不识其人。"红胡子"的标志太有名，一旦毁了这个标志，认识他的人就更少了，所以纥干承基才能在官府的通缉下依旧优游自在地混迹于利州城内。

而今，他把胡须刮个干净，看起来就仿佛一个二十出头的年轻小伙，面似冠玉，目若朗星，与之前形象又是大相径庭，不要说民间百姓，纵然是军中旧日袍泽，能认出他来的也没几个。

纥干承基摸着光洁溜溜的下颌，对镜一笑。微微有些邪气，微微有些倨傲，再加上军中熏染出的阳刚之气，竟然别具一种男儿魅力。

"嘿嘿！老子如今这副模样，应该能勾引得许多娘儿们春心乱跳吧。"纥干承基对着镜中的自己，邪魅一笑。

门口"当当"地叩击了两声，障子门拉开了，阳光拖着一道人影透射进来。

李宏杰的声音在门口响起："大哥，武士彟离开府邸，往张飞居去赴宴了。"

镜中的纥干承基慢慢地站直了身子，修长有力的手指往墙上一探，摘下一口摩挲得皮鞘老旧、吞口锃亮的刀！

第十九章
刺史

任怨和柳下挥两人已经先到了张飞居。

蜀人对关羽、孔明、张飞等曾闻名于蜀的名人甚是敬仰，所以各地多有以他们的大名命名的建筑。张飞居就是其中一处，名字响亮、豪迈，很适合酒居。

既有美酒，又是男人喜欢聚集的所在，那又怎么可能少得了女人？所以张飞居里歌伎舞娘、乐师侍酒，一应俱全。

张飞居不是妓坊，但若有相中的侍酒俏婢，酒席宴上调笑一番，彼此看对了眼，客人也可以把侍酒女带走，当然，花销比起妓坊来就要高一等了，毕竟她们不是以此为业。

此刻，做东的任怨和柳下挥正坐在张飞居最高一层的第五层大厅，谈笑等待。桌上只摆了些水果、冷拼，还有几名歌女蹁跹起舞，乐师在屏风后面吹拉弹唱。

任怨五旬上下，方面大耳，倒是颇具威仪。只是那双在府衙中一向含威不露、令下属心生敬畏的眼睛，此时却正色眯眯地盯在那些舞姬的身上，手指轻轻地抚着胡须。

"呵呵，柳下啊，你瞧那小娘子，腰肢细若柳枝，玉臂柔若无骨，十分销魂哪。"

柳下挥微微一笑，举杯慢饮："她在看我。"

任怨白了他一眼,又瞟向另一个舞姬:"你瞧那女子,蛾眉妩媚,风情万种啊。"

柳下挥一口美酒下肚,笑眯眯地道:"她在看我!"

任怨好生无趣,再看一位姑娘,目放淫光,道:"你瞧她唇珠圆润,齿如编贝,呵呵呵……"

柳下挥悠然道:"她,还是在看我!"

任怨转过头,瞪着柳下挥:"你以为你是宋玉吗?你比老夫也只小十岁而已,有那么英俊迷人吗?"

柳下挥莞尔摇头:"没有!"他又呷一口酒,笑吟吟地道,"只是这楼上,就只你我两个男人,一片绿叶,一朵红花,姑娘们喜欢看谁,不问可知。"

两人正斗嘴耍贫消磨时光,店小二"噔噔噔"上楼,向二人施了个礼,道:"禀两位老爷,小神仙李鱼,应邀到了。"

柳下挥眉头一皱,瞟向任怨。任怨也是微微一怔,道:"请他上来。"

待那小二退下,任怨转向柳下挥笑道:"武都督对你我有戒心哪!"

柳下挥微笑道:"我今儿就是一帮腔的闲汉,不作数的。"

柳下挥是利州司马,司马这个官儿,地位不低,实权不重,所以话语权也就没有多少。

任怨笑着点了点他,扭头看向楼口,李鱼正拾级而上,先是发髻,接着是脸庞,直到整个人登上楼来,站到二人面前。

众舞娘已知机地退到两边,屏风后边乐曲声也停了,李鱼才向二人从容一揖,道:"小可李鱼,见过刺史,见过司马。小可是蒙武大都督相邀,参与盛宴的。"

人是武士彠请来的,面子不能不给。何况,小神仙的威名,他们两位也是久仰了,而且他们都曾请李鱼为他们卜算过前程,不是陌生人。只是李鱼和武士彠走得更近一些,二人难免就对他有所疏离。

三人落座,又闲叙一阵,武士彠的车驾就到了楼下。这是主客,又是上官,任刺史、柳下司马和李鱼三人一起下楼相迎,然后又一起回到楼上来。三人所带侍卫便自行散开,楼下楼上,包括有酒客的那几层,都有人进去,择一合适方位,暗暗戒备。

此时,李宏杰安排的一帮人已经登上四楼,分别散坐于几桌席上,点了酒菜,吃五喝六的,扮作了寻常酒客。而李宏杰本人,业已藏于暗处,真正要动手行刺武士彠的,正是他。

至于纥干承基,又过了一阵才上楼。为了给自己准备一个说得过去的身份,他着实费了一番思量。为何落魄?为何一身高明武功?一旦投奔武士䕭,人家必然盘根问底,到时如何应对?

纥干承基为了这些棘手的问题,绞尽脑汁,足足思量了三天,才算是想到了一个完美的安排:扮游侠儿!如此一来,所有的问题就都迎刃而解了。为此,他还办了一份假的路引以备查询。

酒楼上,武士䕭和任怨、柳下挥三人谈笑风生,李鱼只是微笑陪坐,认真倾听。今日他本就是一个陪客,不需要插太多嘴。不过尚未酒过三巡,正事儿还未提起,武士䕭、任怨和柳下挥时不时也会跟他闲聊几句,倒也不至于冷落了他。

张飞居知道今日有大人物赴宴,早就做了准备,三位主厨大师傅备好食材,早就等在那儿了。武大都督的车驾一到楼下,后厨就叮当作响地烹饪起来,小徒弟把风箱拉得呼啸如雷,诸般菜便纷纷呈上。

四人举箸吃菜,举杯畅饮,刚刚谈笑几句,庞妈妈就扭着圆润的身子,捏着一块小手帕,领着两行娉婷俏美的姑娘上了楼。一见武士䕭她就挥着小手帕娇滴滴地扑了上去:"哟,都督大老爷、刺史老爷、司马老爷,几位贵人大驾光临,张飞居真是蓬荜生辉呀!"

庞妈妈一座肉山似的坐到武士䕭身畔,向任怨飞了个媚眼,朝柳下挥扬了扬手帕,一心三用,都打过了招呼,才往武士䕭身上偎了偎,娇声说道:"大都督,这些个姑娘,都是奴奴精挑细选的,其中一半儿都是新人哟。"

武士䕭的心思都在猜测任怨相邀的用意上面,哪有闲心听她夸耀,只是微笑点头,道:"好好好,叫她们歌舞起来吧。"

庞妈妈拍了拍肉掌,屏风后面丝竹乐起,姑娘们便翩翩起舞起来。这些姑娘才是张飞居真正的头牌,如今一气儿来了三位大贵人,自然集中起来侍奉贵人,方才那些用来暖场的姑娘,档次就差了许多。

任怨是个惧内的男人,他那妻子是吏部侍郎的妹子,他有今日,多有赖于大舅哥,因此对夫人久而生畏。夫人在家时,他那一颗风骚的心太过压抑,如今妻子回京省亲,路途遥远,又是个妇道人家,这一去一回,怕不得半年光景,他那久旷的情思便似一匹脱了缰的野马,忘情地撒起欢儿来。

如今乍然来了这么多一等一的俏姑娘,任怨登时精神大振,好在如今酒兴尚不浓郁,还不是说及正事的时候,任怨的全部注意力,便都放在了这些青春活力蓬勃的小姑娘身上。

不想此时,还有一个人与他一样,也是两眼直勾勾的。区别只是,众舞娘倏进倏退的,任大老爷是乱花迷人眼,一时也不知该追逐着哪位姑娘去看,而那个人两眼盯着的,却只有一人。

那个人就是小神仙李鱼,而被他看着的那位舞娘自然就是吉祥了。吉祥此时一身西域胡女风格的舞装,蛮腰半露,舞裙儿俏似红鲤的尾巴,一条细金链子系住了蛮腰,绯沿荷叶绿的柔贴舞裙里,却是藏不住的满月亮。

吉祥扮卓文君时,是少妇之妩媚。在家着青裳时,是清纯美少女。而现在这副装扮呢？粉光脂润,明艳照人,蛮腰翘臀,曲线诱人,李鱼仿佛猛地灌下了一杯醇酒,看得心尖儿都热了起来。

吉祥虽不识字,但她慧黠灵秀,学什么东西都快,那舞姿优美异常。虽然上边只有四位客人,但一开始她谁都没看,反正只是例行公事地歌舞娱人,例行公事地活在世上。

自从离开妙家,划清了关系,她固然是没了牵绊,却也没了活着的念想,现在只是凭着生存的本能,随波逐流地活着而已,没有未来,没有希望,前途一片黑暗。

吉祥蹁跹一转,摆出一个"三道弯"的造型定住片刻时,才看到李鱼。吉祥的眸子蓦地张大了,脸上露出惊喜之色。乐曲随之响起,吉祥比别人慢了半拍,急忙跟上,只向李鱼丢了一个欢喜的眼神,便继续表演起来。

她只是在刹那之间舞姿比别人慢了半拍,正眼花缭乱不知该去看谁的任刺史就注意到她了。任刺史的目光顿时更加炽热了,眼前这位姑娘,在众舞娘中,仔细比较的话,竟是最为甜美可人的一个。

如果光是这样也就罢了,吉祥的气质与其他舞娘也不尽相同,她脸上毫无风尘之色,纯净得仿佛深山人迹罕至处涌出的一股清泉,仅此一点,就把其他舞娘的风光全盖过了。

更何况,吉祥从小就干各种各样的活儿,身材匀称度、肌骨比例等,都是绝佳。这些微妙之处很多人就算细看也是看不出来的,但是任怨看得出来。

当年他尚未被那位吏部侍郎之妹套牢前,可是恣意纵情欢场,每每夜宿青楼,被各家青楼女子一致点评为"任老魔"。

任老魔看得出其中奥妙,哪怕是她足尖一点、柳腰一绕、玉臂轻舒、秀项微扬,都能即时臆想出许多不可言的妙处。任怨端起杯,一口酒就着一口长气缓缓渡进喉中,腹中烈火如同被泼了一勺滚油,烈焰升腾而起。

美人舞如莲花旋,世人有眼应未见。
高堂满地红氍毹,试舞一曲天下无。
此曲胡人传入汉,诸客见之惊且叹。
曼脸娇娥纤复秾,轻罗金缕花葱茏。
回裾转袖若飞雪,左铤右铤生旋风……

因为李鱼在场,吉祥登时打起了精神。她原本就气质颜色殊丽于群美,这时打起了精神,就似微蔫的花朵逢到了一场透雨,水灵灵地透着精神。正所谓女为悦己者容,见李鱼在场,吉祥只想把自己最美的一面、最美的舞蹈奉献给他。

任怨望向吉祥的目光愈加地炽烈起来,庞妈妈偎依在武士蒦身边,笑眯眯地似乎也在看着场上群美舞蹈,可在座四位贵宾的神情变化,却没有一丝能逃过她的眼睛。

任怨和李鱼望向吉祥姑娘的目光,她都看在眼中。其实之前在李家,李鱼对吉祥的袒护,已经让她对这少年的心思有所了解了。心中略一权衡,她就知道,既然两人心有所属者为同一女子,那么该取悦的就是任怨。

任怨是利州刺史,张飞居是要仰其鼻息生存的,而且这么多年来,张飞居奉迎巴结的正是任怨,任怨就是张飞居的靠山。若是得罪了这位爷,只要他小小示意一下,官府有的是寻她张飞居麻烦的名头。

于是,武士蒦低头夹一口菜,抬头送至嘴中的工夫,就发现庞妈妈那座肉山已经飞到了任刺史旁边,手里捏着的小手帕搭在任怨的耳朵上,正笑容满面,悄声低语些什么。

柳下挥与李鱼对面坐着,正看到二人这番举动,他举杯在手,眼珠子滴溜溜地一转,便垂下眼皮,唇角漾起一抹会意的微笑。

任怨微微侧耳,听庞妈妈叽叽咕咕一番,脸上露出一丝淡淡的笑意,轻轻一拍庞妈妈的白胖小手,点了点头。

庞妈妈笑嘻嘻地起身,既然到刺史身边坐过了,总不好冷落了柳下司马,于是又扭着肥臀向柳下挥那边走去。

任怨自与庞妈妈耳语已毕,便神色如常,转而与武士蒦谈笑起来,再不看吉祥一眼。反正有机会于灯下榻上,任他慢慢鉴赏把玩,又何必急在一时。

这任老魔倒也洒脱,美人儿既然已是囊中物,此时便再不多看一眼,只管与武士蠖说笑,从容自然,仿佛从不曾似方才一般失态忘形。

酒过三巡,任怨捧杯,笑吟吟地到了武士蠖身旁,仿佛酒醉不支似的,倚着他坐了下去。

武士蠖心道:"正戏终于来了!"

武士蠖面上却是不动声色,哈哈一笑,揽住任怨肩膀,仿佛也醉了似的,醺醺然道:"老任哪,你我公务繁忙,虽同地为官,平素却少有来往啊。今日饮宴,武某甚是开心哪,哈哈哈,来来来,你我满饮此杯。"

任怨满面笑容,与武士蠖碰了一杯,二人一饮而尽。任怨放下杯子,就势说道:"是啊!说起来,武都督任职利州已六年了,你我二人宴饮的机会,算起来一共也不到六次吧。"

任怨唏嘘了一番,眉梢儿一扬,忽然换了个问题,唤着武士蠖的表字道:"啊!信兄,我听说荆王殿下已经入川了?"

武士蠖若说这件事他一无所知,就未免太过装腔作势,何况荆王不日就到利州,便颔首道:"不错!荆王殿下不日就到利州,你我二人,届时还该前往接迎才是。"

任怨忙道:"那是自然。嗯……下官听说,荆王此番入川,是奉圣谕,准备就藩于巴蜀。却不知若是我等邀请荆王殿下驻藩于利州,大都督以为如何?"

武士蠖睨了任怨一眼,失笑道:"邀请?荆王殿下驻藩于何处,这是皇帝才能决定的事,你我如何邀请?"

任怨摆手笑道:"自然该由皇帝下旨。只是,皇帝既然让荆王游幸巴蜀,显然有让荆王自择藩地的想法。你我若能说服荆王,还怕皇帝不肯下旨吗?"

武士蠖假意沉吟,心中急急思索:"继任利州都督是吴醉。吴醉与任怨素来有些嫌隙,任怨没有办法左右皇帝对吴醉的任命,就想请来一位王爷驻藩。有藩王在,利州第一人就轮不到都督了,他的日子也就好过些。"

"我反正是要走了,与他联手,说服荆王驻藩,于我自然没有损失。不过,我若答应了他,可就是得罪了吴都督,何苦来哉?"想到这里,武士蠖飞快地瞟了一眼柳下挥,暗道,"柳下司马这是同谋了?他何苦蹚这浑水,利州由谁主掌,也轮不到他呀,半点好处也无,何必参与两虎之争。久闻这厮愚钝,在任怨麾下毫无作为,果然不假。"

柳下挥笑眯眯地看着众舞娘蹁跹起舞,只用眼角余光瞟着耳语交谈的武士蠖和任怨,心中暗暗冷笑:"这个蠢货,我只使人向他透露了吴醉将入主利州的消息,他果然就沉不住气了。嘿！不管他是与武士彠翻脸，抑或是招惹了新任都督的嫉恨，我柳下挥的日子，都能好过些了，哈哈！当浮一大白！"

武士彠暗自思量着其中利害，莞尔一笑，唤着任怨的表字，语气亲和地道："元龙你思虑周详，武某佩服得很。然而，王爷是否就藩于利州，我看还是顺其自然吧。我等官吏，为君牧民，当谨守本分，此等大事，是皇帝与宰相们该当决定的事，我等不在其位，不谋其政嘛！"

任怨急道："都督此言差矣！你我牧守利州多年，于此地此民，除了责任，难道就没有半点感情了吗？素闻那荆王好兴土木，如果他就藩于利州，王爷府邸得盖吧？官道得修吧？再造上几座园子……你想想，得有多少人为此得到工作。而王爷就藩于此，朝廷上也有税赋徭役的诸般优惠，这造福百姓的事，我等为官者，难道不该勇于担当吗？"

武士彠哈哈一笑，道："元龙不愧是利州的父母官哪！武某主掌军事，至于民政嘛，只是兼领，实则一向由元龙你来负责。元龙身为本州刺史，若是想为荆王事上奏于朝廷，呈上奏折就是了。"

武士彠一托胡须，向前一抛："至于武某嘛，一介武夫，还是置身事外的好。"

两个人各怀机心，却满口仁义道德，打的全是官腔官调，柳下挥竖着耳朵听得清楚，眼见二人急赤白脸的要闹翻了，一颗心快要乐开花了，面皮实在有点绷不住，于是趁着那开心一笑将绽未绽的刹那，倏然转向李鱼。

柳下挥笑了，却是冲着李鱼在笑，完美地将其本心掩饰了过去："呵呵呵，小神仙，有日子没见了，最近也不大见你出门，在忙什么呢？"

李鱼的目光正随着吉祥姑娘曼妙的身段、优美的舞姿而移动，听见"小神仙"三字，急忙扭过头来，恬淡一笑，悠悠然道："小可近来正在闭门著书，所以出来少了。"

柳下挥大为动容，叹道："小神仙如此年轻，居然就已有如此作为了？柳下自愧不如也！"

要知道，当下社会环境，像这种著书立说那绝对是文坛一桩盛事，是留名后世的壮举啊。

柳下挥登时满怀敬意，肃然道："却不知小神仙打算写一部什么书呢？"

李鱼淡然道："有关形势理气、龙沙丹穴、堪舆风水、阴阳五行的书！"

柳下挥急忙问道："可已取了名字？"

李鱼一愣，信口胡说的事，他怎么还当真了，只好胡诌个名字，点头道："小可已经取好了，书名曰……'鬼吹箫'！"

柳下挥大失所望，如果这书名还未取好，他可以帮忙取啊，如此一来，岂不沾了小神仙的光，也能名垂千古了。既然名字已经取好……

柳下挥端起杯来，浅酌一口，从容笑道："好！一听就是能风靡当代、传颂千古的奇书啊。小神仙书成之日，可否让本司马先睹为快？本司马愿为小神仙这部《鬼吹箫》作个序，并助小神仙将其发行于世，一应费用，柳下家愿意负责。"

李鱼暗暗叫苦，老子吹个牛而已，你不用这么认真啊。忙也满脸堆笑，拱起手来，一派惊喜模样道："此言当真？哎呀呀，小可真是受宠若惊，那就先谢谢司马了。"

二人这厢讨论着出书事宜，忽然觉得耳畔一清，只听见任怨含怒沉声道："都督虽是武将，可这趋吉避凶、明哲保身的本事，任某可远远不如啊！"

武士彟哈哈一笑，道："刺史过奖，武某只是为官一向本分罢了。"

李鱼和柳下挥这才发现，歌舞已经停了，众舞女香汗津津，罗袜点尘，翩然退至两旁，所以武士彟和任怨说话的声音才骤然听得清楚。

李鱼和柳下挥抬起头，柳下挥看向任怨和武士彟，一脸讶异不解的模样，心中却是欢喜不禁："终于闹翻了吗？妙极，等吴醉上任，老子再给你配一服眼药，有得你快活。"

李鱼却看向吉祥，吉祥站在舞娘队列中，酥胸起伏，鼻息咻咻，一双妙目却正瞟着他，见他望来，向他调皮地一笑，李鱼微微一笑，悄悄竖起大拇指。

任怨端起杯，阴沉着脸色回到自己座位坐下，恚怒之色溢于言表。庞妈妈眼观六路，情知两位大老爷必是因为什么利害关系起了冲突，忙打个哈哈，缓和气氛。

庞妈妈站到两列舞娘旁边，把白胖胖一对手掌轻轻一拍，道："好啦，姑娘们且到诸位贵人身边坐坐，侍奉几杯水酒。"

众舞娘身形一动，吉祥肩头一转，就要走向李鱼，庞妈妈已经唤道："吉祥，刺史很欣赏你的舞蹈呢，快敬刺史一杯！"

吉祥止步，幽怨地瞟了李鱼一眼，只好转向任怨，跪坐于案前，为任怨斟满了空杯，又取一空杯自行斟满，捧在手中，垂目敛眉，婉然柔声道："婢子吉祥，敬刺史老爷！"

吉祥举杯欲饮，却被一只大手一把攥住手腕，害得杯中酒洒了多半。吉祥吃惊地住手，扬眸一看，却见任怨脸色阴郁，沉声道："坐到老夫身边来。"

吉祥剪水双眸微微上扬，瞟向一旁的庞妈妈，庞妈妈急忙递眼色示意。吉祥无奈，只得起身，穿着布袜儿的一双可爱小脚丫轻盈点地，绕过酒案，在任怨身边坐下，重新斟满酒。

任怨被武士蒦皮里阳秋一番搪塞，心中甚是恚怒，瞧吉祥坐着离自己足有一尺距离，柳腰轻折、跪坐下来时舞裙绷紧，两只足尖之上托着盈盈圆圆的臀部，一腔怒火顿时化作欲火，当即伸手一揽，将她拉向自己怀里，恣情狂笑道："小娘子怎的如此忸怩，来，陪老夫饮个'皮杯儿'。"

任怨说着，一张足以包得下吉祥整个巴掌脸的大嘴巴就嘟成了河马状，向吉祥亲了过来。

所谓"皮杯儿"，就是姑娘将酒含在自己口中，再与男人亲吻，将酒液渡入他的口中，一边舌吻，一边饮酒，旖旎浪漫，风月无边，是青楼勾栏中的姐儿们哄客人开心的常用手段。

吉祥可是舞娘，卖艺不卖身，一向洁身自爱，从不曾用这样手段侍候过男人。就算她那些舞娘同行，有些为金钱所惑，与客人暗通款曲，枕畔侍应的，也很注意在人前的形象，不曾做过这种事，吉祥又岂肯把初吻就这么糊里糊涂地给了他。

吉祥急忙把蛮腰一扭，挣出了任怨的魔掌，娇躯向后一仰，避开了他的大嘴，又羞又气地道："刺史请自重，奴家只是一介舞娘，以歌舞娱人而已，并不出卖皮相。"

任怨凶睛中光芒一闪，心下狂怒道："武士蒦老匹夫给老子吃瘪也就算了，你一个小小舞娘，下贱人，也敢拒绝老子？今儿晚上不整得你死去活来，老夫就不姓任！"

任怨心中发狠，面上却故作大方，哈哈一笑，大度地道："老夫与你开个玩笑罢了，小娘子也忒天真，有趣得很哪！"

任怨假模假样地笑着，坐正了身子，但瞧吉祥惊羞后仰，双手撑地，双腿半屈，素白袜儿从那艳红的鱼尾裙中露出来，小小一双娇足异常地娇小可爱，忍不住伸出手去，猥亵地捏了一把。

不想吉祥姑娘一双足儿却是她身上最为敏感的所在，被他一摸，犹如遭了电击，"啊"的一声尖叫，双腿下意识地一扬，足尖便踢在了任老魔的下巴上。吉祥姑娘这双腿还真是结实有力，任老魔满脸的肥肉都被踢得荡漾起来。

吉祥瞧见自己踢中刺史的下巴，顿时唬得一惊，慌忙爬起，跪地请罪："刺史老爷恕罪，婢子……婢子绝非有意冒犯。"

任怨听到柳下挥"哧"的一声笑,脸颊上登时火辣辣的,恼羞成怒道:"贱婢,不知死活!"

任怨恼将起来,纵身便扑向吉祥。吉祥一惊,忙不迭地撑着席子倒退,眼见任老魔偌大一个身子扑来,急急一蜷双腿,便来了个玉兔搏鹰势,用双足抵住了任怨的胸口。

奈何任怨身躯肥大,吉祥娇小玲珑,又不敢使力踹开他,双手手腕还被他抓着,二人便僵持挣扎起来。庞妈妈急得团团乱转,有心上前,却又不知该做些什么。

武士彟沉下脸来,把酒杯重重一蹾,道:"任刺史,威仪自重啊!"

任怨被吉祥以双脚抵着胸口,双手抓着吉祥手腕,恶狠狠地转向武士彟,喘着粗气道:"都督欲为此贱人,与任某翻脸吗?"

武士彟怔了怔,万万没想到这任怨身为一方刺史,恼将起来竟如此没有风度,街头地痞也不过如此。武士彟还很少遇到这样豁得出去的人物,一时竟不知该如何应对了。

柳下挥忙打圆场道:"都督莫怪,任刺史性情刚烈,真真一火暴天王,怒目金刚啊,哈哈……"

任怨对武士彟说完,便将喷火的眼睛转向吉祥,狞笑道:"小贱人,敬酒不吃吃罚酒!老子今儿就当着这么多人的面奸了你,我倒要看看,你究竟有何矜持!"

任怨说罢,瞪向庞妈妈和被唬得战战兢兢、花容失色的一众舞娘:"谁也不许走!都给我看着!"

任怨说罢,仗着身大力沉,奋力下压,要令吉祥屈服。

吉祥心中一阵绝望,眼角淌下两行清泪,双手双脚不再使力挣扎,只把俏靥扭开,眼儿就要闭上。就当被狗咬了一口吧,她一个孤苦无依的弱女子,如果一方刺史有意为难,她又如何与之抗争?

但吉祥脸一扭,突然看到了李鱼。李鱼坐在案后,用异常古怪的眼神看着她。吉祥的目光与李鱼的眼神一碰,突然激灵一下,仿佛一股电流突然涌过全身,也不知哪儿来的勇气与力气,本已无力地摊开的双腿突然又用力地蜷了起来。

任怨察觉吉祥已经认命地松软了身子,正大喜扑下,冷不防吉祥双腿一蜷,一双膝盖用力地撞在了他的小腹上。任怨闷哼一声,痛得眼前一黑,差点儿没喘上气来,整个身子登时栽倒席上,佝偻如虾地呼哧起来。

孤苦无依,连至亲的人都抛弃了她,被人当成一件物件买卖,弄得吉祥都快把自己当成一件可以任人取用的物品了。但她突然看到了李鱼的眼神,忽然想到,这世上还有一个人,没有不把她当人。

他敬她重她,尊她怜她,是把她当成一个女人来看待的。世间还有一个人,如此看重于她,那她就得维护自己的尊严与清白,哪怕豁出这条性命。生有何欢,死又何惧?为人的尊严,更重于生命,只要有人还在乎她!

吉祥爆发了,双膝一蜷,狠狠地撞开了任怨,腾的一下站了起来。

庞妈妈一看吉祥把任刺史踢成了佝偻的虾子,也不知道有没有撞中下体,弄成太监的话可就麻烦了,这一惊可真是吓坏了,她急急地扑上来唤道:"刺史?刺史?"

任怨痛得喘不上气来,哪里还能回答。庞妈妈勃然大怒,转首指向吉祥,尖声叫道:"来人,把她给我抓起来!"

"谁敢过来!"吉祥姑娘豁出去了,就为李鱼那一眼的痛惜、那一眼的愤怒,她宁愿死,也要死得有个人样儿。吉祥抓住一只长颈的酒瓶,在几沿上用力一磕,摔碎了一半,磕出一道锋利的豁口,攥在手中,指向庞妈妈,骇得庞妈妈急忙后退。

吉祥的眸中闪烁着一抹血色的怒火,缓缓转动着身子,用锋利的瓶沿儿,逼退了试图靠近的几个人后,突地凄然一笑,猛然倒转瓶口,将那刀般锋利的瓶沿对准了自己的脖子。

她仰着头,雪白的瓶沿紧抵着雪白的颈项,因为激动,用力过度,瓶沿把娇嫩的肌肤划破,殷红的血已经沁了出来。

"吉祥出身卑贱,性命卑贱,但吉祥与诸位贵人一样,都是人!吉祥得罪了贵人,死便是了,只求各位贵人,能留吉祥一份清白,让吉祥清清白白而来,清清白白而去……"

两行清泪滑下她的脸颊,吉祥眼一闭,就要用锋利的瓶沿割开自己的咽喉。

"住手!"李鱼和武士彟异口同声地大喝。武士彟已经忍无可忍了,先前还有些顾忌与任怨彻底翻脸的后果,可这厮骨子里简直就是一个毫无风度可言的流氓。这要是被他当着自己的面逼死吉祥姑娘,他武士彟颜面何存?

不料,李鱼竟也大喝出声,武士彟不禁惊讶地看向李鱼。李鱼的一声大吼,喝得吉祥一抖,换作其他任何一个人,这么一喊,只能令吉祥更快地动手自绝,但李鱼一喝,吉祥却不由自主地住手,睁眼看向李鱼。

"花开不并百花丛,独立疏篱趣未穷。宁可枝头抱香死,何曾吹堕北风中。"李鱼曼声吟诵着,缓缓地站了起来,手中杯奋力一摔,双眉一振,就要破口大骂。结怨便结怨吧，今日若不保下吉祥，无论他逃去何方，都无法平息心中的不安。

可是，李鱼一句话都没骂出来，因为就在他掷杯的一刹那，墨白焰突然出手了。

墨白焰早就藏在楼上的大梁上了，但他一直对抱剑站在武士蘐身后的李氏双雄抱有戒心。凭他的武功造诣，自然看得出这两个人是劲敌，所以他一直在寻找着最好的机会。

终于，机会被他等到了。老不羞的任怨意图当众采花，吸引了所有人的注意，包括一直站在武士蘐身后、只顾巡视四方的那两个剑客。紧接着，李鱼竟自己站了起来，从梁上往下击杀，又多了一分把握。

墨白焰武功卓绝，胆大心细，平素杀人从不会紧张。但这一次面对着一个拥有未卜先知之能的奇人，纵然是这位隋宫大总管，也是心中忐忑，生怕被李鱼提前察觉他的杀机。

所以，墨白焰心情高度紧张，李鱼有一点异动，他就会立即下手。所以，李鱼摔杯……把墨总管给摔毛了。

李鱼那首赞颂吉祥的诗，全场只有两个人没听明白。一个是被赞颂的吉祥姑娘本人，她只觉得李鱼吟着诗缓缓站起时的样子好帅、好有型、好斯文，令她的芳心怦然一动，至于人家在吟些什么，其实她并不甚明白。

而另一个则是谁也不知其存在的墨白焰。墨白焰一见李鱼说话，站起，摔杯，心口就"扑通"一跳，只道李鱼发现了什么，紧绷的心弦仿佛拉紧了的箭弦似的，心中箭离弦，手中剑亦出。

吉祥姑娘美目迷离之际，一道剑光就在李鱼背后乍然亮起，快到李伯皓、李伯轩两兄弟都来不及反应。

可是……

世事难预料！

李宏杰趁店小二不备，已经悄悄摸上楼来，忽见武士蘐站起，李宏杰大喜，大喝一声提醒纥干承基准备接应，便亮出长刀，扑向武士蘐。

第二十章
乱战

李鱼摔杯，愤然而起，要喷任怨。

墨总管从梁上一跃而下，扬剑直击李鱼，欲枭其首。

李宏杰长刀出鞘，佯刺武士护，却被墨总管挡住了刀锋所向。

李宏杰出刀前一声大喝就是暗号，楼下几名被他挑选出来的刺客本来正扮酒客谈笑风生，觥筹交错，突然间便踢翻了桌子，甩掉了筷子，抽出暗藏的利刃，呼啸着冲上楼来。

如此种种，如电光石火，不过都是刹那之间发生的事。

墨白焰一剑刺向李鱼，正欲斩其首级，李宏杰扬刀冲至，刀风凛冽，看那样子，不等墨白焰一剑取了李鱼首级，就得把他拦腰斩断。

墨白焰暗自一惊，这小子果然邪门，到底是被他算出来了，居然暗中安排了高手，就等我现身！

墨白焰这样一想，可不敢相信自己这一剑真能得手了。而且他若真的不管不顾，就算他能杀了李鱼，自己也必死无疑。当即剑光缭绕，反手刺向李宏杰的长刀。

李鱼这一回也没有呆呆站立，他的武功已渐渐融会贯通，反应敏捷起来。而且被人刀剑加身也不是头一回了，俗话说熟能生巧嘛。当即一招"魁星踢斗"，左足后踢，将自己那一桌酒菜连着几案都卷了起来，扬到自己头顶，仿佛祭出了一方"翻天印"！

这边异变一生，李伯皓、李伯轩两兄弟立即剑锋交叉，护住武士矱，拖着他急退两步，严密戒备，同时李伯皓一脚把一口酒坛子踢出去，撞碎窗棂，飞到街上摔得粉碎，以向楼下侍卫们示警，呼叫支援。

危急时刻，柳下挥也是大惊失色，眼见一片刀光剑影，罡风呼啸，分不清谁是敌谁是友。柳下挥处事果断，当下想也不想，一把扯过了庞妈妈，把她挡在自己面前。

这面肉盾，着实够大！

那被李宏杰和墨白焰联手劈烂的一桌酒菜四处飞溅，愣是半滴也没溅到柳下挥脸上，被他当肉盾顶在前边的庞妈妈不但一头一脸的汁水，白胖胖的颊上还被破碎的瓷片划了一道口子，鲜血直流，登时杀猪般尖叫起来。

任怨正佝偻着身子在地上哼哼，乍见这一幕变故，也是心头大骇，当下强忍不适，爬将起来，扭着肥硕的屁股，一拱一拱地爬向一根两人合抱粗的楼柱。

本来，任刺史和柳下司马也是有带刀侍卫的，但是他们是做东的一方，请的又是上官，自然不好把侍卫带上楼，关键时刻就只能靠自己了。

李鱼一式"魁星踢斗"，祭出"翻天印"，当即向旁闪开，一见吉祥倒持瓶沿，依然惊呆在那里，不禁大骇，一猫腰儿就向吉祥扑过去，口中大叫："吉祥，危险，快趴下！"

"呃？"吉祥姑娘愕然看向李鱼，还没来得及趴下，李鱼扑到了，双手捞住她的膝弯，脑袋在她小腹上一顶。他学的功夫杂，这一式却是他从相扑师傅那里学来的。

吉祥姑娘吃李鱼一撞，不由自主地仰面倒下，李鱼结结实实地扑在了她的身上。吉祥怔了一怔，登时羞不可抑，柔韧的双腿急忙带着他的身子用力一绞，便带着李鱼转了个身，二人变成了侧身而卧，这才避免了尴尬一幕。

这也是吉祥姑娘念着对方是李鱼，才用了这样的办法。若对方是别的男人，比如任刺史，恐怕她就要一缩一蹬，用她的脚后跟毫不客气地踹对方一个满脸开花了。

李鱼也有些窘，好在混战当中，足以掩饰尴尬，急忙尺蠖般连扭带抻，贴着席子向上蹿出一些，与吉祥来了个脸对脸。吉祥羞急道："李鱼哥哥，这是怎么回事？"

本来吉祥一向唤他李大哥的，成年大姑娘了，哪有随便唤人"哥哥"的道理，若非至亲，如此称呼，亲昵味道太浓，只有华姑小妮子年纪小，才能撒娇似的唤他李鱼哥哥。但吉祥心慌意乱之下，竟然叫了出来。

可惜李鱼此时是发不得花痴的，也无暇品味被一个俏媚可人的姑娘唤作"哥哥"的滋味，他急急摇一摇头，扭头看向交战的各方，惑然道："我也不知道，这些都是什么人？"

墨白焰蒙着面，李宏杰也蒙着面，李伯皓和李伯轩则护着武士彟寸步不离。

李宏杰安排好的杀手们蜂拥而上，扑向武士彟，与李氏双雄大打出手。

整个顶楼大厅乱作一团。

纥干承基扮成一个落魄游侠儿，扛着一扇门板似的大刀冲上楼来，正想演一出"英雄救武"，忽然发现厅中混乱至极，仿佛不只敌我那么简单，不禁有些愕然。

李宏杰找来的杀手和李伯皓、李伯轩两兄弟一动手，整个大厅就一片刀光剑影了。柳下挥藏在庞妈妈背后，抓着她为盾牌，东躲西藏，口中惶急地大叫道："庞妈妈别怕，本官来保护你！"

庞妈妈欲哭无泪："多谢司马老爷，还是老爷的安危要紧。奴奴贱命一条，不劳司马老爷操心。"

庞妈妈一面说，一面努力想要挣脱柳下挥的控制。奈何柳下挥十指如钩，牢牢地扣住了她的身子，左闪、右闪、前趋、后退，始终把他的这面肉盾挡在前面，一面还义正词严地道："这是什么话，身为一方父母官，就该爱民如子啊！"

纥干承基扛着刀，左看右看，还没看出个名堂来，就听身后楼梯上脚步声响，扭头一看，就见三位官员的侍卫们已经呼啸而至。

不能等了！

纥干承基把牙一咬，举刀冲了出去，大喝道："光天化日，朗朗乾坤，何方宵小，胆敢作乱？"

情况有变，本来纥干承基是想让众死士缠住李氏双雄，李宏杰负责刺杀，他跟李宏杰再演一出对手戏，然后以武士彟的恩人身份加入利州都督府的。此刻却变成了李宏杰大战墨白焰，众死士迎战李氏双雄。

纥干承基也知道若直接冲上去救武士彟，恐惹人怀疑，毕竟眼前一对蒙面人正捉对儿厮杀呢，哪有弃近就远的道理，便挥刀迎上，大喝道："燕人何成基来也！"

纥干承基冲向正在交战的墨白焰和李宏杰，一刀撩向李宏杰，磕开他的长刀，又一刀扫向墨白焰的双腿，逼他自救，三个人走马灯一般大战起来。

墨白焰眼见又添一对手,紧跟着许多侍卫冲上楼来,情知今日很难得手,但仍心有不甘,猛地一咬牙,挺剑点中纥干承基的刀背,足尖点地,借力溜冰般向后滑开几步,一个"斜插柳",便扑向李鱼。

李鱼与吉祥侧卧在蒲草席上,脸对着脸,呼吸相闻,恍惚间仿佛一对新婚夫妻同榻而卧,只不过旁边刀光剑影、呼喝连天的,未免大煞风景。吉祥姑娘羞意微敛,低声道:"李鱼哥哥,这些歹人为何想要杀你?"

李鱼此时也醒觉过来,最初那刺客似乎要杀的是他,奇哉怪也,他们不杀那些当官的,欺负我一个神棍作甚?这时吉祥问起,李鱼也是一脑袋糨糊,只是摇一摇头,突然变色道:"小心!"

李鱼眼角余光瞥见墨白焰挺剑刺来,不由大骇,急忙用力一推吉祥,蒲草席子溜滑,吉祥登时被推出近一丈远。李鱼双足用力一蹬,刺溜一下,滑得比吉祥还快。

李鱼如今有钱了,穿的可是普通人穿不起的高档面料——绫罗绸缎。丝绸的衣服本就柔滑,在光滑的蒲草席子上简直跟溜冰一样。

墨白焰一剑刺空,"哧"的一声,长剑入榻半尺,身后李宏杰和纥干承基双双杀到,只得拔剑回身再战。

李鱼这一溜,滑出老远,正心中窃喜,却不想身后就是一根巨大的柱子,任怨正撅着屁股躲在柱后探头探脑。

李鱼的后脑勺"砰"的一声,重重撞在柱上,两眼登时一翻白,眼睛里最后一幕印象,就是吉祥四肢并用,小狗般向他爬过来,一脸惶急。

"李鱼哥哥!李鱼哥哥!"

吉祥扑到李鱼身边,将他抱在怀中,一瞧这位小神仙,后脑勺上磕出鸡蛋大的一个包,真是好不可怜。

吉祥心疼得不得了,生怕不小心碰到他的痛处,赶紧托着他的脑袋,小心翼翼地把他的后颈搁在自己大腿上,手托着脑壳,一时间以后背对着刀光剑影的众人,竟丝毫不曾思及自己的安危。

任怨大老爷早就缩到柱子后边去了,心中暗暗庆幸,有李鱼和吉祥那小贱人挡在外面,他就更加安全了几分。

柳下挥拖着庞妈妈,左一晃右一晃,前一蹿后一退,拖得庞妈妈晕头转向。

墨白焰情知今日已无法得手,再拖下去恐怕自己也要被人缠住,他倒不信能有人留下他,但打斗之中万一面巾脱落,被人看到真面目,那就大事不妙了。

思及其中利害，墨总管顿生退却之意，挥剑斩退纥干承基，一脚迫开李宏杰，立即倒着退后。

这时候柳下挥拖着庞妈妈正惊慌大叫："哎呀，庞妈妈小心！"说着把她用力一扯，顶向迎面劈来的一口钢刀。庞妈妈眼见一口大刀劈面砍至，吓得尖叫一声，两眼翻白，两腿软绵绵地倒了下去。

墨总管恰好退至二人中间，大袖一拂，喝道："滚开！"

墨总管的袖子拂中柳下挥，司马老爷被一股大力震开，"哇"的一声倒摔在席子上，直挺挺地向吉祥姑娘滑去。

吉祥生怕柳下挥撞在自己身上，牵动李鱼的伤势，急忙拖抱着李鱼的脑袋，勉为其难地挪开一尺，让出了空当。柳下老爷一头撞在柱子上，登时脑袋一歪，也昏了过去。

墨白焰跳窗逃跑，李宏杰向纥干承基飞快地递了个眼色，大吼一声便扑向武士彟。李伯皓和李伯轩两兄弟正与李宏杰的几个部下交手，猝不及防，不禁大骇。这时候纥干承基吐气开声，大喝一声道："贼人休得猖狂！看刀！"

纥干承基一刀劈去，李宏杰急忙举刀来迎，只听"叮"的一声，李宏杰手中钢刀竟被纥干承基那口看起来门板般阔壮吓人的大刀给硬生生劈断了。

刀尖疾旋如轮，"噗"的一声，正中柱子旁边露出来的一个大腚，却原来是顾头不顾腚的任刺史。任怨"嗷"的一声惨叫，全身哆嗦着，却仍咬牙硬撑，不敢离开柱子半步。

李宏杰大叫一声："不好！"当即一个乳燕投林，弃了断刀，赤着双手，学那先行逃开的墨白焰，穿窗逃去。

纥干承基横刀当胸，护在武士彟前面，威风八面地喝道："燕人何成基在此，何人胆敢与我一战？"

李宏杰找来的那些刺客根本认不出这位大爷就是他们的龙头老大，但人皆有贪生之念，现在连他们的刺客头头都逃之夭夭了，他们又岂会矢志不走，几个刺客登时一哄而散。

但此时李伯皓和李伯轩以及冲上楼来的那些侍卫却不肯放过他们了，这些刺客又没有墨白焰和李宏杰那样高来高去的本领，登时落于下风。

纥干承基一见，忙也挺刀冲上，大刀挥舞，三个刺客惨叫着毙命于他的刀下。武士彟一见急叫道："壮士，留活口！"

纥干承基的大刀已经劈至一个刺客的脑门，硬生生地停了下来，飞起一脚，将那刺客踢昏，哈哈大笑着收回刀来。刺客被杀死几人，生擒者也有三人，被侍卫们扭着双臂押出楼去。

柳下挥、李鱼、庞妈妈三个昏迷不醒的人被抬到席上，庞妈妈被人使凉水一泼也就醒了，柳下挥和李鱼却是被撞晕的，而且也不宜用泼凉水这样粗暴的手段，一时竟救不醒来。

武士彟唯恐再生意外，忙挥手道："快把柳下司马和李先生抬上本官的车驾，速召郎中去我武府救治。"

武士彟说罢又转向举着大刀、顾盼自雄的纥干承基，笑容可掬地道："多亏壮士拔刀相助，却不知壮士从何处来，往何处去？"

纥干承基忙收了大刀，抱拳说道："某乃燕人何成基，游侠江湖，兴之所至，恰到于此。"

武士彟欣然道："原来如此！老夫乃本州都督。我观壮士武功超群，不知壮士可愿报效朝廷？"

纥干承基动容道："原来是大都督，失敬！失敬！"犹豫了一下，才道，"某少年时，便想学得一身武艺，或报效朝廷，充于行伍；或游侠江湖，管世间不平事。为人保镖护院的话，束缚太多，确非我志向。"

武士彟哈哈大笑，道："本都督正是管军，你想入伍，这有何难？壮士且随老夫回府，老夫自有安排。"

纥正承基喜悦地道："既如此，在下愿追随大都督！"

任怨忍着痛，从屁股上拔出刀尖，摁着血淋淋的屁股站起来，一瘸一拐地走出来，咆哮道："封了张飞居，全城通缉刺客！"

庞妈妈满头满脸的水，滴滴答答的，听说封楼，有心说话，但一瞧任大老爷正在气头上，却是不敢多说。

说话间，众侍卫七手八脚地抬着柳下挥下楼。作为李鱼的难兄难弟，"忠心耿耿"的陈飞扬和狗头儿在确认安全后，也是如丧考妣地扑上楼来，禁止别人动手，由那狗头儿把李鱼扛了起来，陈飞扬身子骨单薄，只在一旁扶着他的脑袋。

吉祥欲言又止，终是默默止步。怜惜她的，只是李鱼罢了。李鱼昏迷不醒，旁人谁会把她当回事呢？

武士彟因为今日任怨大失风度的举止，对他受伤的事恍若未见，拱一拱手道："寻凶缉盗之事，就拜托任刺史了！"说罢便扬长而去，纥干承基忙扛着大刀跟上。

武士彟是军事官，任怨是行政官，这地方的捕盗缉凶、司法狱讼之事，确实该

203

由任怨来负责。任怨沉着脸，按着屁股一瘸一拐地下楼，庞妈妈急忙颠着屁股追上去。

庞妈妈觍着脸笑道："刺史老爷，这刺客行刺一事，与我张飞居可是全不相干哪！这要是封了张飞居，百十口子指着它吃饭的人可怎么活呀，大老爷您开恩……"

任怨冷笑，庞妈妈忙从袖中摸出几片金叶子，可还不等她递过去，已被任怨冷冷的目光给吓住了。

任怨停住脚步，淡淡地道："你说刺客与你张飞居没有关系，好！本官暂且信了你！但那小贱人，却是你张飞居的不假吧？一个舞娘，敢让老夫颜面扫地！你知道该怎么做了？"

庞妈妈迟疑道："奴奴知道，只是……只是大老爷您贵体受伤……"

任怨怪笑一声，道："臀部受伤，有甚打紧？我流多少血，就要她十倍地流出来。"

饶是庞妈妈见多识广，听到这里也不禁心头一寒，任怨的怪癖她多少也是知道一些的，便是风月场上的老手，也少有禁得起他变态折磨的，吉祥……那小妮子不识抬举，活该要被他活活弄死。

庞妈妈暗暗发狠，忙满脸堆笑地道："奴奴省得了，奴奴今晚就安排妥当，亲自送到贵府，包管老爷您舒服熨帖。"

任怨仰天怪笑几声，牵动屁股上的伤势，急忙用手摁紧，咬着牙根，一步一步地蹭下楼去。

狗头儿扛着李鱼，脚步沉重地下了两层楼，李鱼竟尔悠悠醒来。

李鱼神志刚刚苏醒，就记挂着吉祥的安危，吃力地叫道："吉……吉……"

狗头儿正低头看着脚下楼梯，忽听李鱼说话，大喜之下急忙回首："小神仙，你……"

"醒啦！"二字尚未出口，就听"砰"的一声，被他扛在肩头的李鱼被横着甩出去，脑袋磕在围栏之上，双眼一翻白，又晕了过去。

陈飞扬大怒："混账东西，小神仙就在你肩上，转身作甚？"

狗头儿也不禁大怒："不是你在扶着小神仙的脑袋吗？怎的放开了？"

陈飞扬赶紧左右看看，急忙道："快走！快走！请郎中诊治，莫要再说废话！"

狗头儿也有些心虚，二人忙又重新扶起李鱼，深一脚浅一脚地往楼下走去。

李鱼被运送到半道上时，再度悠悠醒来。只是他头部本就受了伤，又被那辆连垫子都没有的老牛破车颠得厉害，是以头痛欲呕。

武士彟虽然负气地说过让任怨全权负责缉匪事宜，但又岂会真的置身事外？尤其是荆王殿下不日将至，如果利州治安不靖的话，他作为大都督是要负首要责任的，是以也是一路赶回，一路调动官兵，封锁全城，缉捕刺客。

武士彟听说李鱼已经醒来，甚是高兴，此时柳下老爷依旧在呼呼大睡中，着实令人担心。两相比较，还是小神仙更叫人省心。但是武士彟正在调兵遣将之间，一时也无暇与他多言。

武士彟只到李鱼面前慰问一番，见他精神依旧萎靡，便让陈飞扬和狗头儿送他回家歇息，并请郎中好生医治，等手头事了他再登门看望。

李鱼回到家，潘娇娇一瞧儿子头上撞出好大一个包，登时心疼得掉下泪来。她赶紧让陈飞扬和狗头儿抱着李鱼，小心地放在榻上，让他侧身卧着，便张罗着让陈飞扬赶紧去请郎中。

李鱼此时神志已经清醒了许多，他唤过狗头儿，问了问他昏迷之后的情形。狗头儿当时没敢上楼，等楼上太平后才上的楼，对于楼上情形如何了解？但他自然是不会对李鱼这样讲的，是以便就他上楼后所见，胡乱猜测着编了一通。

李鱼听罢暗自思量，吉祥当众冒犯任刺史，任刺史必然怀恨在心。但，任刺史与武都督刚刚闹出了意气之争，又适逢强梁行刺，任刺史本人又受了伤，无论如何，短时间内他总不会还有心思去为难一个小舞娘吧？

不过，李鱼不相信庞妈妈会放过吉祥，想到这里，急忙坐了起来。他这用力一坐，后脑伤处被抻动，登时头痛欲裂，扶着头"哎哟"了一声。

潘娇娇正为儿子熬枣粥，闻声赶紧抢过来扶住他，道："儿啊，你不好生躺着，起来作甚？"

李鱼扶着头道："儿不放心吉祥姑娘，得去张飞居看看。"

潘娇娇急了："吉祥姑娘乖巧可人，娘也怜惜得紧。可是你自己都伤成这般模样，如何还能上街？再说，发生了那么多事，人人焦头烂额，多少大事来不及梳理，谁还有余暇去为难一个苦命的丫头，你待伤养好些再去不迟。"

狗头儿也劝道："是啊，小神仙。小神仙你名扬天下，靠的就是神仙术，你看你后脑勺上这么大一个包，红得发紫，紫得发黑，轻轻一碰，'砰'的一声就要炸开了似的，这要是伤了脑子，准得变成傻子。"

李鱼气得发昏，指着狗头儿道："你……你真真一副狗脑子！"

潘娇娇听狗头儿说得可怕，可是心惊肉跳，急急按住李鱼道："儿啊，你别乱动，快小心侧卧着。狗头儿，你把大娘的被子拿来，顶在鱼儿背后。省得他睡着了不小心仰卧，压着伤处，哎呀，造孽啊……"

李鱼被老娘硬按在榻上，实在无可奈何，只得吩咐狗头儿道："狗头儿，你替我跑一趟张飞居，打听打听吉祥姑娘的情况，速速回报于我，快去！"

狗头儿点头哈腰地道："小神仙你放心，小的本就是个钻门觅洞的包打听，要不咋叫狗头儿呢？小的这就去，这就去……"狗头儿说罢，撒着欢儿地向张飞居跑去。

张飞居里，庞妈妈指挥人收拾了混乱的现场，满头大汗地提起一壶凉茶咕咚咚饱饮一番，又到店门口赔笑，应付了一番封锁店门的捕快杂役，给班头塞了点钱，其结果也不过是换得他们不进店来骚扰，至于解除封锁嘛……

庞妈妈打听明白，已然知道要想让张飞居继续开张营业，唯有让任刺史心平气和才行。返回张飞居后，庞妈妈思量半晌，一腔恨意便都转到了吉祥身上。

这时候，因为店里遭了贼，平素里只在后宅晃悠，不大在前店出现的一众保镖护院也都散布于全楼，巡弋各处，戒备安全。何小敬和荆沿提着刀，正好走到庞妈妈门外。

庞妈妈恶狠狠地向外问道："吉祥那小贱人呢？"

荆沿答道："奉妈妈的命令，将她押在房间里了。"

庞妈妈冷笑一声，眼珠转了转，向何小敬招招手。何小敬忙进了屋，凑到庞妈妈嘴边，听她耳语了几句，轻轻点了点头。

吉祥被关在自己房间里，门口两个小二守着。

吉祥也不理会，她蜷着双腿坐在榻上，下巴搁在膝上，神思恍惚，只是在想，李鱼哥哥后脑勺磕了那么大一个包，不会把他撞傻了吧？人家可是陆上神仙呢，这要是脑子撞坏了，我该是造了多大的孽呀。

想到后怕处，吉祥不禁泫然欲泣。这时候，何小敬走在前头，荆沿提着一个食盒跟在后头，一起进了房间。

荆沿把食盒往妆台上一放，看一眼吉祥，一脸同情地叹了口气，道："吉祥姑娘，庞妈妈正在气头上，将你禁足房间，不得出去。晚餐，你就在房间里用吧。"

吉祥慢慢抬起头，幽幽地道："多谢荆大哥。"

吉祥轻轻挪到榻边，趿了鞋子下地，荆沿便打开了食盒。两盘素菜配色极好，看着就让人垂涎三尺，一碗白米饭，还有一罐骨头汤。吉祥平素就只是汤菜拌饭，一见这样好的饭菜，登时一怔，心头疑窦顿起。

何小敬一旁看着，手指下意识地握紧，心情极其紧张。

这饭菜中自然是下了迷药的，何小敬虽然只是一个坊间匹夫，却极重然诺，他答应过李鱼代为照拂吉祥，就不想食言。可是，他也有妻儿老小需要养活，张飞居的这个饭碗他没办法砸了，所以就动了些小心机。

庞妈妈吩咐他们给吉祥饭菜里下药，何小敬就特意嘱咐厨房弄了点像样的饭菜，以此反常来提醒吉祥，一旦吉祥警觉不吃，庞妈妈责问起来，他也可以说自己是自作聪明，便能搪塞过去。这也是寄人篱下的升斗小民的一种斗争智慧。

此刻，何拳师是真怕吉祥察觉不出其中的可疑，放心地吃下这些饭菜。幸好吉祥足够机灵，她刚刚得罪了任刺史，惹得庞妈妈大为火光，哪可能还有好菜好饭供她享用的道理？

吉祥抬起头，警觉地看了看何小敬和荆沿，摇摇头道："多谢两位大哥，我不饿。"

吉祥说着，便把食盒重新盖上，轻轻往前一推。

荆沿急道："忙碌一天了，怎么可能不饿，姑娘快些用餐吧，我等也好回去向庞妈妈复命……"这句话说出来，荆沿便知失言，不禁尴尬地一笑。

吉祥听他话音，这饭菜竟是庞妈妈叮嘱送来的，她在张飞居做了一段时间的舞娘了，对于一些阴暗手段岂会一无所知？心头登时升起一股寒气，警惧地摇一摇头，坚决地道："我不饿！不吃！"

荆沿急了，求助似的看了看何小敬。众保镖护院中，何小敬武功最高，理所当然地也就成了他们这些保镖的头头。何小敬笑了笑道："算了，吉祥姑娘既然不饿，你我照实回禀便是。走吧！"

何小敬说罢，转身就往外走，荆沿无奈，忙也提起食盒跟在后头。

"一对废物，这点事儿都办不好！"门口突然传出庞妈妈的一句大喝，接着庞妈妈一手捏着手帕，反掐着腰，瞪着一双凶狠的眼睛，冷笑连连地走进来。

"小贱人，你倒是生了一颗七巧玲珑心啊！"庞妈妈冷笑着，顺手从荆沿手中夺过食盒，往妆台上一蹾，沉声道，"吃了它！"

吉祥紧张地后退一步，看看食盒："里边放了药，我不吃！"

庞妈妈皮笑肉不笑地道："老娘倒是不想放药，你若能竭力逢迎，小心侍候，刺史老爷就会更得趣儿。奈何你这小贱人不知道天高地厚，老娘担心，你这只小野猫，再挠花了刺史老爷的脸，替我张飞居招灾惹祸。快把汤喝了，到时候两眼一闭，忍一忍也就过去了，有什么大不了的？"

吉祥一听，她竟是下了迷药，要把自己送给任刺史糟蹋，不禁骇然欲绝，急忙退后两步，道："我不喝！我宁可死也不喝……"

庞妈妈本就对吉祥一肚子火，瞧她这般模样，登时怒从心头起，像一头熊似的扑上来，一把揪住吉祥的头发，恶狠狠地一记耳光，扇得吉祥嘴角都沁出血来。

庞妈妈抓着吉祥的头发，把她的脸往自己眼前一扯，一脸狰狞地道："小贱人，你想活下去，就只能让男人爬上来！知不知道？这，就是你的命，你得认命！"

庞妈妈狠狠一推，吉祥倒退两步，膝弯撞到榻沿上，跌坐在榻上。吉祥陡然想起床侧针线筐中有一把剪刀，急急向旁一滚，翻身再站起时，一把锋利的剪刀已经攥在手中。

庞妈妈吓得退了两步，躲到何小敬和荆沿身后，吃吃地道："你……你想做什么？"

吉祥嘴角流着血，瞪视着庞妈妈，一脸庄重："如果，这就是我的命！从今天起，我不再认命！"吉祥缓缓举起了手中的剪刀，"因为，我不想叫他看不起！"

吉祥用剪刀锋利的尖对准自己的脸，凄婉决然地一笑，手一扬再一屈，一道银光就向她吹弹可破的脸蛋上狠狠地划了下去！

幸好何小敬就站在她前面，也幸好何小敬受李鱼所托，存着忠人之事的心态，一直注意着她。

吉祥将利剪刺向自己的脸庞，何小敬手疾眼快，右手闪电般伸出，那剪刀尖距她肌肤堪堪只差毫厘，手腕便被何小敬硬生生攥住。

荆沿吓出了一身冷汗，庞妈妈也是吓了一跳，待见何小敬抓住了吉祥的手腕，这才长出一口气，赞道："不愧是我利州第一神拳，真不错！"

庞妈妈从何小敬和荆沿中间挤过来，看向吉祥，怒意陡生："好！你很好！想自毁容颜？哈哈哈哈……"

庞妈妈仰天大笑，笑罢突然脸色一沉，伸手捏住吉祥的下巴，恶狠狠地瞪着吉祥，神情无比邪恶、阴毒。

庞妈妈阴恻恻地道："老娘会满足你的，等刺史老爷玩够了，老娘会亲手划花你的脸，把你拴在后院里那道终年不见阳光的夹墙阴沟里，任由泼皮、乞丐，乃至野狗蹂躏，到时候，你只会后悔，今天没有乖乖顺从于我！"

庞妈妈扭过脸，瞥向荆沿："把汤拿过来，给她灌下去！"

"唔！不……不……"吉祥惊骇欲绝，拼命地挣扎，奈何手腕被何小敬攥住，下巴又被庞妈妈捏住,如何挣扎得脱。荆沿取过那放了迷药的骨头汤,拧着吉祥另一只胳膊,咕咚咚地给她灌了下去。

吉祥骇极,两行绝望的眼泪滚滚而落。庞妈妈依旧捏着她的下巴,提防她咬舌自尽,向门口喊道:"来人!给我绑紧了她。老娘要亲自送她去刺史府!"

狗头儿跑回张飞居前,但见捕快公差按着刀巡弋左右,严密得一只苍蝇都飞不进去。有那不知情的酒客走来,都被捕快们粗暴地赶走,狗头儿一个闲汉,哪有胆子上前。

狗头儿摸摸后脑勺,琢磨既然有官府公人守在这里,自己不妨回去禀报李鱼。反正既有官差在场,自己办不成差事也情有可原,可他刚一迈步,心思打了个转,不禁又停了下来。

李鱼现在发达了,狗头儿跟在他身边混吃混喝,偶尔安排点事情,也都尽可能地想着自己亲人,有便宜就占,确实市侩得很。但吃人家的、拿人家的,办什么事儿都不尽心,他又觉得对不起自己的良心。

李鱼对吉祥姑娘的看重,他都看在眼里。吉祥姑娘现在的处境,也确实叫人揪心。就这么回去,有官差为借口,李鱼倒也说不出什么来,可他总觉得无法心安理得。

这样一想,狗头儿就觍着脸凑了上去,未及说话,先点头哈腰地笑起来:"哟!齐爷,齐爷您辛苦啊,小的……"

那姓齐的公差厌恶地一挥手:"滚!"

狗头儿也不恼,龇牙笑道:"小的哪有钱到张飞居来逍遥快活啊,不是客人,不是客人,我是进去找个人。"

那姓齐的公差更不耐烦了,按刀瞪向他:"老爷吩咐,任何人不许踏入张飞居半步,你滚不滚?你敢再向前试试,老子一刀砍断你的腿。"

狗头儿忙不迭道:"别别别,我滚!我滚!"

狗头儿逃出几步,暗啐一口,低声骂道:"我呸!狗仗人势的东西!换老子穿上那身虎皮,老子比你更威风!"

狗头儿骂完了却不肯走,捏着下巴思量一番,就沿夹墙向张飞居后院走去。他琢磨着从墙头爬过去,只消打听到吉祥姑娘的情况,对李鱼便算有个交代。

这夹墙里是一条死胡同,极窄,只是为了和其他人家间隔开来,所以常年无人出入,里边杂草丛生,还有些便溺痕迹。狗头儿也不嫌脏,只管往里行去,一路向墙头张望。

这地方狗头儿小时候与人玩捉迷藏时来过,那时他是翻不过墙去的,这时一瞧,高有丈八,没有抓头也没有蹬头,他还是上不去。

狗头儿正在着急,墙头上却突然冒出一道人影,两个人看见对方,都吓了一跳,实未想到在这里竟会碰到别人。

从墙里爬上来的那人正是何小敬何拳师,当着庞妈妈的面,考虑到自家饭碗,何小敬不敢抗命,待店小二把吉祥五花大绑,押进牛车后,何小敬找了个借口留在了店里。

何小敬好不容易才窥得个机会,摆脱缠在他旁边的几个保镖,壮起胆子想跳墙出来,赶去李鱼家里报信。依他估计,全力奔跑,速去速回,此事或可神不知鬼不觉,如此既不负了李鱼,也对家里嗷嗷待哺的三儿两女还有父母妻子有了个交代。

却不想他刚刚一个"旱地拔葱",手攀着墙头爬出来,就见外边一人,獐头鼠目,仰脸蹙眉地看着他。二人这一对视,同时认出了对方。狗头儿讶然道:"何师傅?"

何小敬也认出了狗头儿,上次去过李鱼家,知道他是李鱼的帮闲,登时大喜:"狗头儿?"

狗头儿喜不自禁:"何师傅怎么从这儿钻出来?会相好吗?你放心,你放心,小的嘴巴严得很,就算嘴巴不严,也怕你的拳头,绝对不敢声张出去。何师傅你尽管放心,咳!小的有件事,想向何师傅打听……"

狗头儿自作聪明,先暗暗威胁了何小敬一番,然后马上就索要起了回报,想向他打听吉祥的消息。何小敬哪有闲工夫听他扯淡,他这样趴在墙头,万一有人路过看到怎么办?

何小敬马上打断了狗头儿的话:"你闭嘴!再放狗屁,老子打落你满口牙齿!"

狗头儿吓得一缩脖子,马上闭紧了嘴巴。

何小敬急急道:"你是小神仙的帮闲是吧?快去禀报小神仙,就说庞妈妈给吉祥姑娘下了迷药,又将她捆上牛车,现已解送任刺史府了。速速想办法救援,迟了的话,恐怕……"

狗头儿也顾不得跟何小敬再说,撒腿便往外跑。那巷中有些便溺痕迹,钻进来时他还知道小心避过,这时一连踩了两泡狗屎,也无暇理会。

张飞居禁人进入,其实是任怨故意找茬儿,封了店里的生意,以泄私愤。人若外出,当然是不禁的,否则的话,张飞居就算想疏通关系,以金银贿赂,也没了机会。

捕快们对这样的潜规则再清楚不过，所以见庞妈妈押了一辆牛车出来，并不阻拦，收了几串大钱，便笑嘻嘻地放她离开了。

众捕快把钱分了，那姓齐的差官将分给他的一份揣进怀里，转身慢悠悠踱开的时候，远远就见一条人影狂奔而去。齐捕快定睛一看，正是那个狗头儿。齐捕快不由一怔，自言自语道："这个狗才，怎么跟见了鬼似的？"

狗头儿可听不见齐捕快的这句话，夕阳之下，狗头儿仿佛一条挣脱缰绳的野狗，绝尘而去……

狗头儿两条腿跑得跟飞车轱辘一般，堪堪冲进李鱼家门口小巷的时候，陈飞扬从里边钻了出来。

李鱼知道狗头儿做事不太靠谱，待陈飞扬请了郎中回来，马上就打发陈飞扬也去张飞居一探究竟。陈飞扬刚刚钻出巷子，险险被狗头儿撞倒。陈飞扬骂道："不长眼睛的狗头，急着奔丧吗？"

狗头儿呼哧带喘地道："比奔丧还急，出大事啦！出大事啦！"

狗头儿说着话，脚下却不停，一阵风儿似的冲进巷弄，脚下被一块突起的石头绊了一下，险险跌个狗吃屎，却一刻也不敢停，踉跄地向前冲出几步，刚刚稳住身子，又加快了脚步。

李鱼是被撞伤了后脑勺，只消开些外敷内服、化瘀活血的药物就好，又不是什么疑难杂症，所以那老郎中诊治得非常容易。待他望闻问切一番，知道李鱼并未伤了脑子，便从药箱中拿出事先向陈飞扬了解情况后准备的药材，告诉潘大娘用法。

潘大娘付了诊金、药金，千恩万谢地送了老郎中出来，二人正站在院门口说着话，狗头儿一股旋风似的从二人中间穿了过去，嗖的一下冲进房子，大叫道："小神仙，神仙嫂子大事不好啦！"

潘大娘都没听清狗头儿说了些什么，怔了一怔，骂道："这个小子，莽莽撞撞，不成体统。"

潘大娘话音刚落，陈飞扬也嗖的一下，从二人中间穿了过去，扑向房门，大叫道："狗头儿，快把话说清楚！"

老郎中也是本坊的一位坐堂医，陈飞扬和狗头儿光屁股的时候他就认识，见状不禁摇头失笑："这两个小子，狗肚子里装不了二两油的夯货，哪比得上你家小鱼儿，如今可是大有出息的人了。"

潘娇娇听他夸奖儿子，不禁眉开眼笑，一边送他往外走，一边自谦道："哪里，哪里，您老夸奖啦。"

老郎中挎着药箱，抚着白须，呵呵笑道："老夫可不是恭维啊。你看他们三人，年岁相当，小飞和狗头儿风风火火的什么模样，小鱼儿又是何等的矜持庄重，他起身向我作揖时，缓缓落座时，与我诊治过的贵人们仪态相仿，实实的一个贵公子模样。"

潘娘子心想："我家小鱼儿什么时候如此庄重了？啊！莫不是今天伤了脑袋，举止迟钝缓慢了？"

潘娇娇自然不会拆自己儿子的台，哼哈地应付着，一路听他夸奖儿子，只管欢喜便是。

潘娇娇一直把老郎中送到巷口，两人往巷口旁一站，老郎中笑道："老夫在这坊里住了一辈子，今年七十有六，十多年就是一代人长成，如今已经看过四代人的成长，要说出息，再无一个比得了你家小鱼儿。举手投足，威仪自重，一看就是有出息的大人物啊！"

老郎中话音刚落，就见李鱼跟火烧屁股似的从巷子里蹿了出来。他手中举着一根闩门杠，因为后脑勺撞肿了，跑动间会疼痛不堪，一时间又无处寻得富家人物才会戴的抹额，所以把他娘的一条蓝布小白花的围裙系在了头上。

李鱼举着门杠，头上系着围裙，跑动起来，围裙飞扬于空，其形其状，引人发噱。而陈飞扬和狗头儿一个抓着菜刀，一个扛着扫帚，紧紧地跟在李鱼背后，三个人仿佛三股小旋风似的，旁若无人地去了。

刚刚夸完李鱼矜持庄重的老郎中和眉开眼笑的潘大娘张口结舌。二人呆呆地看着三人绝尘而去，潘大娘才反应过来，急忙向老郎中告辞，高声唤着"小鱼儿"，急急追了上去。

李鱼举着门杠跑在街头，陈飞扬气喘吁吁地追上来，唤道："小神仙，就只你我三人，要冲去刺史府救人吗？恐……恐怕我们连大门都进不了哇。"

这时候，几个巡街的官兵正持竹枪走来，一瞧有人跑动，登时警觉地挺枪围了上来。这些人参与过华姑被刺时搜捕刺客的行动，认得李鱼，一瞧这头系围裙、手持门杠、造型奇特的少年乃是大都督的座上宾李小神仙，不由得怔住。

当先一个执戟长高呼道："小神仙何故狂奔于街市？"

李鱼虽心急如焚，但是听陈飞扬一说，也想起光有冲动是不够的，自己这般冲过去，恐怕真的连刺史府的大门都进不去。此时听那执戟长一问，心中灵光乍现，急忙回答道："李某知道那欲行刺都督的真凶所在，快随我去！"

李鱼说罢，已经一阵风似的从他们身边冲了过去。那执戟长怔了一怔，立即率人紧随其后，还把挂在颈间的竹哨叨在嘴上，用力吹了起来，召唤散布城中搜捕刺客的同伴。

不一会儿，李鱼后边已经追上来三队官兵，三队官兵各自边跑边吹哨招呼伙伴，更多的官兵闻讯纷纷向这边赶来。

前边一个奉命协助官府缉拿凶手的不良帅，带着几十个持竹枪的不良人，正沿街头巡来，瞧见小神仙健步如飞，冲在前面，后面官兵浩荡，威势惊人，不由得呆住。

此时也不用李鱼开口了，陈飞扬大声道："小神仙掐指一算，已知刺客所在，快去抓人！"说着便跟着李鱼冲了过去。

一个执戟长向那不良帅喝道："快快跟上，拿了刺杀大都督的刺客，少不得你一份功劳。"

那不良帅如梦初醒，攘臂高呼："跟上，拿人！"

一大队不良人登时跟在官兵背后，跑步前进。再往前不远，又见一个捕快率领十几个帮闲正在趁搜捕之机敲诈一家店铺，被不良帅和执戟长一声吆喝，登时也屁颠屁颠地跟在后面。

百姓们的业余生活其实单调得很，如今一瞧捕快、不良人、官兵络绎于途，浩浩荡荡，前边更有利州的传奇——小神仙李鱼，闲极无聊且刚刚下工或打烊的利州百姓们登时也跟在后面。

李鱼所率这一路人马，仿佛滚雪团般，越来越壮大，及至赶到刺史府时，仿佛汹涌澎湃的一道洪流。

陈飞扬和狗头儿何曾这般万众瞩目过，虽说这些人都是冲着李鱼来的，但在他们心中，却觉一生中再无如此荣耀的一刻，登时如打了鸡血一般，就连本来跑得没了力气的狗头儿都觉身轻如燕。

庞妈妈给吉祥灌了迷药，将她绑进车子，又恐她嚼舌自尽，嘴里还塞了一团布，亲自押解至刺史府。

到了刺史府，药性开始发作起来，吉祥几无挣扎之力，被庞妈妈使人拖曳着，拉进了刺史府中。

任怨身材高大肥硕，臀部好似一具大磨盘，被那刀尖扎中处未曾伤了骨头，如今敷了上好的金疮药，用沸水煮过的布匹缠裹包扎，因其臀围巨大，足足用了两匹火麻布。

此时任怨斜着身子坐在胡床上，倚着靠垫正自思量，如何利用武士蠖的拒绝，在荆王面前进点谗言，破坏双方的关系，就听管家进来禀报，庞妈妈送吉祥入府了。

任怨听了登时把武士蠖抛在一边，怪笑一声，道："送到花厅里来。"

这花厅是平素会见私密亲近客人的所在，也是家里人日常聚会之所，里边有蒲垫胡床。任怨臀上有伤，不想再折腾到后宅里去，就想在这花厅中把吉祥"正法"。

任怨瞟了一眼厅中侍候的四个丫鬟，指着其中两个看起来壮实些的道："你俩留下，其他人退下！"除了他指定的两个丫鬟，其他侍婢忙和门口的家丁一起退下。

向来权贵老爷行房时，常会让使唤丫头在一旁侍候。口渴了递杯水，疲乏了帮着推推屁股，需要清洁时清洗擦拭，等等。在他们眼中，这种使唤丫头只是一个使唤的物件儿，并没当成平等的人看待，是以倒不避讳。

如今任怨臀上有伤，就想留两个力气大些的，侍候他玩弄吉祥。其实任刺史虽然悍妻在堂时装模作样，偶尔也能偷口腥吃，倒不至于如此急色。但吉祥不同，他被武士蠖所拒，折了颜面，又被吉祥踢了脸，更是恼羞成怒。他要发泄的不仅是欲火，更是不甘与屈辱。

庞妈妈带着人将吉祥送进花厅，任怨瞧她挣扎得钗横鬓乱，此时两眼迷离，似睁似闭，当得起一个媚眼如丝。俏脸儿因为惊急而绯红一片，仿佛雨中一朵桃花，让任怨邪念顿起。

庞妈妈搓着手站在一边，琢磨着如何开口让他撤去张飞居的封锁令。任怨早知她心中所想，睨她一眼道："你等去厅外候着，老爷我高兴了，自然不会为难你张飞居。"

庞妈妈大喜，连忙道："是是是！"当下带了自己的人就往外退。

任怨把茶盏重重一蹾，哼道："把门带上！"

庞妈妈赔笑道："刺史老爷玩得开心！"急忙听命掩上房门，去庭中候着。

任怨嘿嘿冷笑着站起，见吉祥五花大绑，口中还塞着一团布，便向两个丫鬟努了努嘴，吩咐道："替她解绑、宽衣！"

第二十一章 驱魔

　　李鱼冲到任刺史府前,气喘吁吁地向内一指,大喝道:"冲进去!"
　　此时,夜色将晚,任刺史是不吝于那点灯油的,两个门子刚出了府门,正打算点亮门前灯笼,见此一幕,不禁目瞪口呆。若非见那冲在前边的尽是身着赭黄色军服的官兵,知道不是暴乱或山贼下山,两个门子只怕早已逃之夭夭。
　　听李鱼一喝,一个门子壮起胆子问道:"你……你们想干什么?这儿可是刺史府!"
　　几个执戟长、不良帅、坊正等大小有个职衔的人也都起了狐疑之色,凑到李鱼面前,其中一人低声问道:"小神仙,这里可是刺史府啊!你是说,那刺客是刺史府的人?"
　　李鱼心思一转,回身看向众人,高举双手呼喊道:"诸位,诸位,且听李鱼一言!"
　　门前怕不是有几千上万的人,一听李鱼说话,尽都屏住了呼吸,瞪大眼睛看他。李鱼道:"诸位,尔等可知,那刺客为何敢在光天化日之下行刺?又为何逃之无踪,满城搜索不见踪影?因为……他们之中有妖人!有妖人作法!"
　　众官兵、百姓顿时哗然变色。
　　李鱼道:"李某正在宴饮间,不曾戒备,中了那妖人的妖法,所以才昏迷过去。

如今已经破除了那妖人的妖法，苏醒过来。据我掐算，那妖人贼心不死，如今已经潜入刺史府，意图对刺史不利！刺史危矣，速速救人哪！"

李鱼说罢，转身一指府门："凡事有我担待！给我冲！"

狗头儿头脑简单，倒真听话，李鱼一语说罢，狗头儿便噌地扑进了府门。陈飞扬是读过书的人，头脑灵活一些，本来还有些犹豫，待见狗头儿冲了进去，再一想反正天塌下来有个高的顶着，当下也冲了进去。

这哼哈二将一冲，那些普通官兵、不良人就按捺不住了，尤其是后边看热闹的普通百姓可是不怕事大，听李鱼一说，登时鼓噪着向前拥挤过来，那些官兵和不良人、捕快不由自主地就向前冲去。

开了头就好办了，管它法不责众也好，半信半疑也罢，事已至此，那些低级军官、不良帅、捕快班头，也就被众人裹挟着，乱哄哄地冲进了刺史府。

花厅里面，吉祥被两个丫鬟拿去了口中破布，反绑的双手也被解了开来，倒在胡床上，咻咻地喘息不已。药性已经发作，她的眼皮沉重无比，但她一次次努力地挣扎着，不肯闭上眼睛。

两个丫鬟还要替吉祥除去衣衫，吉祥无力地挣扎反抗，任怨得意扬扬地踱到胡床边，缓缓张开双臂，吩咐两个丫鬟道："她的衣裳，由老夫亲手来扒！哈哈，来，给老夫宽衣！"

两个丫鬟赶紧放开吉祥，转而替任怨宽衣，外袍、中单一一除去，只剩一身贴身小衣，瞧见吉祥在榻上挣扎着想要站起，却只能无力地缓缓而动，那姿态动作……

任怨欲念大炽，不等衣服脱完，便迫不及待地甩开两个丫鬟，猛扑上去，狞笑道："贱婢，叫你尝尝老夫的……哎哟！"

任怨扑上去，将那河马嘴巴噘起来，想先撮住那樊素小口，狠狠地吻上一记，却不想一直动作迟缓、虚弱无力的吉祥此时突然像一只发怒的小野猫似的，猛然扬起了她的手。

任怨下意识地躲了一下，但臀部有伤，动作终究迟缓了，被吉祥的小指指甲倏地划过了眼球。任怨"啊"的一声惨叫，身子一退，一屁股坐到地上，刚敷了药的创口又裂开了，又是一声惨叫。

吉祥这一抓极是果决，虽然力弱，但指尖划过的可是眼球。任怨虽未被戳瞎，却是眼泪长流，眼球变得通红一片。任怨恨极，指着吉祥大喝道："打死她！给我活活打死她!"

吉祥颤巍巍地坐了起来,两只手腕血肉模糊。原来,她这一路被反绑着双手,全靠用指甲划烂另一只手的手腕,以此强烈的肉体痛楚刺激着,让自己的神志保持清醒,以对抗药物的作用。

这时听任怨终于大怒,要活活打死她,吉祥却似了了一桩心愿似的,悬起的心也放了下去。神志这一放松,药性顿时涌入脑海,眼前天旋地转,看到的人物也模糊起来,但她心中却无比地欢喜。

质本洁来还洁去,能达成这一目的,她就算一命呜呼,也心甘了。

"砰!"房门被踢开了,李鱼一阵风似的冲进来,官兵、捕快、不良人纷纷冲进院子,庞妈妈带着张飞居的人赶紧退到院角,一脸的茫然,不明白发生了什么。

"吉祥!"李鱼一脚踢开房门,就见吉祥摇摇晃晃地坐在榻上,立即飞奔过去。吉祥身子一歪,险险就要跌下榻来,李鱼抢上几步,双臂一张,堪堪把她抱在怀里。

此时吉祥药性已经发作,仅凭两腕的痛楚也无力抵挡了,她双眼模糊看不清来人,耳朵听到的声音也是忽远忽近若有若无。眼见一人冲上前来,吉祥只当是奉任怨所命赶来殴杀她的家丁。

察觉被他抱在怀里,吉祥登时便挣扎起来:"放……放开我!要杀要剐,都随你,不……不许碰我……"说着,她还无力地抬起手,想去插李鱼的眼睛,却被李鱼一把攥住。

李鱼鼻子一酸,哽咽地道:"吉祥!是我!你看清楚,是李鱼哥哥来了!"

吉祥听清了后半句,蓦地努力张大了双眼,向李鱼凑近了些,仔细辨认着,喃喃地道:"鱼……鱼哥哥?鱼哥哥?"

李鱼激动地点头:"是我!是我!"

吉祥心里一松,欢喜地道:"鱼哥哥……"头顿时一歪,便睡倒在李鱼的臂弯。李鱼先是吓了一跳,待见她呼吸平稳,只是沉沉睡去,这才放下心来。

李鱼又转向任怨,任怨仍然坐在地上,下身只着小衣,上身赤裸着,袒着一个大肚腩,双乳下垂,宛如弥勒,脸上泪水涔涔,眼珠红肿,好不狼狈。

李鱼不知先前发生了什么,这时一看便揣摩出了大概,登时怒发冲冠。他性情再沉稳,做人再理智,终究还是一个血气方刚的少年,此等劣行,李鱼不由得怒从心头起,恶向胆边生。

李鱼咬牙切齿地骂道:"任刺史!你无耻!"

任怨睁一眼闭一眼，泪水满颊，听他斥骂自己，怒道："你说什么？"

李鱼咬牙切齿地道："我说你是蝇蚋鼠辈！混账王八！田舍蠢奴，贼獠痴汉！你个该千刀万剐的畜生，我日你亲大爷！"

李鱼前半段还学着管师傅的口头禅，后边却是用上了自己的骂人话。任怨身为一方刺史，有多久不曾被人骂得如此狗血淋头了？一时间只气得一佛出世，二佛升天。

任怨指着李鱼，瞪着大小眼，哆哆嗦嗦地道："你……你你……你好大的狗胆！不要以为你懂得几手方术，就能羞辱本官！老夫……老夫要把你……要把你千刀万剐！"

李鱼冷笑一声，道："此时此刻，还要跟我摆官威？看到外面那些人没有？"

任怨扭头往外一看，不禁也吓了一跳，院子里官兵、捕快、不良人、看热闹的老百姓……一个个呆呆地站在那里，押着脖子，仿佛一群卖呆的鸭。怎么来了这么多人？

不过，任怨倒也不惧，转向李鱼，狰狞地一笑，道："本官乃利州刺史，凡利州百姓，皆我牧守之子民，就算全利州的人都来了又如何，你拿他们威胁我？"

李鱼道："县官不如现管！你这个刺史的话，眼下的他们，可未必肯听！"

李鱼一把抱起吉祥，举步就走。吉祥轻盈盈一个身子，李鱼又是自幼习武的人，把她抱在怀中，简直是轻若无物。

任怨见他抱了人要走，就凭任怨那睚眦必报的性子，吉祥当众折他颜面，他就不惜放下身段如此报复，更何况是如今这种情况。一时间也顾不得屁股上的伤口了，从地上努力爬起，便追了上去，大喝道："来人！给我抓住他！"

院子里那些看客此时还在发愣，不是说刺史老爷有性命之忧吗？怎么厅中情景如此……暧昧？刺客呢？妖人呢？这究竟是什么情况？

李鱼抱着吉祥走出大厅，把她向前一递，狗头儿急忙伸手来接，李鱼却身子一侧，把她交给了陈飞扬。在张飞居被狗头儿撞昏了头的事李鱼还没忘呢，这位大兄弟太不靠谱，李鱼可不希望好不容易救出的吉祥，被他给撞成个傻姑娘。

李鱼把吉祥交给了陈飞扬，立即伸手一指追出来的任怨，大声道："妖人已经逃走，但任刺史却中了妖法，尔等速速拿住他，待李某来为刺史作法驱魔。"

众人听了不禁面面相觑，这可是利州刺史啊，谁敢抓他？

有一个人敢！

脑袋里缺根弦的狗头儿。

狗头儿听李鱼一说，头脑一热，嗖的一下就冲了上去。任怨大惊道："你干什么？"

狗头儿道："老爷中了妖人的妖法，我帮小神仙为老爷驱魔！"

李鱼大声疾呼道："尔等还愣着做什么，刺史中了妖法啊！你们看他，衣冠不整，眼睛发红，还欲强暴民女，这是一方刺史会做的事吗？这正是入魔的征兆啊！现如今刺史只红了一只眼睛，待另一只眼睛也变红了，就彻底入魔，无可救药了，你们还不动手？速速绑了刺史，待李某作法，替刺史驱走附身的魔物，刺史定然会对尔等感激不尽。"

这句话一下子点醒了几个"伶俐"些的军校和不良人："对啊！刺史老爷这般模样，明显不正常啊！显然是中邪了！"既然是中了邪，那他们绑的就不是刺史！

弄清了这层关系，众军校与不良人登时一拥而上，七手八脚地把任怨绑在了柱子上。这些人立功心切，把最先动手的狗头儿都挤到了一边去，任凭任怨如何咆哮大骂，只当他是中邪发疯，根本不理。

刺史府里赶来的人见此一幕，只惊得目瞪口呆，只是前边被看热闹的挤得水泄不通，他们想冲过去都办不到。

狗头儿被挤到一边，急得跳脚，这时李鱼一把扯过他，对他耳语几句，狗头儿急忙点头，兴冲冲地跑开了。片刻的工夫，狗头儿一手捏着鼻子，一手端着个大粪勺跑了回来："借光借光，别蹭身上，驱魔的金汁来了！"

李鱼从狗头儿手中接过勺柄，冷冷地看向任怨。任怨睁大了眼睛，直到此刻仍然不信李鱼会做得那么绝。

但李鱼已经看透了任怨，就他这种人，一旦撕破脸，也就彻底没有了转圜的余地。既然要做，就要做绝。不留遗憾，不留借口！狠，才是硬道理！今儿这碗粪汤，他喝也得喝，不喝也得喝！

李鱼端着粪勺子走到被绑在柱子上的任怨面前。任怨又惊又怒，大肚腩一鼓一鼓，仿佛一只马上就要现了原形的蛤蟆精，怒斥李鱼道："小子尔敢！你敢辱我，我定教你求生不得，求死不能！"

李鱼哈哈一笑，赶紧又稳住，生怕笑得动静大了，那满满一勺子金汁会溢出来。

李鱼道："你这妖魔是个什么东西，竟然附在任刺史身上，为非作恶，坏他名声。在本仙人面前，还敢大言不惭？"

既然装了，就得装到底，他现在装得越是像，众人就越是信他。李鱼心知此刻是断断不能认戾的。

狗头儿站在李鱼旁边，可是一点都不害怕。他知道任刺史并未入魔，是李鱼在整治刺史，但他可不知道李鱼是个假神仙。李鱼一次次对求上门来的人大显神通的场面，他可是亲眼见过的，早已对李鱼的神通笃信不疑。

他既然是神仙的小跟班，那刺史算个什么鸟？便得意扬扬地道："妖魔，你听到了没有？我家小郎君，那可是天上神仙！"

李鱼吩咐道："弄开他的嘴巴！"

狗头儿一听，不禁咧了咧嘴，好生不情愿地上前，掐住任怨的嘴巴。任怨两颊被掐，酸痛难忍，不由自主地张开了嘴巴，咿咿唔唔地道："你肉次……藕，藕哦哈咿……"

李鱼大惊，道："魔物要反抗了，尔等闪开！"

众不良帅、官兵、捕快闻言哗啦啦一下就闪开半丈多远，其中真怕妖魔作法的未必有几个，怕那金汁粪汤溅在身上的倒占了八成。李鱼将那粪勺子往任怨嘴巴上一堵，便倾了下去。

狗头儿只觉任刺史拼命挣扎起来，怕他挣扎得狠了，一勺子稀粪全洒自己手上，是以用力掐紧了他的两颊，另一只手捏住了他鼻子。任怨躲无可躲，又不得不喘气儿，于是一勺子金汁大半都被灌入了口中。

等一勺子金汁灌罢，狗头儿赶紧撤回手，冲进花厅，就着墙角放着的净脸盆洗起手来。

任怨吞了一肚子金汁，那金汁金黄澄亮，卖相颇好，可那味儿实在是奇臭无比。任怨胃里一阵翻腾，稀里哗啦倾吐而出，弄得一个人更加臭烘烘脏兮兮不堪入目了。

李鱼上前一步，用粪勺子敲着任怨的脑袋，好像敲木鱼似的，一脸庄重："梆梆梆！恶魔，还不离开！我以昊天金阙无上至尊自然妙有弥罗至真玉皇上帝之名驱逐你！梆梆梆！我驱逐你！以中央土德黄帝含枢纽之名命令你，离开任刺史的身体！梆梆梆！我驱逐你！以东方木德青帝灵威仰之名命令你，离开任刺史的尸体……啊，不，身体！梆梆梆，北极玄天真武大帝亲自命令你离开！九天应元雷声普化天尊亲自命令你离开……"

幸亏李鱼开始装神弄鬼扮小神仙后，认真背诵过一些道教神系的神明的名字，这时一一拿来使用，倒还蛮像那么回事。

任怨被他敲得一头金汁，恶狠狠地瞪着李鱼，一副要吃人的模样。李鱼敲得累了，扭头对净了手赶到身边的狗头儿道："这妖魔不肯离去，你再去取一勺子金汁来！"

任怨一听，登时崩溃了，涕泗滂沱地大叫道："不要啊！我服了！我认栽！我认栽啊……"

任老魔一开口，当真是"香"飘十里、熏人欲醉，李鱼和狗头儿不约而同地捂着鼻子后退了几步。李鱼拿粪勺子指着任怨，呵斥道："妖魔，还不离开？"

任怨欲哭无泪：我离开？我被你绑着，怎么离开？你到底要怎样啊，你？

李鱼扭头对狗头儿道："这妖魔还不死心，你去取金汁来！"

任怨终于福至心灵了，忽然"啊"的一声大叫，脑袋往下一垂，好像咽了气似的，然后缓缓抬头，左顾右盼，一脸惊讶："啊！老夫怎么在这里？出了什么事？啊！呸呸呸，好臭……"

李鱼暗跷大拇指，真不愧是宦海中打过滚的人，就是上道。李鱼立即抢上两步，一脸惊喜地道："任刺史，你终于醒了！方才你被邪魔附体，小可刚刚将它驱离。"

任怨目眦欲裂地瞪着李鱼，李鱼笑看着他，手里的粪勺子轻轻颠了颠。任怨的嘴角顿时抽搐了几下，勉强挤出一丝比哭还难看的笑容道："多……多谢小神仙，救命之恩，老夫……没、齿、不、忘！"

李鱼笑容满面地道："刺史客气了，李鱼身为利州的一份子，岂能坐视邪魔作祟。来人啊，还不快替刺史老爷松绑！"

李鱼逼着任怨当众承认入魔，就不怕他当场翻脸。任怨已经被他弄成这副模样，官威体面荡然无存，想要保全名声，必须得承认自己真是入魔了，想报复他也得容后再说。

如果任怨真就连这点城府也没有，当场发作起来，李鱼随时可以再次声称他仍被邪魔附体，让他继续灌金汁。

任怨显然也明白李鱼有后手为恃，被松绑后依旧十分配合，一副当真入过魔的模样，向他道谢几句，臭气逼得李鱼连连后退，随即颠动着大肚腩狂奔进了花厅洗漱去了。

李鱼目光一转，就看到庞妈妈领着两个打手，贴着墙根正蹑手蹑脚地想要溜出去。李鱼立即伸手一指，大喝道："他们是妖人同党，抓住他们！"

那些官兵、捕快、不良人眼见任刺史与李鱼做的这场戏，本来不信的此刻都相信任刺史是真的入魔了，对李鱼更是言听计从到了盲从盲信的地步。听李鱼一说一指，这些人立即一拥而上，将庞妈妈和两个打手拿下。

为表正义之心，这些不良人、捕快、官兵还对庞妈妈三人拳打脚踢一番，一些义愤填膺的百姓也拼命挤过来踹上几脚。等李鱼分开众人走过去，他都认不出瘫在地上的这三个人了。

幸好庞妈妈的体形比较有特点，李鱼勉强还能确认这三个人的身份，便指着三个鼻青脸肿、不成人形的家伙道："全都绑了，押去都督府！"

在场的人以官兵居多，对押送都督府这事自然响应，捕快们虽然觉得这种案件该由刺史老爷负责，但刺史老爷如今这副模样，显然不宜升堂问案，所以也未反驳，当下就把庞妈妈三人绑了，浩浩荡荡地离开刺史府，直奔都督府而去。

李鱼等众人离开，便从陈飞扬手中接过吉祥。吉祥药性发作，沉睡如旧，偎依在李鱼怀中，神情恬静，长长的睫毛覆盖着眼帘，仿佛一个睡着了的孩子。时而，她似梦到了什么，唇角会委屈地抿上一抿，微微抽泣一下。

李鱼好不怜惜，他挪动了一下胳膊，让吉祥在怀中睡得更舒服些。抬头看看守在一旁的陈飞扬和狗头儿，李鱼吩咐道："飞扬，去借辆车子来，记得铺垫子，可别像狗头儿淘弄来的那辆破牛车似的颠。"

狗头儿干笑两声，暗骂亲二舅及其做脚夫的三姑爷做事不地道，害自己落埋怨，发誓下回绝不照顾二舅及其三姑爷的生意。

陈飞扬答应一声，不一会儿就从一家店铺借了一辆双轮车，上边铺了一床铺盖。李鱼把吉祥轻轻放上去，又拿薄衾为她盖上，才对陈飞扬道："你拉着吉祥速去我家，接上我娘，一起去都督府。"

陈飞扬目光一闪，低声道："小郎君担心任刺史可能会报复？"

李鱼道："不是可能，而是一定！现在你知道抱住利州最粗大腿的好处了吧？还不快去！"

跟聪明人说话就不用多费唇舌，陈飞扬答应一声，立即拖着两条车辕，拉着睡美人匆匆离去。

狗头儿凑到李鱼面前，眨巴眨巴眼睛道："小郎君，咱们不跟着回去吗？"

李鱼脸色一沉，一字一句地道："与其等任刺史出招，不如我先下手为强！走，跟我去张飞居！"

张飞居仍在捕快们的封锁之中，刺史府的事没那么快传过来，就算传过来了，没有知县老爷下令，这些捕快也不会撤走。于是，狗头儿趁着夜色，带着李鱼钻进了那条死巷子。

张飞居的后墙虽然高，却难不住李鱼，李鱼先把狗头儿托上去，自己又纵身一跃，双手攀住墙头，极其敏捷地翻了过去。二人在墙根下停住，见远近房舍，多有灯火亮起，二人择那没有亮起灯火的屋舍处悄悄转去，摸到庭院中一片花草丛中停下。

狗头儿道："小郎君，你且候在这里，我去找何师傅。"

李鱼不放心地道："你的身手行吗？可别被人发现，不如我去吧？"

狗头儿把头上的束发巾扯歪了些，向李鱼龇牙一笑，道："小郎君放心，我这模样，一看就是院子里的'大茶壶'，护院们只会当我是新来的，不会有人起疑。"

李鱼忍俊不禁，道："这又不是青楼，哪来的'大茶壶'，再说，你就是本坊土生土长的人，护院们还能不认识你？"

狗头儿吹牛皮被李鱼拆穿，却也不觉尴尬，嘿嘿一笑，道："实不相瞒，我未跟小郎君前，拜了庚四爷为师，其实呢，拳法未学到什么，只在这院中混吃混喝，跟他们都熟得很，便是有人见了，也只会以为我原就在这酒楼中，不妨事的。"

狗头儿说罢，向李鱼挥挥手，便拨开花草丛走了出去。

庚四爷？李鱼想了想，猛然想起有个庚四儿，也是何拳师的弟子之一，想来就是狗头儿口中的庚四爷了，如此算来，这狗头儿还是自己师侄？

狗头儿是鸡鸣狗盗之徒，大事做不了，但这些鼠窃勾当，比大多数人做得好，也不知他用了什么法子，李鱼只觉自己也就等了一盏茶的工夫，狗头儿已经带着何小敬钻进了花草丛。

"小神仙，你怎么来了？"何小敬钻进花草丛，见李鱼果真在此，不禁惊讶万分，他四下看看，"走！去我房里说话，这里不安全！"

何小敬自己有家，但是值宿的时候，是宿在张飞居的，他又号称利州第一神拳，功夫了得，在保镖护院中地位颇高，所以有一间单独的住房。不过，也只是陋居一间罢了。

所谓武术高手，如果不是从军入伍，凭一身武艺建功立业，又或者成为封疆大吏们的幕府僚佐，其实大多混得不怎么好。没有俸禄，没有生意，不偷不抢，他哪来的钱逍遥自在？

何小敬先闩好了房门，又点亮了灯，回首看向李鱼，李鱼已经神情庄重地向他长揖下去："吉祥险遭大难，我能及时赶去，全赖何师傅仗义报信！大恩大德，无以言谢,请何师傅受弟子一拜!"

何小敬赶紧扶住李鱼,道:"小神仙折杀我了。人无信不立,我既答应了你,便该遵守承诺,否则,枉为男儿!只是,明知庞妈妈害人,何某却未能当场阻拦,还得请小神仙出手,实在惭愧得很!"

李鱼笑道:"何师傅亦有父母妻儿要养,一文钱难倒英雄汉哪,能做到如今这一步,已经很难为你了。总之,李某感激不尽。"

何小敬道:"听小神仙的意思,吉祥姑娘已经被救出来了?"

狗头儿得意插嘴道:"那是!也不看看是谁出手。任刺史脱得赤条条,正想来个霸王硬上弓,我家小神仙赶到,一脚破门,断其弓弦,折其肱臂,还灌了任刺史一口金汁,哈哈,真是好不威风!"

何小敬只听得目瞪口呆,赶紧追问几句,听狗头儿把事情经过一说,再看向李鱼时,敬畏之色,立即溢于言表。

灌了刺史老爷一勺子金汁?!

换了他何小敬,除非横下心来决定落草为寇,否则便连一句重话都不敢对那样的大人物讲的,灌人家粪汤,何小敬想也不敢想,而李鱼却做了,何小敬对这种狠人真是佩服得五体投地。

何小敬赶紧劝道:"小神仙这么做,自然是快活了,可是任刺史岂肯与你善罢甘休?常言道,民心似铁,官法如炉!我等百姓,纵有万夫不当之勇,也没办法与官府对抗的,小神仙还是速速远走高飞吧!"

李鱼轻笑一声道:"我倒是想走,奈何我虽比不得何师傅拖家带口,却也不是孑然一身,哪能说走就走。既然不能走,那就只能继续跟他斗,他是官,我也不是任他揉捏的蝼蚁!更何况,利州还轮不到他当家!"

何小敬一怔,问道:"小神仙打算怎么做?"

李鱼凝视着何小敬,道:"何师傅于弟子有大恩,弟子想送你一个大富贵,却不知何师傅你敢不敢要?"

何小敬毕竟在道上混了这么久,一听这话就知道李鱼有所图谋,而且恐怕需要用到自己,不禁谨慎地问道:"小神仙打算做什么?"

李鱼把何小敬拉到一边,低声耳语起来,狗头儿不好跟过去,只急得抓耳挠腮。他只看见李鱼耳语几句,何小敬脸色一变,连连摇头。李鱼淡定地一笑,又对他耳语一句,何小敬脸色变幻不定,沉吟半晌,重重地一跺脚,咬牙道:"成功细中取,富贵险中求!这笔生意,我做了!"

李鱼嘿嘿一笑,道:"好!既如此,何师傅你就……"

李鱼又凑到何小敬耳边悄声嘀咕起来,何小敬连连点头,道:"我听你的!马上准备妥当!"

李鱼退后一步,拱手道:"既如此,此间事就拜托何师傅了!狗头,咱们走!"

何小敬不放心,亲自送他们出去,头前带路,遮掩着他们的身形,悄悄折到后院院墙处,送二人攀出去,这才四顾一番,悄然隐去。

狗头儿跟着李鱼摸出巷子,见张飞居门前已经掌了灯,几个捕快扯了条凳正坐在外面拉家常解闷,二人也不打扰,径直借着夜色离开了。

待二人离开张飞居所在的那条街,狗头儿忍不住道:"小郎君,我们现在去哪里?"

李鱼道:"飞扬此刻恐已带了我娘赶去都督府了,咱们也去!"

狗头儿虽不明白李鱼究竟要干什么,却已隐隐猜到小神仙与任刺史的这番斗法,恐怕还没结束。神仙打架,小鬼遭殃。换个小鬼,此刻唯恐避之不及,但狗头儿却不是普通的小鬼,猜到李鱼的心意后,他竟兴奋异常,当即屁颠屁颠地头前带路,两人直奔利州都督府去也!

第二十二章
抄家

利州城里闹出这么大的阵仗，都督武士彟早就接到了消息。初时他听到的消息是刺客已经现出行踪，小神仙李鱼亲自率人去拿贼了，武士彟立即披挂起来，唤来李伯皓、李伯轩两兄弟，准备去一探究竟。

不料他还没出府门，第二道消息又传了来，说是小神仙发现刺客在刺史府，已经带人冲进刺史府了。武士彟闻言，硬生生地刹住了身子，仔细想了一想，悬在门槛上方的一只脚又缩了回来，吩咐一声"再探"便转身回府了。

武士彟在花厅里让小丫鬟烹了一壶茶，大马金刀地端坐品茶，等着外面的消息。

自从听说李鱼去了刺史府，武士彟心里就打了个转儿，觉得事情没那么简单了，且不论刺客是否在刺史府，与任怨是否有什么关联，他作为利州都督，此时都是不宜出面的。

果不其然，在他等得有点心急的时候，第三道消息终于送来了。这回的消息极其详细，因为是他辖下官兵亲眼看见的，所以说来极是生动。武士彟像听书似的，赶上有趣的地方还要打断那兵丁的话，反复问个仔细，听得捧腹大笑。

武士彟正笑着，门子跑进来禀报："老爷，府前来了好多的官兵、捕快、不良人，还有看热闹的百姓。说是抓住了行刺老爷还有任刺史、柳下司马的妖人，押解到咱们府上来了。"

武士彟一听急忙迎了出去,吩咐人大开中门,院子里点起火把,只许一些军官、班头和不良帅押着庞妈妈进了院子。

武士彟先听众军官及不良帅和捕快班头说明来由,又问那喊冤不止的庞妈妈,重新温习了两遍任刺史吃屎的故事,而且这回众人还为他补充了很多新的细节,武大都督听得津津有味。

这时候,陈飞扬带着潘娇娇和吉祥又到了府上。潘娇娇听陈飞扬说是儿子的主张,马上就跟他来了都督府。不过,她可没舍得装满细软的那四口大箱子,将四口大箱子装上双轮车,在上边垫了一张被褥,又让吉祥睡了,两个人才深一脚浅一脚合力推着车子来的。

李鱼把这件事安排给陈飞扬,确实远比狗头儿合适,若换了狗头儿来,武士彟一问,只怕他什么都说不出来。

而陈飞扬不但会说,而且说得很得体:"大都督,我家小郎君率众抓贼,贼首逃遁,小郎君已去打探消息,唯恐贼人报复,祸及家人,所以遣小人将老夫人和吉祥姑娘送至贵府,冒昧之至,还祈宽宥!"

武家房子多得很,财大气粗,不差两口人吃饭。再说,武士彟本人对于李鱼这种世外高人也是常有求教的,礼尚往来嘛。恰好这时前院的喧嚣把夫人也惊动了,武士彟忙把情况对夫人一说,让她把潘大娘和吉祥带去厢房安顿。

前院里这般吵闹,住在厢房客舍的杨千叶也被惊动了。墨总管悄悄溜去前院,不一时打探明白,又返回客舍,将事情经过原原本本地对杨千叶说了一番。

珠帘后,杨千叶双手按在琴弦上,沉吟片刻,道:"什么妖人贼寇,恐怕是那李鱼借题发挥。"

墨白焰唇角微微漾起一抹笑意,轻轻欠身,对珠帘后那道绰约动人的丽影道:"姑娘说得是!想来是那李鱼对吉祥有意,为了救人,才有这般说辞。只是,他救走了人也就是了,居然……做事不留退路,难成大器。"

杨千叶轻轻"唔"了一声,心中却不甚赞同墨白焰的这一说法。相较于男人的理性,女人更加感性。李鱼此举是否够理智,在她看来并不重要,重要的是,为了他喜欢的女人,这个男人豁得出去。

杨千叶虽是前朝皇室贵胄,自幼也不曾受过什么苦难,但是为了掩饰身份,颠沛流离,四处躲藏,却是在所难免的。而且为了她的安全,又不想她失却公主的威风,墨总管从小就教她人前人后两种做派与身份,这无疑会让她觉得危险随时会降临。

所以，杨千叶其实是一个很缺乏安全感的人。墨白焰虽然在情感上将她视如己出，但终究不敢把尊贵的小公主当成女儿、孙女看待，他的毕恭毕敬，也不免让人产生了一种隔阂。杨千叶从小没有父母和兄弟姐妹，也就没有被人呵护的感觉。

这一刻，她对吉祥甚至是羡慕的。她多么希望自己未来的夫君是一位盖世英雄，能够在她危险的时候，从天而降，保护她，严惩伤害她的敌人。以至于在这一刻，她对李鱼的杀心都淡了几分。

不过，想到李鱼对她的羞辱，以及自幼所受教育中关于此等事件的严重性，那念头刚一产生，便被她硬生生地压了下去。不可以！虽然她很欣赏李鱼此等行为，但是为了她的清白女儿身，这个人依旧要死。

杨千叶轻轻地拨了几下琴弦，心绪渐渐平静下来，淡淡地道："李鱼既然将母亲送到都督府，那机会必然就多了。"

墨白焰心领神会，垂首道："老奴明白！下一次，老奴一定不会失手！"

前院里边，武士蠖刚让夫人把潘娘子还有依旧昏睡的吉祥姑娘送去安顿，李鱼带着狗头儿也到了。李鱼一见武士蠖，便拱手道："大都督，小可的母亲与吉祥姑娘可已到了贵府？"

武士蠖道："本督已请夫人安置了。小神仙，你真的……扑哧！咳咳，灌了任刺史一勺子金汤？"

李鱼一本正经地道："那是当然。刺史老爷中了邪魔外道的妖法，妖魔附体，胡作非为，李某岂能坐视？只是仓促间来不及准备法器，救人又刻不容缓，只得用些别样手段了。"

武士蠖道："那任刺史……扑哧！咳咳，本督着了风寒，鼻子有点不适！那……任刺史……如今怎么样了？噗……咳咳……"

李鱼正色道："任刺史身上的邪魔已被小可逐去，但任刺史业已元气大伤，需要闭门歇养。所以……"李鱼往旁边一指，庞妈妈三人鼻青脸肿地还被绑在那里，"所以，这三名刺客同党就被绑送都督府来了，还得请大都督处置！"

庞妈妈脸都被扇肿了，牙齿漏风地喊道："屋……冤……屋冤慌哪……"

武士蠖摸了摸鼻子，心中暗道："小鱼儿，可以了啊！这人叫你打了，堂堂刺史也被你坑了，还不行啊？怎么还越说越像了？"

李鱼望着庞妈妈冷笑一声，对武士蠖道："大都督，今日宴饮，那刺客如何把时间、地点了解得一清二楚？又何以使许多人事先扮作酒客藏在楼上？若说没人接应，怎么可能?"

庞妈妈和那两个打手继续喊冤，李鱼理也不理，转向武士矱，抱拳道："大都督，小可请大都督立刻发兵，抄了张飞居，定然可以拿到许多证据。一旦迟了，贼人同党必乘机销毁证据，转移证物！"

武士矱看李鱼神情极其严肃，不由得也严肃起来，他本来的想法跟杨千叶一样，什么妖魔附体，李鱼这厮为了女人可是真够拼的啊。但李鱼现在人也救了，对头也整了，却依然不肯放手，而且如此认真，那就得严肃对待了。

武士矱郑重地道："小神仙所言，可是真的？"

李鱼正容道："小可已经推算清楚，绝无半点差池！"

武士矱原本打算赶去抓贼的，所以全副的盔甲此时还没卸呢，一听李鱼说得如此笃定，不由得精神一振，大手一挥，对那些卖呆的官兵、不良帅和捕快命令道："尔等追随本督，抄了张飞居！"

武士矱骑着一匹黄骠马，率领由官兵、不良人和捕快组成的一支杂牌大军，后边还有看热闹的百姓无数，浩浩荡荡直奔张飞居。

此时已是华灯初上，百姓都歇了工，也用过了晚饭。如此声势浩大的一支人马招摇过市，登时引起了百姓们的好奇心。有那好事者一问，队伍中的不良人和捕快，包括后边看热闹的百姓都是本地人，自有相识的说给他们听，登时就有更多的百姓加入了围观的行列，绵延如龙。

大队人马赶到张飞居，那些守在张飞居外面的捕快一瞧这阵势，着实吓得不轻，一个个惶惶然不敢说话，马上就有跟随武士矱而来的捕快班头冲上前去向他们解释情况。

武士矱下了马，扶着宝剑往前就走，李伯皓、李伯轩以及众亲兵紧紧簇拥着，众星捧月一般，就连小神仙李鱼都被人忽略了，被一群不良人夹在中间，不显山不露水的。

武士矱往那紧闭的门户看了一眼，沉声道："开门！"

一个军校急忙上前，奋力一脚踢在门上，大喝道："开……"

"轰"的一声，大门开了，里边一个汉子"哎哟"一声，滚地葫芦一般倒翻了出去。

原来外边人山人海，人声鼎沸，里边也听到了动静，那门子悄悄开了门，正透过一条缝隙向外观望，不提防被那鲁莽的军校一脚踢在门上，大门洞开，将他撞了个满脸开花,倒翻出去。

武士彟冷哼一声,手扶宝剑,威风凛凛,沉声大喝:"给我搜!"

千金之子,坐不垂堂。武大将军才不会冒冒失失闯进这家"黑店",这又不是两军战场,万一被人暗算实在不值当,依小神仙所言,这店里没准就有妖人呢。

武大将军一声令下,众军士、捕快、不良人登时一哄而入,有多少人打着趁机捞点油水的目的不得而知,总之是人人向前,悍不畏死。

李鱼趁着这个空当踱到武士彟身旁。武士彟微微蹙眉,低声道:"小神仙,你的掐算,不会有误吧?"

李鱼微微一笑,道:"若是不准,都督只管拿在下问罪,绝不叫大都督为难。"

武士彟老脸一热,道:"嗨!说的哪里话,本督岂会与你为难?只是,闹出这么大的阵仗,若是一无所获,未免脸上难看!"

李鱼笃定地道:"大都督尽管放心!不消多时,必有证据呈上!"

李鱼当然很笃定,有张飞居的保镖头子给他做内鬼,如果搜不出证据才是真的有鬼。

李鱼与何小敬耳语的那一番话,就是彻底搞垮张飞居。张飞居一旦垮了,想要重新开张那是难如登天,但是如果亲手揪出刺客同党的小神仙李鱼开口,要求其重新开张,却又易如反掌,甚至想让张飞居易主,也是易如反掌。

这就是李鱼打算送给何小敬的那份"大礼"——张飞居。张飞居立足利州城数十载,坏事做得也够了,换何小敬当东家,总比庞妈妈那种人要多些底线。

翻手为云覆手为雨,李鱼看着一副与人无害的模样,但他现在有这个能力。固然,这份能力对于身在其位的人来说,是一柄双刃剑,但李鱼早就打定了脚底抹油、溜之大吉的主意,也就不怕招摇了。

当然,要做到这一点,需要何小敬配合他,在张飞居中留下足够的证据。这也是何小敬当时迟疑的原因。但李鱼只一句话就打消了他的顾虑:"我不用你大张旗鼓地去做。你按我说的做了之后,也不必露面。无论成功抑或失败,你都不用出面!"

官兵、捕快、不良人冲进张飞居,登时扰得一阵鸡飞狗跳。好在今儿张飞居没开张,混乱情况还好些。

那些人虽然连揣带藏的,趁机捞油水,但也没忘了做正事。很快,就有人在庞妈妈房间里搜出了朱砂、黄纸、纸人、布偶一类的作法工具。只可惜都是些原材料。何小敬也想画几张符箓,或者在纸人上边写上武大都督的名字,再压上庞妈妈的一只鞋子来着，只可惜他不识字，也不会画符。

但是这些证据已经足够了，武士彟看到呈送面前的黄纸、丹砂、纸人、布偶等物，脸色登时一沉，厉声喝道："把张飞居的大小管事，统统锁拿到都督府大牢，本督明日一早要亲自问案！"

当下就有武士彟的亲兵冲进张飞居去传达将令，李鱼关心的只有一样东西，此时按捺不住，抢前一步，向那呈报妖人证物的兵卒问道："庞妈妈房间里，就只搜出了这些东西？可有吉祥姑娘的卖身契？"

他刚说前半句时，那兵卒还有些心虚，因为庞妈妈房间里自然是有些银钱和珠宝的，但这些东西都被他揣进了自己的荷包。

一听小神仙问的是吉祥的卖身契，那兵卒登时松了口气，连忙摇头道："卖身契？那该是纸写的吧？但凡纸上有字的东西，小的都已呈送大都督了，不曾见过什么卖身契！"

李鱼心中一急，急忙把那一篓书本账册都倒在地上，就着火把，连那账册的夹页都一页页地翻看了，却仍然不见吉祥的卖身契。

这时，府中突然一阵喧哗吵嚷，武士彟按剑喝道："发生了什么事，可是有人反抗？"

不等武士彟麾下兵将入内查看，就有一个兵卒气喘吁吁地跑出来，向他禀报道："大都督，张飞居三掌柜趁人不备，打伤一个兄弟，翻墙逃了！"

武士彟厉声喝道："给我追！妖人同党，一个都不能放过！"

那兵卒答应一声，领着一队官兵便追了出去。

"三掌柜跑了？"李鱼心念陡转，吉祥的卖身契，不会就在这个三掌柜的身上吧？

张飞居的三掌柜姓杨，叫杨东斌，吉祥的那份卖身契，恰恰是由他保管的。

李鱼上一次赶到张飞居与何小敬密晤时，发生在任刺史府的事情也传到了张飞居，那几个坐在门前聊天的捕快聊的正是发生在任刺史府的一幕。

杨东斌在院子里把他们所说的话全都听在了耳中，那时他就觉得有些不妙，所以早早就把由他保管的卖身契全都藏在了怀里，这些东西也是一笔财富，是钱哪！

等到武士彟率人赶到张飞居，大肆搜查，并欲抓捕所有管事的时候，杨东斌就知大势已去，立即乘隙逃走。

他已知道这番祸事是小神仙李鱼带来的，而如今唯一能包庇他的，就是与小神仙李鱼结下死仇的任刺史，所以翻墙出去后，立即向刺史府狂奔而去。

三掌柜杨东斌平素就负责给张飞居疏通关系，逢年过节给达官贵人们送送礼物，以便为张飞居多拉客人，以此占据利州第一酒楼的位置。这是个肥差，能交到他手上，除了因为他长袖善舞，也是因为……他是庞妈妈的相好。

因为经常来刺史府送礼，所以刺史府的人对他很熟悉，马上把他请到了书房。

任怨洗了个澡，叫丫鬟们把他浑身搓洗了一遍又一遍，而且他坐在浴桶里，就已开始刷牙了。四个小丫鬟围前围后地用丝瓜瓢子给他搓洗身子，他自己则在不停地用柳枝刷牙。

任大老爷身子被丫鬟们搓得红彤彤的，好像一只烤熟了的白皮猪。而牙齿则已刷得牙龈出血了，犹觉不干净，呼吸之间似乎还是臭气熏天，也不知是心理作用，还是胃里仍有没吐干净的脏东西。

任怨刷得一口血，屁股上的伤口在热水里泡得都"发"起来了，这时候管家急匆匆地跑进来，在他耳边低语几句，任怨一听，"哗啦"一声就从水里赤条条地站了起来。

任刺史急急吩咐道："速速着衣！"

片刻工夫，衣冠整齐，峨冠高屐，大袖飘飘，威仪庄重。禽兽着了衣冠，马上衣冠楚楚了。

任怨急急赶到书房，杨东斌正站在那里等着，一见任怨便悲鸣一声，扑倒在他的衣袂之下，抱住他的大腿哭叫道："大老爷为小人做主啊，那李鱼硬指我张飞居与歹人刺客有勾结，已经怂恿都督老爷抄了我张飞居啦！"

杨东斌哭哭啼啼地把前后经过哭诉一遍，任怨咬牙恨声道："又是他！"

杨东斌迅速从怀里掏出几份文书，高高捧在手上，对任怨道："刺史老爷，小的仓皇逃命，就只带出这几份东西，我张飞居偌大的产业，全都被抄封了！"

任怨瞟了他手中的东西一眼，不屑地道："这是什么东西？"

杨东斌从门口捕快所议论的李鱼在危急关头救下吉祥一事，已经觉察到此事恐怕与吉祥姑娘脱不了干系，忙道："这是我张飞居买下的几个丫头的卖身文书，那个吉祥姑娘的卖身契，也在其中！"

任怨一听，双眼顿时一亮，猛地把那一摞文书抢在手中，迅速翻动，将不相干的卖身契丢了一地，最后找到吉祥的卖身文书，仰天大笑起来："哦呵呵呵呵……"

任怨的牙龈刷得太狠了些，这一张口大笑，满口血红，杨东斌仰脸看见，不禁大惊，失声道："刺史老爷，您气吐血啦！"

"滚！"任怨踹了杨东斌一脚，一口血沫子吐在他的脸上。杨东斌没敢躲，只把双眼一闭，心道："好臭！"想是这样想着，却不敢去擦拭，以免激怒任怨，只得唾面自干。

任怨大笑几声，心思忽地一转，暗忖道："老夫与李鱼这番恩怨，恐怕明日一早就要传遍全城，许多人都得思量是老夫觊觎吉祥美色，因而被李鱼整治。老夫丢了偌大一个丑，如何还能在利州立足，如何冠冕堂皇，做父母官？嗯……这中邪入魔的由头，老夫不能不用，决不能坐实了是老夫欲霸占民女，那么……"

任怨想到这里，就知道决不能由自己来掌握这份卖身契，而且拥有它的人表面上看来得和刺史府没有任何瓜葛，如此才好借这份卖身契，肆无忌惮地做做文章，让李鱼和吉祥那对贱人不得好结果。

想到这里，任怨阴恻恻地一笑，突然弯下腰，从袖中摸出一方手帕，轻轻地为杨东斌擦起了脸上的唾沫。

杨东斌被任大老爷的"温柔"弄得汗毛都竖了起来，结结巴巴地道："不敢有劳大老爷，小的……小的自己擦。"

任怨阴阴一笑，轻声问道："你手上，可有什么合适的人物，为本官代持这份卖身契约？"

杨东斌茫然道："啊？"

任怨道："老夫，是不方便出头的。但老夫，又不甘心放过李鱼与吉祥那对贱人，须得有个与我刺史府毫无关联的人出面，代持这份卖身契，按老夫意愿行事！你懂？"

杨东斌恍然大悟，连忙挺身而出，道："有小人啊！小人愿为大老爷代持！"

任怨刚给杨东斌擦干净脸颊，听到这里"呸"的一声，又是一口血唾沫喷到了他的脸上："我呸！你个不长脑子的蠢货！这份卖身文书要过到他人名下，原主人难道不用署名画押？听你方才所言，张飞居里就只逃出你一个管事，你当买主，谁当卖家？"

杨东斌恍然大悟："啊！原来大老爷是想让这份卖身文书过户得合理合法，毫无破绽。"

任怨道："不错！所以，你只能是卖家！"

杨东斌眼珠一转，道："有了有了！小人有主意了！小人有个连襟，也在张飞居里做事，大名庚新，人称庚四，小人可以把这份文书过到他的名下。"

任怨问道："此人可用吗？"

杨东斌连连点头:"可用!可用!能为大老爷做事,庚四必然心甘情愿。人往高处走,庚四巴不得抱住老爷您的大腿呢。"

　　任怨嘿嘿一笑,忽又一蹙眉,道:"这人在张飞居里做什么的,焉何要买下吉祥?可有说辞?本官可要办事办得干净利索、毫无破绽才成!"

　　杨东斌道:"说得通!说得通!庚四的婆娘,也就是我那小姨子,因常受丈夫打骂,庚四又吃喝嫖赌,不理家事,所以年前刚跟一个货郎跑了……"

　　任怨:"啊?"

　　杨东斌继续道:"如此一来,他花钱买下一个女人,我张飞居又嫌这女人不听话,转卖于他,岂非合情合理!"

　　任怨转惊为喜,摸着肥硕的三层下巴想了想,嘿嘿冷笑起来:"好!就这么办!李鱼啊李鱼,你要与老夫斗'法',老夫便与你斗'法',此'法'斗彼'法',倒要看看,究竟是谁的'法'厉害!"

第二十三章
斗法

官兵虽是常驻利州的,但要说到对利州城大街小巷的熟悉程度,显然是远远不及杨东斌这种"胡同串子"一般的地头蛇,杨东斌借着夜色,三拐两绕地就甩开了追兵。

追兵追丢了目标,只得回报武士彟。李鱼听了不禁嗒然若丧,他知道那卖身契既然没找到,十有八九就在此人身上。

老武倒也是个善解人意的,瞧他模样,哈哈一笑,道:"不妨事的,那厮有家有业,逃不出利州城的。待明日捉了他,便可尘埃落定矣。"

李鱼也是别无他法,只得跟着武士彟先回了都督府。老武对小神仙还真挺客气,将他母子和吉祥都安顿在客舍。那客舍中也有一个独立的跨院,院中池水假山,花草怡人,住的正是杨千叶杨姑娘,李鱼的住处与之只隔一道月亮门。

任怨这边好不容易逮着个反扑的机会,又岂会轻易放过。他连夜就叫人去找那庚四。庚四也是张飞居的护院之一,跟着何小敬学过拳法,算是李鱼的一个师兄弟。

庚四自己都是带徒弟的人了,哪能没有点阅历常识,一听扮作任刺史家丁的杨三掌柜道明来意,庚四心里就打了个突,情知这是一笔风险极大的买卖,弄不好这帮"神仙"打到后来就得把酒谈和,自己这掺和进去的小虾米却得被碾成虾酱,当成他们下酒的佐食。

但庚四又不舍得放过到手的好处，况且李鱼和隐隐然已经站在李鱼背后的武都督他惹不起，任刺史他同样不敢得罪。

庚四思量片刻，一拍大腿道："这事我实在不方便出头，毕竟张飞居里太多人知道我的情况，只怕经不起推敲，不过……"

庚四一瞧杨东斌和任家二管家已经沉下脸来，忙又说道："我有一个赌友，名叫苏良生，这人可以胜任。"

杨东斌道："这人是干什么的？"

庚四道："这人原是一个闲汉，父子一脉相承，嗜赌如命。苏良生自己嗜赌欠了一屁股债，便把他婆娘卖进了怡春楼，他不但不臊得慌，居然还借这由头去怡春楼做了龟公。"

任府二管家一听，如此见钱眼开、见利忘义、不知廉耻、男盗女娼之辈，正是最佳人选，登时转嗔为喜，忙道："此事刺史老爷十分看重，你速带我们去寻他。"

夜间正是青楼妓坊最热闹的时候，那苏良生系着绿头巾，穿着两截衣，点头哈腰，迎来送往，正在竭力给他婆娘介绍生意，他婆娘的生意，他是有抽成的。

庚四领着杨东斌和任府二管家走进怡春楼，一把推开老鸨子，直接奔他去了。苏良生眉开眼笑，道："庚四爷又来照顾我婆娘生意了？"

庚四扯住他便往外走，道："住口！老子要送你一桩大富贵，出去说话。"

这苏龟公当真是个见钱眼开的，一听有大把银子笑纳，忙不迭就答应下来，哪理会得其中有何玄机。堂堂刺史，又为何要找他这种活在地沟里的蝇蚋蚊虫般人物来接盘？他却是全然不曾想过。

任府二管家欢喜不胜，马上带他回去炮制证据。

武府这边，李鱼倒是一夜好睡，次日一早，他尚未醒，就听母亲欢喜的声音响起："小鱼儿，日头都晒屁股了，你还不起？吉祥姑娘醒啦！"

前半句李鱼听着模模糊糊的还不甚在意，听到后半句却是哗啦一下掀开了被子，兴奋地赤着脚就跑出去，只穿着一身贴身的小衣。

廊下，潘娇娇与吉祥正站在那儿，吉祥显然是早就醒了，已然梳洗完毕。她站在廊下，一身翠色衫子，阳光斜照，映得脸颊血色充盈，光晕流动。显然，这一夜好眠，再加上醒来后获悉脱险，欢喜之下神采飞扬。

一见李鱼，吉祥满面欢喜，盈盈地便拜了下去，道："吉祥谢过李家哥哥。救命之恩……"

吉祥还没说完，就被潘娇娇一把拉了起来，笑道："咦！你跟他客套什么，这都是鱼儿该做的。再说了，什么李家哥哥，叫得这般生分。昨儿夜里，你可是口口声声地喊'鱼哥哥救我'，'吉祥情愿以身相许'，叫了大半宿呢，吵得大娘都睡不好觉。"

潘娇娇这话一说出，吉祥登时羞不可抑，嗫嚅地道："人……人家哪有？"

吉祥偷偷瞟一眼李鱼，一碰到他的眼神，直恨不得找条地缝钻进去。李鱼也是讪讪地有点不好意思。

其实昨夜里吉祥固然是叫过"鱼哥哥救我"，含含糊糊地也不过就喊了三两声罢了，其他时间都在沉睡。但是潘娘子随口就说成"叫了大半宿"，还创造性地加上了"情愿以身相许"。

这时瞧着一双少年男女固然羞窘，彼此倒都没什么反对的意思，潘大娘心里不禁笑开了花："要是顺利的话，明年今日就能抱上大胖孙子了。哈哈哈哈……"

潘大娘这样想着，便找个由头，急急忙忙地走开了，想着给这一双少年男女多多制造些机会。那层窗户纸一旦捅破了，想必好事也就近了。

潘大娘刚走，武府管家就急匆匆地赶到了客舍跨院，一见李鱼，便停住脚步，道："小郎君，刺史府派人来了。"

李鱼目光一凝，疑道："刺史府派人找我，想做什么？"李鱼心中好不奇怪，任怨昨晚刚刚被他整治了一番，如今才传为满城笑柄，风头正紧的时候，居然还敢出头？

武府管家道："刺史府来人，不是找小郎君您的，是找吉祥姑娘的。"

吉祥吃了一惊，变色道："他们找我？"

武府管家道："是！刺史府的人说，有人拿了吉祥姑娘的卖身契向刺史府告状，说吉祥姑娘早已被他买下，请大都督交出吉祥姑娘。"

吉祥一惊，脸色变得惨白，下意识地看向她心目中的唯一依靠：李鱼。

李鱼心思一转，冷冷笑道："我就知道，那卖身契落在外边，早晚必有变故。果不其然……"

李鱼陡然抬头，向武府管家道："却不知大都督是如何答复的？"

武府管家微露笑意，道："大都督说，吉祥姑娘身中迷药，又受了惊吓，迄今沉睡不醒，梦中犹自胡言乱语，显然神志不清。已经延请名医，为她诊治。估摸着得三天工夫，才能痊愈。所以，人不能不交，但是有大都督出面，拖上三天，还是可以的。"

李鱼明白，这是武士矱为他争取的宝贵时间。卖身契在人家手里，人家就对吉祥拥有无可争议的合法占有权。便是武大都督，也不可能把自己凌驾于国法之上，更何况对手明显是任刺史，不是个任人拿捏的升斗小民。

所以，武都督尽其所能，给他争取了三天时间。三天内，他得想出应对的办法来，否则时间一到，他就得交人，刚刚摘下来的这棵小白菜，他还得拱手送出去！

李鱼苦思冥想，一时间却没有什么好主意可想。

"李大哥，你……你在想什么？"

吉祥怯生生的声音把陷入沉思的李鱼唤醒了，李鱼醒过神来，忙道："哦！没什么，我正在想，此事明显是任刺史设计报复。这一回，他不玩阴谋诡计，以堂堂正正的阳谋对阵，手握合理合法的文书，事情就有些棘手了。"

吉祥也知既然一方刺史打她的主意，恐怕小神仙也不是对手。除非他真的是天上神仙，否则在小民眼中，最大的依旧是牧守一方的父母官，那才是与他们的生活、与他们的命运息息相关的"神"！

如今听李鱼也承认事情棘手，吉祥以为李鱼打了退堂鼓，不想了为她与堂堂一方刺史继续对抗下去，眼中最后一抹希冀的光不禁暗淡下来。

是啊，她不过是一个小有姿色的穷丫头罢了，凭什么要人家为了她，和利州的土皇帝斗到底？

心里虽然为李鱼开脱着种种理由，吉祥依旧忍不住流下泪来，她背转了身，悲声道："奴明白的。李大哥不必再为吉祥操心了，你……为奴已经做得太多太多。奴天生命苦，就是个地狱，避之则吉……"

李鱼正色道："你这叫什么话？怎么可以如此颓丧？我李鱼是那么容易认输的人吗？再说了，就算你真的是地狱，我也定要救你！"

吉祥眼睛一亮，企盼地望着他道："那你想出办法来了吗？"

李鱼道："正在想，正在想……"

李鱼正想着，杨千叶一袭白衣、皓洁如月地从月亮门里姗姗走了出来，后边落后半步跟着墨白焰，微微欠身，亦步亦趋。

看到李鱼和吉祥，杨千叶微微一顿，停住了身子，脸上露出一丝淡淡的笑意："这位，想必就是吉祥姑娘吧？"

吉祥不识得杨千叶，但见她气质芳华，举动优雅，后边还有侍从陪同，那侍从之人，看起来也颇为不俗，知道杨千叶必是贵人一流，不敢失了礼数，连忙敛容上前见礼："吉祥见过姑娘。"

杨千叶浅浅一笑，道："吉祥姑娘不必客气，你我都在武家做客，也是缘分。我看你与我年岁相仿，姊妹相称就好。"

李鱼瞟了杨千叶一眼，却是暗怀戒心。杨千叶明明早就来到利州，却隔了多日才来武家认亲，而且矢口否认早就到了利州，这事一直令李鱼心中存疑。不过，他也不曾想得太过复杂，只以为这杨千叶是个做局行骗的老千，是想冒充武家亲戚。

毕竟，有许多亲眷家的往来，只靠书信。许多异地分居的亲戚人家，都是只知名姓，不曾见过模样，故而冒充亲眷骗钱是骗子们常用的手段之一。

因为这一桩事，李鱼对杨千叶一直暗怀戒心。只不过，他并没有真凭实据，就是那耳珠上的一颗红痣，也难保这世间不会另有人恰恰相仿。所以，李鱼也只对她敬而远之罢了。

杨千叶与吉祥和气地说着话，眼角却瞟见了李鱼对她的凝视，芳心顿时一跳。这个小神仙究竟有多大本事，她实在不清楚，她想了解，就得多多接触，但一有接触，她又担心被李鱼看出底细，这种接触实在是既危险又刺激。

杨千叶不敢让李鱼继续看下去，忽又抬起头来，向李鱼嫣然一笑："小郎君，别来无恙。"

李鱼犹自记得翠云廊下"摸鱼儿"的尴尬一幕，瞧她落落大方，浑若无事，可不知道对方是因为对他下了必杀令，已经当他是个死人，所以才不那么尴尬，倒是自己觉得有些不自在，遂干干一笑，拱手道："千叶姑娘早。"

李鱼看看站在灿烂阳光里秀色可餐的一双玉人儿，忽然觉得自己有点饿了。

"还是先吃饭吧！先填饱肚子，再合计对付任老魔的办法。吉祥在都督府呢，还没火烧眉毛，三天时间，我总能想出解决的办法！"李鱼自信满满地说。

眼见李鱼不甚礼貌地打断她与杨千叶姑娘的对话，拉着她去用餐，一副泰然自若的模样，不再把任刺史的事当成一桩烦恼，吉祥的心竟也不知不觉地安宁下来。

"李鱼哥哥既然觉得它不是个问题，那么……它就应该不是问题吧。"吉祥悄悄地想。

用过了早膳，李鱼同母亲潘氏打了声招呼，再安慰吉祥几句，就独自出府了。正所谓，三个臭皮匠，顶个诸葛亮。先去找到陈飞扬和狗头儿两个帮闲，三人再好好琢磨一下如何应对咄咄逼人的任刺史吧。

在用早膳期间，他再未见到杨千叶，从与杨千叶寒暄的寥寥几句话中，他已经知道了杨千叶的近况，杨千叶居然已经成为武都督幕府中的一员，负责帮助武士彟处理文案。

这倒令李鱼有些疑惑，因为杨千叶如果是个老千，冒充亲戚登门，大多先是混吃混喝，再趁主人放松警惕的时候，席卷细软，一走了之。杨千叶居然跑去充当武士彠的幕僚……这就有点难以理解了，难不成……她想近水楼台先得月，混成武大都督的妾室？

李鱼也是忒喜欢操心了些，吉祥姑娘的卖身契还未解决，他倒胡思乱想起杨千叶的动机来了。

李鱼一边想着，一边迈步出了府门。前脚刚迈出门槛，就见一个明晃晃金光灿烂的人形物体迎面走来，阳光正照在那东西的身上，折射到李鱼的眼中，差点晃瞎了他的眼。

眼前这位钢铁侠，穿着一身锃亮的金色明光铠，全套的披挂、铠甲、战裙、头盔、护项、眉庇、面甲等一应俱全，只露出了一双眼睛来。前胸与后背各有一块圆护，打磨得跟镜子一般，烁烁放光。

李鱼还以为如此骚包的打扮，定然是李伯皓、李伯轩两兄弟中的一个，不过又想到这两人只是武士彠的私人保镖，而且二人的剑术走的是轻灵路数，穿上这么一身盔甲……不太可能。

李鱼便微微遮着眼睛，问道："足下何人？"

"哟！原来是小神仙！"来人挑了挑眉庇，解开了面甲，露出一张鼻尖如锥、眼窝微陷的俊俏年轻面容来，正是纥干承基。

李鱼完全没有认出眼前这俊俏青年居然就是云栈赌坊里那个一把护心毛、满脸络腮胡的抠脚大汉。李鱼讶异地挑了挑眉，纥干承基见他一脸疑惑，心中暗暗好笑，拱手道："在下乃利州折冲府旅帅何成基！曾见过小神仙的。"

纥干承基救武士彠的时候，李鱼已经不幸晕倒，倒不知其中过程。不然定要赞叹，这抱上大粗腿前程就是远大。

纥干承基刚刚入伍，就因为救了武士彠，便直接做官长了。其实旅帅级别的军官未必就够资格穿戴明光铠，但武士彠有不止一套，而且他也不喜欢穿得这么高调，几套明光铠都在武库里闲置着，便赏了纥干承基一套。

纥干承基当初追随李孝常的时候，也没机会搞到一套明光铠，他原本就是军人，对这铠甲爱不释手，所以就披挂起来，出去骚包了一回，此时刚刚回来。

李鱼听说他是武士彠的侍卫，不禁心中一动，虽说现在官府通缉得厉害，那刺客未必还会露面，但……终究心里有点毛毛的。这厮既然是一旅之帅，武功想必不错,尤其是这一身行头,关键时刻就是一面会自动移动的肉盾哪!"

李鱼马上道:"原来如此!小可正要出府去办一桩事情,不知可否劳烦何旅帅陪同小可一行?呵呵,近来利州不太平啊,要不……我去跟武都督说说。"

纥干承基有点好奇,不晓得风头正紧的时候李鱼还要冒险出去做什么,忙道:"不必麻烦大都督了,本旅帅如今正没什么事,便陪小神仙走一趟又如何?"

李鱼欣然道:"如此,有劳了!"

李鱼带着纥干承基先去找到陈飞扬,陈飞扬又领着二人找到狗头儿。李鱼对二人道:"吉祥姑娘本是被骗卖于张飞居的,现在却突然冒出一个自称拥有吉祥姑娘卖身契的人,你们去打听一下,究系何人。"

狗头儿喜道:"不必打听了,小的知道。那人叫苏良生,利州城里头一号的腌臜王八。"

李鱼奇道:"你怎么知道?"

一语出口,李鱼就已恍然,很明显,这是任刺史刻意放出的风声。他既然要玩阳谋,就不怕人知道,而且巴不得知道的人越多越好,反正他有卖身契在手,就占住了一个"理"字。

李鱼举手打断了准备从盘古开天辟地说起的狗头儿,沉声道:"我知道了!这个人现在哪里?"

狗头儿心中好不奇怪:"我还没说,你就知道了,显然是用了神通啊。怎么他在哪里你却要问我,再掐算一下不就成了?"

不过这正是显摆自己用处的时候,狗头儿忙卖弄道:"知道知道,他的家小人知道,小的手里有俩闲钱时,也曾不止一次照顾过他婆娘生意的,熟门熟路啊,小的带您去!"

狗头儿屁颠屁颠地走在前头,领着李鱼、纥干承基还有陈飞扬直奔苏良生的家,不想到了那里却是铁将军把门,向邻居一打听,说是看到苏龟公跟着庚四爷离开了。

狗头儿倒是个百晓生,马上又领着众人直奔庚四的家。其实李鱼与庚四算是师兄弟,本来就认得他的家,但狗头儿愿意带路,也就由他去了。

一行人穿过四个坊,终于到了庚家,把个全副披挂、负重三十多斤、跟着他们走来走去的纥干承基累得气喘吁吁,东摇西晃,眼看就要做不成会自动移动的肉盾了。

众人一到庚家,不用主人客气,纥干承基就一屁股坐下,抄起人家的水壶,咕咚咚地灌了起来。

庚四一听狗头儿说明来意，马上就将自己撇清。他只不过从杨东斌手里收了两串钱的好处，帮他介绍了个背锅的龟公，难不成还要搭上自己不成？这个小神仙可是属疯狗的，急起来连刺史都咬，师兄弟那点情分只怕靠不住。

庚四连忙道："不关我的事，我不知道发生了什么！就是我那连襟杨三爷说是要找苏小龟，他不认识苏家的门，我给领去见了见，旁的可是一概不知。"

李鱼瞧他模样，便觉有些含糊，不过既然知道了那人的去处，便也懒得理会庚四的玄虚。李鱼直接问道："杨三爷？你说的是杨东斌吧？此人事涉刺客，正被官府通缉，你为何替他办事寻人？"

庚四变了脸色，忙赔笑道："小神仙，你有所不知，昨夜我不当值，不知其中情形啊。后来知道了，也是后怕得很。"

李鱼冷笑一声，道："这杨东斌现在何处？"

庚四有些心虚地道："杨三……啊不！杨东斌现在何处，小人也不晓得。不过，那苏小龟如今却是在刺史府里。"

李鱼的脸色登时阴沉下来，庚四看见他的脸色，愈加慌张了，忙赔笑道："据说，是任刺史把他留在那里的，说是为了方便随时垂询、办案！"

陈飞扬气得涨红了脸，对李鱼道："小郎君，什么随时垂询，分明就是怕我们找到那个孬种，担心那小子怕了郎君，或者收了小郎君的好处，再临时变卦！"

李鱼沉着脸点了点头，道："私了，恐怕是不行了。我们回去，另想办法。"

私了其实是最好的办法，为了还吉祥自由，李鱼也不介意让那姓苏的赚些好处。他原本就做好了被狠敲一笔的打算，却不想任刺史显然也早思虑到了这一点，居然来了个釜底抽薪。

可是不私了，那就得公了，一旦想公了，人家有卖身契在手，那就"公平合法"得很，他小神仙也不能抬出神佛碾压律法呀，那样的话，他这小神仙也就做到头了，朝廷是绝不会容忍有人借神佛名义，凌驾于朝廷之上的。

四个人回到陈飞扬家的小院里，听陈飞扬和狗头儿天马行空、脑洞大开地说了许多"奇思妙想"，全无施行的可能，李鱼摇摇头道："这些法子都行不通的！"

他看看天色，见太阳西斜，便道："已经过去一天了，还有两天时间。我先回去，明日向武都督请教请教，术业有专攻，这官面上的事儿，武都督定比你我看得通透！"

纥干承基自始至终不发一言，除了喝水，就是冷眼旁观，听到这里，不由暗暗一哂："什么小神仙，被人说得神通广大、无所不能，如今看来，也不过如此嘛！"

第二十四章
呵护

　　李鱼离开陈飞扬的家,一路往都督府走,一边走,一边思索对策,心中想出一个个办法,又一次次推翻,眉头渐渐蹙了起来。

　　事情远没有他想象的那么简单,别看他在刺史府坑了任刺史一回,甚至让堂堂刺史当众吃屎,还得配合他装神弄鬼,可那是非常时刻。龙困浅滩也有被虾戏的时候,虎落平阳也能被犬欺。

　　如今,任刺史吞了一泡屎后,仿佛突然开了窍。他本就是官,而且是利州第一把金交椅的行政官,装神弄鬼的领域里,他不是李鱼的对手,但是在他的领域里,李鱼同样不得伸展手脚。

　　这可如何是好?

　　李鱼越想脚下越是沉重,眉头蹙得越紧。纥干承基"铿铿铿"地走在他旁边,两人也不交谈。纥干承基悄悄瞟着他的脸色,心中对这位小神仙越发地不屑:"不就是想要个女人嘛,瞧你这劲儿费的。若是老子,冲进刺史府,一刀剁了那老王八!唔……如此一来,那姑娘就不能在利州立足了吧?那也不打紧,我带她上山当压寨夫人去!活人还能让尿憋死?喊……"

　　夕阳西下,晚霞漫天。

　　天上弥散着无法言喻的色彩,云朵有的厚重、有的浅薄,有的远、有的近,有的黑、有的白,于是被夕阳映照出意象丰盈的色彩。静谧的紫,温馨的橙,朦胧的黄,热烈的红,交叠渲染成无可描述的美丽,仿佛人心深处的梦幻。

李鱼的身影在夕阳余晖下拖曳得越来越长,前方已见都督府的大门,吉祥正子然一身,伫立府前,眺望着长街尽头。眼见李鱼走来,吉祥激动地喊了一声:"李大哥!"

李鱼抬起头,就看到了奔跑在夕阳下的吉祥。

那一抹夕阳,映照着路边的树,映照着光亮的青石板路,也映照着奔跑其上的美丽人儿。夕阳下,奔跑着她的青春,发丝在她肩头跳跃,同时跳跃的还有他那颗年轻的心。

她似幽林之兰,看似纤弱,却坚强不屈。不因霜雪变色,不与桃李争艳,不会矫揉造作,不会趋炎附势,周身清爽,干净剔透,寸心原不大,容得许多香,让人呵护怜爱。

李鱼紧蹙的眉头不禁慢慢地舒展开来,抿紧下弯的唇微微向上翘起,因为思虑而显得有些飘忽的眼神也变得充满暖意的坚定。

"李大哥!"吉祥微微气喘地站定,嘴巴张了张,却没说出下一句话来。

李鱼知道她在担心什么,向她轻松地一笑,道:"别担心,事情已经解决了大半!"

吉祥隐藏的紧张神情顿时被欢喜所取代,原本微微耸起的肩膀在那一瞬间便放松下来,她激动地道:"真的?"

"当然是真的!"李鱼笑笑,由她伴着往府里走,一边走一边道,"那个持有你卖身契的人,只是坊间一个无赖泼皮,与张飞居的三掌柜有些亲眷关系,趁着张飞居大乱,使了一笔钱买通三掌柜,把你的卖身契从张飞居过到了他的名下。"

李鱼睨了吉祥一眼,笑道:"红颜祸水啊,要不是你生得这么漂亮,他也不会打这种主意。"

吉祥心里一羞,脸上便漾起一抹红晕,轻轻地道:"人家哪有……"

她葱白似的手指在胸前捻玩着一绺秀发,低低地道:"那……那后来呢?"

李鱼道:"这厮去刺史府递了状子,便躲起来了。不过你也知道,狗头儿和飞扬都是从小挖门盗洞、走街串巷的主儿,就没一个犄角旮旯是他们所不知道的,我们费了一天工夫,终于把这厮找到了。"

李鱼咳嗽一声,揉着鼻子道:"接下来,就好办了。软硬兼施呗,我们又是哄,又是吓,最后答应使三倍的价钱赎回卖身契,那人答应了。现由狗头儿和飞扬看着他，明儿我就去与他办交割手续，把你过户到我名下。"

吉祥笑容微敛，轻轻地"喔"了一声，低着头盯着自己的脚尖，手指依旧捻着头发，却不说话。

李鱼瞟了她一眼，道："卖身契过户到我名下，我就去官府补个释出手续，你便恢复自由之身了。"

吉祥先是一喜，旋即就又垂下头去，轻轻地道："奴怎能平白无故地要李大哥损失一笔钱。奴……愿为侍婢，侍候大娘，以工抵债，等……等还够了钱，再把卖身契还我就好。"

李鱼笑道："旁人我信不过，你我还信不过吗？卖身契是一定要还你的，你不能是任人买卖处置的奴隶！你要以工抵债，依旧可以留在我娘身边，慢慢地还哪。"

吉祥飞快地睃了他一眼，眉间神色也看不出是喜是愠，只是轻轻地答了一声："好！"

那一声"好"，柔柔的、软软的、细细的、绵绵的，百转千回，由繁至简，荡气回肠。

夕阳依依不舍地落下了西山……

月亮悄悄地爬上了树梢，仿佛一张弓似的静静悬挂在苍穹上。

夜，来了。天已变成深青色，一颗颗星辰仿佛点缀在深青色天幕上的宝石。

"铿、铿、铿……"沉重的脚步声在都督府门前缓慢而凝重地响起，在两串长灯笼的映照下，一个浑身散发着金属光泽的人慢慢地踏上了石阶，身子直挺挺地向前一倾，趴到了大门上。

他缓缓抬起手，微微颤抖地握住猛兽吞口的铜环，有气无力地叩响了门环："来……人哪……开门哪……我……我回来啦……"

穿着这么沉重的一身盔甲，可怜纥干承基此时才挪回来。

客舍房间不少，但是潘娇娇说了，吉祥姑娘怪可怜的，又刚受了惊吓，可不好独自一人住，所以头一天安置时，就张罗着把她的铺盖安置在了自己的房间。

用过晚餐，吉祥刚一回房，潘娇娇就跟着回去了。女人之间，也不知道有些什么话好聊，李鱼隔着窗棂，就看见自己的老娘跟吉祥的剪影时而窃窃私语，时而促膝交谈，时时还有轻轻的笑声传出。

李鱼的话，吉祥显然是信了。命运已经出现重大转机，自己再不会莫名其妙地归属于一个莫名其妙的人，吉祥身心一片轻松，也就恢复了活泼乐观的本性。

但李鱼自己却明白，事情其实还丝毫没有解决。他强装笑脸，故作轻松，哄过了吉祥，趁着吉祥与母亲聊天的工夫，心事重重地在院子里踱起了步子，思索着可行的办法。

"围魏救赵""声东击西""明修栈道""欲擒故纵"……李鱼都发明出第三十七计、三十八计了，反复斟酌后却依旧是一一推翻，觉得不可行。

月亮门里，池塘边上就是房舍前方探出的一个平台，平台凌驾于水上，四周有石制护栏。平台上置了一张铺了蒲草垫子的胡床，胡床中间是一张矮几，几案上置着几盘水果。

华姑盘着腿，正与杨千叶对面而坐，这小大人嫌哥姐幼稚，聊不到一起，李鱼又忙着吉祥的事无暇理她，这两日便缠上了杨千叶。

杨千叶背对着月亮门，华姑便正对着院门，李鱼头两次在门前踱过的时候，华姑正听杨千叶讲天下见闻，不曾注意，等李鱼第三次从月亮门前踱过的时候，华姑便注意到了他。

华姑急忙雀跃地招手："李鱼哥哥，快来快来，给我和千叶小姨讲故事呗！小姨讲得没你好！"

此处是客舍，杨千叶才是此间主人，华姑本无资格替她邀请客人，但小孩子天真烂漫，哪管那许多规矩。杨千叶见华姑向自己身后招手，只扭转了半个身子瞟了李鱼一眼，并未反对。

李鱼迟疑着站住，就见眼前枝叶拂动，墨白焰突然似一条影子般出现在他面前，微微欠身，做出邀请的手势。李鱼略一犹豫，便向他微微颔首，迈步而入。

胡床极大，李鱼到了胡床前向杨千叶长揖一礼，华姑已经颠着屁股挪到里边，拍着旁边的蒲草垫子道："你坐，你坐！"

李鱼笑笑，便在她旁边坐了。华姑兴致勃勃地凑上来，挽住了他一条胳膊，兴致勃勃地道："李鱼哥哥，你上回才说了个开头的那个故事叫什么来着，就是那个阿爹叫大刚，儿子叫小刚的故事，继续讲呗。"

杨千叶忍俊不禁，失笑道："大刚小刚，明明是兄弟俩的名字，居然用作父子之名，可见故事之烂，这有什么好听的。"

华姑扬起小脸，振振有词地道："人家要听的就是它究竟有多烂啊，简直比听好听的故事还有趣。"

李鱼咳嗽一声道："华姑别闹，千叶姑娘可不是小孩子，不喜欢听故事的。咱们还是聊天好了。"

华姑嘟起嘴巴，大为扫兴。

杨千叶饶有兴致地看向李鱼，道："吉祥姑娘的事，你可解决了？"

面对杨千叶，李鱼就没有隐瞒的必要了，听她一问，不禁蹙着眉轻轻摇了摇头："很棘手！任刺史与我堂堂正正地玩阳谋，又被他占了先手，拿了卖身文书在手，我思来想去，总不得其法。"

杨千叶眸波流转，终是按捺不住好奇心，忍不住问道："任刺史身份何等贵重，权柄何等通天，你该晓得的。在利州这片地方，他就是土皇帝一般的存在……"

李鱼道："可是这儿还有一个太上皇一般的存在，而且是有实权的太上皇！"

华姑眼珠子滴溜溜乱转，登时好奇地竖起了耳朵。

杨千叶莞尔一笑，道："我姐夫虽然看重你，但是如果任刺史执意要对付你，恐怕姐夫也未必会为了你，与可与之分庭抗礼的任刺史彻底交恶。而失去我姐夫的庇护，任刺史想要你三更死，你就活不过五更！凭你的本领，财帛女子，本唾手可得，为了吉祥，你如此聪明的一个人却宁愿自蹈险地，究竟是怎么想的？"

李鱼认真地想了想，缓缓答道："原因有二！"

杨千叶好奇地道："愿闻其详！"

李鱼竖起一指，道："第一，我有机会救她。若是袖手不管，良心难安！"

杨千叶嘴角轻轻一撇，揶揄地轻笑道："路见不平，拔刀相助。小神仙当真有一颗侠义之心哪！"

李鱼道："错！如果我与她素不相识，举手之劳不妨伸手，搭上性命却一定要三思了。"

杨千叶道："这么说，你是因为与她相识，所以才冒险犯难了？"

李鱼摇头道："也不是！我所说的相识是……我喜欢她！"

杨千叶顿时怔住，她本以为李鱼会有许多冠冕堂皇、义正词严的大道理要讲，却不想他的理由竟如此简单、如此朴实："因为我喜欢她，而且我有机会救她，所以那刀山火海，我就走上一遭。"

华姑听得兴奋起来，早把自己当日篝火旁踏歌时对李鱼所说的长到豆蔻十三时，便委身下嫁小神仙的儿童之语忘得干干净净，拍手笑道："真好玩！这跟李鱼哥哥给我讲过的一个故事一样哩。"

杨千叶沉默片刻，轻轻摇头道："我很钦佩你的勇气。但……与刺史交恶，殊为不智。可以预料，任刺史必不会放过你！"

李鱼早就做好了脚底抹油的打算,反正任刺史短时间内不会收拾他,因为任刺史能做那么大的官,这点儿城府还是有的,他不会抢在这个风口上出刀。但这原因却是不能说给杨千叶听的。

于是,李鱼移目他顾,望定庭中一株铁树,轻轻一指,神情飘逸如仙:"此树可活千年,开上千年的花。而你我,最多不过看上几十年。遇事若总是瞻前顾后的,几十年光阴弹指间也就过去了,难不成合上双眼前想一想,留下的就只是满腹的遗憾?"

李鱼一语,同时触动了两个人,一个是杨千叶,一个是墨白焰。千年时光,转瞬即逝。而人的寿命,却不过短短数十载,如同秋叶上哀鸣的蝉,欢唱不过一夏,就迎来不可逆转的命运。

而他们,却是用十余年的时间积养生聚,积攒实力,一俟杨千叶长大成人,便苦心谋划,想要复国,前途却是一片渺茫,丝毫未见曙光。其中悲苦,其中压力,普通人实难想象。

但这一主一仆却是经历多多,李鱼一句话,勾起他们无数感慨,坐在席间的杨千叶和静静站在角落里的墨总管不由得痴了。

思及以往,杨千叶心中酸楚,泪光莹然。墨白焰脸颊上已经无声无息地滑落了两行老泪,忍不住轻轻扭过头去,悄悄举袖拭泪。

华姑惊讶地睁大了眼睛:"哇!这也太高深莫测了。李鱼哥哥说了什么?我听着也没什么呀,怎么就把小姨给说哭了。"

杨千叶被李鱼打动了,一时动了恻隐之心,于是下了个后来让她后悔不迭的决定:帮他出出主意,救吉祥!

杨千叶略一思忖,缓缓道:"勇气可嘉。不过,徒具匹夫之勇的话,于事无补。迄今为止,难道你就没有想到任何办法?"

李鱼道:"办法也是想过的。最为可行的办法就是,找到当初的中保人李扬、白乾,还有代笔人荆沿。如果这三人能供认所谓的卖身契是庞妈妈诱骗吉祥签下的,拿着这三人的口供,我再去牢里找庞妈妈,让她亲口招认……"

杨千叶眉头微微一挑,问道:"这法子是你今儿晚上想到的?"

李鱼道:"不错!"

杨千叶微微叹息道:"那只怕迟了。"

李鱼蓦然也想到了其中关键,心儿不由一沉。杨千叶道:"任刺史既然想以那份卖身契为由头,整治你和吉祥姑娘,不会想不到避免出现这样的纰漏……"

她看了李鱼一眼，见他有些懊恼，又道："你也不必沮丧。就算你白天时就去找他们，也未必找得到。任刺史决定用那卖身文书做文章的时候，应该就已把这些人'保护'起来了。"

李鱼思索片刻，咬牙道："那就只有逼庞妈妈招供了。"

杨千叶微微一笑，道："主审官是你的死对头，庞妈妈又是关在都督府，你随时都能接触得到。你以为，任刺史会认可你弄到的口供？"

华姑大声道："我叫我爹去给李鱼哥哥撑腰，不许爹爹做缩头乌龟！"

杨千叶微微一笑，道："卖身契在任刺史那边，原告也在任刺史那边。任刺史掌握着主动，他不肯退让的话，你爹去了也没用。虽然都督对刺史有管领之责，但实际上约束力非常有限。"

华姑的小脸垮下来，可怜兮兮地看着李鱼道："那怎么办？就把吉祥姐姐交给他们吗？"

李鱼暗自一咬牙，心想："他娘的，大不了老子带着娘和吉祥一走了之，反正本就打算溜之大吉的，什么狗屁卖身契，老子连人都不见了，你拿着卖身契吃屁去吗！"

李鱼刚想到这里，就听墙外有人喝道："干什么的？"旋即有跑动和追骂声，因为这客房跨院贴着高墙，所以墙外动静听得分明。

过了一阵，府中几个家丁匆匆赶来，一个小管事毕恭毕敬地道："杨姑娘、小小姐，没有人惊扰了你们吧？"

杨千叶沉声道："刚才是怎么回事？"

小管事道："府邸周围有几个人转来转去，被府上巡夜人发现，本以为是宵小之流，抓到一个，却是刺史府的人，便放走了。小的瞧府邸周围影影绰绰的依旧有人，但一靠近，他们就跑了。禀报了老爷，却只吩咐小的加强戒备……"

杨千叶目光一闪，点头道："我明白了，退下吧！"

李鱼一旁听着，心中暗道："他娘的，吃屎老魔倒也不蠢，原来老子想到的，他都防着了，这可如何是好？"

杨千叶待家丁们退下，似笑非笑地对李鱼道："事到如今，看来你只能与任刺史斗上一场了。胜，则可全身而退，暂时安全；败，恐怕你失去的，就不止吉祥姑娘了，任刺史一定会乘胜追击，直至啃得你连渣都不剩。"

李鱼知道杨千叶不是虚张声势，脸色凝重地点了点头，心道："万不得已时，老子动用宙轮，就不信你要得了我的命。只是就算倒退十二个时辰，也只能救得了眼前之急，一屁股屎是擦不干净的，弄不好出些什么新的变数，就更加难以解决。"

杨千叶眸光一闪，轻声道："下棋的时候，若是中盘相持不下，甚至成了死局，那就该另辟蹊径，从边角打开局面。小神仙，你如今的局面，也该考虑考虑另辟蹊径了。"

李鱼道："姑娘是说……"

杨千叶道："有一个局外人，如果他能掺和进来，对你或有帮助。"

李鱼疑惑地道："是谁？"

杨千叶悠然道："本州司马柳下挥。"

李鱼眉头一皱，道："柳下挥？"

杨千叶道："论资历，他不比任怨低，而且两人是同榜进士；论科考名次，柳下挥还在任怨之上，你以为他就甘心一直做任怨的副手？"

李鱼道："可是，帮助我，对他有何好处？没有好处，我与他无亲无故的，他又岂会替我出头？"

杨千叶凝视着李鱼，眼神中流露出一副看笨蛋的表情。

李鱼被她看得有点蒙，突然间如醍醐灌顶，一下子顿悟了："我一个做神棍的，怎么就没有一点做神棍的觉悟呢？"

李鱼满脸喜色，华姑瞧他喜上眉梢，情知他已有了主意，忍不住问道："李鱼哥哥，你有办法了？"

李鱼喜滋滋地道："多亏了千叶姑娘，我已想到办法了！"

华姑扯住他衣袖道："快说给我听，我保证不告诉别人！"

两个人叽叽喳喳地低声讨论起来，杨千叶初时也很高兴，但是眼见二人聊得热络，忽然又意兴索然。人家绞尽脑汁，救他喜欢的女人，自己跟着高兴个什么劲呢？

杨千叶微微抱起了双臂，墨白焰瞧见，马上悄无声息地进了屋，片刻工夫取了件披风出来，轻轻搭在杨千叶身上。

杨千叶紧了紧披风，对仍旧兴致勃勃讨论的李鱼和华姑下逐客令道："我乏了，夜色也已深，请回去吧！"

李鱼回到自己住处，又思量半宿，一切想了个通透，这才满怀欢喜地躺下。

翌日一早，李鱼在公鸡啼喔声中醒来，马上着衣洗漱，吃罢早餐，立即就往外走。李鱼刚出了客舍，迎面就见纥干承基走过来，明晃晃金灿灿的，想看不见他都不成。

纥干承基虽然挂的是军中职务，其实却算是武士彠的亲兵，平素住在武府。但他当日是扮游侠来的，并没多余的衣服，所以今日依旧穿着这盔甲，打算先去军中弄套军服，因为平时穿着它固然拉风，却也太辛苦了些。

李鱼一眼瞧见纥干承基，马上招手道："何旅帅！何成基！喂！"

纥干承基穿着盔甲，扭头不灵便，整个身子转过来，才看见李鱼。

李鱼笑吟吟地道："小可正要出门，何旅帅要是没什么事的话……"

"有事！我有事！"纥干承基吓了一跳，连忙说道，"奉大都督命，小将正要回折冲府一趟，有些要事待办。"

李鱼深感遗憾，道："这样啊，那就算了！"

等李鱼离去，纥干承基心有余悸地松了口气，"铿铿铿"地直奔军营去了。

两人离开不久，一支车队就驶进了利州城，声势浩大，直趋都督府前宽敞的官道。

仪仗罗列，气势森严，竟是荆王不告而至。

袁天纲也在队伍当中，他坐在车上，抬眼望望天上云气，又掐指默算一番，微微笑道："错不了，那件异宝，就在利州！"

第二十五章
风波

　　自从华姑遇刺之后,府里对她看管得就严了,她再想自由出门,几乎不可能。但华姑惦记着李鱼今天要去办的事情,一门心思想跟他出去见识见识,于是灵机一动,跑到库房翻出一套武元爽早几年穿过的衣袍,打扮成一个男孩子,避着管事丫鬟,鬼鬼祟祟地从后宅潜到了客舍。

　　却不想李鱼一大早就出门了,华姑堪堪晚了一步。吉祥姑娘只道今日就能重获自由,满心期待与欢喜,见华姑一副男孩子模样,站在院子里噘着小嘴,好不委屈的模样,不禁笑着上前道:"小小姐,谁惹你不开心啦?"

　　华姑噘着嘴道:"李鱼哥哥说话不算话,他说今天出门为吉祥姐姐你解决卖身契的问题,答应带我去看热闹的,结果他故意撇下我……"

　　吉祥道:"不过是交接文书的事,有什么好看的。姐姐带你去池塘钓鱼。"

　　华姑睁大眼睛道:"谁说是交接文书啦?那个任刺史很坏的,设下困局为难李鱼哥哥,小姨说,就算我爹出面,人家都不会卖这个面子的。"

　　吉祥听到这里,脸色登时一惨。华姑全然未觉,小嘴巴拉巴拉地还在告李鱼的黑状:"后来李鱼哥哥想到办法了,只不过这个办法也未必就一定能成功,人心难测嘛,谁知道那个柳下司马究竟会怎么想。咦?吉祥姐姐,你怎么啦?"

　　华姑一脸呆萌地看着吉祥,瞧她脸色苍白,摇摇欲坠,虽然华姑年纪还小,人情世故上不甚明了，可聪慧程度毕竟超过寻常少女，心思一转，登时明白自己说错了话。

华姑赶紧捂住嘴巴，含糊地道："不过……不过他后来又说，其实他已想到妙计，定能说服柳下司马，你放心好啦！"

丢下一句不负责任的安慰话，华姑转身就溜，溜出客舍才吐了吐舌头："这下子糟了，李鱼哥哥若不成功，定会责怪于我。"这样一想，她更想知道李鱼究竟能否成功了，便悄悄向大门溜去。

华姑是内眷，平素住在五进的都督府的后宅，溜出去玩也是走后门，不怎么经过前宅，所以她不甚熟悉前宅，前宅的守卫官兵也不甚熟悉她。而且前宅各色人等都会进出，有时难免会有府上家人携带子女，她又穿了一身男装，倒是有惊无险地避过了一些认得她的家丁，只是到了门口这一关，却不太好混出去了。

华姑躲在暗处正自着急，却见吉祥急匆匆地走了出去。原来，吉祥想到李鱼刚走不久，或许还没离开，便想追上去问个究竟。

吉祥出了府门，登时一呆，却见府前车马仪仗，甚是威严，吉祥登时心怯，急忙避到一边，四下张望，哪里还有李鱼的身影。

吉祥也不知李鱼去了哪里，正犹豫要不要追下去，身旁一个温文尔雅的声音道："小娘子在寻什么人吗？"

吉祥闻声扭头，就见一个三旬上下的男子，目似朗星，面如冠玉，身材颀长，穿一袭宽袍大袖的道服，风度翩翩，飘逸出尘，令人一见便油然升起敬意。

这种道服并不是出家道士所穿的法袍，世俗间人也有穿着。吉祥也不知他是不是出家人，虽然满腹焦急，却也没有失了礼数，忙敛衽施礼道："奴家吉祥，见过贵人。不知贵人可曾看到一位少年，十八九岁，尖下巴，双眼灵动，穿一袭青衫？"

来人正是袁天纲，荆王虽然喜欢摆排场，但个性为人，均迥异于常人，有时候也喜欢别出心裁，玩些花样，而且微服私访突然驾到，叫人慌忙迎接的趣味，未必就比早早知会主人，叫人迎到十里长亭去的排场差了。

所以他直到府前，才着人向都督府的门禁说明身份，叫武士彟出来迎接。武府中人听说荆王到了，自然不敢怠慢，立即一溜烟儿地进去报信了。但武府实在太大，五进的纵深，这一来一回也得有一阵子。

腹黑大叔袁天纲闲极无聊，瞧见这姑娘生得极是可人，就跑上前来搭讪，打发时间。袁天纲还有意地站了个好方位，恰好挡住荆王的视线。

其实荆王的车驾此时在最前方，而且轿帘儿挡着，那位恶趣味的荆王殿下正在摆谱，不可能掀开轿帘东张西望，自降身价。

但是这位王爷太过好色，眼前这姑娘看穿着就是一个寻常民女，一旦被荆王看中，恐怕难以自保。为防万一，袁天纲还是有意无意地挡在了她的前面，免得被荆王看见。

袁天纲摇头道："袁某刚刚下车，不曾看见姑娘所说的那位少年，姑娘寻他作甚？"

吉祥一听他不曾看见，心内更加焦灼，道："奴有桩紧要大事，全赖他帮忙，本以为事情已经了结了，奴正自欢喜，却没想到他是骗我，那文书若拿不回来，奴的终身……唉！不与贵人说了，奴得赶紧找他去！"

吉祥越说越心焦，顿一顿足，便向长街上追去。

袁天纲听她语焉不详的，什么拜托了那人，被他骗了，奴的终身，登时想到一出"大恩无以为报，唯有以身相许"的剧情来，而且还是那男人挟恩图报，主动要求。

只不过瞧这少女虽然面带焦灼，却并无怨恨之色，想必两人之间还是有些情愫的，只是少男少女嘛……

袁天纲望着吉祥奔跑的背影，仿佛看到了青春年少时候的自己，不禁微笑起来。

"哎哟！"

袁天纲正要转身，不想一个小孩子跑过来，正撞进他怀里。两人同时"哎哟"一声，华姑揉着鼻子，气冲冲地瞪一眼袁天纲，袁天纲一瞧华姑，却是眼前一亮，一再端详她的容貌，连声赞叹道："这面相，神奇！神奇！可惜，可惜……"

华姑没好气地揉着鼻子道："你可惜个屁呀！不长眼睛吗？"

袁天纲笑道："眼睛当然长了，却只长了一双在脸上，屁股上是没有的。"

华姑听他揶揄，也知是自己理亏，好不容易觑空从府里逃出来，仓皇间把人撞了，因此瞪他一眼，不再理论，起身就要跑，刚刚跑出两步，却又止步回身道："喂！屁股上不长眼睛的，你有没有看到一位瓜子脸、眼睛像月牙似的、笑起来很甜的青衫姑娘？往哪里去啦？"

袁天纲眼珠一转，笑道："姑娘我倒没有见过，只见过一个海棠果儿般的圆圆脸的小子，眼睛也蛮大的，不过却是有眼无珠，不晓得是不是你要找的那人。"

华姑大怒，叉起腰，虎起小脸道："你是在说我吗？"

话犹未了，武士礯的声音响了起来："小畜生，不听为父教训！谁叫你跑出来的,把她给我带过来!"

华姑扭头一看,就见中门大开,父亲武士彟与母亲杨氏带着哥哥姐姐一起迎了出来,训斥了华姑一句后,武士彟就匆匆迎向荆王的车驾。李伯皓向华姑走过来,耸了耸肩膀,一副"跟我回去!不高兴跟你爹讲"的神气。

华姑噘了噘嘴,又瞪了袁天纲一眼,道:"都怪你!"父亲当面,她是跑不了了,只得怏怏地向父亲身边走去。

此时,荆王殿下的轿帘缓缓地卷了起来,荆王李元则懒洋洋地走了出来。

荆王李元则在车上站定,武士彟立即趋前几步,含笑长揖:"利州都督武士彟见过荆王殿下!"

荆王李元则从脚踏上走下来,笑容满面地上前搀扶:"哎呀呀,大都督免礼,免礼,快快平身。"

武士彟微笑着站起,束手引见道:"殿下,这位便是拙荆杨氏。"

杨夫人盈盈一福:"妾身见过荆王殿下!"

武士彟又道:"这是犬子元庆、元爽!"

武元庆和武元爽上前见礼:"见过荆王殿下!"

武士彟一一引见,神态从容。他是一方封疆大吏,李渊未做皇帝前,与他是称兄道弟的交情,李世民登基后,他也是一方重臣,而李元则不过是李世民二十多个兄弟中的一个。

普通人一听说某人是王爷,是皇帝的亲兄弟,怕不得诚惶诚恐,但是到了武士彟这里,还真未必把他太放在眼里。当然,面上功夫还是要做的。

李元则含笑接见,不时说着"免礼",一双色眼则睃来睃去,看得眼花缭乱。

"嗯,这就是父皇亲自赐婚给武都督的那位杨氏夫人了?真如一枚熟透了的水蜜桃儿,够味!"

"咦?这小娘子也不错!她是武家大闺女?和杨氏夫人俏似一对姊妹花呢,嘿嘿……"

"这华姑是二丫头?小小年纪,已经是个美人坯子,假以时日,必是一个美人儿!"

李元则这位王爷满脑子转的那点念头龌龊不堪。可他又不好紧盯着人家的女眷看,只好一边应付着武士彟的慰问,一边见缝插针地这人瞟上一眼、那人睃上一眼,眼神飘飞,忙得不亦乐乎。

这时,接到消息晚了一刻,忙也收拾停当赶来迎接的杨千叶带着墨总管、冯二止也到了。李元则一见，心中又是一荡："武家真是养了好几朵奇花啊，一个个瑰丽非凡，此女尤其出众。刚还说那武顺与杨氏明明是母女，却似一对姊妹花，这真正的姊妹花就到了。"

只是……想到武士彟乃一方军镇重臣，不是任他揉捏的小吏，李元则不禁叹了口气。可惜了，这一朵朵的花儿，却只可远观，不可亵玩焉。李元则心有所思，这一声叹气下意识地就溜了出来，而非在心里。

此时，武士彟刚刚问道："圣上龙体可康健否？"李元则一声叹息，武士彟不由一怔，有些紧张地道："怎么，可是圣上龙体有所不适？"

"嗯？啊？唔……非也非也，本王是因为一路舟车，过于疲乏，有些胸闷气短，出了口大气，呵呵……"李元则急中生智，匆忙应付过去，暗暗惊出一丝冷汗。

这问题让他怎么回答？说皇帝身体很好？那你叹什么气？皇帝身体康健，你很遗憾吗？说皇帝龙体不适？李世民明明活得活蹦乱跳的，你这么说是什么意思？

经这一下，李元则可不敢再胡思乱想了，只得把目光从那花儿般娇俏的一张张面庞上挪开，收敛心神，专心与武士彟说话。

李元则把袁天纲也介绍给了武士彟。袁天纲的声名此时在民间尚未彰显，但官面上许多人家却是知道这个人的，他本就是在四川为官，巴蜀一带的官宦人家尤其知道他的威名。

华姑一听此人是袁天纲，不禁有些惊奇，偷偷瞟他一眼，心道："此人据说也是个通晓神仙术的，却不知他和李鱼哥哥比谁更厉害。依我看，一定是李鱼哥哥更有能耐一些，有机会得让李鱼哥哥好好教训教训他，让他欺负我，哼！"

恰在此时，袁天纲笑微微地向她这边看了一眼，华姑心头一跳，急忙转眼他顾，装出一副烂漫天真的孩童模样，心想："他看我做什么，总不会我想些什么，都被他猜到了吧？"

自从得知荆王巡视巴蜀，将到利州，武士彟便已着人整修李孝常的别院滴翠台。如今已将那里整修完毕，但亲王驾到，如果不做款待，径直送去滴翠台，未免太过失礼。所以双方一一见礼完毕，武士彟便请荆王入府，吩咐人设酒宴接风。

因荆王来得仓促，而且武士彟眼下正与任刺史结怨，所以便心安理得地没有通知任怨。先与荆王接触一下，他也正好探探荆王的口风，尤其是皇帝对于在何处安置荆王是否已经有了想法。

而李鱼此时则已带着陈飞扬和狗头儿到了司马府。司马府较之都督府和刺史府差了不止一个档次，一方面司马比这两位大员级别要低些，而且实权有限；二则也是因为任怨太过跋扈,柳下挥在利州任上,一向比较低调。

李鱼在门前站定,狗头儿上前耀武扬威地让门子进去传报。狗头儿以前哪里敢在官员府邸前溜达,更不用说直接站在门禁前面了,但是跟着李鱼,他可是连堂堂刺史都整治过的,小人得志缺少稳健上升过程中的沉淀与积累,难免就会有点"飘"了。

柳下挥正在后花园中由两个侍妾伴着,在那硕果累累的柿子树下吹箫。他这箫可是真的箫,不比李鱼常常携到屋后竹林,却从未吹响过一声的哑箫。

一曲《碧涧流泉》,时而轻快欢畅,时而呜咽缠绵,洞箫技巧极是高妙。一曲吹罢,两个侍妾一个口对口地喂他剥了皮剔了核儿的葡萄,一个捧过身旁山泉水烹制的香茗。正自得其乐间,家人跑来禀报:"老爷,小神仙李鱼求见!"

"李鱼?"

柳下挥微微一怔,马上就想到了李鱼此来的目的。别看他总是一副对州府事务不闻不问、逍遥自在的闲人逸士模样,可这利州府中大事小情,却几乎没有一桩能瞒过他的耳目。

柳下挥本不想插手任刺史与李鱼之间的恩怨,但因为李鱼小神仙的身份,他就不能不多做思量。柳下挥负着双手,在树下泉间缓缓散步,洞箫在掌间有一下没一下地敲打半响,忽然顿住身子。

"请他书房相见!"

"柳下司马在书房见我?"李鱼听司马府管家一说,便是微微一怔。官场中人的讲究极其烦琐,但也各有寓意。客厅中相见,花厅中相见,书房中相见,含义是不同的。但凡在客厅见的,那就真的是客,普通的或者交往不深的客人。在花厅里见的,要么是极熟悉的朋友,要么就是自家的亲眷,不是什么客人都能进去的。

而书房这种所在,则与对方的身份、彼此关系的远近都没太大关系,只有商议极私密、极要紧的大事时,才会约在书房相见。这种地方,是不需要太多人陪同的,连丫鬟侍婢都要退至房外等候传唤。

李鱼点了点头,说服柳下挥的把握更大了几分。这柳下挥明显是个聪明人,他已猜到了自己此行的用意。猜到了自己此行的用意,依然决定相见,说明这位柳下老爷确实有一颗不安分的心。

而李鱼不怕人聪明,就怕人不够聪明。聪明人才会有很多想法,有很多想法的人,才会在他小神仙的光芒诱导下想入非非。柳下老爷既然是个聪明人,心思又不太安分,说服柳下挥的把握便可以从预估的三成提高到五成以上了。

李鱼在书房中只小坐片刻，一杯茶喝了不过半盏，柳下挥便笑吟吟地踱进来，向李鱼拱手笑道："本官公务繁忙，劳小神仙久等了，失礼，失礼！"

李鱼笑道："大人客气了，贵府地处幽静，风景雅致。小可至贵府门前时，但见雀鹊欢鸣，今至府来，再饮香茗一杯，顿觉神清气爽，独自小坐亦觉怡情，无妨，无妨！"

柳下挥老脸一红，心道："这厮一张嘴，真比任怨还臭！"

什么贵府地处幽静，说得好听，不就是说我的府邸偏远吗？什么至我府门，见有雀鹊欢鸣，不就是说我府上罕有客至，门可罗雀吗？这厮一张臭嘴，实在太损。

不过，李鱼说得好听，柳下挥也不好较真，讪讪应和两声，分宾主坐了，丫鬟给自家老爷上了茶退下。柳下挥捧茶在手，轻咳道："先生此来，却不知有何事指教？"

李鱼欠身道："指教不敢！在下只是有一事不明，所以登门求教。"

柳下挥讶然道："却不知先生何事不解？"

李鱼皱了皱眉，道："我记得当初受司马相邀，至贵府卜算前程，曾为司马卜得一卦，司马老爷可还记得？"

柳下挥道："当然记得。先生为我卜得一个水天需，守正待机的需卦。本官还记得先生所说的卦辞：'明珠土埋日久深，无光无亮到如今。忽然大风吹土去，自然显露有重新。'"

李鱼道："这一卦是个异卦，上半卦是坎，有险陷之意。下半款是乾，有刚健之意。以刚逢险，观时待变，方得有成。司马老爷还记得吧？"

柳下挥心里更糊涂了，连连点头道："记得、记得，那又如何？"

李鱼叹了口气，苦笑道："现如今，就是'大风吹土去，自然显露有重新'的时候了，司马老爷为何安坐家中，浑然不觉？"

柳下挥只听得目瞪口呆，完全不明白他究竟在说些什么。

李鱼当初被人重金请去卜问前程，除了有宙轮为倚仗，对于邀请的人也是下过一番功夫的。就拿这柳下挥来说，他一邀请，李鱼就对他的情况做了了解，二把手、副职，有职无权，正印官任怨还特别地强势。问题是，这个二把手论资历又丝毫不比正印官差，甚至还要强上一些。

因此李鱼早早背下一卦，装模作样地掐算一番后，就送给了柳下挥。他故意选了个守正待机的水天需卦，告诉柳下挥，他是生不逢时，机运未至，只需稳健前行，不做冒失之事，观时待变，必可迎来光明，前程一片锦绣。

这一卦，没毛病！

上半卦是坎，正符合柳下挥前半生宦途的坎坷不顺。下半卦是乾，本是一个上上卦象，给了他一个渺茫的希望。李鱼说了，你得观时待变，稳健前行，终有一日会守得云开见月明的，至于"终有一日"究竟是啥时候呢？反正不是一年以内！

柳下老爷本就是这么做官的，得了李鱼的卦辞，就更是心安理得地混起了日子，如今让李鱼这么一批评，柳下挥就有点茫然不解了。

李鱼一副恨铁不成钢的模样，扼腕道："司马老爷，时机已经到了，大好前程，唾手可得，你怎么还茫然不知呢？"

柳下挥喃喃地道："这个……什么时机？本官愚钝，还请小神仙指点迷津。"

李鱼道："'明珠土埋日久深，无光无亮到如今。忽然大风吹土去，自然显露有重新'。这明珠是谁，这土又是谁？还有那大风，指的什么？"

柳下挥心思疾转："这明珠自然是我，那土……压在老子头上，让老子不得再有高升机会的，除了任怨那厮还能有谁？至于这大风……"

柳下挥双眼一亮，倒不好厚颜说那明珠指的是自己，而是直击关键处："小神仙是说，那大风，指的就是眼下利州的局面？"

李鱼道："不错！堂堂刺史，吃屎驱魔，官仪尽丧，还好意思继续在此做官？"

柳下挥看了看盏中的茶汤，金黄色的，便放下了。

李鱼又道："刺史焉何中魔，如果查起来，诸般丑事，只怕……"

柳下挥道："刺史既然中了邪术，一切罪过，尽可推得干干净净。"

李鱼微微一笑道："司马以为，小可这是搬起石头砸了自己的脚吗？呵呵，凡事就怕一个细究啊！此事只要细究起来，除非任刺史别无他样不干净的举动，否则……"

李鱼端起茶杯，轻轻吹了吹上边的茶沫儿，饮了一口，悠然道："'忽然大风吹土去，自然显露有重新'啊！"

柳下挥那颗蛰伏已久的心登时不安分地跳动起来。可是如今明摆着李鱼是为了佳人冲冠一怒，究竟是自己的机会到了，还是他想借自己的手向任怨施压？如果上当，给人当了枪使，扳不倒任刺史，自己依旧难操权柄，连悠闲日子也过不得了。

刹那工夫，柳下挥心思百转，犹豫难决。

李鱼抬起眼皮瞟了他一眼，淡淡地道："不错！我与刺史结怨，是为吉祥。但，若非窥得天机，早就料定任刺史气运已尽，司马以为，李鱼敢与之如此决绝吗？毕竟，财帛女子，对你我而言，都是唾手可得之物，我会拿命去扛？"

李鱼把茶杯轻轻一放，沉声道："天予不取，反受其咎。司马若再犹豫不决，武都督那边就要动手了。"

柳下挥一惊，道："武都督也准备对付任怨？"

李鱼莫测高深地一笑，道："官场自古一条路，我不踩你，就得被你踩。武都督既与任刺史已经失和，当然不会放过这个机会。"

柳下挥眸光一闪，道："既有武都督出手，李郎君又何必舍近求远，找上本官？"

李鱼叹了口气，道："武都督是已经要走的人了，我可是利州人，根在这里，走不掉啊。背靠大树好乘凉！利州一共三棵大树，武都督要挪窝，任刺史已成死敌，我不抱你柳下司马的大腿，又能投靠何人呢？这，就算是小可的投名状吧！"

李鱼说罢，暗暗庆幸不已，幸亏有华姑这位小朋友啊，要不然武都督要迁调别处为官的事，我上哪儿知道去。

"人生不满百，一味地韬光养晦，何时能出头？天予不取，反受其咎！"柳下挥喃喃地咀嚼了一句，目光渐渐坚定起来，抬头看向李鱼，"先生，任怨气运，当真尽了？"

李鱼道："不然，我岂敢得罪他？就算得罪了他，也早逃了，又岂敢在此逍遥？"

柳下挥握紧了拳头，呼吸急促起来，沉声说道："好！本官便豁出这一身前程，与他任元龙斗上一斗！"

李鱼离开时，柳下挥只送到仪门，便没有再往前送。两人现在反而不宜表现得太过亲密，李鱼对此心知肚明，自然也不会认为是柳下挥失礼，当即与他拱手告别。

柳下挥送走李鱼，马上返回书房，将沉重的书案向前一推，那书案前边竟然是有轨道的，书案无声地滑开，地上俱是青砖，其中一块边上有一个小洞，边缘并不规则，看起来像是老鼠咬的。

柳下挥伸手扳住那小洞向上一提，原来那几块青砖竟是粘合在一起的一个盖子，一掀开来，下边就露出一个小匣子。柳下挥将匣子拿到桌面上放下，打开来，里边是厚厚的一摞纸张，用书签隔得极是整齐。

武都督的黑材料。

任刺史的黑材料。

曲别驾的黑材料。

裘长史的黑材料。

冯镇戍的黑材料。

……

这些材料都按人按时间分门别类，整理清楚。有的人材料厚些，有些人材料薄些，看那纸张，有的已经泛黄，有的依旧洁白，就知道收集这些资料至少已经持续了数年甚至十余年的光景。

柳下挥把任刺史的黑材料拿出来先放在一边，又将其他人的材料细细看了一遍。武士彠既然已经准备对任怨动手，就不必联络他了，大家心照不宣，各自行动便是。

曲别驾黑材料不多，不宜打草惊蛇，不用理会他。

裘长史……这厮秘密贩卖铁器与盐巴给吐蕃，一旦被人察觉，就是家破人亡的滔天大祸，无论如何不能与他有所牵连，这种人只可敬而远之，不能拉为同盟。

冯镇戍……他任人唯亲、收受贿赂的事情倒也不是非常严重，扳倒任刺史总需几个同道摇旗呐喊以壮声势的，此人可用！我再温习一下他的隐私之事，似露不露地点他一点，把他拉为奥援吧。

柳下挥想着，把冯镇戍的材料也拿了出来。如此斟酌一番，最后柳下挥捧出了包括任怨在内的五个人的材料，开始做起了功课。

别看柳下挥未曾决定对任怨出手前优柔寡断、瞻前顾后，一旦决定动手，却是果断坚决、毫不迟疑。

官场如战场，本来如此，他既然决定放弃旁观中立的立场，直接加入战局，那么无论他是犹豫也好，虚应其事也罢，任刺史那边是一定会把他当成死敌的，既然如此，就必须全力以赴，来个你死我活！

而且，既然武都督已经决定动手，他就得加快速度，力争抢在武都督前面，他比武都督更需要这份首功。一旦扳倒任怨，对已然位居高位的武都督来说，所加的功劳不足以让他升迁，对柳下挥来说，却是打破坚冰、爬上更高权力层的敲门砖！

至于这黑材料，其实到了这一级别的官儿，大多都有一本账。只不过有的人记在本上，有些人记在心里罢了。一旦发现旁的官员有些什么不可告人的隐秘，尤其是涉及国法的隐私，其他官僚都是如获至宝。

立马跳出来揭发弹劾？你是不是傻？

这样肚子里装不下二两油的货上得了官场这个台面吗？

柳下挥又不是御史言官，就算是言官，也不是所有人所有事都立马向朝廷知无不言、言无不尽的。黑材料就得先藏在黑暗处，有些人若一生都并无交恶，那么有关他的黑材料可能到死都不会拿出来。

柳下老爷认真"做功课"的时候，李鱼已经带着陈飞扬和狗头儿走上了繁华的街市。

亏得荆王李元则突然驾到，武府阁府相迎，这等重要人物、这等重要时刻，墨总管不放心让杨千叶独自应对，所以留在了她身边，否则墨白焰本打算这两日就对李鱼下手的。

李鱼若有所思地走着路，陈飞扬和狗头儿不敢打扰，只在一旁亦步亦趋地陪着。李鱼走了一阵，忽然在一个鱼摊旁停下，略一沉吟，转过身来。陈飞扬和狗头儿马上趋前一步，下意识地弯腰："小神仙，可有吩咐？"

李鱼压低声音道："你们不要跟着我了，马上去花街柳巷、勾栏酒楼，把武都督与任刺史结怨、柳下司马要弹劾任刺史的消息放出去。"

李鱼说着，从袖底摸出几片金叶子，悄悄递到二人手上。皇帝还不差饿兵呢，叫人家办事，总得给点行动资金吧。

到那种地方散布消息？醇酒美人，享用不尽？狗头儿心花怒放，忙不迭地点头答应。

陈飞扬终究比他有点头脑，忍不住提醒道："小郎君，这么做，会不会让任刺史提高警觉？而且，一旦消息泄露，万一柳下司马再打起退堂鼓怎么办？"

李鱼微微一笑，道："此事，我已反复斟酌过了。等你们把消息传开，再传到这几个当事人耳中时，他们已经开始行动了，那时候骑虎难下，退不得了。唯有孤注一掷，全力以赴！"

陈飞扬恍然："小郎君是想套牢了他们，叫他们不得抽身？"

李鱼摇头道："不然！我这么做，是因为后天就是审判之期，我没时间让他们暗暗部署、巧妙用兵，再徐徐图之，必须得图穷匕见，剑拔弩张！任刺史那里才会有所忌惮，不敢对吉祥肆意妄判！"

"另外……"

李鱼四顾一眼，缓缓说道："你们认为，以任刺史的为人，他的劣行脏事，会只有这一桩？"

陈飞扬和狗头儿异口同声地道:"当然不可能!那任老魔……"

李鱼打断他们的话道:"这就是了!既然不止一桩,他得罪过的人,也绝不止一个!这些人平时并不显露,是因为知道没有扳倒任刺史的希望,只能隐忍。一旦他们认为有了机会……"

陈飞扬眼睛一亮,道:"我明白了!咱们也不晓得那任刺史得罪过多少人,但一定会有这么些人。而且,能与任刺史结怨的人,也都不是简单的人物,一旦他们知道武都督与柳下司马要对付任刺史,很可能还会认为是两人联手对付任刺史,那么……"

李鱼道:"那么,他们就会群起攻之,仿佛藏在阴暗中的一群饿狼,狠狠地扑上来!"李鱼信心十足,"有时候,一些高高在上的大人物,似乎很是莫名其妙的,因为一点小事就垮了台。其实不然,那只是他的对头足够多了,而这么多的对头,不约而同地把他遇到的那个小麻烦当成了进攻的契机,合力扩大了战果。所以,你能看到的,可能只是一个人、一件小事,结果就搞垮了一个威风不可一世之人,实际上,明里暗里不知道有多少人在共同使劲儿!"

陈飞扬心悦诚服地道:"小郎君神机妙算,英明神武!"

狗头儿一听陈飞扬拍马屁,有点着急了,偏生他肚子里没啥墨水,只好跷起大拇指,龇出两颗大门牙,一脸真诚地赞道:"高!实在是高!"

第二十六章
上 宾

武家这宴饮，于一路行来、受过无数款待的荆王而言，实在是一种煎熬。武都督官位不低，又是在府中设宴，没有美人儿让他左拥右抱、恣意求欢，甚至连荤话都不方便讲，这种宴饮有什么意思？

所以，宴饮结束得很快。酒宴一结束，李元则就要赶去为他安排的住处：滴翠台。在那里，他才好逍遥自在。武士彟自然要亲自送他前去，袁天纲却不愿同行了。

他观望云气，已经算出那宝物就在利州城，却无法确定宝物在谁身上，还需寻访一番，说不定会有线索，哪肯跟去滴翠台。

何况，袁天纲闲云野鹤一般的性子，自由散漫惯了，原本跟着荆王入蜀，是皇命在身，不得已而为之。如今住在利州，只要荆王还没走，他就不必与之同行，是以便提出要自己四处走走散心。

武士彟正想留下袁天纲——他能把李鱼奉若上宾，对袁天纲当然也十分敬重，忙笑着劝袁天纲住在武府，出入不禁，不会有人管束他的自由。袁天纲便欣然应允了。

于是，武士彟备车先送荆王去滴翠台。滴翠台是原利州都督李孝常的别院，在城郊，风景极是优美。袁天纲既不同行，便直接留在了武府。

武士簇伴着荆王李元则离开，杨氏夫人便陪着袁天纲去花厅小坐叙话，华姑闲极无聊，又存了瞧这袁天纲的本领比她李鱼哥哥如何的念头，便硬扯了杨千叶去花厅外听墙根儿。

　　就听花厅中杨氏夫人笑道："久仰袁先生神通，今日得见，三生有幸。却不知可否劳驾先生，为妾身看看相呢？"

　　袁天纲笑道："些许小事，夫人何必客气！"

　　袁天纲原本不好仔细打量人家女眷，这时既是看相，却不用客气了，当下一双眼睛便定在杨夫人面上，额、眉、眼、鼻、唇，一一观望。袁天纲认真看罢杨夫人的面相，面露赞叹之色道："夫人连生贵子，福缘深厚啊！"

　　窗棂外，华姑撇了撇唇角，牵了牵杨千叶的衣角，小声嘀咕道："拾人牙慧，没有创意！这话，李鱼哥哥也说过的。"

　　杨千叶忍俊不禁，道："你李鱼哥哥说过的话，人家袁先生可不曾听见过，怎么叫拾人牙慧呢？只能说是英雄所见略同。小丫头莫偏心，仔细听着。"

　　杨千叶说罢，又复侧耳听着花厅里的动静，心中忽想："英雄所见略同？那个借机揩油占我便宜的登徒子，算是什么英雄了？呸呸呸！"

　　杨夫人一听袁天纲这么说，不禁心花怒放。袁天纲这话与李鱼说过的话大同小异，两相印证，杨夫人更加确信无疑了，忙叫人招呼两个继子到花厅来。杨夫人笑道："元庆、元爽，先生夸你二人福缘深厚呢，还不上前谢过先生！"

　　武元庆和武元爽连忙上前施礼，心中也是有些自得。

　　袁天纲看了看二人，眉头却是微微一蹙，待二人退下，才缓缓地道："令公子福缘确是深厚，将来可官至三品，但……我观夫人面相，子嗣中当有人福缘更厚于两位公子才对！"

　　杨夫人一听更加惊喜，两个继子都可官至三品，那就意味着武家到了下一辈依旧是位高权重的官宦人家呀。却没想到，自家还有人更胜两个继子！那就只有自己的三个女儿了。

　　窗棂外，杨千叶和华姑互相偷偷看了一眼，华姑一脸不忿，"将来可官至三品"这么笃定的相辞，李鱼哥哥可是不曾说过的。

　　杨夫人急忙命人把刚刚回到绣楼的长女武顺给唤至花厅，对袁天纲道："先生看看，顺儿的福泽如何？"

　　袁天纲深深地望了武顺几眼，微笑着点点头："不错！不错！很好！很好！"

　　武顺不明白母亲突然又把自己唤来做什么，不禁有些疑惑地看向杨氏。杨氏却看出袁天纲有些敷衍，便对武顺道："袁先生为我一家人看看面相，方才宴上不甚方便，所以唤你前来，如今没事了！"

武顺这才恍然，听袁先生说她福泽不错，心内也自欢喜。待她刚一退下，杨夫人便对袁天纲道："却不知小女有何不妥？还请先生明示。"

袁天纲犹豫了一下，毕竟不习惯说谎敷衍，便道："夫人勿怪！实不相瞒，我观你这女儿，虽然身份贵重，却……不利夫！"

袁天纲这么说，已经非常了含蓄了，杨夫人一听也就知道，这是在说她女儿克夫，心中便有些不高兴。

窗棂外边，华姑听到袁天纲给姐姐的评语，不禁有些吃惊，脑袋下意识地向前一倾，"咚"的一声便撞在窗棂上。杨夫人在厅中听见，微有怒色，喝道："什么人？"

华姑吐了吐舌头，跑到门口站定，讪讪地道："母亲，是我！"

华姑说着，向一旁的杨千叶挤眉弄眼，希望她能站出来。有她在，母亲想必就不会太过责怪自己了。可杨千叶有点忌惮袁天纲给人相面的本领，只摇头一笑，不肯现身。

袁天纲看着站在门口的华姑，目中精芒一闪，徐徐说道："夫人，这孩子龙瞳凤颈，贵不可言！我观夫人福缘之厚，应该就应在这个孩子身上了。"

杨夫人见华姑还穿着她哥哥年少时的衣袍，跑来听墙根儿，正要责骂女儿不知礼数，一听这话大喜过望，忙道："先生此言当真？"

袁天纲看着正在那儿向一边挤眉弄眼的华姑，若有深意地颔首微笑道："当真！只可惜，他是男子！若是女儿身，可为天下主！"

这话一出口，厅中的杨夫人，窗外的杨千叶，同时吃了一惊，不约而同地看向华姑。杨夫人喜得一颗心都快跳出了腔子："贵为天下之主？难不成……难不成华姑将来会坐镇中宫，母仪天下？"

窗外，杨千叶也一脸惊诧地看向华姑："这小丫头片子，将来能做皇后？"

两个人都以为"若是女儿身，可为天下主"说的是做皇后。皇后母仪天下，乃真龙天子之妻，自然也算是天下之主。毕竟自古以来，从无女子称帝，两个人再怎么有想象力，也想不到袁天纲这句"可为天下主"的真意。

华姑此时仍在求助似的向杨千叶挤眉弄眼、努嘴示意，竟未听到袁天纲这句话。袁天纲望着门前阳光洒照下眉眼如黛、唇红齿白、额头圆润饱满的华姑，心中啧啧称奇："初时在府前，我竟看走了眼，原来是个女娃儿！日月当空，照临下土；

扑朔迷离，不文亦武！师弟那一卦，应该就应在她身上了！李渊当初以表兄身份夺我大隋江山，此女来日以李家媳妇身份夺取大唐江山。以彼之道，还施彼身。天理循环，报应不爽啊！"

袁天纲是何许人也，既然看到了华姑的前程命运，对这样一个人物岂能不加注意？一旦注意，又岂会闹出连她是男是女都看走眼的乌龙。

不过，撇开袁天纲本是大隋皇室后裔的这个隐秘不提，他也不会说破此事。作为一个修行人，袁天纲一直信奉为人处世当顺应天道，天道如此，又何必定要逆天行事？

所以，他虽有一身绝学，而且自幼就知道自己实为隋文帝杨坚之子的秘密，但他从来也没有想过要招兵买马光复大隋江山。基于同样的原因，对于华姑的未来，他也没有多做解释。

"就让武家人把它当成一个美丽的误会吧，总有一天，人们会明白我这番话究竟是什么意思。"想到这里，袁天纲暗暗一叹，"那我又何必泄露天机呢？说到底，还是因为好胜心，修炼得还是不到家呀！"

不过，袁天纲刚刚反省了一下，马上又自我安慰起来："管他呢，随心所欲吧！人若全无心肝，就算修成了天眼通，又有什么意思？！"

杨氏只道袁天纲说的是自己女儿将来能做皇后，喜得几乎晕过去。她强自保持清醒，暗暗告诫自己："只可说与相公知道，这等机密，万万不可泄露出去。否则一旦为人所知，我家二囡只怕连进宫的机会都没有了，千万小心、千万小心！"

杨氏这般想着，抬眼再看华姑，头戴平头小样巾子，身穿花绫短袍，腰束革带，下着合裆绿水袴裤，精神奕奕，浑如男童，竟是越看越顺眼。明明见她正向一旁挤眉弄眼、努嘴作怪，想必有丫鬟侍婢在外陪同着，却也并不说破。

杨氏放缓了语气，和气地道："贵客当面，怎么就不懂些规矩。你这孩子，也忒顽皮！快回后宅里玩去，莫要淘气，晚上娘要考较你功课的！"

华姑一听又要考较她功课，顿时垮下一张小脸，怏怏地答应一声，转过一边不见了。

杨夫人转向袁天纲，欢喜地道："多承先生吉言，只是这番言语，若传扬出去反而不美，先生……"

袁天纲心领神会，微笑道："袁某自然不会与人讲起的。"

杨夫人道："那就好，那就好！"心里盘算着等自己男人回来，少不得要奉赠一份厚礼给袁天纲。又想着得赶紧打听着京里消息,太子应该已经有了太子妃,却不知是那太子妃没福气,还是将来这太子要易主……一时间心神恍惚,只剩下欢喜了。

吉祥奔走街头,始终不见李鱼踪影,正想找人打听一下柳下司马府的所在,妙策陪着大腹便便的余氏恰从一间药房里出来,跟她碰个正着。

吉祥一见妙策和余氏,眼圈便是一红。想起父亲和继母对她是如何的无情,吉祥心中很是难过,但是虽然算是彼此脱离了关系,但血缘关系终究是不能解除的。

吉祥犹豫了一下,还是走上前去,微微低头道:"爹、娘,你们……"

吉祥一句话还没说完,余氏已是脸色一变,虎起脸拉起妙策道:"咱们走!"

妙策也是神情一紧,如见蛇蝎似的大声呵斥道:"从你自卖自身,归了张飞居,你与我妙家已经全无干系,还要说什么。走开!走开!"

吉祥呆在那里,妙策呵斥着让她走开,自己倒拉着余氏,急急忙忙地走了,不时还回头看看,生怕吉祥再追上来。

吉祥怔了半晌,忽然自嘲地一笑。她已经明白父亲和继母为何这般模样了,任刺史觊觎她的姿色,李鱼为她与任刺史结怨的事,坊间早就传开了,爹娘不可能不知道,他们这是担心惹祸上身啊。

亲生父亲,此时毫不在意女儿的安危,唯一想着的就是千万不要连累他,恨不得全天下人都知道他们已经脱离了父女关系,从此再无瓜葛。不知怎的,想到这些时,吉祥心中竟然再没有半点难过,反而无比地轻松。

"也好!也好!那就……这样吧……"吉祥轻轻眨了眨眼睛,眨去眼中一层雾气,迈步慢慢向都督府走去。一时间心中空荡如谷,连李鱼去了哪里也不想知道了。

吉祥刚走出几步,就听后边有人唤道:"吉祥!"

吉祥回过身,就见李鱼快步走过来,一把拉住她手臂,紧张地左右看看,然后拉起她就走,责备道:"你这傻丫头,明知道任刺史不肯放过你,怎么还独自跑街上来,这要被人抓走,你让我上哪儿寻你去!这么不省心的……"

吉祥被李鱼拉着,一溜儿小跑地跟着大步向前走的他,听着他的数落,鼻子忽然一酸,眼泪在眼眶里盈盈地打着转儿,差点掉下来。从小到大,她不知被人数落过多少次、打骂过多少次,却哪有一次是因为关心她?

只有他,从始至终,只有他!

其实，李鱼对她的好感，为她所做的一切，她心中未尝不明白是为什么。不过，她却一直抱着一种犹犹豫豫的态度，因为李鱼自打从京城回来，就不再是当初的李鱼了，他已经是有资格在利州最高权力圈子里优游来去的贵人了。

像这样的贵人，吉祥自问是没资格嫁给他的。可是给人做小，她又不甘心。而此刻，管他什么正室偏房、大妻小妾，吉祥都不在乎了，她情愿以身相许，情愿把自己完完全全、彻彻底底地交给他！

从未有过安全感的她，这时却是无条件地信任他，相信他决不会害自己。这一刻，就算李鱼拉着她跑到天涯海角去，她都只会跟着跑，不会多问一句。

真就随他远走天涯又如何？原本在妙家的时候，与家人近在咫尺，遥远却更胜天涯。

只要自觉心安，东西南北都好。

"柳下挥这个贱人！"一只薄瓷的茶盏在地上摔得粉碎，任怨气得颊肉哆嗦、脸色铁青，"弹劾我？他竟然要弹劾我？他又是什么好人了！想当初同科中举，肆意风流时，老子博得一个'任老魔'的绰号，难道他就不是'下流挥'了？何等物流！不当人子！"

翌日，任怨惊闻荆王李元则已经到了利州，武士彠已经为荆王办过接风宴，却未通知他，顿时怄出一肚子怨气。赶紧收拾停当，正要赶去滴翠台见荆王，却又听说柳下挥要弹劾他，真把任老魔气了个三尸暴跳。

管家亦步亦趋地跟在他的身后，道："老爷，您看这事该如何处理？车驾已经备好，荆王那儿咱们还去不去？"

任怨陡然停下脚步，阴晴不定地沉吟有顷，咬牙切齿地道："荆王不能不见！老夫去见荆王，你立即派出人手，给我打听打听，其他人有无异动！单凭一个柳下挥，奈何不了老夫，怕只怕……嗯？"

管家心领神会，急忙应道："是！老奴这就派人去打探！"

第二十七章
弹劾

滴翠台建在城郊，红砂石的院墙，将一幢红色的建筑与山林，完美地契合在了一起。园内清溪萦回，水声潺潺。近十里的园子，楼榭亭阁，高下错落，鸟鸣幽村，鱼跃荷塘，不失野趣。

任怨到了园中一座大屋，登堂入室，就见年轻的荆王李元则穿着一身箭袖，大概是刚刚习武回来，手里还提着一把明晃晃的宝剑，额头微汗。

见到任怨，荆王大大咧咧地打声招呼，便大步走过去，将长剑倒提着交给一个侍婢收起，转身在铺了波斯绒的胡床上懒洋洋地一躺，摆手道："刺史不必客套，坐吧！"

任怨还是头一回跟王爷打交道，瞧他举动十分散漫，较之皇帝的威仪大不相同，心里也就不那么拘束了，忙笑着答应，在座位上坐下，道："王爷驾到，也不知会一声，下官未曾远迎，还祈王爷恕罪啊！"

荆王不耐烦地挥了挥手："场面话本王天天听，迎接来迟了恕罪，招待不周了恕罪，未曾远迎了恕罪，哪来那许多啰里吧唆的臭规矩。"

任怨一窒，这位王爷，还真是特立独行，颇有汉晋之遗风啊。任怨清咳一声，道："呃，王爷驾到，下官自当前来拜会，这是应尽之仪。此处山清水秀，却不知王爷您还住得惯吗？"

荆王道："这有什么住不惯的，本王对吃住一向不甚在意，唯有风月，断断少不得！"

荆王说到这儿，突然坐了起来，兴致勃勃地看向任怨："吴娃越女，秦娥楚姬，齐娇燕姝，各有韵致。巴蜀乃天府之国，山灵水秀，此地女子也当别具情趣。本王曾听人说，吴娃娇，越女媚，楚姬纤纤小蛮腰。齐娇俏，燕妖娆，巴蜀自古多窈窕！你在利州为官数载，对此有何看法？"

任怨目瞪口呆，他此前虽未见过荆王，却也耳闻这位王爷是太上皇二十多个儿子里边唯一的荒唐王，今日一见，果然名不虚传。殊不知王爷也是人，一旦没了规矩约束，肆无忌惮起来，本就比常人还不像人。

任怨本来还想装装样子，却不想遇到同道中人了，哪里还矜持得下去，急忙抖擞精神，跷起大拇指，道："王爷当真有见地，正是如此！所谓窈窕蜀女，个中滋味，呵呵呵，王爷，您懂的……"

荆王一听，眉飞色舞，喜道："懂懂懂。本王此来，一路也遇到过一些巴蜀女子，固然灵秀可人，只是较之传闻，似乎还要逊色一筹，却不知你这利州府如何？"

任怨一听喜上眉梢，正要说服荆王在利州驻藩，这一下正好投其所好。任怨忙道："王爷放心，既然王爷喜欢美色娱情，下官自当妥善安排，管教王爷心满意足！"

荆王一听很满意，点头道："好！非常好！你比武士彟可是强了不止一分半分，那位大都督，殊无情趣，与他宴饮，无趣得很。"

任怨一听，马上道："不如明日下官于府中设宴，款待王爷！私宅之内，也随意一些。"

任怨说着，向荆王递了个男人都懂的眼神。荆王一听心痒难耐，忙道："择日不如撞日，何必等到明天，走走走，咱们现在就走！"

任怨窘道："这个，仓促之间，许多事情来不及准备，食材、美酒……还得邀请陪侍的宾客……"

任怨还没说完，荆王便不耐烦地道："欸！本王素来不喜欢烦琐礼节，择些不需要提前准备的'美食'，让本王享用也就是了！"荆王说着，向任怨邪气地挑了挑眉峰，也递过一个男人都会懂的眼神。

任怨无奈地道："那好，还请王爷摆出仪仗……"

他还没说完，就被荆王打断了："去私邸饮酒，又非出行他方，轻车简从即可，还方便些！"

任怨暗暗苦笑:"这厮倒是个色中饿鬼,罢了,来日方长!"

当下,荆王便兴高采烈地吩咐安排车驾,要随任怨去他府上"做客"。

其实任怨本想明天再安排酒宴,一来,他惦记着让管家去打听的情况,需要尽快掌握柳下挥那边的消息,看看都有谁想对他不利;二来,他也想明日邀请尽可能多的人来。

李元则虽然是亲王,却并非朝廷官员,不大管得着官员们的政务,但他毕竟是皇帝的亲兄弟,是可以直接上达天听的人物,哪个做官的也不敢小觑这些"通着天"的大人物。

请了这尊大神去壮场面,有些想趁火打劫、对他下手的人就得思量思量。奈何这位荆王爷太过好色,连一天也等不得,想让他摆出仪仗招摇过市,他也嫌耗时费力。

不过,这荆王既然有所好,那就好办了,机会多的是,倒也不急在一时。任怨甚至想提提吉祥,相信以吉祥姑娘的姿色,必能打动荆王,那他报复李鱼就又多了一个筹码了。

只是,他如今只知荆王好色,好色不等于胆大妄为,李元则敢不敢巧取豪夺,现在还不敢确定,任怨不想弄巧成拙。

再者,吉祥是利州府诸多官员暗中针对他的关键,他还需审时度势,才能做出最佳抉择。他是不会那么早就抛出吉祥来的,因为事情未必就一定会朝着对他有利的方向发展。

武士彟已经弄清楚巡行在自己府邸左右的那些人都是任怨所差遣。武士彟不禁暗暗恼怒,他虽拒绝了任怨联名请愿,说服荆王驻藩利州的提议,却未必就想与任怨结仇,但此人心胸也太狭窄了。

他既不仁,武士彟也不介意还以颜色,尤其风闻司马柳下挥要弹劾任怨。武士彟暗笑柳下挥终于耐不住寂寞的同时,出手对付任怨的意愿也就更强烈了些。

于是,武士彟马上吩咐幕府僚佐给他写一份弹劾奏章。武士彟是马上就要迁转他地任职的官员,临行之前却参了自己同僚一本,如果奏章内容分寸掌握不好,让皇帝心生厌恶,那就得不偿失了。

因为这一桩,僚佐们都不愿接下这个差事,便不约而同地推给了刚刚加入幕府、正为武士彟做事的小姨子杨千叶。在众僚佐看来,若自己写得不妥当,少不得被骂个狗血喷头,而杨千叶是大都督的小姨子,冲姐夫撒撒娇,就算写出一泡狗屎，也不会惹怒了大都督。

杨千叶也不含糊，提笔就写，洋洋洒洒三千余字，一份奏章很快写好，便拿来向武士彟撒娇了。

武士彟对这份奏章很重视，事先吩咐过，奏章一旦拟好，定要交他过目。一瞧是杨千叶亲自送来，武士彟连忙起身相迎，含笑让杨千叶坐了，又亲手为她斟了杯茶，这才坐下细看奏章。

杨千叶这份奏章，文字凝练，弹劾任怨的罪状却是有理有据有节，由浅入深、鞭辟入里。字里行间，还把武都督为何在即将迁转之际才弹劾同僚的苦衷也说得既含蓄又明了——初时，武都督并不清楚任怨诸般违法行为，实因"吉祥归属案"才注意到任怨的恶行。虽然迁转在即，利州事务很快就与他没有干系，但食君之禄，忠君之事，武士彟岂可因一己之私而缄口不言？

这样一来，不仅能让皇帝看得清楚明白，而且也能简约明了地表现出武士彟的坦荡胸怀，没有啰里吧唆反复撇清自己的话。

武士彟非常满意，瞧那纸上墨迹都还未干，知道是杨千叶刚刚写就，不禁赞不绝口："好！这篇文字，大妙！"

武士彟看向杨千叶，欢喜地道："我得千叶，如鱼得水！千叶啊，你真是本督的好臂助啊！"

杨千叶微微低头，娇羞不胜地道："姐夫过奖了。人家……人家倒想成为姐夫的贤内助呢。"

武士彟大吃一惊，双手一颤，手上的奏章险些掉到地上。

自杨千叶成为他的僚佐，一有什么"疑难杂症"，其他僚佐都会鼓捣杨千叶出头，所以杨千叶和武士彟每日里见面接触的机会极多。武士彟越来越喜欢杨千叶，他也感觉得出杨千叶对他似有情愫，只是囿于彼此的关系，这层窗户纸虽然越来越薄，却总是捅不破。

可就在刚才，豁然开朗了——她……竟然大胆地表白了。

内助，指的就是妻妾，是他的女人哪。

一时间，武士彟也不知是惊是喜，仿佛一脚踩到了云团里，晕晕乎乎飘飘荡荡，半晌才定下神来，惊喜地道："你……你说什么？"

杨千叶咬了咬唇，红着脸瞟他一眼，又低下头去，幽幽怨怨地道："你还要人家再说一遍吗？"

武士彟瞧着她的娇羞美态，七魂登时离体，化作一只猴子，腾云驾雾，一溜跟斗地翻到九重天上去了："你……你居然喜欢我？我……我大你好多……"

杨千叶心道："啊呸！老不羞，大好多？你都能给本姑娘当爹了，还敢打我的主意?！等我拿到你的兵符令箭，就要你的好看。"

杨千叶心里想着，表面却是螓首微抬，蛾眉轻敛，露出一副含羞带怯的俏模样："姐夫哪里老了，只是成熟些罢了。姐夫你胸有城府，腹藏经纶，一表人才，成熟儒雅，哪个女儿家会不喜欢呢？"

武士護激动不已，恨不得把这小可爱一把搂在怀里，却又怕唐突了佳人，再者这地方也不合适，这是处理公务的所在，常有人来往。

"小叶子！武某何德何能，听你这样一说，我，我感到一下子年轻了三十岁！"

杨千叶美目流转，娇滴滴地嗔道："傻！你现在很老吗？要是年轻三十岁，可不成了小孩子？"这娇嗔一声"傻"，惹得武士護的六魄也离体而去，不知飞到哪儿去了。

回到都督府的李鱼撅着屁股站在屏风后面，侧耳听着里边这番对话："怎么老子偏偏碰上这种拆烂污的事？我现在是进去呢，还是不进去？"

李鱼正左右为难，就听李伯皓的声音陡然响起："咄！何方鼠辈！"

李伯轩旋即大喝："大胆毛贼……啊！是小神仙！"

房间里面，武士護忘情之下，正要握住杨千叶的一双柔荑，一听外面动静，仿佛被炭烫了似的，嗖的一下又缩回了手。

李氏双雄正要杀进签押房救主，陡然发现那鬼鬼祟祟的人是李鱼，拔了一半的剑登时顿住。

李鱼一个箭步掠回到门口，凌空身形一转，面朝门里，一脚门外一脚门里地落下身子，扭头向李伯皓二人招手道："哈！原来是两位少侠，勿要大惊小怪，小可有事要见大都督。"

武士護听到李鱼的声音从门口传来，暗暗松了口气，幸好李鱼刚进门，还没听到他与杨千叶"互诉情衷"的一番话，要不然，一旦泄露出去，后院的葡萄架就要倒啦。

李伯皓、李伯轩两兄弟虽然神经大条一些，可是瞧他方才贴着屏风明明有窥听的举动，心中也是存疑。只不过解围的马上来了，心虚的武士護为了自证清白，与杨千叶双双迎了出来。

武士護的目光落在李鱼身上，瞧他一脚门里一脚门外，心中大定，便爽朗地笑道："啊！小神仙，你找本督？"

李氏双雄一瞧陪在大都督身边的是他那娇俏可人的小姨子，登时福至心灵，二人马上浑若无事地向李鱼和武士彟招了招手，转身就走。

李伯皓道："二弟，你怎么看？"

李伯轩道："内中必有蹊跷！"

李伯皓道："姐夫戏小姨，不便为人所知，你我速速离开，此乃英明之举。"

李伯轩道："高哇！你我是外人，装聋作哑就好！"

李鱼跟着武士彟和杨千叶进了签押房，瞟了二人一眼，坦然入座，仿佛什么都没发生过似的道："咳！大都督，小可此来，是有一事，请求大都督允准。"

武士彟道："小神仙有什么事？"

李鱼道："吉祥姑娘的案子疑点重重，庞妈妈是关键。小可想撬开她的嘴巴，问出她诱骗吉祥姑娘签卖身契的真相！"

武士彟抚着胡须，飞快地瞟了杨千叶一眼，他刚让杨千叶写下弹劾任怨的奏章，此时巴不得任怨麻烦越多越好，李鱼这个请求，正中他的下怀。李鱼看在眼里，却只当二人在眉目传情，心中不由暗骂："奸夫淫妇！"

武士彟想了一想，爽快地应道："好，你去牢中向她询问，切记不可用刑。此案敏感，须提防任刺史大做文章。"

李鱼欣然起身，拱手道："多谢大都督，既如此，那小可就不打扰了！"

李鱼向杨千叶微笑一颔首，杨千叶美目一闪，也是颔首还礼。

李鱼举步就往外走，刚刚绕过屏风，便在心中叫道："老千！她一定是个大老千！原来她不是想卷些细软逃跑，而是想骗一张'长期饭票'，这算盘，打得精啊！"

卿本佳人，奈何做贼？！

杨千叶这种气质高贵姿容出色的美女，居然是个大老千，而且为了得到好处，居然不惜牺牲色相，这让李鱼打从心底里就鄙视！太不要脸、太不像话了！人怎么可以如此自轻自贱？如此不知自尊？

武士彟有两儿三女，老大都能管你叫姐姐了，你就因为贪图武都督的富贵权柄而不惜以色相勾引！人往高处走，这我理解，可你也得挑挑人哪！就说我吧，年少英俊，一表人才！比富贵比权柄嘛，当然是不如武士彟的，不过……

那也只是暂时嘛！三十年河东转河西，莫欺少年穷！再说了，我都攒了四大箱子细软了。你看人家吉祥，多么自尊自爱，人比人，气死人哪！李鱼在心里狠狠地鄙视了杨千叶这个大老千一番，便一头钻进都督府的牢房，去骗庞妈妈了。

都督府是一个衙门，五进的院落，最后一进院落是都督与家眷生活的地方，第四进院落主要是客舍，都属于内宅。

前三进院落，则是都督府的大堂、二堂、各个属僚官署，包括仓房、武库、磨房、粮库、银库等重要所在，牢房也是其中之一。

都督府的牢房并不大，只是用来临时关押重要犯人，比不了府衙大牢的规范。所以那门口只使了四个卫兵把守，里边也不分男女，庞妈妈和那两个倒霉的打手都被关在一起。

李鱼进了牢房，见里边阴暗潮湿，火把也不点一个，站在里边适应了一下视线，这才沿着甬道往里走。到了尽头便是一个木栅栏的大牢，栅栏都是用碗口粗的原木制成，中间只隔着拳头大的缝隙，根本不用担心有人能跑出来。

庞妈妈和两个打手还是当初在张飞居的那身衣裳，蜷缩着双腿坐在潮湿发霉的稻草地上，垂头丧气，听到脚步声也懒得抬头。

李鱼在栅栏边站住，轻轻咳嗽了一声。庞妈妈抬起头，一眼瞧见是李鱼，登时目中凶芒一闪，厉吼一声扑了上来，十指箕张，穿过栅栏想抓李鱼。

李鱼很淡定地站在那里一动未动，庞妈妈的双手只伸出栅栏一小半，就一下子停在了那里。原来她双手都戴着手镣，铁链子勒在栅栏上，她的双手再难探出来。

李鱼蹲过好几个月的牢呢，这牢里头的事，比她清楚。

李鱼咳嗽一声，道："庞氏，死到临头，还敢嚣张吗？！"

庞妈妈咬牙切齿地瞪着李鱼道："姓李的，老娘与你何怨何仇，你要这般害我？"

李鱼冷笑一声，反问道："吉祥与你何怨何仇，你要这般害她？"

庞妈妈怔了一怔，双手慢慢缩了回去。

李鱼上前一步，道："我和你，没有仇怨！你和吉祥，也没有仇怨！你要害她，是为了取悦任刺史，捞取好处！我要整治你，是因为我喜欢吉祥姑娘，不想她被你害，懂吗？"

庞妈妈虽然是个女人，倒也干脆得很，她低头思索片刻，抬起头来冷冷一笑："没错，我整她，你整我，无关仇怨，我的确不该为此向你讨要说法。不过，你我这个梁子，可是结定了！别给我机会出去，只要老娘出得去，哼！"庞妈妈磨着牙，狰狞地盯着李鱼，"管你小神仙大神仙，只要你还食人间烟火，就一定有办法对付你，大不了老娘把利州的黑狗都杀了取血，再搜罗些月经布，破你的法术！只要抓住你，老娘就把你千刀万剐，挫骨扬灰，叫你死也不得超生！"

李鱼叹了口气道："我本来还想放你出去的，既然这样……"

庞妈妈双膝一软，"扑通"一声就跪到地上，一脸谄媚求饶的表情："老婆子糊涂，老婆子该死，老婆子不是人！小神仙你大人不记小人过，就饶了老婆子这一回，把老婆子当个屁，放了吧！"

方才庞妈妈十指箕张，要抓李鱼的脸，李鱼都淡定自若，这时却被庞妈妈的"变脸神功"吓了一跳，下意识地退了一步，心中暗想："这老虔婆，翻脸比翻书都快，也太吓人了些。"

李鱼咳嗽一声，道："要我放你也不难……"

庞妈妈赶紧赔笑道："方才都是老婆子瘦狗拉硬屎，硬挺着说的场面话！老婆子算个什么狗东西，哪有资格跟小神仙你掰手腕儿？只要能出去，老婆子就感恩戴德了，什么报仇雪恨，老婆子想都不敢想的。"

李鱼笑道："你敢想也好，敢做也罢，我都不在意的。只是，你若想出去，就得答应李某一件事情！"

庞妈妈连声道："你说，你说，只要老婆子办得到，头拱地，老婆子也一定完成！"

李鱼竖起食指道："我只有一件事，把你欺吉祥不识字，诳她写下卖身文书的事交代清楚。"

庞妈妈一怔，眼中掠过一丝狐疑之色。

李鱼道："怎么，你不答应？"

庞妈妈眼珠转了转，脸上露出一丝狡黠的笑意："小神仙，吉祥已经被你带走，我张飞居也被你给查封了。那卖身文书的事，有和没有也就没什么两样了，小神仙为何还要执着于让老身承认那卖身文书有假呢？"

李鱼心里一哆嗦，这老东西，经营张飞居多年，不愧是长袖善舞、七巧玲珑。她被抓起来时，还没有苏小龟告状、任刺史撑腰的事，她居然从我的反常要求里察觉到了不妥。

想到这里，李鱼不动声色地道："你想知道原因，很简单！因为我要搞死任刺史！"

这个回答，实在有些出乎庞妈妈的意料，饶是她奸猾似鬼，也不禁一呆，有些愕然地眨眨眼睛，看着李鱼。

李鱼深沉地一笑，道："我给任刺史灌了一勺子金汁，他会放过我吗？既然不是你死，就是我亡，我就要先下手为强！"

李鱼的脸色变得冷厉起来："武都督迁转在即，他在利州任上，也未必就没有过失，会留下一个与他结了怨的刺史于此？司马柳下挥蛰伏已久，难得有这样一个机会，他又岂会错过？"

李鱼扫了庞妈妈一眼，又看了看两个呆若木鸡的打手，道："你们想知道，我就告诉你们，倒要看你们有几个胆子敢说出去。况且，等你们说出去的时候，只怕任刺史已经灰溜溜地下台了！"李鱼上前一步，俯视着庞妈妈，"所以，这卖身契，你该明白怎么写了吧？"

听了李鱼的话，庞妈妈心头掠过一丝寒意，结结巴巴地道："小……小神仙是说……"

李鱼摩挲着下巴，笑道："任刺史应该是早就觊觎吉祥姑娘的美色，所以才授意你用假契约诳骗她的吧？当然啦，你庞妈妈一向奉公守法，只是迫于任刺史的淫威，不得已而为之……"

庞妈妈脸色登时一变。

如果李鱼照实说有人将吉祥的卖身契过到了他人名下，而那人告到了任刺史那里，所以需要庞妈妈的供状去打官司，凭庞妈妈的心机之深，马上就能猜到这是任刺史的反击，而且任刺史已经占了上风，李鱼迫于无奈，才需要拿她的口供去搏上一搏，那样的话，她会如何选择就不问可知了。

但李鱼的思维是不同常人的，他不但要求庞妈妈招认罪状，而且还暗示她要在罪状上咬任刺史一口，丝毫不知外界情形变化的庞妈妈只能认为李鱼这是要乘胜追击，对任刺史不依不饶了。

再加上李鱼暗示性的一番话，庞妈妈立即做出了如下判断：李鱼、武都督、柳下司马这三方势力已经联手，他们要趁机扩大战果，彻底把任刺史拉下马。而她的供词，无疑是诸多筹码中的一个，是任刺史的罪状之一，却未必是至关重要的证据。

以武都督和柳下司马的地位，除非他们已经有了至少七成把握，否则是不会如此决然地与一个并未对他们产生极大危害的强大对手彻底撕破脸皮的。

李鱼有恃无恐的态度，甚至前来问口供的是李鱼，而非把她丢进了大牢就不管不问的武都督，这都给了庞妈妈这样一个错误的信号：任刺史的情况真的不妙了，那两位朝廷大员都懒得逼问她的供状，只有李鱼，为了取悦吉祥才来见她。

李鱼微笑地道："你既然知道了原委，如果不肯配合我的话，尘埃落定前，恐怕是没机会出去了；而尘埃落定后呢，武都督也就没必要放你出去了，你说是不是？"

庞妈妈当真是个女中豪杰，当机立断，取舍立定。她心中略一思量，利害得失计算清楚，便把牙根一咬，道："好！老婆子听小神仙的，小神仙您是大贵人，老婆子照办以后，您可不能出尔反尔啊！"

李鱼嘴角一撇，不屑地道："任刺史勉强还可算作李某的对头，你庞妈妈……我有兴致跟你斗吗？"

经李鱼一打岔，武士彟心中忐忑，不敢在签押房里跟小姨子眉来眼去。一州都督，公务繁忙，老有人进进出出的，实在不安全，如果门口安排两人或者干脆关了门……

那不是欲盖弥彰吗？

杨千叶做出一副对心上人刚刚吐露了情衷，既欢喜又羞怯的模样要离开，武士彟也就没有阻拦。依依不舍地送走了杨千叶，武大都督就坐在公案后面，手托下巴，想起了心事。

五十六岁的武大爷，跟个有心事的孩子似的，一手托腮，两眼迷离，三心二意，四方云扰，五脊六兽，七魄悠悠，时而会心一笑，时而满面忧愁。唉！杨千叶这小丫头片子，真是造孽啊！好端端的一个武大都督，都快让她忽悠成二傻子了。

武士彟是真心发愁啊，这府里头人多眼杂的，想跟千叶私相接触，聊聊情话都没机会。要是出门呢……出门带着小姨子，也不像话啊！再说了，他自得知即将迁任荆州都督后，就不大出门了。

离任之前，尽量少生事端嘛！再说了，就算没有这档子事，他也不大出门啊。衙门就在他家前院，你说朋友往来吧，他在利州一家独大，早就成了孤家寡人，够资格让他登门拜访的一个都没有。任怨勉强算一个，可任怨又……

愁哇！想跟小叶子有点私密空间都不行，真是好生悲惨。

武士彟在签押房里抓耳挠腮地想着偷情妙计的时候，撩扯得他老人家春心荡漾的杨千叶，已经轻轻松松地回了自己的住处，一点负责任的态度都没有。

墨白焰迎了杨千叶回房坐下，给她斟了杯香茗，低声道："公主，明天是个好机会。"

杨千叶先是一怔，旋即便明白过来："你是说……"

墨白焰道："明日任刺史审理'吉祥归属案'，李鱼必然会去公堂。而他与任怨结怨之事，早已众所周知。老奴可以在公堂上出手击杀！届时，大家自会认为这是任刺史挟怨报复！杀了李鱼，嫁祸任怨，一石二鸟，公主以为如何？"

"明天……吗？"杨千叶忽然有些失神，想起李鱼刚才到都督公署去请求讯问庞妈妈，为了吉祥的事一直不遗余力地奔走，杨千叶忽然觉得李鱼也不是那么可恶。从他对吉祥的一往情深来看，当日之事，或许真是他的无心之举呢？

正所谓不知者不怪。我就这么杀了他……杨千叶抿了抿唇，迟疑地道："墨师，我们的目的在于掌握武士彟的兵权，就不要节外生枝了吧？"

墨白焰奇怪地道："这怎么是节外生枝呢？那李鱼精通术法，与武士彟走得又近，万一被他看破公主身份可怎么办？再者，公主金枝玉叶身，岂容小人亵渎，唯有杀了他，才能还公主以清白呀！"

杨千叶揉了揉鼻子，声音变得更小了些："唔……当日在翠云廊……他也是无心之举。我觉得……"

墨白焰脸色一正，沉声道："公主说的什么话来！不管他是有心还是无意，冒犯了公主殿下的清白，就必须死！公主天潢贵胄、玉叶金身，除了未来的夫婿，谁敢近身，老奴第一个饶不了他！"

杨千叶从小由墨总管养大，对她来说，墨白焰亦师、亦父、亦奴，虽然对她极是恭敬，但是自幼教导她文学武艺、礼仪行止的时候，却极是严厉，墨总管真的严肃起来时，杨千叶还是打心眼里怕的。

这时一瞧墨白焰发起火来，杨千叶便有些怯了，道："我……只是心有不忍。罢了，那就依你。只是，吉祥姑娘太过可怜，不能因为咱们的事害了人家，你须得等吉祥姑娘的事有了着落，再动手！"

墨白焰急忙垂手退了一步，欠身道："是！公主仁慈，老奴遵命！"

杨千叶暗暗一叹，忽然有些期望吉祥之事不要有个着落了。若是吉祥的事得不到解决，那么……那个家伙也就不用死了吧？

"吉祥归属案"审理的前夜，任怨一宿没睡，书房的灯，一直亮着。

天亮了，书房的灯依旧亮着。

"淡茶温饮最养人"，这是任刺史的口头禅，但这一夜，任刺史却喝了一夜的浓茶。

晨曦微露，两个家仆守在门外，眼见到了洗漱时刻，但是不知刺史大人是不是还在忙碌，二人不敢叩门打扰，不禁左右为难。

"来人啊！来人……"室内忽然传出任刺史虚弱的声音，声音中带着些颤抖。

两个家仆吃了一惊，急忙推门而入。

灯还亮着，映着任刺史惨白的一张面孔，仿佛小鬼的脸。任刺史头发蓬乱，两眼通红，微微蹙眉捂胸，似乎很是痛苦。

两个家仆大吃一惊，慌忙迎到近前："老爷，您怎么啦？""老爷，您是不是病了？小的马上去喊郎中！"

任刺史有气无力地道："请……请个屁的郎中，去！给我端……端一碟点心来！"

家仆这才发现任刺史额头湿润，汗迹隐隐地渗了出来，不禁惊叫："哎哟，老爷，您流汗了！"

任刺史终于忍无可忍了，一个巴掌扇在那家仆脸上："混账东西，再不去，老爷我让你流血！"

那家仆吓得屁滚尿流，慌忙跑去，不一会儿便端了点心来，连早餐也一块给端来了。四个凉碟，一碗碧粳稠粥，还有一屉蒸饼，任刺史风卷残云一般消灭了大半，脸色这才缓和了一些。

原来，任刺史"醉茶"了。

任怨长得胖，一身的毛病，熬了一宿，又喝了一宿的浓茶，结果就变成现在这副模样了。

其实任刺史已经很多年不曾秉烛熬夜了，自从他入仕以来，也就是给皇帝写奏章时，才会熬夜字斟句酌一番。但昨夜不同，昨晚，他派人四处打听到的各种消息都已收集上来，令他顿觉形势严峻。整个利州现在看似平静，实则是暗流汹涌，漩涡处处啊。

柳下挥壮起厌人胆，毅然、决然、果然、必然、理所当然地向他发起了挑战。当这消息不知从何渠道传遍大街小巷之后，柳下挥干脆就"破罐子破摔"了，直接公开声明：一定要把任刺史拉下马。

那份勇气和决心，就像一个憋屈多年的小妾撒泼打滚地开始制造舆论，要正大光明地谋夺正位。他们两个人同时科考，同时高中，柳下挥的科考名次还在他之前，可是自入仕以来，一直被他压了一头，到了利州任上，更是直接成了他的部下。

万年老二要翻身，利州司马柳下挥，勇敢地吹响了向任刺史开炮的号角。

任怨最早获悉的就是柳下挥要向他动手的消息，当时他最担心的就是武士彟与柳下挥联手。不过想到他和武士彠只是小隙,并没到你死我活的地步,而且武士彠是马上就要走的人了,实在没必要横生枝节,任刺史又觉得不太可能。

其实武士彠将要外迁其他地方为官的消息,外界还一无所知,甚至就连武士彠的幕府僚佐们也不知道,任怨虽然在朝中有人脉,却也毫无察觉。

除了武家的人之外,只有早就有心的柳下挥探得了这个消息,并且把它巧妙地透露给了任怨。结果,任刺史担心的事情还没有来,倒是另有意外先发生了,镇戍冯程居然跳出来给柳下挥摇旗呐喊。

任怨思来想去,都想不出自己什么时候得罪过冯镇戍,你一个武将,跟着掺和什么?柳下挥、冯程,各有一些小圈子,这两个人一行动,便有些马前卒为其冲锋陷阵。不敢公然站出来助战的,那也是暗中奔走,充当斥候,为他们提供任怨的黑材料。

光是这两个跳梁小丑的话,任刺史还不太担心,就你朝中有人?老子在朝中的后台,比你的后台还要强横三分呢!否则的话,凭什么老子一直站在你的头上拉屎撒尿?

不过,关键时刻,武士彠也跳出来了。武士彠的影响力和号召力就不是柳下挥所能比拟的了,而且他肯出手,更让无数人认定了任刺史一定会垮台,这一下敢跳出来的人就更多了。

任怨懊恼地发现,他还没死呢,那些食腐的生物就一个个跳出来了,像武士彠、柳下挥、冯镇戍这等秃鹫、鬣狗、乌鸦一般的食腐生物也就罢了,那些蛰伏地下,蚯蚓、蜗牛、白蚁一般的小爬虫,居然也敢跳出来向他发难了。

有一个被任刺史府上三管家仗势欺占了半亩地的老农,昨儿下午居然向县衙门递了状子,这可是一个很危险的征兆啊。见微知著,一着不慎,真有可能大厦倾覆。

任刺史苦思一宿,给在京城吏部做侍郎的大舅子写了封信,先把朝廷那边打点一番。可朝廷那边打点得再妥当,关键还是要看利州这边的情况究竟如何发展。

朝堂上的衮衮诸公或要顺水推舟,或要逆水行船,也得先观风望气,有所衡量后才能指点江山。而利州这边的情形究竟该如何解决呢?针对眼下的情况,任刺史分析了一夜,最后拟出了三个方案。

第一,刀对刀,枪对枪,针尖对麦芒!

咬住吉祥的卖身契在苏良生手中这一有利条件,不管不顾,定要把吉祥判给苏良生。可这样一来,只是泄了李鱼灌他粪汤的恨,武士彠、柳下挥那班人却是毫发无伤,也就谈不到两败俱伤。

第二,暂且隐忍,向对方求和。

这条路,也是走不通。换作是他,在对头四面楚歌的当口,既然剑已出鞘,不见血是绝不会插回去的。人家又没有要命的把柄操在他的手中,凭什么接受他的请和?

既然这样,那就只有第三个方案可以选择了。对方向他发动攻击的种种罪状,还没提到台面上来,现在对方打算用作突破口的就是"吉祥归属案",如果不给他们这个借口呢?

此案如果断得干净利落,无懈可击,对方的一切攻击就变成了无由而动。当那雪片般的弹劾奏章纷纷递到皇帝面前,却没有一个诱发这一切的由头的时候,皇帝会怎么看?这些大臣为什么对一位牧守一方的重臣突然群起而攻之?

天心难测啊!就不信他们不会有所顾虑。可要这么做,就得自己封死这个突破口。理智上,任怨明白自己该这么做。可是感情上,他实在接受不了自己堂堂刺史,被一个没有功名的匹夫李鱼逼得节节败退、一让再让。

苏良生这步棋,究竟走还是不走呢?这是一个问题。

第二十八章
庭审

"吉祥归属案"的前夜,武都督府的客舍里同样不宁静。因为第二天就要审理吉祥一案,李鱼上床之后也是烙饼一般翻来覆去,睡不着觉。

他已经尽了最大的努力做准备,但明日究竟如何,他全无把握。毕竟,老谋深算如任刺史,对他这边的种种举动,不可能全无察觉,而对方究竟有什么手段,他却不清楚。

李鱼正反复推敲着明天可能遇到的局面,门忽然叩响了。声音很轻,就像一只小老鼠轻轻地挠门,但万籁俱寂中,声音异常地清晰。李鱼疑惑地问了一声:"谁?"

门外沉默了片刻,一个怯生生的声音响起:"我!"是吉祥的声音,李鱼暗暗一叹,此时此刻,最担心的无疑是她,自己睡不着,恐怕她更是担惊受怕了。

李鱼打开了门,吉祥小蛮腰一扭,仿佛一条灵活的鳗鱼,不等门全打开,就飞快地溜了进来,肩背赶紧往后一抵,将门掩上。

李鱼道:"慌张什么?啊!孤男寡女,确实不宜私室独处,那……还是大门洞开,才好避嫌。"

吉祥看着他,一双水汪汪的大眼睛里有一抹异样的神采。她没有打开门,双手背到腰后,李鱼就见那门闩一点点地移动着,"咔"的一声,三角豁口的卡槽卡紧了，门已闩上。

李鱼的心顿时也跳得飞快，期期艾艾地道："你……你关门做什么？"

吉祥轻轻咬着下巴，微微扬眸睇着他。

眼儿媚，媚如丝。

娇羞、希冀、紧张、害怕，说不出的妩媚，道不尽的风情。

李鱼一见，心中登时如钟磬齐鸣，梵音袅袅："观自在菩萨，行深般若波罗蜜多时。照见五蕴皆空，度一切苦厄。善了个哉的！为什么……可以这样的动人？"

吉祥妩媚地一瞟，就只一瞟，就低下头去，仿佛一只把头藏在胸前的鹭鸶，低低地道："鱼哥哥……"

李鱼："嗯！嗯？"

吉祥的呼吸急促起来，她忽然张开双臂，一下子抱紧了李鱼的腰，把一个香香软软的身子紧紧偎进了他的怀抱。李鱼的下巴贴着她那柔滑的发丝，嗅到一股皂角豆蔻的植物清香，还有淡淡的湿意："她……刚刚沐浴……"

顿时，李鱼明白了为什么下午的时候，吉祥坚持说她的情绪已经稳定下来，为了不打扰母亲休息，非得要自己住一个房间。难道她想……怀里，一个细若蚊鸣的声音幽幽响起："鱼哥哥，你要了我吧……"

李鱼的心本就在蠢蠢欲动了，结果这一句话，就像火苗子上浇了一瓢油，烈焰"轰"的一声燃烧起来。怀里的吉祥依旧在喃喃自语："明天，会发生什么，谁也不知道。如果，我注定了命不好，那么……"怀里的小脸慢慢地仰起来，深情地凝视着他，仿佛一朵昙花，在刹那之间绽放，焕发着无以言喻的神情，"那么……我就要把自己，献给我爱的男人！这样，我才会无悔，才会无憾！"

然而，这句话却一下子削弱了李鱼炽烈的欲望，激情没有消失，却迅速转变了形式，呵护、怜惜的情感占据了上风。

李鱼很开心，自己的付出终于获得了回报，他感动于一颗少女心对他的爱慕与信赖，可是他能在审判的前夜，在一切尚无结果的情况下，心安理得地享用她的奉献？

李鱼做不到！李鱼摇了摇头，轻轻推开了吉祥，低声道："傻丫头，不可以。无论如何，我都会救你出来。如果我想要了你，一定要在龙凤烛前，一定要在贴了喜字的榻上，一定……"

他还没有说完，吉祥已经踮起脚尖，张开双臂抱住了他的脖子，灼热的嘴唇像啄米的小鸡似的吻住他的嘴唇。虽然生涩，却更加地动人。

她的唇薄软香滑，呵气如兰，一股清新动人的少女气息诱惑得李鱼一阵晕眩，可尚存的理智还在他脑海中喋喋不休地说服着他，于是李鱼把左手搭在吉祥的削肩上，语无伦次地说起了口是心非的话："吉祥，我懂你。虽然明日前程不可预料，可我不想让你抱着一种绝望的心思，把自己献给我。相信我，无论如何，我都会救出你！我要你的那一天，不是这样的场景，而是正大光明地在龙凤红烛的见证下，让你……成为我的妻！"

这样的情话，对此时的吉祥来说，有着多么巨大的力量，是李鱼也想象不出的，他说得语无伦次，甚至口是心非，但吉祥听在耳中，却是无比的感动、无比的欢喜、无比的幸福。

"鱼哥哥……"吉祥仰头看着他，眼里洋溢着幸福的泪花。

吉祥轻轻抓起了他搭在自己肩头的手，柔情万千地贴在自己的脸上，幸福地摩挲着自己发烫的脸颊，柔声道："鱼哥哥，我好开心！"幸福的泪花从她的脸颊上滚落下来，"这辈子，吉祥是你的，永远都是你的了！无论生，还是死！苍天虽然给了我太多的不幸，但……总算天老爷开恩，让我有了你！我不恨它！"

吉祥深情地凝视着李鱼："我信你、爱你、等着你！"

吉祥忽然纵身向前，嘴唇狠狠地吻住了李鱼的唇。

吉祥放开了他。眸波盈盈，容光焕发，李鱼的一番话、一个承诺，给她注入了无穷的活力，幸福感充溢了她的全身。也许，今夜她依旧不能入眠，但不再是因为惶惑、不安和恐惧，而是因为有了归宿的满满的幸福感。

"别看轻了奴，奴其实不是那样随便的……只是……"吉祥低头，捻着衣角，羞怯地解释了一句，又喜悦、幸福地看了李鱼一眼，便反身拉开了门闩，回眸一睐，"鱼哥哥，人家等你！"

门只开了一条缝，吉祥小蛮腰一扭，鳗鱼般灵活地又溜了出去。

李鱼一只手扬在空中，做着挽留的姿势，眼睁睁地看着那细软、灵活、有力的小蛮腰一扭，闪出了那道门缝。李鱼的心就像一支离弦的箭，追着她去了，可是，门一关，靶没了。

这一夜，吉祥没睡，但也没醒。

醒着，她却像睡在梦里；睡着，她却会在梦中笑醒。

这一夜，李鱼也没睡，但也没醒。

继续烙饼似的辗转反侧半宿以后，他才进入似睡非睡、似醒非醒的状态。

天明如期到来，李鱼着装洗漱，收拾停当，这才推门出来。他穿一袭老旧的青色道服，清逸潇洒，还真有几分不食人间烟火的小神仙模样。

潘娇娇一早就起来了，吉祥比她起得更早，只是心中忐忑，没敢出来，而是在房内徘徊，时不时透过窗棂侧耳听听院中动静，又或者透过门缝瞧一瞧院子里的情形。

跨院里的杨千叶居然也起了个大早，月亮门里，但见假山池亭隐隐没于花木之中，而花木之中却又半掩着一张娇靥，仿佛绿叶当中的一朵红花。那俏眼儿时不时便睃向这边。

杨千叶也不知道自己是怎么想的，只是想到今天墨白焰就要对李鱼下毒手，过了响午，他就该由一个活生生的人，变成一具冰冷的尸体，便没来由地一阵心烦气躁，按捺不住，想再瞧他一眼。

在杨千叶看来，这是因为她心肠柔软，与李鱼相识久了，又欣赏他为吉祥所做的努力和所表现出来的勇气，所以有些不忍心杀他。至于心中是否真的为此，其实连她自己也不知道。

李鱼一早起来，推开房门，就看到拿着扫帚正在扫地的老娘。潘娘子拿着扫帚，在她自己房前那块地皮上有一下没一下地扫着，足足扫了两刻钟了，那地面干净得就跟狗啃过的骨头一样，要不是青砖地面，都能让她扫出一个坑来。

一见儿子出现，潘娇娇从容地直起腰，很自然地向他招招手打招呼："鱼儿，你起啦！"

李鱼还没答话，对门"吱呀"一声，吉祥姑娘就体态款款却步履匆匆地迎了出来。一眼看到李鱼，没来由地便想起昨夜自荐枕席的一幕，小姑娘的俏脸唰的一下飞上两朵红云。

"鱼哥……大……鱼……李……大娘，早！"吉祥甫一开口，就因心慌意乱说错了话，"鱼哥哥"差点儿脱口而出，半道改口又叫乱了，开脆撇开了他跟潘大娘打起招呼来。

潘大娘笑道："吉祥早啊！哎哟，看我这记性，饭快煳了。"

潘大娘一拍额头，想起了什么似的，提着扫帚就回了屋。李鱼很无语，你这住的是武家的客房啊，哪来的炉灶，还饭煳了，你说被子还没叠多合理。啊！我的被子真还没叠呢，今儿怎么丢三落四的！

潘大娘一走，又找了这么个蹩脚的理由，吉祥如何还不知道她是在为自己和李鱼相处制造机会，心中顿觉忸怩不堪，讪讪地与李鱼对答了几句，连她自己也不知道说了些什么，终究满怀不自在，忙惊讶一声道："哎呀，起得仓促，被子还没叠呢。"

吉祥说罢，向李鱼不好意思地笑笑，腰儿一扭，转身回屋了。

李鱼站在廊下，默默地抬起头来……

这过廊是单面的空廊，廊顶四柱八角，十分规整。廊上雕梁画栋，有园中牡丹，有池上荷花，有林中飞鸟，有水下游鱼……到底是大户人家，瞧这建筑，底蕴就在这细致处透着呢。

月亮门里，花木丛中，杨千叶静静娴立，袅袅若仙。

她远远地望着李鱼，有些出神，心中五味杂陈，也不知在想些什么。墨总管好像一缕幽灵似的在她身边冒了出来，顺着她的目光一瞧，登时"体察了上意"，忙上前一步，阴恻恻地宽她心思："殿下放心，他今天，死定了！"

早餐的时候，潘娇娇和吉祥姑娘心有灵犀，都未提起今天要做的事。潘娇娇是怕吉祥烦恼，吉祥却是下意识地在回避这个话题。然而两个人刻意的回避与说笑，反而令李鱼意识到她们在担心什么。

今天要庭审吉祥一案了，不过吉祥并不用去。因为李鱼担心吉祥单纯，在老奸巨猾的任刺史面前，一旦中了他的陷阱，本就不利的局面就越发不好收拾，便以吉祥所聘讼师的身份，向刺史府提出吉祥精神未愈、由其代理诉讼。

李鱼本是抱着万一的希望，本没指望任刺史会应允，可任怨那边也不知是出于何种考虑，居然同意了。因此，今天吉祥只需在都督府等候消息，不必亲自前往公堂。

吃罢早餐，李鱼与母亲和吉祥说了一声，便往前庭行去。

纥干承基一身轻便军服，革带皮靴，蜂腰猿臂，配上那副混血儿的英俊姿容，这一路行来，也不知倾倒了多少女人，这不，一个来上工的厨娘只顾看他，刚才一跤绊在了石阶上。

纥干承基打算去折冲府瞧瞧，杨千叶负责拿下武士彟，得到兵符令箭，而他则需要多结交中下层军官，两者缺一，都不可能掌握军队。

纥干承基正走得意气风发，就听李鱼的声音响了起来："啊哈！何旅帅！何将军！成基将军……"

纥干承基一听小神仙唤他，便觉心惊肉跳，只作没听见，反而加快了脚步。然而，另外两个招呼声马上随之响了起来："嗨！阿基！阿基！慢些走啊！""小基基……"

纥干承基一个踉跄,差点儿摔了个狗吃屎。他懊恼地扭过身去,就见李伯皓和李伯轩两个大贱客伴着华姑从后庭走出来。

华姑一见李鱼,就向他跑过去,欢叫道:"哈!幸亏我起了个大早,我也要去看庭审!"

华姑今儿穿了一身男装,对今日庭审吉祥一案,华姑十分好奇,非常想看看李鱼又有什么厉害手段对付那任刺史。上一回灌任刺史金汁那事,她一直遗憾没有亲眼见到呢。

也不知武士彠是怎么想的,还没等华姑央求,他就点头答应了,还特意安排了李氏两兄弟保护她前往。

李伯皓和李伯轩两兄弟撇下华姑,笑吟吟地赶到纥干承基身边。那两条缀满了猫儿眼的宽腰带,迎着阳光,晃得纥干承基睁不开眼。

李伯皓道:"阿基呀,你现在是都督大人的侍卫统领,要学会眼观六路、耳听八方才行。走起路来这样心无旁骛可不成啊。"

李伯轩道:"是啊小基基,我们两个呢,是江湖游侠儿,因与武都督有通家之好,所以才暂在幕府效力,早晚还是要离开的,到时候可全靠你了。"

纥干承基没好气地道:"这些都没问题,只是两位……能不能不要再叫得这么肉麻?我娘都没这么叫过我。"

李伯轩笑道:"哎呀,我们熟嘛。"

纥干承基一指牵着华姑的小手走过来的李鱼:"那他呢,怎么没见你们叫他小鱼鱼?"

李鱼闻声好笑,也调侃道:"小基基,你们三个都是武都督身边的人,这么叫亲近些,哈哈!"

纥干承基听他也这么叫,不禁一阵头痛。

李伯皓笑道:"小鱼鱼比较咬嘴,叫起来不顺口。不过,老是一口一个小神仙、小郎君的,也确实见外。"

华姑雀跃道:"那你们跟我一样叫鱼哥哥好啦。"

李伯皓翻了个白眼道:"他比我小呢。"

李伯轩摸着下巴道:"我倒想过,等小神仙有了儿子,可以给他取个亲昵的绰号。"

李伯皓道:"不错,李鱼(鲤鱼)若有了儿子,可以叫鱼人!"

华姑眨眨眼，笑问道："那李鱼若有了孙子，岂不就叫鱼人二代了？"

李伯皓、李伯轩还有纥干承基一起大笑起来。纥干承基道："不错不错，还是二小姐聪明，这名字取得好。"

李鱼笑了笑，目光微微一闪，道："我们还要赶去刺史府，边走边聊吧。何旅帅要是没什么事的话，不妨同去看个热闹。"

纥干承基穿着军服呢，他往公堂外旁观处一站，意义大不相同，所以李鱼很想拉他同往。纥干承基忙推辞道："啊，我还有……"

李伯轩打断他的话道："你能有什么事？一起去吧，小基基！"

纥干承基苦笑道："去也成，你能不能不要再这么叫了……"

两个人讨价还价地往外走，李鱼虽也满脸笑容，实则内心里异常沉重。众人中只有他是故作轻松，毕竟今日庭审结果如何，他实在无法预料。

其实，吉祥又何尝就能放心？当着李鱼的面她故作轻松，但李鱼一走，她就悄悄地跟在了后面。

吉祥悄悄跟出大门，眼看李鱼一行人渐渐远去，不禁幽幽地叹了口气。

此时，袁天纲恰从府里出来。他也住在客舍，不过深居简出的，这还是第二次见到吉祥。袁天纲正要去酒肆茶楼探查那异宝拥有人的消息，一瞧吉祥满怀幽怨地站在那儿，素来怜花惜玉的袁大师不禁好奇心发作，凑上前来。

袁天纲道："姑娘，又见到你了。这般忧心忡忡，可是发生了什么事？"

吉祥上次见过武都督将此人迎入府中，晓得是都督的贵客，忙施礼道："原来是先生。奴家没什么事，就是李家哥哥出去办事，也不知他是否顺利，我……唉！我牵挂得很。"

因为彼此并不熟稔，所以吉祥语焉不详，可听在袁天纲耳中，又误会了。

袁天纲心道："果不其然，这女人哪！没到手前，是你粘着她，一旦得了手，就该换她粘着你啦。不过这才刚得手吧，她那李家哥哥就撇下心上人出去办事了，也太没有心肝。瞧她衣着发式，应该尚未成亲，无名无分的，外边诱惑又多，难怪她不放心。"

袁大师怜花之意一起，登时生起撮合的心思，眼珠一转，微微笑道："姑娘的心情，袁某已经了然。我有一计，只要那李家小子对你尚有怜爱之心，必可助你达成心愿……"

吉祥一听，就知道这位贵人定然是误会了什么，不过他说能让自己遂了心意，这诱惑又着实太大，吉祥也不知他有什么妙计，忍不住就趋身向前，向他求教起来。

袁天纲得意扬扬地对吉祥面授了一番机宜，教了她一个损主意。袁天纲说罢，自觉是做了件莫大的好事，便抱着"事了拂衣去，深藏功与名"的高尚道德感，扬扬自得地往酒肆茶楼而去。

刺史府外，此时已经是人山人海，不知有多少百姓闻讯而来。

其实这桩案子跟他们没什么关系，他们甚至意识不到这桩案子背后，并不是吉祥这个可怜女子的归属，而是利州最高权力层的三巨头暗中角力，真正博弈并要确定的是：接下来谁当利州的家。

案子是公审的，任怨一开始以为胜券在握，有意要公审立威，讨还颜面，所以才有了这一决定。谁料，形势陡转，武士彟、柳下挥等人纷纷掺和进来，但这公审却也不能再改了，否则就是未战先怯。

饶是如此，百姓们也是进不了大堂的，听审的"百姓"很多，全都穿着最朴素的百姓的衣裳，有的还挎着卖枣儿的篮子，荷着捡牛粪的筐子，只是所有的"百姓"不见一个面有菜色的，而且眼神一个比一个灵动。

这都是各位官老爷精心挑选的"体己人"，哪个不眼神灵动？还有一些想确定今后该抱谁的大腿的缙绅富商派来的伙计，那也都是长袖善舞、八面玲珑的人物，人人都擅长观风望色。

观审人群中，纵是稚嫩如华姑，一双大眼睛也是灵气逼人，只有纥干承基和李伯皓、李伯轩三人，虽然眼神也透着机警，却不似其他"看客"时时一副察言观色的模样。

观审众人中，或许只有他们三个，才是真来"看热闹"的。人群中还站着一个青衣老仆模样的人，看起来也是某位官绅家派来的老家人，微微低着头，目光时不时会飞快地扫一眼李鱼，他正是墨白焰。

他的目标只有李鱼一个，庭审之后，就是李鱼毙命之时！他做了些伪装，细看的话当然依旧可以认得出他，只不过他混在人堆里毫不起眼，谁又会刻意去注视他呢？

二堂班房里，苏良生正满心喜悦地等着上堂。他也知道答应任刺史的这件事，不是那么简单，如果对手好对付，以任刺史的权势地位，又何必采取如此迂回的办法，用到他这么个贱人？

不过，他依旧毫不犹豫地选择了答应。他是什么？千金之子才坐不垂堂，他苏良生不过是一个低贱的畜生不如的龟公而已，若不抱一条大腿，就永无出头之日，所以冒险对他来说，是必需的事。

任刺史许给他百两银子，事成之后，拿去云栈赌坊赌一把大的，说不定一下子就能暴富！即使输了，手里也还有吉祥这个美娇娘，玩腻了就卖给青楼，又赚一笔钱，到时再去云栈赌坊翻本不迟！

苏良生越想越美，只盼着尽快升堂，这银子就到手了。

三堂里，即将上堂的任刺史却是衣帽整齐，端坐如仪，手中捧着茶盏，微微眯着双目，好似泥雕木塑的神佛一般，一动不动，手中的茶已经凉了，也未呷上一口。

"嗵！嗵！嗵……"前堂的鼓声骤然响起，仿佛撑天巨人的心跳，一下子带动着任怨的心脏，让他的心也猛然跳了一下。任怨微微眯起眼睛，唇角渐渐逸出一抹诡谲难明的笑意。

茶盏轻轻地搁在桌上，任怨轻轻抚了下颌下的胡须，手指重又变得沉稳而有力起来。他抚须的手微微一顿，用力向身后一拂，袍袂律动，大步而行，门口两个衙役欠身相迎，任怨一阵风似的从他们身边走过去，二人立即趋步随行。

"啪！"

"升堂！"

碧海红日图前，任怨快步登上公案台，用力一拍惊堂木。两边众衙役水火棍齐齐蹾地，喝起了堂威。

"威——武——"

大厅门口，众观审"百姓"一阵骚动，纷纷探头向厅中望去，墨白焰却盯着李鱼，趁着人头攒动的机会，向他身边悄悄靠近了些。

"来啊！带原告、被告！"任怨一声令下，门口观审"百姓"便被守门的衙役用水火棍隔开了些，让出一条通道。李鱼整一整衣衫，深呼吸一口气，迈步便往里走，目不斜视，气场也是毕露无遗。

"刺啦……"

李鱼一脚门里一脚门外，仿佛中了定身法似的定在那里，顿了一顿，慢慢扭头向一边看去。拉着他袍襟的华姑吐一吐舌头，飞快地放开手，向他挥了挥小拳头："李鱼哥哥加油，打败任胖子，抱得美人归！吉祥姐姐是你的！"

李鱼看了看自己的袍子，嘴角抽搐了几下。这件袍子是老娘潘娇娇给他新做的，他特意做旧了，用细砂皮打磨过，要的就是那种老旧甚而有些破烂的味道。当初见他做旧了袍子，潘娇娇可是心疼得很呢。

但也因为磨得太烂了，所以……被小华姑给扯开了一个大口子。

人群中传出轻微的"扑哧"声，有人忍俊不禁，笑出声来。

李鱼迅速收敛了心神，向华姑云淡风轻地一笑，根本不管那豁开一口、露出犊鼻裤一角的袍子，大大方方地上前站定，向任怨长揖一礼："被告吉祥所聘讼师李鱼，见过刺史！"

任怨昂然而坐，见李鱼行礼，抬手微微一拂，道："站过一边。"

李鱼微微一笑，坦然退到一边。这时两个捕快陪着苏良生也上了大堂。苏良生撅着屁股，一步三点头，跟一只哈巴狗似的上了大堂，眼里也不见旁人，一眼瞧见昂然坐在上首的任怨，马上抢步上前，一个长揖，额头都险险撞到地上。

苏良生道："贱民苏良生，见过大老爷。"

任怨瞟了他一眼，缓缓抬起状纸，正襟危坐，道："怡春楼执役苏良生，索讨张飞居舞姬吉祥一案，现在开审！苏良生，你状告何人？有何凭据？现在报与本官知道！"

听了任刺史的询问，苏良生谄媚地笑道："小的不是都告诉过大老爷了吗？"

任怨瞪着这头蠢猪没说话，一旁执笔的书记呵斥道："这是章程，按规矩来，说！"

苏良生赶紧道："是是是！小的……小的攒了笔钱，想讨个女人，就向张飞居杨三掌柜的打听。三掌柜的说，张飞居恰有一个签了卖身契的女子，名叫吉祥，因为不服管教，庞妈妈甚是厌憎，想转卖出去，小的就……"

苏良生翻着眼白，一边努力回忆着任府管家教给他的话，一边供述。等他把前因后果都说清楚了，任怨微微颔首道："原来如此，你既与张飞居做买卖，可有凭据？"

苏良生得意地道："有哇！小的不但有物证，还有人证呢，张飞居的杨三掌柜亲自把吉祥转卖于小人的，中保人是李扬、白乾，代笔人是荆沿。小的当时——"

书记不耐烦地打断他的话道："大老爷问一句，你就答一句，尚未问及的话，不要啰唆！"

苏良生缩了一下脖子，赶紧赔笑点头："是是是！"

任怨叫人呈上"卖身文书"，装模作样地看了一遍，把它搁在一边，看向李鱼道："李状师，原告有卖身文书在手，证据齐全。依此文书，吉祥当属苏良生，你，可有什么话说？"

李鱼轻蔑地瞟了苏良生一眼，上前拱手道："刺史，这文书，在下也不知真假。但吉祥卖身于张飞居，并无其事。张飞居再转卖吉祥于苏良生，这说法又如何站得住脚呢？"

任怨双眼微微一眯，道："你说……吉祥未曾卖身于张飞居？"

李鱼道："当然！"

他从左袖中取出一份供词，扬在手上："这里有张飞居庞妈妈的供书一份，可以证明所谓吉祥卖身于张飞居，乃是受张飞居上下的欺骗，非吉祥本愿！"

任怨一努嘴，自有人上前接过供书，递给任怨。

李鱼道："本状师也是人证、物证俱在，大老爷如有需要，随时可以讯问！"

任怨没理他，先把庞妈妈的供词从头到尾看了一遍。

李鱼悄悄摸了摸右手衣袖，那袖中还藏着一份供词，方才呈上的这份，只是说明了庞妈妈与手下人如何串通，如何诳骗吉祥，而李鱼还藏着的这份供词，却是那份供词的延续，是说明当时之所以这么做，是因为任刺史偶见吉祥，垂涎心起，所以逼迫他们趁吉祥找工的机会诱她入瓮。

除非被逼到绝境，否则李鱼现在是不会拿出这份供词的，他把任怨拉入其中的主要目的，是要在庞妈妈面前营造出一种他正在痛打落水狗的印象，从而迫使庞妈妈配合。

其次才是乘胜追击，痛打落水狗。现如今主要目的还未实现，他是不会马上出手的，以免任怨狗急跳墙。总得等吉祥一案先有了结果再说。

如果赢了官司，就拿这份供词来将任怨一军。如果输了官司，那就直接拿出来，把任刺史列为被告，叫他结不了案！

李鱼做了两手准备，此刻也须见机行事。任怨同样做了两手准备，此刻早将供词看完，却依旧一副端详姿态，心中暗暗思索："不出老夫所料，三木之下，何求不得？那庞妈妈既在他们手中，果然屈服了。"

李鱼手中有庞妈妈，任怨手中也有荆沿和李扬、白乾三个人证，这官司还有得打，但任怨真正在意的事不在局内，而是李鱼下在局外的那一子，就是那一子，搅起了漫天风云，看看庭下那些观审的"百姓"吧，哪一个是真的百姓？

任怨有心放弃，但仍不甘心，还想见机行事，继续撑下去。万一庞妈妈到了公堂，再来个翻供，那么……或许会柳暗花明。

想到这里，任怨抬起头来，微微一笑："来啊，传双方人证，当堂对质！"

滴翠台里，荆王李元则殿下一夜好眠，这时候起来，只觉神清气爽。

阳光满屋，草木芬芳充溢鼻端，鸟雀悦耳的鸣叫声清晰可闻，想起昨夜风流一场，个中滋味，难以尽述，回味起来，李元则不由满意地一笑："任元龙，真本王知己也！"

虽然他没有向任怨说过自己的喜好，但任怨应该是向他身边人打听过了，所以昨晚给他准备的美人儿可不是风尘味浓郁的女子，那种女子纵然十分地美丽、十二分地会取悦男人，对荆王殿下来说也是索然无味。

美女对荆王殿下来说，是最容易得到的。尤其是风尘女子，只要有钱，谁都能得到，荆王殿下当然不差钱。

荆王殿下需要的是更高层次的愉悦，是精神层面的享受。昨夜任怨送他的女人就算不是良家女子，也一定不是青楼女子，她那种害怕、羞涩、不情愿，却又迫于他的淫威，不得不作出的强颜欢笑、曲意奉迎，都非常真实。

当然，她的容貌、身体与那特别的风情，也令李元则无比满意。所以，一夜好眠的荆王殿下醒来后就有些回味无穷了。只可惜这种女人都是强迫或半强迫得手的，他不敢留那女人同榻而眠，万一碰上个不怕死的，性命堪忧啊。

这一来，荆王殿下就觉得不够尽兴，食髓知味的荆王迫不及待要再见任刺史，因为任怨说每天都可以让他尝鲜。荆王殿下这一想，就更是蠢蠢欲动了，就想不等任怨邀请，主动前往任府。

下午饮饮酒，晚上正好寻欢作乐，纡尊降贵也没什么，应该"礼贤下士"嘛！这样一想，荆王殿下连早……午饭都省了，只叫人拿了些温茶进来，又进了两碟点心，便迫不及待地吩咐人备车，赶往刺史府。

此时，刺史府的人已经赶到都督府，提审庞妈妈。

都督府的武卫兵卒早得了武都督吩咐，也未刁难，便去牢里提人。

两个兵卒押了庞妈妈往外走，犹自懒洋洋地聊天。

其中一人道："任胖子这一遭，只怕是在劫难逃了。只是他对咱们都督一向也还恭敬，并无什么嫌隙，大都督何苦为难于他？"

另一个兵丁嗤笑道："你懂什么！大都督去年述职于京，天子就询问过利州情形，尤其是任胖子在利州的所作所为。你想，天子如果没听到什么风声，会这么问？既然天子听到了风声，大都督有必要为了他而欺君？"

先前的士兵"啊"了一声，道："难不成天子早就有意……"

另一个士兵打个哈哈道："这就不晓得了，应该不会吧，否则大都督早动手了。不过天子既然听说了他的一些传言，必会有所调查，如果天子查到了什么，大都督也没必要庇护他不是？"

庞妈妈被二人夹在中间，竖起耳朵听着二人对话，她先前已被李鱼的话先入为主，再加上这二人说武都督应该并不是刻意针对任刺史，只是天子既然有所发现，也没为他遮掩的交情罢了。

这样一说，更加合乎情理，庞妈妈也就信之无疑了。两个兵丁说了这几句话，似也发觉不宜当着她的面说这些事情，二人便缄口不言了。

庞妈妈被人押解着从牢房往外走，路过中庭的时候，忽然看见一个便装中年人负手走在中间，旁边是武士彟，身形微微侧向此人。

两个兵士押解着庞妈妈从他们不远处走过去，恰听见那人说话："呵呵呵，武都督说话真是风趣，难怪太上皇和皇上都喜欢你。咱家……"

双方交错而过，后边的话庞妈妈就听不到了。但只听了这一句，庞妈妈心头就猛地一震，那人面白无须，声音阴柔，她初时也没有多想，毕竟太监在利州并不多见。

可那人再一提太上皇和皇帝，之前的面白无须、声音阴柔，登时就和太监联系到了一起。庞妈妈心道："这人定是个太监！太监到利州来，那只能是传达圣谕啊，难不成……"

"皇上派太监来利州传旨，那岂不是说，任刺史覆亡在即？"庞妈妈这样一想，任怨在她心中，便成了一个神憎鬼厌的灾星，谁挨着谁倒霉，避之唯恐不及了。

武士彟停下脚步，回头一看，庞妈妈已经被兵士押着去前院与刺史府的人交接了，不禁微微一笑。旁边的便装中年人也就是杨千叶身边的冯二止向他微微一欠身，悄然退下。

路旁廊下，杨千叶微笑着踱了出来。

武士彟跷起大拇指赞道："妙！这一计真是妙！如此一来，再不怕庞妈妈反水了。你那仆从也是厉害，宫里太监我是见过的，那冯二止，扮得形神兼备，完全没有破绽哪！"

杨千叶嫣然一笑，道："只可惜了他那一副好胡须，只好再慢慢蓄起了。"杨千叶也回首向庞妈妈远去的背影望去，轻轻叹了口气，"但愿如此一来，便能救下吉祥。"

杨千叶嘴里说着，心中却道："对不住！墨师也是为了我好，他要杀你，我实在没理由不准。帮你救下吉祥，算是了你一桩心愿。你若死了，可不要来找我。哎呀！午时死掉的人，会魂飞魄散吧？那他岂不是连投胎转世都不能了？"

一时间，千叶公主殿下又操起心来……

图书在版编目(CIP)数据

逍遥游.1，利州情/月关著.—杭州：浙江文艺出版社，2022.7
ISBN 978-7-5339-6874-8

Ⅰ.①逍… Ⅱ.①月… Ⅲ.①长篇小说—中国—当代 Ⅳ.①I247.5

中国版本图书馆CIP数据核字(2022)第095415号

责任编辑　周海鸣
责任印制　张丽敏
封面设计　有点态度设计工作室
营销编辑　宋佳音

逍遥游1：利州情

月关 著

出版发行　浙江文艺出版社
地　　址　杭州市体育场路347号
邮　　编　310006
电　　话　0571-85176953(总编办)
　　　　　0571-85152727(市场部)
制　　版　杭州天一图文制作有限公司
印　　刷　杭州杭新印务有限公司
开　　本　710毫米×1000毫米　1/16
字　　数　346千字
印　　张　18.75
插　　页　2
版　　次　2022年7月第1版
印　　次　2022年7月第1次印刷
书　　号　ISBN 978-7-5339-6874-8
定　　价　56.00元

版权所有　侵权必究